大家文存

粤派评论丛书

梁宗岱集

付祥喜 编

本项目受广东省宣传文化发展专项资金资助出版

SPM
南方出版传媒
广东人民出版社
·广州·

图书在版编目（CIP）数据

梁宗岱集 / 付祥喜编. —广州：广东人民出版社， 2018.1
（粤派评论丛书）
ISBN 978-7-218-12164-2

Ⅰ. ①梁…　Ⅱ. ①付…　Ⅲ. ①中国文学—文学评论—文集
Ⅳ. ①I206-53

中国版本图书馆CIP数据核字（2017）第258074号

LIANG ZONGDAI JI

梁 宗 岱 集　　　　　付祥喜　编　　　　　版权所有　翻印必究

出 版 人：肖风华

责任编辑：季　东　向路安
特约编辑：子　曰
装帧设计：张绮华
排　　版：广州市奔流文化传播有限公司
责任技编：周　杰　吴彦斌

出版发行：广东人民出版社
地　　址：广州市大沙头四马路10号（邮政编码：510102）
电　　话：（020）83798714（总编室）
传　　真：（020）83780199
网　　址：http://www.gdpph.com
印　　刷：珠海市鹏腾宇印务有限公司
开　　本：787毫米×1092毫米　1/16
印　　张：20.75　　字　　数：295千
版　　次：2018年1月第1版　2018年1月第1次印刷
定　　价：88.00元

如发现印装质量问题，影响阅读，请与出版社（020-83795749）联系调换。
售书热线：（020）83795240

总　序

　　近百年来中国文坛，"京派批评""海派批评"以及20世纪80年代崛起的"闽派批评"已是大家公认的文学现象，但"粤派评论"却极少被人提起。事实上，不论从地域精神、文化气质，还是文脉的历史传承，抑或批评的影响力来看，"粤派评论"都有着独特精神气质和文化品格，有它的优势和辉煌。只不过，由于历史、现实、文化和地域的诸多原因，"粤派评论"一直被低估、忽视乃至遮蔽。有鉴于此，我们认为，以百年粤派文学以及美术、音乐、戏剧、影视等评论为切入点，出版一套"粤派评论丛书"，挖掘被历史和某种文化偏见所遮蔽的"粤派评论"的价值，彰显粤派文学与文化的独特内涵和深厚底蕴，不仅能更好地展示广东文艺评论的力量，让"粤派评论"发出更响亮的声音，而且有助于增强广东文化的自信，提升广东文化的影响力，促进区域文化的繁荣发展。

　　出版这套丛书，有厚实、充分的历史、现实、文化和地域等方面的依据。

　　第一，传统文化的影响。岭南文化明显不同于北方文化。如汉代以降以陈钦、陈元为代表的"经学"注释，便明显不同于北方"经学"的严密深邃与繁复，呈现出轻灵简易的特点，并因此被称为"简易之学"。六祖惠能则为佛学禅宗注进了日常化、世俗化的内涵。明代大儒陈白沙主张"学贵知疑"，强调独立思考，提倡较为自由开放的学风，逐渐形成一个有粤派特点的哲学学派。这种不同于北方的文化传统，势必对"粤派评论"的形成起到潜移默化的作用。

　　第二，文论传统的依据。"粤派评论"的起源可追溯到晚清，黄遵宪的"诗界革命"，梁启超的"小说界革命"的倡导，开创了一个时代的风潮，在全国产生了普泛的影响。上世纪二三十年代，黄药眠在《创造周报》发表大量文艺大众化、诗歌民族化的文章，风行一时。钟敬文措意于民间文学，被视为中国民间文学的创始人。新中国建立后的"十七年"，"粤派评论"的代表人物有黄秋耘、萧殷、梁宗岱等人。新时期以来，"粤派评论"也涌现出不少在全国具有一定知名度的文艺评论家。如饶芃子、黄树森、黄修己、黄伟宗、洪子诚、刘斯奋、杨义、温儒敏、谢望新、李钟声、古远清、蒋述卓、陈平原、程文超、林岗、陈剑晖、郭小东、宋剑华、陈志红等，其阵容和影响力虽不及"京派批评"和"海派批评"，但其深厚力量堪比"闽派批评"，超越国内大多数地域的文艺评论阵营。如果视野和范围再开放拓展，加上饶宗颐、王起、黄天骥等老一辈学者的纯学术研究，则"粤派评论"更是蔚为壮观。

第三，地理环境的优势。从地理上看，广东占有沿海之利，在沟通世界方面具有得天独厚的优势；同时，广东处于边缘，这既是劣势也是优势。近现代以来，粤派学者在中西文化交汇的背景下，感受并接受多种文明带来的思想启迪。他们视野开阔，思维活跃，不安现状，积极进取，敢为人先，因此能走在时代变革的前列。黄遵宪、康有为、梁启超、孙中山等是这方面的代表人物。他们秉承中国学术的传统，又开创了"粤派评论"的先河。这种地缘、文化土壤的内在培植作用，在"粤派评论"的发展过程中是显而易见的。

"粤派评论"有属于自己的鲜明特点。

第一，中国现当代文学史写作，是"粤派评论"最为鲜亮的一道风景线。在这方面，"粤派评论"几乎占了文学史写作的半壁江山，而且处于前沿位置，有的甚至成为中国现当代文学史写作的高地。比如20世纪80年代，钱理群、陈平原、黄子平联合发表的著名论文《论二十世纪中国文学》，其中陈平原、黄子平均为粤人。洪子诚的《中国当代文学史》以方法先进、富于问题意识、善于整合中西传统资源和吸纳同时代前沿研究成果著称，它与陈思和的《中国当代文学史教程》被学界誉为中国现当代文学史的"南北双璧"。杨义的三卷本《中国现代小说史》是比较方法运用在文学史写作的有效实践，该著材料扎实，眼光独到，分析文本有血有肉，堪与夏志清的《中国现代小说史》比肩。此外，温儒敏的《中国现代文学批评史》、黄修己的《中国现代文学发展史》、古远清的港台文学史写作，也都各具特色，体现出自己的史观、史识和史德。

第二，"粤派评论"注重文艺、文化评论的日常化、本土经验和实践性。粤派评论家追求发现创新，但不拒绝深刻宽厚；追求实证内敛，而不喜凌空高蹈；追求灵动圆融，而厌恶哗众取宠。这就体现了前瞻视野与务实批评的结合，经济文化与文艺批评的合流，全球眼光与岭南乡土文化挖掘的齐头并进，灵活敏锐与学问学理的相得益彰，多元开放与独立文化人格的互为表里。粤派评论家有自己的批评立场、批评观念，亦有自己的学术立足点和生长点。他们既面向时代和生活，感受文艺风潮的脉动，又高度重视审美中的文化积累和文化传承；既追求批评的理论性、学理性和体系建构，又强调批评的实践性，注重感性与诗性的个性呈现。

我们认为，建构"粤派评论"，不能沿袭传统的流派范畴与标准，它不是一种具有特定文化立场、一致追求趋向和自觉结社的理论阐释行动。它只是一个松散的、没有理论宣言与主张的群体。因此，没有必要纠结"粤派评论"究竟是一个学派，还是一个地域性的概念，但有一点可以肯定："粤派评论"已是一个客观存在的文化实体，即虽具有地方身份标识，却不局限于一地之见的文艺理论家、批评家群体。

党的十九大报告指出，发展中国特色社会主义文化，就是以马克思主义为指导，坚守中华文化立场，立足当代中国现实，结合当今时代条件，发展面向现代化、面向世界、面向未来的，民族的科学的大众的社会主义文化，推动社会主义精神文明和物质文明协调发展。广东省委宣传部策划、组织、指导编纂出版"粤派评论丛书"，是贯彻落实十九大关于文化建设发展精神的一项重要举措，是讲好中国故事、传播中国声音、阐发中国精神、展现中国风貌的一次文化实践。我们坚信，扎根广东、辐射全国的"粤派评论"必将成为新时代坚定文化自信、实现中华民族伟大复兴路上其中一块最稳固的基石。

"粤派评论丛书"编辑委员会

梁宗岱像

编者简介：

付祥喜，广州大学人文学院教授。主持并完成多项国家社科基金项目、教育部人文社科研究项目。在《中国社会科学》《文学评论》《文艺研究》等刊物发表多篇学术论文。出版有《20世纪前期中国文学史写作编年研究》《新月派考论》等著作。

目 录

编者前言

付祥喜

广东文艺批评界的学者们策划编辑"粤派评论丛书"，精选三十位最有代表性的粤籍批评家，每人出版一本代表性文论集，其中由我选编《梁宗岱集》，恰好我正在主诗国家社科基金项目《新月派散佚作品发掘整理与综合研究》（批准号：15BZW124），搜集整理后期新月派梁宗岱作品系研究计划之一，故而欣然接受了这一项选编工作。据我所知，梁宗岱先生的评论集，除他自己选编的《诗与真》《诗与真二集》外，尚有李振声编《梁宗岱批评文集》（珠海出版社1998年版）、马海甸主编《梁宗岱文集二·评论卷》（中央编译出版社 2003版）、黄建华编《诗情画意：梁宗岱散文随笔选集》（中央编译出版社 2010年版）等。已有的这些选本，各有侧重，也各有缺漏。讨论抗战诗歌的《谈抗战诗歌》（1938年9月21日《星岛日报·星座》副刊）、《论诗之应用》（1938年9月14日《星岛日报·星座》副刊第四十五期）、《求生》（1938年10月15日《星岛日报·星座》第七十六期）、《我也谈谈朗诵诗》（1938年10月11日《星岛日报·星座》副刊第七十二期）等，没有收入行世，实为憾事。"粤派评论丛书"之《梁宗岱集》的选编，侧重梁宗岱批评文论，尤其是辑录了几篇被历史尘埃湮没的梁宗岱早期文献，如《字义随世风为转移今所谓智古所谓谲今所谓愚古所谓忠试述社会人心之变态并筹补救之方论》《五四痛国声》《夏令儿童圣经学校与儿童文学》等，无疑是很有意义的。

梁宗岱（1903—1983，广东新会人）的前半生，才华横溢，奋发有为，十八岁时，由于在文学创作上崭露头角，得到了郑振铎和沈雁冰赞赏，受邀加入文学研究会，成为文学研究会最年轻的会员；随后到欧洲留学七年，在法国，同时得到了两位思想、艺术倾向迥然不同的大师保罗·梵乐希（今译瓦勒里，Paul Valéry, 1871—1945）和罗曼·罗兰的赏识。梵乐希与他结为至交。罗曼·罗兰非常欣赏他法译的陶渊明的诗，在给他的信中称这种翻译是"杰作"，"令人神往"；并在瑞士的寓所，破例接待过他。1931年回国后，先后在北京大学法文系、南开大学英文系担任教授，抗战时期任复旦大学教授。1949年后，在广州中山大学、广东外语外贸学院任教。"文化大革命"期间，遭受抄家、囚禁、挨斗、罚跪、殴打，几乎送命。虽然梁先生性情刚烈，宁折不屈，但在当年那样的处境中，也只能选择自我麻醉的道路：皈依宗教、沉迷于研制新药"绿素酊"。"文革"结束后，梁先生不顾年迈和疾病缠身，重译了《浮士德》前半部分，可惜事业未竟，就与世长辞。

在中国现代文学史上，梁宗岱并不十分引人注目，可他集理论家、翻译家、批评家及诗人为一身，被称为是"从比较文学角度研究了象征主义与中国传统诗学的特点与关系，是我国象征诗派最重要的理论家之一"（王永年：《中国现代文学理论批评史》，贵州人民出版社1988年版，第二二五页）。

作为翻译家，梁宗岱先生是法国象征主义在中国传播和影响的旗手，他的翻译与文论为众多译家推崇备至，被视为中国现代翻译史上的丰碑。他不仅是中国翻译梵乐希、传播象征主义第一人，而且在各种中文译本的《莎士比亚十四行诗》中，梁宗岱的译本被视为典范之作。诗人余光中曾评价："梁氏译文对原文体会深入，诠释委婉，谬讹绝少。"（《余光中谈诗歌》，江西高校出版社2003年版，第一八八页）

作为文学批评家，梁宗岱的作品不多，大都收入《诗与真》《诗与真二集》，但翻开这两本薄薄的小书，一股独特、丰盈、热烈的气息便会扑面而至，其中他对中西诗学的精深理解以及展示出的批评艺术，令人叹服。他批评实践的主要对象是诗歌理论、诗人作家论，旁及美术、美学和学术研究等领域。梁先生的文学批评，较早从比较文学视角出发，汇融中西文学理论，在我国现代诗歌理论史乃至文学批评史上都有着相当重要的地位。尤其是在东西文学与文化交流空前发达、西方文艺理论对中国本土文学构成极大冲击、中国文学面临着究竟该如何发展的今天，梁宗岱先生对于中国文学的一些思考，对于我们确定中国文学发展的方向，不无启发意义。

梁宗岱先生在文学批评理论方面的建设，如象征主义诗学，近年已为许多研究者所关注，梁宗岱象征主义文论选集及相关研究成果，已有不少。至今鲜有人提及且让我感兴趣的是，为何梁先生的文学批评，几乎都以辩论形式写成？我以为，这与梁宗岱先生好争辩有直接关系。

梁宗岱的好争辩是有了名的。萧乾先生写的纪念林徽因的文章中，便谈到当时梁宗岱与林之间为一些学术名词争辩得面红耳赤的情形。巴金也说："我和他（梁宗岱）在许多观点上都站在反对的地位，见面时也常常抬杠。"梁宗岱与著名美学家朱光潜先生是游欧的朋友，后来回国还在一块住过相当长一段时间，但是，用梁宗岱文章中的话说："朱光潜先生是我的畏友，可是我们的意见永远是分歧的。五六年前在欧洲的时候，我们差不多没有一次见面不吵架。去年在北平同寓，吵架的机会更多了：为字句，为文体，为象征主义，为'直觉即表现'……"罗念生教授回忆："1935年我和宗岱在北京第二次见面，两人曾就新诗的节奏问题进行过一场辩论，因各不相让竟打了起来，他把我按在地上，我又翻过来压倒他，终使他动弹不得。"两位大教授，因争辩时互不相让，竟然大打出手！

梁宗岱的好争辩，有两个特点。一是多数争辩由梁先生首先发起。1931年，梁宗岱在写给徐志摩的谈诗的长信里，点名批评梁实秋，引发的争辩，几年方休。1937年，梁宗岱批评好友朱光潜"滥用名词"，两人为此展开一场强烈的争辩。这次论争后来牵涉进来的还有李健吾、巴金、沈从文等人，阵容名气之大，一时轰动文坛。二是喜欢长篇累牍的争辩。我们读梁宗岱的批评文章，发现他的争辩，不但举例分析，还往往不计篇幅引述他人言论乃至古今中外的诗文。有一个有趣的实例。1931年，梁宗岱在写给徐志摩的一封论诗的长信里说："这种问题（即诗，笔者注）永久是累人累物的。你还记得么？两年前在巴黎卢森堡公园旁边，一碰头便不住口地啰唆了三天三夜，连你游览的时间都没有了。"就"诗"的问题，"不住口地啰唆了三天三夜"，这该是多么长篇累牍的争辩！

梁宗岱好争辩，固然与个性有关，但不能排除南粤地域文化的影响。广东靠海，仅珠江就有虎门、横门、洪奇门、鸡啼门、涯门、蕉门、磨刀门和虎跳门八大出海口门，因而粤人多具敢为天下先、不服输的性格。梁宗岱先生这些争辩形式的批评文章，不仅客观上增强了文学批评的针对性和现实感，而且他那种一定要争辩到打斗的精神，正是不少当代中国的文学批评所缺少的。鉴于此，我在选编这本《梁宗岱集》时，侧重于挑选那些争辩形式的。按照文章类别，分作论诗、论文、论画、论美与批评、象征主义诗学，共五辑。每辑所收文章均依据初次发表时的版本（某些字词句今天看来哪怕是不规范的，属错别字了，但只要不影响阅读，一般不做改动，以保持原貌），按照发表或写作时间先后排列。以此全面、立体呈现梁宗岱文学批评，为广大读者了解梁宗岱文学批评体系提供可靠的第一手材料。

梁宗岱的文学批评文章，具有动人心魄的魅力。温源宁教授在二十世纪三十年代所写的《一知半解》一书中，这样写道："万一有人长期埋头于硬性的研究科目之中，忘了活着是什么滋味，他应该看看宗岱，便可有所领会。万一有人因为某种原因灰心失望，他应该看看宗岱那双眼中的火焰和宗岱那湿润的双唇的热情颤动，来唤醒他对'五感'世界应有的兴趣；因为我整个一辈子也没见过宗岱那样的人，那么朝气蓬蓬，生气勃勃，对这个色、声、香、味、触的荣华世界那么充满了激情。"（温源宁：《一知半解》，南星译，辽宁教育出版社2001年版，第五六—五七页）

1996年，诗人彭郊燕在为《梁宗岱批评文集》作序时说："梁先生三十至四十年代写的论著，今天读起来，仍觉得极有生气。半个多世纪过去了，所论各点，今天大部分还没有得到较好的解决。说明我们还得努力。"（彭郊燕：《序》，李振声编《梁宗岱批评文集》，珠海出版社1998年版，第四页）

我觉得，温源宁和彭郊燕的这些话，在二十一世纪初期的现在仍然适用。我们不但要继承和阐发梁宗岱先生的文学批评理论，也要学习他为学与做人的风范，尤其是那种不怕得罪人、勇于争辩的批评精神。

二〇一七年四月十五日，广州大学城榕轩

第一辑
论　诗

论　诗[①]

志摩：

　　今晨匆匆草了一封信，已付邮了。午餐时把《诗刊》细读，觉得前信所说"《诗刊》作者心灵生活太不丰富"一语还太拢统。现在再申说几句。

　　我以为诗底欣赏可以分作几个阶段。一首好的诗最低限度要令我们感到作者底匠心，令我们惊佩他底艺术手腕。再上去便要令我们感到这首诗有存在底必要，是有需要而作的，无论是外界底压迫或激发，或是内心生活底成熟与充溢，换句话说，就是令我们感到它底生命。再上去便是令我们感到它底生命而忘记了——我们可以说埋没了——作者底匠心。如果拿花作比，第一种可以说是纸花；第二种是瓶花，是从作者心灵底树上折下来的；第三种却是一株元气浑全的生花，所谓"出水芙蓉"，我们只看见它底枝叶在风中招展，它底颜色在太阳中辉耀，而看不出栽者底心机与手迹。这是艺术底最高境界，也是一切第一流的诗所必达的，无论它长如屈子底《离骚》，欧阳修底《秋声赋》，但丁底《神曲》，曹雪芹底《红楼梦》，哥德[②]底《浮士德》，嚣俄[③]底《山妖》（Satyre）或梵乐希底《海墓》与《年轻的命运女神》；或短如陶谢底五古，李白杜甫底歌行，李后主底词，哥德，雪莱，魏尔仑[④]底短歌……因为在《浮士德》里，我们也许可以感到作者着力的追寻，然而它所载的正是

---

①　原载《诗刊》第2期，上海新月书店1931年4月发行，收入《诗与真》。

②　哥德（johann Wolfgang von Goethe，1749—1832），通译歌德，德国思想家、作家、科学家。下同，不再一一注明。

③　嚣俄（Victor Hugo，1802—1885），通译雨果，法国著名作家。下同，不再一一注明。

④　魏尔仑（Paul Verlaine，1844—1896），通译魏尔伦，法国诗人。下同，不再一一注明。

一颗永久追寻灵魂底丰富生命；在《年轻的命运女神》里，我们也许可以感到意境与表现底挣扎，然而它所写的正是一个深沉的——超乎文字以上的——智慧（intelligence）在挣扎着求具体的表现。至于陶渊明底"结庐在人境"，李白底《日出入行》，"长安一片月"，李后主的"帘外雨潺潺""春花秋月何时了"，哥德底《流浪者之夜歌》，《弹竖琴者之歌》，雪莱底*O world!*
O life！*O time*！魏尔仑底《秋歌》，《月光曲》，"白色的月"（当然是指原作）……更是作者底灵指偶然从大宇宙底洪钟敲出来的一声逸响，圆融，浑含，永恒……超神入化的。这自然是我们底理想。

但是实际如何呢？《诗刊》底作品，我大胆说一句，最多能令我们惊服作者底艺术。单就孙大雨底《诀绝》而论，把简约的中国文字造成绵延不绝的十四行诗，作者底手腕已有不可及之处，虽然因诗体底关系，节奏尚未能十分灵活，音韵尚未能十分铿锵。但是题目是《诀绝》，内容是诀绝后天地变色，山川改容；读者底印象如何呢？我们可曾感到作者底绝望或进而与作者同情，同感么？我也知道最高的文艺所引动的情感多少是比实际美化或柔化了的！济慈底*Isabella*那么悲惨的故事我们读后心头总留着一缕温馨；莎翁底黑墨墨的悲剧《李尔王》（*King Lear*）结局还剩下（Duke of Albany、Edgar）几个善良的分子作慰藉我们从人心最下层地狱流了一大把冷汗出来后的一线微光，正如梁山泊底卢俊义从弥天浩劫的恶梦在一个青天白日的世界里醒来一样。但是，怎么！读了《诀绝》之后我们底心弦连最微弱的震动都没有！我们只看见作者卖气力去描写一个绝望的人心目中的天地，而感不着最纤细的绝望底血脉在诗句里流动！更不消说做到那每个字同时是声是色是义，而这声这色这义同时启示一个境界，正如瓦格尼（Wagner）①底歌剧里一萧一笛一弦（瓦格尼以前的合奏乐往往只是一种乐器作主，其余的陪衬）都合奏着同一的情调一般，那天衣无缝，灵肉一致的完美的诗了！

这究竟是为什么呢？岂不是因为没有一种热烈的或丰富的生活——无论内在或外在——作背景么？我们知道，诗是我们底自我最高的表现，是我们全人格最纯粹的结晶；白朗宁夫人底十四行诗是一个多才多病的妇人到了中年后

---

① 瓦格尼（Richard Wagner，1813—1883），通译瓦格纳，德国作曲家。下同，不再一一注明。

忽然受了爱光底震荡在晕眩中写出来的；魏尔仑底《智慧集》（*Sagesse*）是一个热情的人给生命底风涛赶人牢狱后作的；《浮士德》是一个毕生享尽人间物质与精神的幸福而最后一口气还是"光！光！"的真理寻求者自己底写照；《年轻的命运女神》是一个深思锐感多方面的智慧从廿余年底沉默洋溢出来的音乐……关于这层，里尔克（R. M. Rilke）与S. George[①]，H. V. Hofmanstal[②]同是德国现代的大诗人，也是梵乐希底德文译者）在他底散文杰作《布列格底随笔》（*Aufzeichnungen des M. L. Brigge*）里有一段极精深的话，我现在把它翻出来给你看：

> ……一个人早年作的诗是这般乏意义，我们应该毕生期待和采集，如果可能，还要悠长的一生；然后，到晚年，或者可以写出十行好诗。因为诗并不像大众所想的，徒是情感（这是我们很早就有了的），而是经验。单要写一句诗，我们得要观察过许多城许多人许多物，得要认识走兽，得要感到鸟儿怎样飞翔和知道小花清晨舒展姿势。要得能够回忆许多远路和僻境，意外的邂逅，眼光光望着它接近的分离，神秘还未启明的童年，和容易生气的父母，当他给你一件礼物而你不明白的时候（因为那原是为别一人设的欢喜）和离奇变幻的小孩子底病，和在一间静穆而紧闭的房里度过的日子，海滨的清晨和海的自身，和那与星斗齐飞的高声呼号的夜间的旅行——而单是这些犹未足，还要享受过许多夜夜不同的狂欢，听过妇人产时的呻吟，和堕地便瞑目的婴儿轻微的哭声，还要曾经坐在临终的人底床头，和死者底身边，在那打开的，外边底声音一阵阵拥进来的房里。可是单有记忆犹未足，还要能够忘记它们，当它们太拥挤的时候；还要有很大的忍耐去期待它们回来。因为回忆本身还不是这个，必要等到它们变成我们底血液，眼色和姿势了，等到它们没有了名字而且不能别于我们自己了，那么，然后可以希望在

---

① Stefan George（1868—1933），通译格奥尔格，德国浪漫派诗人。

② Hugo Von Hofmanstal（1874—1929），通译霍尔曼斯塔尔，奥地利诗人、戏剧家。

极难得的顷刻，在它们当中伸出一句诗底头一个字来。

因此，我以为中国今日的诗人，如要有重大的贡献，一方面要注重艺术修养，一方面还要热热烈烈地生活，到民间去，到自然去，到爱人底怀里去，到你自己底灵魂里去，或者，如果你自己觉得有三头六臂，七手八脚，那么，就一齐去，随你底便！总要热热烈烈地活着。固然，我不敢说现代中国底青年完全没有热烈的生活，尤其是在爱人底怀里这一种！但活着是一层，活着而又感着是一层，感着而又写得出来是一层，写得出来又能令读者同感又一层……于是中国今日底诗人真是万难交集了！

岂宁惟是！生产和工具而外，还有二三千年光荣的诗底传统——那是我们底探海灯，也是我们底礁石——在那里眼光守候着我们，（是的，我深信，而且肯定，中国底诗史之丰富，伟大，璀璨，实不让世界任何民族，任何国度。因为我五六年来，几乎无日不和欧洲底大诗人和思想家过活，可是每次回到中国诗来，总无异于回到风光明媚的故乡，岂止，简直如发现一个"芳草鲜美，落英缤纷"的桃源，一般地新鲜，一般地使你惊喜，使你销魂，这话在国内自然有人反对的，我记得俞平伯先生在《红楼梦辨》曾说过："《红楼梦》，正如中国的诗，只能在世界文学上占第二流的位置。"不知他究竟拿什么标准，根据什么作衡量，中国今日思想家出言之轻，说话之不负责，才是世界上的专利！中国的青年呵！中国的青年呵！你的不尽入迷途真不知是什么异迹了！）因为有悠长的光荣的诗史眼光望着我们，我们是个能不望它的，我们是不能个棚它比短量长的。我们底断要怎仟才能够配得起，且慢说超过它底标准；换句话说，怎样才能够读了一首古诗后，读我们底诗不觉得肤浅，生涩和味同嚼蜡？更进一步说，怎样才能够利用我们手头现有的贫乏，粗糙，未经洗炼的工具——因为传统底工具我们是不愿，也许因为不能，全盘接受的了——辟出一个新颖的，却要和它们同样和谐，同样不朽的天地？因为目前底问题，据我底私见，已不是新旧诗底问题，而是中国今日或明日底诗底问题，是怎样才能够承继这几千年底光荣历史，怎样才能够无愧色去接受这无尽藏的宝库的问题。但这种困难并不是中国今日诗人所独具的，世界上那一个诗人不要承前启后？那一个大诗人不要自己创造他底工具和自辟一个境界？不过时代有顺利和逆手之分罢了。

我现在要和你细谈梁实秋先生底信了。我前信是说过的，全信只有两句老生常谈的中肯语，其余不是肤浅就是隔靴搔痒，而"写自由诗的人如今都找到更自由的工作了，小诗作家如今也不能再写更小的诗的……"几句简直是废话。我常常说，讽刺是最易也最难的事：最易，因为否认，放冷箭和说风凉话都是最用不着根据不必负责的举动；最难，因为非有悠长的阅历，深入的思想不容易针针见血。所以我以为讽刺是老人家底艺术（只是思想上的老少而不是年龄底老少），是正如久埋在地下的古代瓦器上面光泽的青斑，思想烂熟后自然的锋芒。现在国内许多作家东插两句，西插两句，都是无的放矢，只令人生浅薄无聊的反感而已。单就梁实秋先生底几句而论：作自由诗的人是谁？写小诗的是谁？剩下来的几个忠于艺术的老实人又是谁？难道只有从前在《晨报》《诗刊》投过几首诗——好坏姑勿论——才忠于艺术？《诗刊》未诞生以前做新诗的就没有人向"诗"着想而单是向白话着想？难道诗小就没有艺术底价值？你们当中能够找出几多首诗像郭沫若底《湘累》里面几首歌那么纯真，那么凄婉动人，尤其是下面一节：

> 九嶷山上的白云有聚有消；
> 洞庭湖中的流水有汐有潮。
> 我们心中的愁云呀，
> 我们眼中的泪涛呀，
> 永远不能消！
> 永远只是潮！

或像刘延陵底《水手》第二节：

> 他怕见月儿眨眼，
> 海儿掀浪，
> 但他却想起了
> 石榴花开得鲜明的井旁，

　　那人儿正架竹竿

　　晒她的蓝布衣裳。

　　那么单纯，那么鲜气扑人！（你底《落叶小唱》一类和冰心底《繁星》
《春水》、宗白华底《流云》中有几首都是很好的诗。）不过这都是初期作
自由诗的人底作品，自然不足道的。那么我们试从古诗里去找找，古诗中的五
绝算不算小诗？王维底《辋川集》是否每首都引导我们走进一个宁静超诣的禅
境？你们底大诗中没有半首像它们那么意味深永？又如陈子昂底：

　　前不见古人，

　　后不见来者

　　念天地之悠悠，

　　独怆然而涕下！

是不是一首很小的自由诗！你们曾否在暮色苍茫中登高？曾否从天风里下望莽
莽的平芜？曾否在那刹那间起浩荡而苍凉的感慨？古今中外底诗里有几首能令
我们这么真切地感到宇宙底精神（world spirit）？有几首这么活跃地表现那对
于永恒的迫切呼唤？我们从这寥寥廿二个字里是否便可以预感一个中国，不，
世界诗史上空前绝后的光荣时代之将临，正如数里外的涛声预告一个烟波浩渺
的奇观？你们底大诗里能否找出一两行具有这种大刀阔斧的开国气象？

　　不过这还是中国的旧诗，太传统了！我们且谈谈你们底典型，西洋诗
罢。德国抒情诗中最深沉最伟大的是哥德底《流浪者之夜歌》，我现在把原
作和译文都列在下面（因为这种诗是根本不能译的），你看它底篇幅小得多
可怜！——

　　Über allen Gipfeln

　　Ist Rub,

　　In allen wipfeln

　　Spürest du

Kaun einen Hauch.

Die Vöglein schweigen im Walds.

Warte nur，balde

Rubest du auch.

一切的峰顶

无声，

一切的树尖

全不见

丝儿风影。

小鸟们在林间梦深。

少待呵，俄顷

你快也安静。

岂独篇幅小得可怜而已！（全诗只有廿七音）并且是一首很不整齐的自由诗。
然而他给我们心灵的震荡却不减于悲多汶①一曲交响乐。何以故？因为它是一
颗伟大的，充满了音乐的灵魂在最充溢的刹那间偶然的呼气（原诗是哥德用
铅笔在伊列脑林中一间猎屋的壁上写的）。偶然的呼气，可是毕生底菁华，都
在这一口气呼了出来。记得法国一个画家，不知是米叶（Millet）②还是珂罗
（Corot）③，一天在芳丹卜罗④画风景，忽然看见两牛相斗，立刻抽出一张白
纸、用了五分钟画就一幅唯妙唯肖的速写。一个牧童看见了，晚上回家，也动
起笔来。可是画了三天，依然非驴非马。跑去问那画家所以然。画家微笑说：
"孩子，虽然是几分钟底时间，我毕生底工夫都放在这寥寥几笔上面呀。"这
不是我们一个很好的教训么？

---

① 悲多汶（Ludwig Van Beethoven，1770—1827），通译贝多芬，德国著名音乐家。
下同，不再一一注明。

② 米叶（Jean-Francois Millet，1814—1875），通译米莱，法国巴比松派画家。

③ 珂罗（Jean-Baptiste-Camille Corot，1796—1975），通译柯罗，法国风景画家。

④ Fontainebeau，通译枫丹白露，巴黎南郊的森林。

　　本来还想引几首雪莱，魏尔仑，马拉美，韩波（Rimbaud）①底小诗，很小很小的待。但是不引了，横竖你对于英文诗的认识，比我深造得多。而马拉英、廉布底诗，除了极少数的两三首，几乎是不可译的，因为前者差不多每首诗都是用字来铸成一颗不朽的金刚钻，每个字都经过他像琴簧般敲过它底轻重清浊的。后者却是天才底太空里一颗怪宿，虽然只如流星一闪（他底诗都是从十四岁至十九岁作的），它猛烈逼人的（intense）光芒断非仓猝间能用别一国文字传达出来。而且，志摩，我又何必对你唠叨？我深信你对于诗的认识，是超过"新旧"和"大小"底短见的；深信你是能够了解和感到"刹那底永恒"的人。

　　Tout I'univers chancelle et tremble sur ma tige!
　　全宇宙在我底枝头颤动，飘摇！

这是年轻的命运女神受了淑气的振荡，预感阳春之降临，自比一朵玫瑰花说的。哥德论文艺上的影响不也说过么？——一线阳光，一枝花影，对于他底人格之造就，都和福禄特尔②及狄德罗③（Diderot，与福禄特尔同时的法国散文家）有同样不可磨灭的影响。志摩，宇宙之脉搏，万物之玄机，人类灵魂之隐秘，非有灵心快手，谁能悟得到，捉得住？非有虚怀慧眼，又谁能从恒河沙数的诗里分辨和领略得出来？又何足语于今日中国底批批家？

　　至于新诗底音节问题，虽然太柔脆，我很想插几句嘴，因为那简直是新诗底一半生命。可惜没有相当的参考书，而研究新诗的音节，是不能不上溯源流的。现任只把我底众见略提出来。

　　我从前是极端反对打破了旧镣铐又自制新镣铐的，现在却两样了。我想，镣铐也是一桩好事（其实行文底规律与语法又何尝不是镣铐），尤其是你

---

　　① 韩波（Arthur Rimbaud，1854—1891），梁另译廉布，通译兰波，法国诗人。

　　② 福禄特尔（Voltaire，1694—1778），通译伏尔泰，法国18世纪启蒙思想家、哲学家。下同。

　　③ 狄德罗（Denis Diderot，1713—1784），法国启蒙思想家、唯物主义哲学家，作家，百科全书派的代表人物。

自己情愿带上，只要你能在镣铐内自由活动，梵乐希诗翁尝对我说：

> 制作底时候，最好为你自己设立某种条件，这条件是足以使你每次搁笔后，无论作品底成败，都自觉更坚强，更自信和更能自立的。这样无论作品底外在命运如何，作家自己总不致感到整个的失望。

我想起幼年时听到那些关于那些飞墙走壁的侠士底故事了。据说他们自小就把铁锁带在脚上，由轻而重。这样积年累月，——旦把铁锁解去，便身轻似燕了——自然也有中途跌断脚骨的。但是那些跌断脚骨的人，即使不带上铁锁，也不能飞墙走壁，是不是？所以，我很赞成努力新诗的人，尽可以自制许多规律；把诗行截得齐齐整整也好，把脚韵列得像意大利或莎士比亚式底十叫行诗也好；如果你愿意，还可以采用法文诗底阴阳韵底办法，就是说，平仄声底韵不能互押，在一节里又要有平仄韵底互替，例如：

> Tout en chantant sur mode mincur（阳）
>
> L'amour vainqueur et la vie opportune（阴）
>
> Ils n'out pas l'air de croire à leur bonheur,（阳）
>
> Et leur chanson se mêle au clair delune,（阴）

> 他们虽也曼声低唱，歌颂（仄）
>
> 那胜利的爱和美满的生；（平）
>
> 终不敢自信他们底好梦，（仄）
>
> 他们底歌声却散入月明（平）①

不过有一个先决的问题：彻底认识中国文字和白话底音乐性。因为每国文字都

------

① 此诗摘录法国魏尔伦的《月光曲》（*Clair de lune*），全诗参见梁宗岱译《一切的峰顶》。

有它特殊的音乐性，英文和法文就完全两样。逆性而行，任你有天大的本领也不济事。关于这层，我也有几条意见：

中国文字底音节大部分基于停顿，韵，平仄和清浊（如上平下平），与行列底整齐底关系是极微的。自始《诗经》和《楚辞》底诗句就字数不划一，如屈原底《山鬼》通篇都是七言，中间忽然生出一句

余处幽堂今终不见天

九言的来，不但不突兀，反而有无限的跌荡。诗律之严密，音节之缠绵，风致之婀娜，莫于过词了；而词体却越来越参差不齐，从李白底《清平调》以至姜白石底《暗香》《疏影》，其演变底程度极显而易见。自然，从四言以上，每行便可以容纳许多变化和顿挫，如王昌龄底

寒雨连江夜入吴，
平明送客楚山孤。
洛阳亲友如相问——
一片冰心在玉壶。

是何等悠扬不尽？何况我们底诗句，很容易就超过十言，并且还要学西洋诗底跨句（法文Enjambement，英文Encroachment），正不妨切得齐齐整整而在一行或数行中变化。

但是我们要当心，跨句之长短多寡与作者底气质（le souffle）及作品底内容有密切的关系的。试看历史上诗人用跨句最多的，莫过于莎翁，弥尔敦和嚣俄，这因为他们底才气都是大西洋式的。而莎翁也只在晚年底剧本中，才尽跨句气象万千的大观。即我国李白底歌行中之长句如

噫吁嚱危乎高哉蜀道之难难于上青天

可不也是跨句底一种？而铁板铜琶的苏东坡，在极严密的诗体中，也有时情不

自禁地逸轨，如"小乔初①嫁了，雄姿英发"的"了"字显然是犯规地跨过下一句。至于那些地中海式的晶朗，清明，蕴藉的作家（马拉美是例外）如腊莘（J. Racine），却非为特殊表现某种意义或情感，不轻易使用，最显著的是他底杰作《菲特儿》中菲特儿对她底侄子宣告她底爱情最后两行：

> Et Phè dre au labyinthe avec vous descendue
> Se serait avec vous retrouvé e ou perdue.
> 而菲特儿和你一起走进迷宫
> 会不辞万苦和你生共，或死同。

因为这两行是她宣言中的焦点，几年间久压在胸中的非分的火焰，到此要一口气吐了出来，可是到"生共"便又咽住了，半晌才说出"或死同"来。由此观之，跨句是切合作者底气质和情调之起伏伸缩的，所谓"气盛则节奏之长短与声音之高下俱宜"；换句话说，它底存在是适应音乐上一种迫切的（imperious）内在的需要。新诗坛所实验是怎样呢？

> ……儿啊，那秋秋的是乳燕
> 在飞；一年，一年望着它们在梁间
> 兜圈子，娘不是不知道思念你那一啼……

"在飞""兜圈子"有什么理由不放在"乳燕"和"梁间"下面而飞到"一年"和"娘不是"上头呢，如其不是要将"燕"字和"间"字列成韵？固然，诗体之存在往往亦可以产生要求。中国诗律没有跨句，中国诗里的跨句亦绝无仅有。但这也许因为单音的中国文字以简约见长，感不到它底需要：最明显的例，我们读九十六行的《离骚》或不满百行的《秋声赋》就不啻读一千几百行的西洋诗。无论如何，我们现在认识了西洋诗，终觉得这是中国旧诗体——我并不说中国旧诗，因为伟大的天才都必定能利用他手头有限的工具去创造无限

---

① 苏东坡原作中为"新"。

的天地的：文艺复兴底画家没有近代印象派对于光影那么精微的分析，他们底造就却并不减于，如其不超过印象派家底大家；尤妙的就是中国唐宋底画诗，单用墨水便可以创出一种音乐一般流动空灵的画——无论如何，我们终觉得这是中国旧诗体底唯一缺点，亦是新诗所当采取于西洋诗律的一条。

我现在要略说用韵了。我上面不是说"列成韵"么？这是因为我觉得新诗许多韵都是排出来给眼看而不是押给耳听的。这实在和韵底原始功能相距太远了。固然，我也很能了解波特莱尔底"契合"（Correspondances）所引出来的官能交错说，而近代诗尤注重诗形底建筑美，如波特莱尔底《黄昏底和谐》底韵是十六行盘旋而下如valse[1]舞的，马拉美咏《扇》用五节极轻盈的八音四行诗，代表五条鹅毛，梵乐希底《圆柱颂》都用十八节六音底四行诗砌成高耸的圆柱形。但所谓"契合"是要一首或一行诗同时并诉诸我们底五官，所谓建筑美亦即所以帮助这功效底发生，而断不是以目代耳或以耳代目。试看《诀绝》底第一节：

　　天地竟然老朽得这么不堪！
　　我怕世界就要吐出他最后
　　一口气息。无怪老天要破旧，
　　唉，白云收尽了向来的灿烂。

"堪"和"灿烂"相隔三十余字，根本已失去了应和底功能，怎么还能够在我们底心泉里激起层出不穷的涟漪？而且，平仄也太不调协了，四十四言当中只有十言是平声（白话底一个大缺点就是仄声字过多）。又不是要收情调上特殊的功效。譬如法文诗本来最忌"T"或"S""Z"等哑音连用，可是梵乐希《海墓》里的

L'insecte net grafte la séchresse

---

① Valse，华尔兹舞。

却有无穷的美妙，这是因为在作者底心灵与海天一般蔚蓝，一般晴明，一般只有思潮微涌，波光微涌，因而构成了宇宙与心灵间一座金光万顷的静底寺院中，忽然来了一阵干脆的蝉声——这蝉声就用几个T凑合几个E响音时形容出来。读者虽看不见"蝉"字，只要他稍能领略法文底音乐，便百不一误地听出这是蝉声来。这与实际上我们往往只闻蝉鸣而不见蝉身又多么吻合！又如《史密杭眉之歌》里的

　　　　Ciseaux

　　　　Les sons aigus des cies et cris des

那就只要稍懂法文音的也会由这许多S及Z（S底变音）和 I 听出剪锯声来了。这种表现本来自古已有，因为每字底音与义原有密切的关系（如我国底淅沥澎湃一类谐音字）。①不过到了马拉美与梵乐希才登峰造极罢了。所以哑浊或不谐的句子偶用来表现特殊的情境，不独不妨碍并且可以增加诗中的音乐。大体呢，那就非求协调不可了。我从前曾感到《湘累》中的

　　　　太阳照着洞庭波

有一种莫明其妙的和谐；后来一想，原来它是暗合旧诗底"仄平仄仄仄平平"

---

　　① 这关系又可分为两种：一是固有的（intrinsic），一是外来的（extrinsic）。淅沥，澎湃一类谐音的形容词以至根据物声成立的名词如溪，河，江，海等都属于前一种。后一种则字音本身与意义原不相联属，不过因为习用久了，我们听到某一音便自然而然联想到某一义，因而造成一种音义间不可分离的幻觉——虽然是幻觉，假如成为普遍的现象，对于诗底理解和欣赏也是一种极重要的原素。因为诗底真诠只是藉联想作用以唤起我们心境或意界上的感应罢了：牵涉的联想愈丰富，唤起的感应愈繁复，涵义也愈深湛，而意味也愈隽永（这幻觉也有限于局部或个人底附会。譬如一个人读惯了陶渊明底"悠然见南山"，"南"字和其余四字在他口头和心里都仿佛打成一片了，觉得假如换上"东""西"或"北"等字便不能适当地表达这句诗境，因为读起来不顺口的缘故。这种基于个人底附会的幻觉，除了对于自己读诗底兴趣而外，自然没有多大的意义）。诗人底妙技，便在于运用几个音义不相联属的字，造成一句富于暗示的音义凑拍的诗。马拉美所谓"一句诗是由几个字组成的一个新字"，并不单指意义一方面。——原注

的。可知古人那么讲求平仄，并不是无理的专制。我们做新诗的，固不必（其实，又为什么不必呢？）那么循规蹈矩，但是如其要创造诗律，这也是一个不可忽略的元素。

其余如双声叠韵，都是组成诗乐（无论中外）的要素。知的人很多，用的人甚少，用得恰到好处的更少之又少了。此外还有半谐音（Assonance），或每行，或两行间互相呼应，新诗人也间有运用的。如果用得适当，也足以增加诗底铿锵，尤其是十言以上的诗句。而李义山底

> 飒飒东风细雨来，
> 芙蓉池外有轻雷

"细""来""外"等字简直是"雷"字底先声，我仿佛听见雷声隐隐自远而近。这是多么神妙！固然，诗人执笔底时候，不一定意识地去寻求这种功效，不过一则基于我上面说过的文字本身音义间密切的关系，一则基于作者接受外界音容的锐感，无意中的凑合，所谓"妙手拈来"，遂成绝世的妙文。

还有，我不甚明了——这是关于节奏问题——闻一多先生底重音说。我只知道中国诗一句中有若干停顿（现在找不出更好的字）如

> 春花——秋月——何时了
> 往事——知——多少
> 小楼——昨夜——又东风
> 故国——不堪回首——月明中。

我亦只知道中国底字有平仄清浊之别，却分辨不出，除了白话底少数虚字，那个轻那个重来。因为中国文是单音字，差不多每个字都有它底独立的，同样重要的音底价值。即如闻先生那句

老头儿和担子摔了一交，①

如果要勉强分出轻重来，那么"老、担、摔、交"都是重音。我恐怕我底国语靠不住，问诸冯至君（现在这里研究德国诗，是一个极诚恳极真挚的忠于艺术的同志，他现在正从事译里尔克《给一个青年诗人的信》），他也和我同意。关于这层，我们又得借鉴于西洋诗，既然新诗底产生，大部分由于西洋诗底接触。我们知道，英，德底诗都是以重音作节奏底基本的，可是因为每个字（无论长短）底重音都放在末尾的缘故，法文诗底节奏就不得不以"数"（nombre）而不以重音作主了。（希腊和拉丁诗底节奏都以"量"或长短作主，法文和意大利皆是拉丁底后身，却不以"量"而以"数"更足为证。）所以法文诗在某一意义上，比较英德诗易做也难做，譬如"阿力山特连"（AIexandrin）体②，把每行填足十二音易，使这十二音都丰满或极尽抑扬顿挫之致却难之又难。（法国人评诗每每说Ce vers a du nombre其意并不说这句诗足十二音，却是赞它节奏丰满。）为了这缘故，又因为法文底散文已甚富于节奏，法文诗就特别注重韵和半谐音，素诗（Blank verse旧译无韵待）在法文诗中虽存一体，而作品绝无仅有。据我底印象，中国文底音乐性，在这一层，似乎较近法文些。中国底散文也是极富于节奏的，我很怀疑素诗③和素诗所根据产生的"重音节奏"在中国底命运。但我不敢肯定。闻先生也许有独到之见，很希望能不吝赐教。

你还记得我在巴黎对你说的么？我不相信一个伟大的文艺时代这么容易产生。试看唐代承六朝之衰，经过初唐四杰底虚明，一直至陈子昂才透露出一个璀璨的黄金时代底曙光。何况我们现代，正当东西文化（这名词有语病，为行文方便，姑且采用）之冲，要把两者尽量吸取，贯通，融化而开辟一个新局

① 出自闻一多《罪过》一诗。
② "阿力山特连体"（Alexandrin），通译亚历山大体，或英雄体。
③ 这封信是读完《诗刊》创刊号便匆匆写就的。第二期已改变我底印象不少，尤其是孙大雨底《自己底写照》虽只发表了两断片，对于"素诗"底前途，已经给我们一个充满了希望的暗示了。让我们祝他早日完成这首新诗坛仅见的气魄雄浑的长诗罢。廿三年八月于叶山。——原注

面——并非中学为体西学为用，更非明目张胆去模仿西洋——岂是一朝一夕，十年八年底事！所以我们目前的工作，一方面自然要望着远远的天边，一方面只好从最近最卑一步步地走。我底意思是：现在应该由各人自己尽力实验他底工具，或者，更准确一点，由各人用自己底方法去实验，洗炼这共同的工具。正如幼莺未能把黑夜的云石振荡得如同亚坡罗底竖琴的时候，只在那上面啄一两啄，一凿两凿地试它底嘴，试它底喉。又如音乐队未出台之前，各各试箫，试笛，试弦；只要各尽己能，奏四弦琴的不自矜，打鼓的不自弃，岂止，连听众底虔诚的静穆也是不可少的，终有一天奏出绝妙的音乐来。

志摩，我对于自己老早就没有了幻影了。我自信颇能度德量力，显然以天人的哥德也说自知是不可能的事（这自然只是知底深浅问题）。我只虔诚地期待着，忍耐着热望着这指导者底莅临——也许他已经在我们底中间，因为发现天才就是万难的事，不然，何以历史上一例一例地演出英国底济慈，德国底赫尔德林（Hölderlin）①，法国底忒尔瓦尔（G. de Nerval）②一类的悲剧；而昭如日星的杜甫，当时也有

> 尔曹身与名俱裂
> 不废江河万古流
> ⋯⋯⋯⋯⋯⋯
> 才力应难跨数公
> 凡今谁是出群雄③

一类的愤慨语？———在未瞥见他以前，只好安分守己地工作，准备着为他铺花；没有花，就铺叶；如果连叶也采集不来，至少也得为他扫干净一段街头或路角。机会好的，劳力底结果也许不至等于零；不好呢，惟有希望他人，希望来者。努力是我们底本分，收获是意外。煞风景么？文艺原是天下底公器，虽然文艺底杰作总得待天才底点化；一个伟大的运动更要经过长期的酝酿，暗

---

① 赫尔德林（Friederich Hölderlin，1770—1843），通译荷尔德林，德国诗人。
② 忒尔瓦尔（Gérard de Nerval，1808—1855），通译奈瓦尔，法国象征主义诗人。
③ 杜甫《戏为六绝句》之二、四句。

17

涌，才有豁然开朗的一天。我们要肯定我们底忠诚，只要为艺术女神，为中国文化奉献了，牺牲了最后一滴血。这奉献便是我们底酬报，这牺牲便是我们底光荣。是不是呢，志摩？

好，不写了，原只想申说几句，不意竟担搁了我三四天底工夫，恐怕你也看得不耐烦了。这种问题永久是累人累物的，你还记得么？两年前在巴黎卢森堡公园旁边，一碰头便不住口地啰唆了三天三夜，连你游览的时间都没有了。这封信就当作我们在巴黎的一夕谈罢。

请代问适之孟真①二位好。

弟　宗岱

一九三一、三、二一于德国海黛山②之尼迦河畔

---

① 适之孟真，指胡适（1891—1962，笔名适之）、傅斯年（1896—1950，字孟真）。

② 海黛山（Heideberg），通译海德堡，德国南部城市。

谈　诗①

> 一片方塘如鉴开，
>
> 天光云影共徘徊。
>
> 问他那得清如许？
>
> 为有源头活水来。

诗人是两重观察者。他底视线一方面要内倾，一方面又要外向。对内的省察愈深微，对外的认识也愈透澈。正如风底方向和动静全靠草木摇动或云浪起伏才显露，心灵底活动也得受形于外物才能启示和完成自己：最幽玄最缥缈的灵境要借最鲜明最具体的意象表现出来。

进一步说，二者不独相成，并且相生：洞观心体后，万象自然都展示一副充满意义的面孔；对外界的认识愈准确，愈真切，心灵也愈开朗，愈活跃，愈丰富，愈自由。

哲学家，宗教家和诗人——三者底第一步工作是一致的：沉思，或内在的探讨，虽然探讨底对象往往各侧重于真，善，或美一方面。真正的分道扬镳，却始于第二步。因为哲学家最终的目标是用辩证法来说明和解释他所得的结论；诗人却不安于解释和说明，而要令人重新体验整个探讨过程；宗教家则始终抱守着他底收获在沉默里，除了，有时候，这沉默因为过度的丰富而溢出颂赞的歌声来。

还有：宗教家贬黜想象，逃避形相②；哲学家蔑视想象，静现形相；诗人却放纵任想象，醉心形相，要将宇宙间的千红万紫，渲染出他那把真善美都融

---

① 初载《人间世》1934年第15期，据1936年商务印书馆初版《诗与真二集》。

② 形相：今作形象。下同，不再一一注明。

作一片的创造来。

在创作最高度的火候里，内容和形式是像光和热般不能分辨的。正如文字之于诗，声音之于乐，颜色线条之于画，土和石之于雕刻，不独是表现情意的工具，并且也是作品底本质；同样，情绪和观念——题材或内容——底修养，锻炼，选择和结构也就是艺术或形式底一个重要原素。

"如其诗之来，"济慈说，"不像叶子长在树上一般自然，还是不来好。"不错。可是我们不要忘记：叶子要经过相当的孕育和培养，到了适当的时期，适当的季候，才能够萌芽擢秀的。

马拉美酷似我国底姜白石。他们底诗学，同是趋难避易（姜白石曾说，"难处见作者，"马拉美也有"不难的就等于零"一语）；他们底诗艺，同是注重格调和音乐；他们的诗境，同是空明澄澈，令人有高处不胜寒之感；尤奇的，连他们癖爱的字眼如"清""苦""寒""冷"等也相同。

我说"连他们癖爱的字眼……"其实有些字是诗人们最隐秘最深沉的心声，代表他们精神底本质或灵魂底怅望的，往往在他们凝神握管的刹那有意无意地流露出来。这些字简直就是他们诗境底定义或评语。试看姜白石底

　　　　"数峰清苦，商略黄昏雨"，

　　　　"二十四桥，仍在波心，荡冷月无声"，

　　　　"千树压西湖寒碧"

　　　　或"嫣然摇动，冷香飞上诗句……"

那一句不是绝妙好诗，同时又具体道出此老纤尘不染的胸怀？

陶渊明诗里的"孤"字，"独"字，杜工部底"真"字，都是能够代表他们人格底整体或片面的。

姜白石《疏影》里的：

　　　　昭君不惯胡沙远，

　　　　但暗忆江南江北；

　　　　想珮环月夜归来，

化作此花幽独。

用典之超神入化，前人已屡道及。古今中外的诗里。用事与此大致雷同，而又同臻妙境的，有英国济慈《夜莺曲》这几行：

Perhaps the self-same song that found

A path

Through the sad heart of Ruth，when，

Sick for home，

She stood in tears amid the alien corn；

说不定同样的歌声透过了

路得底愁心，当她帐望家乡，

含泪站在异国底麦陇中。

二者同是咏物（一花一鸟）而联想到两个飘泊女子底可怜命运。一玲珑澄澈，一宛转凄艳，不独花精鸟魂，皆袅袅烘托出来；诗人底个性和作风，亦于此中透露无遗。寥寥数语，含有无穷暗示。

近人论词，每多扬北宋而抑南宋。掇拾一二肤浅美国人牙慧的稗贩博士固不必说；即高明如王静安先生，亦一再以白石词"如雾里看花"为憾。推其原因，不外囿于我国从前"诗言志"说，或欧洲近代随着浪漫派文学盛行的"感伤主义"等成见，而不能体会诗底绝对独立的世界——"纯诗"（Poesie Pure）底存在。

所谓纯诗，便是摒除一切客观的写景，叙事，说理以至感伤的情调，而纯粹凭借那构成它底形体的原素——音乐和色彩——产生一种符咒似的暗示力，以唤起我们感官与想象底感应，而超度我们底灵魂到一种神游物表的光明极乐的境域。像音乐一样，它自己成为一个绝对独立，绝对自由，比现世更纯粹，更不朽的宇宙；它本身底音韵和色彩底密切混合便是它底固有的存在理由。

这并非说诗中没有情绪和观念；诗人在这方面的修养且得比平常深一层。因为它得化炼到与音韵色彩不能分辨的程度，换言之，只有散文不能表达

的成分才可以入诗——才有化为诗体之必要。即使这些情绪或观念偶然在散文中出现，也仿佛是还未完成的诗，在期待着诗底音乐与图画的衣裳。

这纯诗运动，其实就是象征主义底后身，滥觞于法国底波特莱尔，奠基于马拉美，到梵乐希而造极。

我国旧诗词中纯诗并不少（因为这是诗底最高境，是一般大诗人所必到的，无论有意与无意）；姜白石底词可算是最代表中的一个。不信，试问还有比《暗香》，《疏影》，"燕雁无心"，"五湖旧约"等更能引我们进一个冰清玉洁的世界，更能度给我们一种无名的美底颤栗么？

文艺底欣赏是读者与作者间精神底交流与密契：读者底灵魂自鉴于作者灵魂底镜里。

觉得一首诗或一件艺术品不好有两个可能的因素：作品赶上我，或我赶不上作品。

一般读者，尤其是批评家却很少从后一层着想。

只有细草幽花是有目共赏——用不着费力便可以领略和享受的。欲穷崇山峻岭之胜，就非得自己努力，一步步攀登，探讨和体会不可。

其实即细草幽花也须有目才能共赏。

许多人，虽然自命为批评家，却是心盲，意盲和识盲的。

正如许多物质或天体的现象只在显微镜或望远镜审视下才显露：最高，因而最深微的精神活动也需要我们意识底更大的努力与集中才能发现。而一首诗或一件艺术品底伟大与永久，却和它蕴含或启示的精神活动底高深，精微，与茂密成正比例的。

批评家底任务便是在作品里分辨，提取，和阐发这种种原素——依照英国批评家沛德（Pater）①底意见。

中国今日的批评家却太聪明了。看不懂或领会不到的时候，只下一个简单严厉的判词："捣鬼！弄玄虚！"这样做自然省事得多了。

可怜的故步自封的批评家呀，让我借哥德《浮士德》这几句话转赠给你罢：

---

① 沛德（Wodter Horatio，1839—1894），通译佩特，英国作家、批评家。下同。

灵界底门径并没有封埋；
你底心死了，你底意闭了！
起来，门徒！起来不辍不怠
在晨光中涤荡你底尘怀！

记得在中学读书的时候，曾经在什么地方看见有人要证明《远游》不是屈原底作品。其中一个理由便是屈原在其他作品里从没有过游仙底思想；在《离骚》里他虽曾乘云御风，驱龙使凤以上叩天阍，却别有所求，而且立刻便"仆夫悲，余马怀兮"……回到他故乡所在的人世了。

我却以为这正足以证明《远游》是他未投身于汨罗之前所作——说不定是他最后一篇作品。

因为他作《离骚》的时候，不独对人间犹惓怀不置，即用世的热忱亦未销沉，游仙底思想当然不会有的。可是放逐既久，长年飘泊行吟于泽畔及林庙间，不独形容枯槁，面目憔悴，满腔磅礴天地的精诚与热情，也由眷恋而幽忧，由幽忧而疑虑，由疑虑而愤怒，……所谓"肠一日而九回"了。曰《渔父》，曰《卜居》，曰《悲回风》，曰《天问》，曰《招魂》……凡可以自解，自慰，自励，怨天，尤人的，都已倾吐无遗了。这时候的屈原，真到了山穷水尽的绝境了。"从彭咸之所居"，是他唯一的出路了。

然而这昭如日星的精魂，能够甘心就此沦没吗？像回光返照一般，他重振意志底翅膀，在思想底天空放射最后一次的光芒，要与日月争光，宇宙终古：这便是《远游》了。

其实"山穷水尽，妙想天开"，正是人类极普通，极自然的心理；即在文艺里，也不过与黄金时代之追怀及乌托邦之模拟，同为"文艺上的逃避"（Evasion litteraire）之一种。不过屈原把它发挥至最高点，正如陶渊明在他底惊人的创造《桃花源记》里，同时树立了后两种底典型罢了。

在世界底文艺宝库中，产生情形与《远游》相仿佛，可以与之互相辉映的，有德国大音乐家悲多汶底《第九交响乐》。悲多汶作《第九交响乐》的时候，正是贫病交困，百忧麇集，备受人世底艰苦与白眼的时候。然而"正是从这悲哀底深处，"罗曼·罗兰说，"他企图去讴歌快乐。"岂仅如此？这简直是对于命运的挑战。所以我们今天听了，竟被抛到快乐底九霄去呢！可是假如落到我们文学史家手里，岂不适足以证明这是悲多汶底赝品吗？（这《第九交响乐》犯赝品底嫌疑，还有一个证据，就是在悲多汶底九个交响乐中，它是唯一有合唱的。）

其实这种愚昧的"文化破坏主义"（Vandalisme），还是欧洲底舶来品。三四十年前，欧洲曾经有不少的无聊学者，想把过去文艺史上的巨人（giants）——破坏毁灭。否认荷马，怀疑莎士比亚，曾经喧闹了一时。推其动机，不出这两种心理：说得含蓄一点，就是他们的确因为自己人格太渺小，太枯瘠，不能拟想这些诗人底伟大与丰饶，因而怀疑他们底存在；说得露骨些呢，就是"好立异以为高"，希望哄动观听，在学术界骗一地位。

然而无论动机如何，多谢天！这种破坏主义在欧洲已成陈迹了！法国一位荷马专家，费了三十余年的工夫苦心钻研，著了二十七八本书，结果是证实了荷马确有其人，而且《伊里亚德》大部分是出自他手笔。还有《奥特赛》，据他底揣测，也有好些部分是荷马作的。不过他不敢断言。他愿意还能活二十年的工夫，得从事研究这部大作，以探其究竟。（看看人家做学问的精神！）至于莎士比亚，经过了英，法，德三国专门学者底研究和讨论，所得的结论还是与翻案前无异，就是说，莎士比亚是他底剧本底作者，而他底生平事迹，比起普通那两三页传记，不增也不减。

不料我国底文化领袖，不务本探源，但拾他人余唾，回来惊世骇俗：人家否认荷马，我们也来一个否认屈原；人家怀疑莎翁底作品，我们也来一个怀疑屈原底作品等等。亦步亦趋固不必说，所仿效的又只是第三四流甚至不入流的人物。如果长此下去，文化运动底结果焉得不等于零！

美国十九世纪大思想家爱默生尝说："我们底时代是回溯的"，意思是叹息他所处的时代离开创造的黄金时代已远，只能够追怀，陈述，和景仰过去的伟大。假如他生在今天，眼见我们连过去的伟大都不敢拟想，不敢相信，不知感想又如何？

然而不！"所有的时代是相等的……"德国底哥德与英国底勃莱克差不多同时在他们底日记里记下这句至理。十九世纪何尝是回溯的？诗界底哥德，嚣俄；小说界底士当达尔，陀士多夫斯基；音乐界底悲多汶，瓦格尼；画界底特洛克尔和雕刻界底罗丹，那一个不是伟大，精深，创作力横溢，可以和文艺史上过去的任何代表人物媲美呢？而在过去的伟大时期中，这种专事毁坏的蛀书虫恐怕也不少，不过他们只是朝生暮死罢了。

《卜居》，《渔父辞》和《九歌》都是屈原所作。如果不是屈原，必定是另一个极伟大的抒情诗人——结果还是一样。

《九歌》即使一部分原来是民间的颂神曲，亦必经屈原（或另一个伟大抒情诗人）底点化，或者干脆就是屈原借来抒发自己底幽思的，不然艺术不会那么委婉雅丽，内容那么富于个人的情调。

《卜居》和《渔父辞》则显然是屈原作来自解自慰的，所谓"借人家杯酒，浇自己块垒"。渔父和卜尹都不过是屈原自我底化身（exteriorisation du moi），用一句现代语说。

中国古代文学史中善用"自我底化身"的，屈原而外，有庄子和陶渊明。

庄子底寓言用这种写法的极多，且不举例。陶渊明则《形影神》，《五柳先生传》，以及《饮酒》里的"清晨闻叩门"，"有客常同止"，《拟古》里的"东方有–士"都是极完美的例。

曾国藩把"有客常同止"解作真客（见《十八家诗钞》注），所以越解越糊涂，因为绝对不会有一个客与主人"趣舍邈异境"又长年同眠同起的。实则主客只代表陶渊明底"醒的我"和"醉的我"罢了。结尾四句似乎是两个"发言各不领"和"自我"互相嘲讽之词：

　　"规规一何愚！
　　兀傲差若颖，"

醉的我说。醒的我却答道：

　　"寄言酣中客，
　　日暮烛可秉！"

有人以为我这解法近于"自我作古",因为两重人格或自我底化身在近代文学中才出现。后来我读苏东坡诗集,发见其中有一首咏渊明饮酒(非《拟陶》)的已经先我说了。至于两重人格到近代才有说,我们只要想到庄子《齐物论》底"今者吾丧我"便不攻自破。

至于陶渊明这种写法,我疑心是得力于屈原的。试细读《渔父辞》及"清晨闻叩门",便知道两者除了文体而外,段落,口吻及神气都极相仿佛:蜕化底痕迹历历可辨。

哲学诗最难成功。五六年前我曾经写过:"艺术底生命是节奏,正如脉搏是宇宙底生命一样。哲学诗底成功少而抒情诗底造就多者,正因为大多数哲学诗人不能像抒情诗人之捉住情绪底脉搏一般捉住智慧底节奏——这后者是比较隐潜,因而比较难能的"(见《诗与真》一集《保罗梵乐希先生》)。因为智慧底节奏不容易捉住,一不留神便流为干燥无味的教训诗(Didactic)了。所以成功的哲学诗人不独在中国难得,即在西洋也极少见。

陶渊明也许是中国唯一十全成功的哲学诗人。我们试翻阅他底全集,众口传诵的

> 结庐在人境,
> 而无车马喧……

> 孟夏草木长,
> 绕屋树扶疏。
> 众鸟欣有托,
> 吾亦爱吾庐……

等诗意深醇,元气浑成之作;或刻划遒劲,像金刚石斫就的浮雕一般不可磨灭的警句:

> 形迹凭化往。

　　　　灵府长独闲。
　　　　贞刚自有质：
　　　　玉石乃非坚，

不容怀疑地肯定了心灵底自由，确立了精神底不朽——固不必说了。即骤看来极枯燥，极迂腐，教训气味极重的如

　　　　人生归有道，
　　　　衣食固其端……

　　　　先师有遗训：
　　　　忧道不忧贫，

等，一到他底诗里，便立刻变为有色有声，不露一些儿痕迹。苏东坡称他"大匠运斤"，真可谓千古知言。

　　陈子昂底《登幽州台歌》：

　　　　前不见古人，
　　　　后不见来者。
　　　　念天地之悠悠，
　　　　独怆然而涕下！

字面酷像屈原《远游》里的

　　　　唯天地之无穷兮，
　　　　哀人生之长勤！
　　　　往者吾不及知兮，
　　　　来者吾不闻！

陈子昂读过《远游》是不成问题的，说他有意抄袭屈原恐怕也一样不成问题。唯一合理的解释，就是：或者陈子昂登幽州台的时候，屈原这几句诗忽然潜意识地变相涌上他心头；或者干脆只是他那霎时胸中油然兴起的感触，与《远游》毫无关系。因为永恒的宇宙与柔脆的我对立，这种感觉是极普遍极自然的，尤其是当我们登高远眺的时候。试看陶渊明在《饮酒》里也有

宇宙一何悠！

人生少至百……

之叹，而且字面亦无大出入，便可知了。

无论如何，两者底诉动力，它们在我们心灵里所引起的观感，是完全两样的：一则嵌于长诗之中，激越回荡，一唱三叹；一则巍然兀立，有如短兵相接，单刀直入。各造其极，要不能互相掩没也。

我第一次深觉《登幽州台歌》底伟大，也是在登临的时候，虽然自幼便把它背熟了。那是在法国夏尔特勒城（Chartre）底著名峨狄式的古寺塔巅。当时的情景，我已经在别处提及。

我现在却想起另一首我癖爱的小诗：哥德底"一切的峰顶……"。这诗底情调和造诣都可以说和前者无独有偶，虽然诗人彻悟的感喟被裹在一层更大的寂静中——因为我们已经由黄昏转到深夜了。

也许由于它底以〔u〕音为基调的雍穆沉着的音乐罢，这首诗从我粗解德文便对于我有一种莫名其妙的魔力。可是究竟不过当作一首美妙小歌，如英之雪莱，法之魏尔仑许多小歌一样爱好罢了。直到五年前的夏天，我在南瑞士底阿尔帕山一个五千余尺的高峰避暑，才深切地感到这首诗底最深微最隽永的震荡与回响。

我那时住在一个意大利式的旧堡。堡顶照例有一个四面洞辟的阁，原是空着的，居停因为我常常夜里不辞艰苦地攀上去，便索性辟作我底卧室。于是每至夜深人静，我便灭了烛，自己俨然是脚下的群松与众峰底主人翁似的，在走廊上凭栏独立：或细认头上灿烂的星斗，或谛听谷底的松风，瀑布，与天上流云底合奏。每当冥想出神，风声水声与流云声皆恍如隔世的时候，这雍穆沉

着的歌声便带着一缕光明的凄意在我心头起伏回荡了。

可见阅历与经验，对于创造和理解一样重要。因为我们平日尽可以凭理智作美的欣赏，而文字以外的微妙，却往往非当境不能彻底领会，犹之法郎士对于但丁底

> Nel mozzo del cammin di nostra vita....
>
> 方吾生之中途……

虽然反复讽诵了不止百遍，第一次深受感动，却是在他自己到了中年的时候。

严沧浪曾说："大抵禅道在妙悟，诗道亦在妙悟。"不独作诗如此，读诗亦如此。

王静安论词，拈出曼殊底

> 昨夜西风凋碧树。
> 独上高楼
> 望尽天涯路

欧阳修底

> 衣带渐宽都不悔，
> 为伊消得人憔悴，

和辛稼轩底

> 众里寻 他千百度。
> 回头蓦见
> 那人正在灯火阑珊处。

来形容"古今来成大事业大学问者必经过三种境界"，不独不觉得牵强，并且

非常贴切。

这是因为一切伟大的作品必定有一种超越原作底意旨和境界的弹性与暗示力；也因为心灵活动底程序，无论表现于那方面，都是一致的。掘到深处，就是说，穷源归根的时候，自然可以找着一种"基本的态度"，从那里无论情感与理智，科学与艺术，事业与思想，一样可以融会贯通。王摩诘底

> 玩奇不觉远，
>
> 因以缘源穷。
>
> 遥爱云木秀，
>
> 初疑路不同。
>
> 安知请流转，
>
> 偶与前山通！

便纡回尽致地描画出这探寻与顿悟的程序来。

我在《象征主义》一文中，曾经说过"一切最上乘的诗都可以，并且应该，在我们里面唤起波特莱尔所谓歌唱心灵与官能底热狂的两重感应，即是：形骸俱释的陶醉，和一念常惺的彻悟。"

我底意思是：一切伟大的诗都是直接诉诸我们底整体，灵与肉，心灵与官能的。它不独要使我们得到美感的悦乐，并且要指引我们去参悟宇宙和人生底奥义。而所谓参悟，又不独间接解释给我们底理智而已，并且要直接诉诸我们底感觉和想象，使我们全人格都受它感化与陶熔。譬如食果。我们只感到甘芳与鲜美，但同时也得到了营养与滋补。

这便是我上面说的把情绪和观念化炼到与音乐和色彩不可分辨的程度。

陶渊明底

> 平畴交远风，
>
> 良苗亦怀新，

表面只是写景，苏东坡却看出"见道之言"，便是这个道理。其实岂独这两

句？陶渊明集中这种融和冲淡，天然入妙的诗差不多俯拾即是。

又岂独陶渊明？拿这标准来绳一切大诗人底代表作，无论他是荷马，屈原，李白，杜甫，但丁，莎士比亚，腊辛，哥德或嚣俄，亦莫不若合规矩。

王摩诘底诗更可以具体地帮助我们明了这意思。

谁都知道他底诗中有画；同时谁也都感到，只要稍为用心细读，这不着一禅字的诗往往引我们深入一种微妙隽永的禅境。这是因为他底诗正和他底画（或宋，元诸大家底画）一样，呈现在纸上的虽只是山林，邱壑和泉石，而画师底品格，胸襟，匠心和手腕却笼罩着全景，弥漫于笔墨卷轴间。

反之，寒山，拾得底诗，满纸禅语，虽间有警辟之句，而痕迹宛然：自己远未熔炼得到家，怎么能够深切动人？王安石以下底讖语似的制作更不足道了。

二十三年九月至十二月

试论直觉与表现[①]

×××兄：

谢谢你关于拙词的美意和提示。在百忙中却又极无聊赖中，忽然得接久违的挚友底音信，我底欣悦是不言而喻的。何况你所谈的又是我新学会的，因而最感兴趣的玩意儿——词！

不过，宽恕我底不义，我得首先声明你所说的好话（虽然我听到这话已不止一次）实在是过誉。关于批评，我始终深信"时间是最公允的裁判"。同时代的意见大抵不流于过誉就是过毁。过毁，不独因为有价值的文艺作品总多少含有超越当代一般理解力的元素，也因为很少读者甚或批评家肯加给一件无名作品那么深刻的批评和欣赏所必需的注意和努力。所以济慈一类的悲剧总不免一代一代地照例发生。反之，或由于作品所描写的生活比较和我们接近：因而我们很容易在里面找着我们深秘的祈向或夸大的影子；或由于作者是我们底知交，因而我们在他底作品里发现他所想表达而其实没有成功的独造的匠心：于是我们便难免不放大这作品或作者底价值了。试打开任何一部诗选或文选，你就会发现当代作家占的篇幅总超过以往任何一个黄金时代。而同属一个文艺会社或小圈子的作家们之互相标榜，在旁观者觉得那么可笑，焉知在他们自已不是由衷的真诚的互相倾慕？即在词底范围里，自两宋以来，那一代没有一两个词人自以为，或被朋友誉为，可以睥睨古人？然而时过境迁，温韦二主冯欧晏秦苏辛周姜依然光芒万丈，那些不可一世的词人却早已坠入遗忘底深渊了。

至于你担心我底词会给新诗坛一种消极的不良影响，我却觉得是过虑。新诗在新文学中虽然是最遭人白眼的产儿，其实比那一部门都长进。小说至

① 初载《复旦学报》1944年第1期，1944年1月31日出版。

今恐怕还没有比得上《呐喊》那样成熟的作品，反之，把《尝试集》《草儿》和卞之琳底《十年诗草》或冯至底《十四行集》比较，你就可以量度这中间的距离。不过诗，无论新旧，都是最难的艺术：不独难作，并且难读。一部小说或一出戏，只要情节相当有趣，文笔相当流利或对话相当生动，便很容易——尤其在一个欣赏力贫弱的文坛里，——获得读众热烈的欢迎。诗呢，雅俗共赏的虽所在多有，却不能说曲高和寡不是比较普遍的事实。我以为新诗最大的危机，正是和旧诗一样，就在于一般作者忽略它底最高艺术性：每个人都自己，或几个人互相，陶醉于一些分行的不成文的抒写，以致造成目前新诗拥有最多数作者却最少读者的怪现象。幸而出类拔萃的也不少：孙大雨，何其芳，艾青，和上面提到的两位都可以说是新诗底忠实工匠，而且他们一部分作品毫无疑义地已经为新诗奠立了不可动摇的基础。孙大雨和何其芳两人发展的过程恰好成一个对照。在孙大雨先生最近发表的商籁里，我们认出他无论题材和作风（除了旧词藻比较丰富外）都极力保持十余前年作《自己的写照》时的面目，有时甚或使我们带着几分惆怅去怀念《自己的写照》几个卓越的至今还未能超过的断片。何先生天生是清新婉妙的歌者，却硬要扯破自己的嗓子去作宣传家。最吸引大众的是艾青，因为他不独怀抱着极热烈的社会意识，并且能运用文字加以恰当的节奏的表现，如《火把》里有些部分所显示给我们的。只可惜不能抑制这意识底泛滥，因而往往流于一些不很深刻的随笔。最成熟的，或者不如说，最投合我趣味的，是《十年诗草》和《十四行集》。这两部诗集大体上都是卸却铅华的白描：前者文字底运用和意象底构成似乎更活泼更流丽更新巧，后者则在朴素的有时生涩的形式下蕴藏着深厚的人生体验和自然的观感或二者底交融。新诗能够拥有这样的诗人，这样的作品，还有什么可以阻止它光明的前途呢？

这些考量使我觉得无限的羞惭和自疚。过去我对新诗是一个爱唱高调而一无所成的人，现在却只落得一个弃甲曳戈的逃兵——至少，形迹上是这样罢。

但我经过了几许自由的摸索与冒昧的试探，所以终不免皈依到这最因袭也许最腐滥的形式，其过程或许不是不可说明的。

一半由于天性里固有的需要，一半或者也由于在那决定我们精神发展底方向的紧要年龄，在二十岁前后，我接受了一种当时认为天经地义的文艺原理或偏见（既然一切文艺原理在另一时代或从另一观点看来都不免是偏见）：诗应该是音乐的。——虽然是偏见，而且在许多人眼中是极不健全的偏见，对于我却仍然是颠扑不破的真理。我这二十余年如一日（我相信你不会以我为夸大）对于诗的努力，无论是二十岁前的《晚祷》之系统地摒除脚韵（那是为获得一种更隐微更富于弹性的音节），或者那对于极严格的几乎与中国文字底音乐性不相投合的意大利式商籁之试作，差不多都指向这一点：要用文字创造一种富于色彩的圆融的音乐。在今日看来，完全摒除脚韵固然是一个无知青年底固执，那严密而又复杂的意大利式的商籁之尝试也往往证实是吃力不讨好的工作。我不甘承认我所奉的信条是错误，却不得不默许我底实施之失败。我踌躇，彷徨，思索。我模糊地意识到白话这生涩粗糙的工具和我底信条或许是不相容的，却又没有勇气（在某些场合打退堂鼓所需要的勇气并不亚于唱进行曲）放弃我这在沉默中磨练了二十多年的武器……

就在这时候我底情感起了某种波动。我想把握住这些内在的颤栗底节奏，试用一种删掉若干不和谐的虚字的白话去写一些与哥德雪莱或魏尔仑底有名的短歌相类似的短诗。我写出现在收入《芦笛风》里的第一首词底前四行：

> 菊花香里初相见，
> 一掬笑容堆满面。
> 当时只道不关心，
> 谁料如今心撩乱？

这，你得承认，总相当接近我当时的理想：一种比较简练却仍不失其单纯自然的白话。但当我仔细审视之后，我发觉它酷似我那时常常翻阅的六一词里的《玉楼春》底前半片，平仄也完全调协。你可以想像我底惊讶，——或者还带了几分喜悦。最不幸的是，我在诗里长期的探讨和思索不知不觉地把我引到一个那么抽象的几乎可以说形而上的观点，以致中外古今或新旧这些畛域已无形中消灭。"就是词又怎样呢，如果它能恰当地传达我心中的悸动与晕眩？"我说。于是我继续填完下半片。

这意外的遭遇引起一个颇幼稚的念头：像从前计划写几十首的"商籁环"一样，我计划写几十首的"玉楼春环"——我是一个那么不可救药的爱好形式上的一致的人！

心灵的活动是那么神秘，缱绻的诗神之惠临我们决不仅单独一次。距离那时候不久，另一个机会便由一个梦提供给我。那是一个极平凡的梦，但醒后引起那么不可抑制的惆怅，使我又不得不设法凝定它以便把它从心中解放出来。首先我自然还是想用前调。但并没有如愿！因为当我躺在床上把它在心里盘旋的时候，梦中最扼要的部分已自然形成了四句五言："老了，莫蹉跎"！齐声唤"奈何"！不甘时已老，依旧相欢好。它们把梦中的口吻表现得那么贴切，我只好放弃了"玉楼春环"的企图，而易以比较恰当的调子，结果便成为《芦笛风》里的第一二首《菩萨蛮》。这又使我得到另一个显而易见的结论：词之具有这许多小令和长调，正是它一个特长，因为我们可以任意选择那配合我们情意的形式。这经验还有一点特别值得注意的，就是填词（虽然它底格律那么谨严）比较作商籁对于我是轻而易举的事。我过去所试作的商籁最快也要一周以上的苦思；词则长调如"金缕曲""水调歌头"亦只需要半天，就是抽象如《芦笛风》底序曲也不过两天便完成——小令则至多两三小时而已。而且如果你知道写时的感觉是多么愉快而自然，真与春天的叶子在树上生长一样！

我并非为词辩护，更无意于损害商籁或新诗底尊严去替词说法。我只叙述我底经验。我以为在艺术领域里，每个作家都必须为自己寻找那最适合自己个性的方式：没有谁能够勉强或诱掖谁，也没有方式可以自诩占有绝对的优越。问题只在于找到你底个性和方式间的和谐，有时甚至是两种极端的矛盾性底和谐。譬如我自己在生活上最爱野朴与自然，在艺术上却极醉心于格律与谨严，而我最大的野心就是要在极端的谨严中创造极端的自然。

以上是我开始作词的经验。差不多全部《芦笛风》都在这种情形下，在短期间写成的。我现在想更详尽地对你叙述我作"鹊踏枝"的经过，因为你特别喜欢，特别提到它们；也因为我写它们的动机和《芦笛风》里大部分的词不同，不是迫于强烈的切身的哀乐，而是从一种比较超然的为创造而创造的态度出发，个中甘苦，颇有一述的价值。

最令人垂涎的是禁果。我相信那诱惑夏娃的蛇，并不在伊甸园中，而在她自己心里：一种对于不合理的禁令的本能的反抗。我这种倾向似乎特别强，尤其是在艺术方面。正如对于生活我只有一个理想：修持一个真诚高贵的人格；同样，关于艺术，我只信奉一个我以为合理的戒条：一个作家必须创造一些有生命的美丽的东西。此外什么"不能做"或"必须做"一类外来的命令都是空谈，都是妄人底强解。我国二三十年来的新文学自然是一个解放运动；但因为一切解放或革新都不免矫枉过正，所以也带来了不少的另一方面的专制。其中最令我不服气的就是硬说什么规律是灵魂底枷锁，而特别是，在诗一方面，贬责押韵尤其是步韵为汨没性灵的工作。

距离现在恰好一年，我初学填词的热忱已经消沉了好几个月，为要把《芦笛风》告一结束，我继续填了该集里的"金缕曲"第四五首和序曲"水调歌头"。不料这竟重燃起这热忱底死灰。另一个我极爱好而在过去填得最少的调子——"蝶恋花"或"鹊踏枝"——在我耳边不断地喧响，使我立意要填它一二十首，以补从前的缺憾。为了增加我和这调子底熟悉，我第一次读到冯正中底十四首"鹊踏枝"，其中四首是我在六一词里已经熟读的旧相识。但我决不会冒昧到要步武这些显赫的榜样，如果我不偶然在一本词话里又看到一番反对步韵的高论……

其实我写《芦笛风》甚或作商籁的经验已经告诉我：即不步韵亦得受韵底支配。无论你所要写的是庄严的思想或轻情的情绪，是欢乐底高歌或悲痛底沉默，第一步走近表现的关键就是找到一套恰当的韵。我曾经侥幸得窥见欧洲许多大诗人底稿本或未完稿，大抵皆先把韵脚排好，然后把整句底意思填上去。不过多数诗人都在诗成后极力把痕迹掩饰，像野兽抹掉它们洞口底爪印。直到梵乐希才坦白承认："从韵生意比从意生韵的机会多些。"这并非说作诗纯是一种舞文弄墨，没有真情实意的工作；只说明这是一首诗形成必经的步骤而已。即如《芦笛风》里你所称为"句句是悟，句句是迷，愈悟愈迷"的几首《金缕曲》底第一首：

何事空萦想？

叹更番深盟密约

终成惆怅!
月缺常多圆月少,
此恨凭谁与讲?
君不见海鸥和浪,
相遇相亲还各散,
白茫茫一片空凝望? ……
歌一曲
为君唱!

从今莫再相偎傍,
只愁他窗前叶底
倍增凄怆。
虹彩易消秋色冷,
况复人间情网!
算只有梦中来往;
还怕路斜风烛暗,
枉教人恻恻荒途上……
心一瓣
祝无恙!

一股不得不诀绝却又不甘诀绝的苦闷积压萦绕于胸中几乎两三日之久[①]，直到进出上下两片底最后两句"歌一曲为君唱"和"心一瓣'祝无恙"，从"唱"和"恙"唤起其他韵脚然后在一个下午一口气完成。可知押韵和步韵之受韵支配是一样的，不过前者比较（因为每部韵合用的究竟有限）可以自由选换，后者则须依照别人底式样而已。但一个崇奉规律和谨严的艺术家是不会在这一点增添的约束前退缩的。何况苏东坡和章质夫《水龙吟》的例子昭示我们，胜利之究竟谁属，还在未知数呢！

可是说我底《鹊踏枝》之产生，完全出于技巧的考虑，节奏的煽动，也不符事实。因为这是精神活动底一个奇迹，在这些表面似乎纯是辞藻的游戏，以及对韵脚的挣扎，竟融入了我（或许我与一般人共有的）生命中一个最恒定最幽隐的脉搏，一个我常常被逼去表现而迄未找到恰当的形式的情感生活底基调，那当万物都苏醒的时候一年一度袭击我心灵的基调，那为欧阳修这句词

　　　　每到春来，惆怅还依旧[②]

泄露得那么透澈的春之惆怅！

"春之惆怅"，——我在二十岁时曾试写过一篇短篇小说，但刚开场便放弃了——这是一个解心学者认为完全出自性欲而在前进者眼中最不合寸宜

---

　　① 反之《金缕曲》第四首："莫把琴弦拨！怕琴弦不胜凄怨，砰然中折。不是陌生无可诉——怎奈满腔难泄！君不见江涛呜咽？只为滩多流湍急，到深渊一碧平如抹：千顷浪，心头噎。莫将心事分明说；只凄然无声有泪，相偎相贴。试向莹莹泪光里，默识梦魂千结。更多少悲欢圆缺！恰似连翩白雁影，向蓝天耿耿明和灭。幽谷里，空啼鴂……"，却大部分起于一个理智的构思。我曾经住过一所望着无尽深谷的高楼。暮春时节，每当清晨，傍晚，尤棋是深夜，往往从谷底传来一阵比一阵凄紧的子规啼。接着来的是一片更大的凄寂。这使我油然想起"鸟鸣山更幽"这名句，而得煞尾两句："幽谷里，空啼鴂……"我于是想象两个悲剧的人儿在这样一个深夜秉烛相对，含泪无言，生怕拨动那一触即发的心事，——只远远传来的鹃声不时加重这凄寂的紧张。江涛一喻不用说是北碚到北温泉一段江水提示给我的，并已和全诗意境在我心里萦回了不少的日子。适值一位多才善感的女友骤然接到她一个最心疼的女儿底噩耗，被抛进那么悲痛的深渊，以致没有一个朋友敢对她提起一句慰解的话。这强烈的印象遂催我按韵脚把全首填出来。——原注

　　② 《蝶恋花（谁道闲情抛弃久）》句。

（或最缺乏所谓时代精神）的题材。这两种立法者自然都有他们底理由。

但据我底短见，事情并没有那么简单。因为人性是极复杂的，时代精神更复杂：最明显的不见得是最代表的或最持久的。身历德国两次极强烈的对外战争的哥德始终没有试去反映当时抗战的情绪，而只毫不动容地歌唱他个人的哀乐（《东西诗集》及其全部抒情诗），或沉潜于他那上天入地的理想底追求（《浮士德》）。德国人却一致承认他最能代表德国民族性，欧洲人也公推他是西方近代精神底典型。反之，与他同时的以作战歌为职业的福格特（Vogt），除了在哥德谈话中偶一听到他底名字外，已默默无闻了。福格特姑毋论，就是在那最高的文艺天空里，第一流诗人譬如但丁和嚣俄本人底作品亦可以给我们同样的启迪。《神曲》是世界诗史上最大的纪念碑之一；可是对于我们，那些最有生命，最使人百读不厌的已经不是那些直接表彰中世纪精神的部分，而是一些具有普遍性，永久性的人物如保罗与法兰奢士迦（Paolo Francesca）乌果连奴（Ugolino）和郁里色（Ulisses）或一些超现世的景物如那风光旖旎的地上乐园（《炼狱》第二十九阕）和光华夺目的最高的天堂（《天堂》第三三阕）。最能抓住时代底动态，最伟大最有力的正面攻击政潮发挥社会意识的诗，莫过于嚣俄那义愤横溢的《惩罚集》（*Les Châtiments*）；但从诗底价值而言，终远逊他自己那把个人底情思，社会底倾向，政治底信仰融为一炉，化炼为极抒情的象征的《历代传说》（*La Légende des Siècles*），特别是其中《撒提尔》（*Le，Satyre* 希腊神话中的半兽神）一诗。在另一方面呢，如果诗是诗人全人格底表现，如果诗人底心灵不是一洼淤浊的死水，而是一泓有活水源头的清泉，我不相信时代底天光云影甚或那最恒定的星辰运行不多少被摄入他底诗中。二十世纪底词，无论技术多么高妙，决不能是五代两宋底词。

至于解心术者们底理论，自有其强固的生理上的根据。可惜他们没有澈底。他们只看见那萦绕人心直到梦寐深处的求爱的欲望，却忘记了那在性欲底源头，那要抵抗死底幻灭与凄惶的超出梦寐以外的永生的祈向。因为传种（永生底方式之一）是极痛苦的工作，大自然不得不多方诱惑我们，迷醉我们，而性爱——性能底欢乐——就是她最有效的一种手段。所以一切文艺底动机或主题，说到是处，并非爱而是死；并非欲望底文饰而是求生的努力。①

死，是的，这才是一切艺术底最初的永久的源头。因为一切惊风雨泣鬼神的悲剧；一切卷肚弯腰，哄堂大笑的喜曲；一切芬馨幽渺，回肠荡气的抒情诗，——都不过是要麻醉我们对死的痛苦的感觉，预防死底意识之侵蚀，或发泄一切由死或死底前驱与扈从所带来的积压我们心头的哀怨罢了。死，是的，还有死底前驱与扈从：疾苦和忧虑，衰残和腐朽，难弥的缺陷，蚕食生命的时光……一切最高的诗都是一曲无尽的挽歌哀悼我们生命之无常，哀悼那妆点或排遣我们这有涯之生的芳华与妩媚种种幻影之飞逝。古诗十九首；二主冯欧底小令；法国十五世纪罪犯诗人维雍②（Francois Villon）底沉痛的不朽的"但那里是去年的白雪"；拉玛丁布日湖潋滟的波光③；汤显祖牡丹亭迷离的梦影；以及济慈夜莺底哀吟；雪莱云雀底欢唱，——都不过是这挽歌各种不同的奏法。而洪沙④（P. de Ronsard）和莎士比亚底金声的《商籁集》差不多自首至尾都喧响着这对于死和时光的坚决的抗议：

> 可是我底诗未来将矗立千古，
> 歌颂你底美德，无论他多残酷！⑤

差不多每首商籁都是从时光贪婪的手夺来的悲欢刹那凝成永住的清歌；都是和死搏斗得来的一场胜利，一件俘掠品……

这并非我自以为可以踵武这些煊赫的前贤。无论我怎样狂妄，决不至这

---

① 唯物史观和解心术底理论根据，都不外孔子底"食色性也"一句话，而只各执一端。但从生物学底立场，食底动机是维持生命，色底动机是传递生命。所以说到是处，人类底最后动机，和一切有生之伦一样，是求生，就是说，是对于死的畏缩，抗拒，悲悯，或征服。——原注

② 维雍（Francois Villon，约1431—1463），通译维永，法国抒情诗人。一生入狱五、六次，两度被判死刑均未执行。

③ "布日湖（Lac du d11 Bourget）潋滟的波光"，指拉马丁名作《湖》（Le Lac）。

④ 洪沙（Pierre de Ronsard，1824—1585），另译龙萨、龙沙，法国抒情诗人，以爱情诗见长。

⑤ 莎士比亚《十四行诗》第60首，全译见梁宗岱译《一切的峰顶》。

样僭越。但如果他们艺术底造诣我只能仰止,他们底灵感,那蕴藏在他们诗里的透过想像的生活,却是我所深切体验到的;是,正如我上文所说,我情感生活底基调之一,在我未识之无之前已经朦胧地意识到,不,已经迫切地窘扰我无知的童心了。

我六岁而慈母见弃。在送葬回来那天,我还清清楚楚地记得,沉没在那骤然失掉一个慈爱而在小小的眼睛里显得非常美丽的年青母亲的悲哀里,我幼稚的心已试去探索死底玄秘。"埋在层层的泥土下,怎样呼吸呢?"我想。于是仿佛四块棺木逼拢来一般,我窒息到喊出来。从那天起,再没有比庄周得道长生一类的故事更受我热烈欢迎的,——它们那么刺激我底幻想,以致在十岁以前,不瞒你说,我曾经偷读过两本修炼长生的道经。

十岁我在小学教室里自己翻阅清人吴定底《紫石泉山房记》。当我读到"游从旧侣,半皆散亡;竹既凋残,池亦竭矣"这几句平淡的描写时,我环顾满堂天真活泼的面庞,竟无异于从前那西征希腊的波斯皇帝登高凭眺他那五百万大军踏桥西渡时所起的幻灭的悲感,不觉凄然下泪。直到现在,虽然我表面似乎只会前瞻永不回顾(大体说来,事实也的确如此),可是有时当午梦醒来瞥见窗外黄日中一枝花影,或微云淡月下仰望几张树叶在风中抖颤,或万籁俱寂时潜听远远传来江涛底呜咽,或在热闹街头突然听到一声小贩对于生活的迫切呼喊,或途中邂逅一双晴朗或黝深的灵活的眼睛……心中总像微风吹过的湖面掀起一层涟漪,蓦地感到一阵似曾相识却又从未经历过的乡思似的颤栗。

就是这神秘的颤栗,这同时眷恋着往迹却又憧憬着未知的远方的颤栗,浮士德所谓"人性中最好的部分"(Das Schaudern ist der Menschheit Bestes Teil)我希望有一天摄入我底诗里。

我上面说过,我之写《鹊踏枝》,首先是由于这调子底节奏之敦促,起意要填一二十首;后来因读了冯正中词,又立心要步他底韵。我得补充一句,大概就在这二者之间罢,我曾经有一刻模糊地想到我底题材应该是一个极因袭的题材:楼头思妇底哀愁。但这都不过是一些昙花一现的念头,想到了立刻放下,迟早总会和其他许多在一个空闲又好遐思的头脑里忽起忽灭的文艺计划或幻想同归于无的——如果不发生一件极轻微但在这种问题上极富决定性的事。

那就是当我有一天在翻阅《阳春集》里的《鹊踏枝》第五首的第三行

> 新结同心香未落

的时候，一个久沉睡在我记忆里的意象忽配上了它底音节醒来，成为怕见白帆开又落。这意象之获得乃在十五六年前一个春天，当我游览梵乐希诗翁地中海的故乡那因他一首诗而著名的海滨墓园的时候。舍提是法国地中海一个港口，墓园就在城外滨海的高崖上。从墓园远眺蔚蓝的海上船只（特别是一种供游玩的小帆船）之出没实在是一个奇观，所以梵乐希底《海滨墓园》一开头便说：

> 这平静的瓦背，白鸽在那上面踱着……

可是这些以白鸽底姿态显现给梵乐希想像底眼的小帆船，我却觉得是一朵朵白花底开谢。但这也不过是当时偶现的幻觉罢了。谁想到多年后竟混合了别的情感底元素（"怕见"二字我疑心是来自张玉田底"怕见飞花，怕听啼鹃"[①]），配上或种音节重现于我底意识界，而完成了我那江边"楼头思妇"的一幅画图！

去年这里的春天（我不知道你那里是否一样）来得分外芳馥分外灿烂分外拥挤。园中的红梅绿萼桃李和海棠梨争先恐后地开放。有些日子那么透明我几乎以为置身于意大利或法国的南方。这眼前的风光使我毫不费力便按照原韵凑成前半阕：

> 绮丽晴光纱样薄。
> 几度登楼，
> 欲上还休却。
> 怕见白帆开又落，
> 春心负却斜阳约。

---

① 张炎《高阳台·西湖春感》句。

不知仍是玉田底杜鹃在作怪（因为那时正当初春，杜鹃还未开始它们那迫促的哀吟），抑或干脆只是我心里的杜鹃（因为对久客西蜀的人春天这观念很难不伴着鹃声）要吐出它积压了多年的感悟："人间何处无哀乐！"我很自然地把鹃声当作下半片底主题，而得

> 何处鹃声啼索寞？
> 语语声声，悔把欢曩酌。
> 寄语杜鹃休再作：
> 人间何处无哀乐？

最后一句或许和苏东坡底"天涯何处无芳草"①同出自一个根源：李长吉底"人间何处无春风"。

　　这容易的成功自然给我很大的喜悦。如果它本身没有什么很大的价值，（自然更讲不上媲美原作），它至少没有染上一般人所宣称的步韵诗词共具的通病：那因凑韵而生的牵强，空洞和不连贯；证明韵并非不可步。

　　我继续下去。这次我底对象是原集第三首，它底第一行，你知道，是：

> 秋入蛮蕉风半裂。

这"裂"字唤醒我几年前看一出通俗的悲剧的强烈印象，把它凝结为

> 不待闻歌心已裂。

接着的三行：

> 开到寒梨，那更堪摧折！
> 纵使芳菲无间歇，怎禁误却相思结？

---

　　①　苏轼《蝶恋花·春景》句。

它们底形成则颇复杂。"开到寒梨"一句，熟悉词的我想很容易认出它那两重书本的来源：一方面是梅圣俞底"落尽梨花春又了"山，另一方面是玉田生底"到蔷薇春已堪怜"。所以有些朋友以为"寒梨"应该改作"梨花"，因为梨花开时，天气已暖和了。不知梨花色白，不独在落日晚风中往往可以暗示料峭的寒意；我所写的亦不仅是眼前的梨花（我和这词正是海棠凋谢，梨花盛开的时候），而并且是我记忆里的梨花——那出悲剧底名字便是"暴雨折寒梨"。"纵使芳菲"二句自然是欧阳修半片有名的《玉楼春》

> 芳菲次第长相续，
> 不奈情高①无处足。
> 尊前百计得春归，
> 莫为伤春眉黛蹙。

翻深一层的说法，同时却无意中泄露了近年来特别缠绕着我，而为两句古诗很具体地说出的一个执念："何时盛年去？欢爱永相忘。"这，不用说，也是"死"这主题下的一个重要支题，一般自爱的人们都很尖锐地感到的。"逝者如斯夫，不舍昼夜"，是一个圣哲底大彻大悟的看法；"白日昭昭乎浸已驰"（"昭昭浸驰"这几个双声是何等咄咄逼人！）是一个功业家迫不及待的看法；而

> 日月忽其不淹兮，
> 春与秋其代序；
> 唯草木之零落兮，
> 恐美人之迟暮；②

---

① 情高：通行本作"情多"。
② 屈原《离骚》句。

则是一个大诗人兼功业家无可奈何的看法。因为大自然底芳菲尽管次第相续，一己的盛年——那立德立功立言或立情的大好时光——却一去永不复回。这道理并不因尽人皆知而减掉其尖锐性。我底和作第七首下半片开头两句：

> 怎得游丝千万缕，
>
> 飞遍天涯，遮住韶华路？

所表的正是同一的感觉，不过更为沉郁而已。

　　无论如何，这第二次小小的成功（我底意思是，在它自己的条件内的成功）更坚定了我底自信心，而怂恿我去从头逐一和下去。

　　我和原作第一首是在过江的渡船上（那些日子我可以说进了词底迷魂阵，几乎无时无地不挟着正中底《阳春集》）。缙云山顶底落日射在嘉陵江上，把江水照得通红。我在一封信皮上写下了前后两片：

> 逝水残阳红片片，
>
> 日日江头，心逐旋涡转。
>
> 枝上温馨吹又散，
>
> 游丝枉把芳心限。
>
> 长记玉楼初见面：
>
> 满眼花枝，独忘交深浅。
>
> 此去阳春何日见？
>
> 低头惊觉残红遍。

谁到过嘉陵江小三峡的，都会认出我这里（尤其是前半片）步的虽是正中底韵，写的却是眼前的实景。但经过再三讽诵之后，觉得第一句虽是写实，究竟太贫弱了，配不上其余的句子，不能给整个意境极高度的表现，更不能领起全套的《鹊踏枝》（因为我已隐约感到这十二首词是有一统性的）。我忽然想起温庭筠两句和这相仿佛的极妙的小词：

过尽千帆皆不是，

斜晖脉脉水悠悠……

经过了两三日的苦思之后，把它们炼成一句：

立尽斜晖帆片片，

这不独比原句简练，意境也丰富得多了。全首还有一处和写定稿微有出入的，那就是第三行底"枝"字今改作"襟"字。这字修改底过程颇可笑，但我现在对你所做的既然等于一种自我解心术，如果不说出来便欠真实。那是一个乍暖还寒的时候。有一天两个女朋友来看我。其中一个因天气陡变把我底毛织衣穿走。还给我后我照常穿着。我晚上把它脱下时忽闻到一阵粉香，这使我联想起法国一位女诗人瓦尔摩[①]（Desbordes Valmore）夫人一首婉丽的小诗，我从前北大一个女生曾译成中文的：

今早我想带些玫瑰花给你；

但我采了那么多在腰带里，

那太紧的扣儿竟容纳不住。

扣儿断了。玫瑰花随风飞散，

飞向那潋滟的海洋，一瓣瓣

逐着波浪流去，永远不复还。

波浪染成嫣红，火焰般升沉。

今晚，余香犹绕着我的衣襟……

请闻我身上那温馨的忆痕！

---

① 瓦尔摩（Marceline Desbordes Valmore，1786—1859），通译代博尔德·瓦尔莫夫人，法国浪漫主义女诗人。引文诗歌的标题为《萨迪的蔷薇》（*Les roses de Saadi*）。

于是我决意把"枝"改作"襟"而成为

襟上温馨吹又散，

以增加它底亲切和紧凑，因而增加全诗底统一与和谐。狭义的灵感主义者自然
会觉得可笑。但文学史并不乏这样的例子。梵乐希曾经告诉我，他《海滨墓
园》里的Le changement des rives en rumeur的rives原来是réves。校对时他发觉手
民所误排的rives音义都较佳，遂接受手民底错误为写定本。所以他曾说：

诗人是最实用的人。懒惰，绝望，语言上的偶遇，奇特的目
光，——一切为那些比较实际的人们所抛弃，忽略，删除或遗忘
的，诗人都把它采纳，并且由他底艺术给以或种的价值。

一般人都觉得步韵束缚性灵，窒塞情思。我底经验却正相反。我以为对
于内心生活丰富的人，这束缚反足增长他底自由与力量。因为原作底精美或崇
高固可以一方面为我们树立一个努力的标准，另一方面由于消极的限制又可以
指给我们那应该用力或运思的方向。我底和作第二首就是一个例子：

梦里依依偎倚久。
惆怅醒来，风月浑非旧。
行客天涯谁劝酒？
可怜独遣花枝瘦。

我所以把词底背景移到梦里，完全由于在现实生活中很难找到一个诗意可押
"久"字韵而不重复原作底意思的，押"旧"字更难。"劝酒"和"花枝瘦"
之获得也完全为避免复用"病酒"和"朱颜瘦"之故。因为步韵不步意——就
是说，在命意上须绝对别开生面——是步韵底一个合理的基本原则。基于这原
则，又因为一切步韵诗当然都是由韵求意，于是便往往因韵脚本字含义之广狭
或多寡而有难易之分。譬如第六首第一行底

> 萧索清秋珠泪坠

底"坠"字含义较富，可应用的方面较广，我底和句

> 风里落花飘复坠

在我正苦心焦思第四首时已自然从我脑海里唱出来；反之，第四首第一行

> 窗外寒鸡天欲曙

底"曙"字因为含义比较有限之故，我就费了不少工夫才找出但开始显得很难的，结果未必完全失望。"置之死地而后生"，往往也可以应用到这种精神的搏斗上，而胜利后的喜悦也因而越大。第六首下半片第一行

> 阶下寒声啼络纬

就是一个例子。据我所知，"纬"字除了与"络"字连用外，另外只有一个意义，一个用途，那就是"经纬"。而络纬是秋虫，在我这首暮春的挽歌是无论如何用不着的。想来想去，只有把它和"经"字连用而移到天上去，成为

> 起看夜空经与纬，

结果竟和全首底意境凑泊无间，如有一种前定的和谐一般。当然亦有走不通的：我所以不和原作第九首，就因为第三行"杨柳千条珠罥羂"之"罥羂"二字不独难得找到另一用法，也因为它们在我心里唤不起任何新鲜活泼的境界。

要各个韵都在我们心里唤起一个新鲜活泼的境界：这是步韵诗其或一切诗创作成败的关键。如果你底韵对于你只是一些空洞嘈杂的音响，如果它们只使你想起一串模糊，黯淡，无意义，无组织的字，而不能在你心里唤起一幅甘

芳歌舞的图画，或一句有光辉有色彩的旋律——那么，不独你步别人底韵时不免牵强生涩，就是你自己的创作也会和一切失败的趁韵诗一样无生命无灵魂。我想就全仗我这方面的努力，我底《鹊踏枝》不致完全失败，就是说，它们还多少能传达我最隐秘的一种心声，虽然我执笔时全副精神都仿佛用来和韵脚搏斗。

最有趣也最值得深思的是：在我这十二首《鹊踏枝》中，那被人认为最富于真情最代表我切身的幽隐的，却是那来源最庞杂最少个人经验底元素的一首：

> 只道未言心已许，
> 谁料东风，反促花飞去！
> 心事重重谁寄语？
> 可怜都被浮云误。
> 怎得游丝千万缕，
> 飞遍天涯，遮住韶华路？
> 夜夜相思肠断处，
> 为君默祷君知否？

第一行我最初想到的只是"目成"的意思，（事后才发觉它还可以暗示别的义蕴），而所以这样说法则因为那时到我记忆里的是陶渊明底"未言心先醉"，——由"先醉"到"已许"大半是平仄和韵脚底要求。第二行则精明的读者或可以联想到欧阳修另一首《玉楼春》底前半片：

> 东风本是开花信，
> 及至花时风更紧。
> 吹开吹谢苦匆匆，
> 春意到头无问处。

不过在欧词里是即景抒情，在我底词里却因上下文底关系，变为象征的了。第三第四行则各自脱化于《古诗十九首》底"盈盈一水间，脉脉不得语"及"浮云蔽白日"。只有下半片第一二行，我上面已经提过，是我近年来最迫切的感觉。第三四行则全录自我在中学读书时（恰好是二十一年前的事）一位多情的同学给他爱人的信，承他给我读后至今还念念不忘的。我只稍加以调整使合律而已。

其实一般读者所以觉得这首（即第七首）词比较亲切，也不是事出无因。从第一至第六首，词中底主题都可以说是"思妇底哀愁"；从"只道未言心已许"起以下六首，除了"当日送君浮海去"（即第十首）则不知不觉已由设身处地的口吻一变而为作者自己的口吻，——在某一意义上，也可以说直接表现作者当时的心情。不知你底印象如何，我觉得第八首底开头一句

过眼芳华常苦短

已经带我们到我所要表达的主题——春之惆怅——底核心。但是如果没有当时气候和景物合作，全首也不会取得现在底形式，虽然那潜伏并鼓动全诗的灵感来自一个更遥远但更基本的情感的经验。

前年秋天自桂归来的途中，我邂逅一个十几年前在欧洲过从颇密的女友。我表面上的欢欣几乎抑制不住我心里的哀鸣："这难道就是我昔日底热泪和叹息，倾慕和希望底对象？"分手后我不禁对自己反复低吟维雍这名句：

但那里是去年底白雪？

去年春天那种拥挤和芳馥（越拥挤越芳馥结局也越零落越萧素）自然不免撩起——也许是下意识的——我上述的和许多其他同样的回忆。所以当我提笔和原作第八首

霜落小园瑶草短

的时候，一方面或者也受了曹阿瞒底"去日苦多"和《古诗十九首》底"昼短

苦夜长"以及莎士比亚底

> 当我默察一切活泼泼的生机
> 保持他们底芳菲都不过一瞬①

的影响，我不觉写下了

> 过眼芳华常苦短。

但因为夜已深，我便搁下。不料那夜天气陡冷，一夜狂风急雪。明朝起望，缙云山顶尽白；园中橙花，在写"风里落花飘复坠"时仅带着极悠闲的节拍飘坠的，已经纷纷洒遍地面。园外田里的麦和陇上正开花的蚕豆，均狼藉地上。于是我立刻援笔和下去：

> 不奈飘零，况复惊时换？
> 一夜霜风吹雪管，
> 千花百草俱魂断。
>
> 惨绿残红堆两岸，
> 满目离披，搔首观天汉。
> 瑟缩流莺谁与伴？
> 空巢可记午时满？

最后一行固然是园中的实景；这实景底苍凉和萧飒却因我当时一个较亲切的经验，而变成了一个义蕴丰富的象征。那时一位曾经在短期间与我平分哀乐的朋友和她几个孩子正准备远行，一切东西都搬走了，只剩下一所空洞的房子。想起走后的情景，自不能无感于中。但我相信这词（并非为夸大它底价值）所抒

① 《莎士比亚十四行诗》第15首，译文见本系列《一切的峰顶》。

51

写的，决不仅个人心中的哀怨。抗战以来我曾一次身历（北平和天津），两次几乎等于目击（巴黎和广州）我心爱的几座大城在一夜间沦陷于暴敌之手。这些事件都在我心里镌下不可磨灭的印象。如果在极高度的想像的刹那，大自然底山川风云或光影都不过是我们灵魂底变幻流转底写照，——谁敢决定我那由骤然兴亡之感而起的义愤，怆痛和悲悯不无意中流人这首词底字里行间呢！

当我正酝酿着要和原作第十首（即和作第九首）的时候，上文所提的那位朋友忽决定那踌躇了许久的远行，——同时也决定了这首及以下三首底题材。但这并非说这几首词所写的尽是由她底辞别引起的离绪，虽然在她临行的前夕我们（还有两位别的朋友）在灯下度过一个极平静又极温暖的晚上。因为一切文艺底目的固不是纯粹外界的描写，也不是客观的情感底表现，而是无数的景象和情思交融和提炼出来的一个更高的真实。所以，

> 谁道人生如喜宴？
> 此夕欢娱，几度人间见？
> 握手灯前刚一面，
> 回头已觉春云远。
> 莫为离情牵别怨，
> 且学春枝，风里垂垂懒。
> 欢盏奉君须饮满，
> 尽他明日芳尊断。

所写的大部分固可以说是当晚底真情，但同时也汇合了已往不止一次的经验。人生最可留恋也最无可奈何的莫过于一见如故却又一瞥即逝的交情，法国诗人维尼（A. De Vigny）所唱的"我们永不能见两次的东西"。而且有时不一定要一见如故的深情，而只是一种泛泛之交甚或陌生的偶然会合，在我们想像里往往也生出一种淡淡的但悠久的惆怅。我不能忘记我在法国西部海滨度过的一个夏天。因为我到得太迟，旅馆通住满了，只得由旅馆主人在附近的民居找了一间屋子歇宿。海滨底生活是整天在沙滩上过的，所以同住的虽还有两位法国女郎，却始终不通闻问。直到暑期将过，各自归家的前夕，女房东决意请我们

欢聚一次，在那一灯荧然下，我们各自介绍我们底过去与未来，却没有一刻做过再见的计划，而只带着一种无奈的满足去享受我们底最初也是^①最后一次的恬淡的亲切的会晤。这一幕遥远的无可惜却仍不得不惜的离情之鼓动我去写

　　　　握手灯前刚一面，回头已觉春云远。

我相信，并不亚于一场摧肝裂魄的知心底诀别。

　　最后，为要打破你对灵感的迷信，我不妨告诉你你在第十和第十一首里最喜欢的几句底来源。你所惊叹不置的

　　　　强作朝颜，掩却心头暮。

和上文所引的"夜夜相思肠断处，为君默祷君知否"一样，只是从一位朋友底情信抄来的一句话："强作欢颜，掩却心头苦"；和前两句一样，这种至情至性语往往那么自然合律，我只为了要押"暮"字韵才改成现状而已。至于

　　　　独对残阳听燕语，
　　　　花飞水阔人何处？

二句，则上句大概无意中受梅圣俞底"满地残阳，翠色和烟老"底影响；后一句底前身或许会使人容易联想到那显赫的"曲终人不见，江上数峰青"或"蒹葭苍苍"，而不知却是我幼时听到的两句身世较贱的广东的南音：

　　　　曲终花落人何处？
　　　　一场春梦总如烟！

　　支配《鹊踏枝》产生的条件，当然不止这些。我上面只指出那些比较显

---

　　①　也是：原刊缺"是"字。

著的或扼要的罢了。还有许多更隐秘因为更原始的元素，表面无迹象可寻，而其实像大气般包围着全部又渗透了表里的；也有轻微如过翼底霎时的显现，只在意识底湖面无声地掠过，而其实留下了不可磨灭的痕迹，有时甚或改变了整个思路底进程的。我在我底译诗集《一切的峰顶》序里曾经说过：

> 一首好诗是种种精神和物质的景况和遭遇深切合作的结果。产生一首好诗的条件不仅是外物所给的题材与机缘，内心所起的感应和努力。山风与海涛，夜气与晨光，星座与读物，良友底低谈，路人底欢笑，以及一切至大与至微的动静和声息，无不冥冥中启发那凝神握管的诗人底沉思，指引和催促他底情绪和意境开到那美满圆融的刹那：在那里诗像一滴凝重，晶莹，金色的蜜从笔端坠下来；在那里飞越的诗思要求不朽的形体而俯就重浊的文字，重浊的文字受了心灵底点化而升向飞越的诗思，在那不可避免的骤然接触处，迸出灿烂的火花和铿锵的金声！

好诗底产生固然是这样，就是我这些平凡的作品恐怕也没有两样。因此，我觉得我这自我解心的叙述会陷于不忠实，如果不把我在和这些词的前后写在心上的一页日记撕给你看：

> 给一双晴蓝的明眸所诱惑和驱迫，我觉得烦躁不宁。我走出去，希望从浸着夕阳的远山和近水找到一点抚慰。可是空明如水的夕照终不能熄灭我心中的火焰。途中碰见两位朋友拉我到他们家里谈心。这时夕阳已完全下去，让位给一片更清凉更柔和的黄昏。从他们底走廊可以看见远处江水底熠耀，以及参差的树木楚楚的剪影。但我坐不下去。他们再三强留我。我说："不，今晚不是谈心的心境，我得听音乐去。"我回来，独自把留声机打开在那橙花将残，葡萄花底幽香正像一个高贵的少妇底驾临般弥漫着的院子里。我试唱几张她平日爱听的四弦琴独奏或独唱的片子，希望从那里把握住一些妩媚嘹亮的音容。但是不行。我底心还是烦躁不宁：我所

需要的太深太强烈了。于是我试唱悲多汶底《大礼弥撒》（*Missa Solemnis*）①山。听了不一刻，看，心头忽地轻松了。我仿佛忘记了一切——忘记了那闪灼的明眸，忘记了嘹亮的笑声，只一阵阵葡萄花底妙香偶一提起她那不在的存在，但只能在我心头引起一缕沁人的芳馨。不，她并非被遗忘了，而是和音乐合体了。我再听下去。院子忽然特别光亮起来（这时正是四月下旬底开始）。我晓得月亮快要升起来了。我一面听着，一面从密叶底交荫间朝着发亮的方向凝视。看，她徐徐地升起来了，最初只露了一半，接着便整个搁在山顶上。这时宇宙间的一切——明眸，欢笑，葡萄花底妙香，都浸在一片神秘的幽辉里，和那庄严的圣乐融作一团，交织成一片光明的悦乐。我几乎不敢自问：是醒？是梦？是人间？是天上？还是上帝光荣的乐土？

这页日记也许和《鹊踏枝》底题材表面没有极微弱的联系；但我丝毫不疑怀，那笼罩着全页的怅望与预感，有如初春氤氲的暖气，冥冥中薰焙和催促这些情感之花底开放。

为了十二首小词哕哕唆唆地写了这一大篇，未免太小题大做了罢？但我所以这样做，并非纯粹耽于自我叙述底逸乐，而是想借此和你彻底讨论一次我们十年来没有解决的问题：文艺创造上的直觉与表现。

我读前人底作品，常常觉得有一个极大的遗憾：那就是他们从他们那没人创造底深渊回来，只让我们欣赏他们所采获的珠宝，却不肯给我们分享个中甘苦底历程，所谓"鸳鸯绣取从君看，不把金针度与人"。为了这缘故，不独像我这爱寻根问底的凡人对于那些伟大的作品莫测高深，就是一般美学者或理论家们对于文艺心理的探讨，因为缺乏明确的对象作推论的根据，往往只能作模糊影响的揣测，或纸上谈兵的浮泛的论断。这种流弊，我大胆地说，就是你所服膺的克罗采也不免。

直觉与表现：这两个名词，我们将用来作讨论底中心，显然是从克罗采

---

① 《大礼弥撒》（*MissaSolemnis*），通译《庄严弥撒》。

底美学借来的，虽然我根本上反对他那"直觉即表现"说：它和我底创作经验太相径庭了。我现在没有工夫，或许也没有这样的能力，左对他底美学作系统的批评。但为要说明我底立场，不妨略略指出它里面一个显而易见的谬误：他太忽略，甚或太抹煞，那至少是艺术底一半生命的传达和工具问题。如其我没有误解，在他底美学里，表现可以说是文艺创造问题底核心。而所谓表现，在他看来，就是能够清清楚楚地拟想你所感到的作品底内容或直觉：除非你已经把你所要创造的艺术品底内容全部想出，你不能夸说你已经有关于它的直觉。因此，普通所谓"埋没的诗人"，或"不可言喻的情思"都是名词上的矛盾。在另一方面呢，只要你有了这作品底表现，就是说，你已经能够在心目中把它全部清清楚楚地构想，则传达与否，或用什么工具传达，都是无足轻重的偶然的事件，因为你已经尽了创造的能事了。

我很怀疑。为避免问题复杂化起见，让我们姑且放下直觉，单谈表现。

首先，我不相信在艺术上有一种离开任何工具而存在的抽象的表现。一个艺术家，无论他是诗人，画家，音乐家，雕刻家或建筑家，如果他要运思或构想，决不能赤手空拳胡思乱想，而必须凭借他底特殊的工具：文字，颜色，声音或木石，——不独凭借，还要尽量利用每种工具底特长和竭力迁就它底限制。所以在某一意义上，文字之于诗，声音之于乐，颜色线条之于画，土木石之于雕刻和建筑，不独是传达情意的工具，同时也是作品底本质。同一个题材，在各个不同的诗人，画家，音乐家底手里固然得到不同的表现；就是对于同一个艺术家（如果他是多才多艺的活），他所表现于诗，画或音乐的亦将各异：基本灵感也许没有出人，侧重点却必定有极大的差别，因为一切艺术都只能利用一己的偏长去暗示灵感底全部。其次，这是每个艺术家所必有的经验：我们底表现，无论在心灵里如何玲珑浮凸，如何肢完体固，必定要写在纸上，画在布上，或刻在石上才能够获得确定的形体，才能够决定它是否达到最高或最完美的程度。试看已往伟大作家底稿本，无论是悲多汶底乐谱或嚣俄底诗稿，都是充满了修改和涂抹，就是说，经过几许的摸索与尝试，才达到最后的定形的。

但这又并非如我们底朋友朱光潜先生所说，改了一个字同时也就改变了意境。朱先生，你知道，是比你更热烈的克罗采信徒。他把克罗采底"直觉即表现"说签为己有，把它作他自己的文艺心理学底基本原理。大概由于过度的热忱以致把持不住自己的思想罢，在他那对于克氏学说的不断的发挥和阐释里似乎有一个极原始的罅隙：他常常把思想与文字底关系来说明"直觉即表现"，而忘记了克氏在他底《美学》一书里开宗明义就很合理地把知识分为"直觉的"与"概念的"：艺术是前者底产物而思想是后者底产物。但我现在不愿意在这上面逗留，而只想引用他所最喜欢举的一个例子作我们讨论底出发点。

为要替"直觉即表现"辩护，为要说明"意在言先"之不可能，朱先生曾不止一次引用王介甫"春风又绿江南岸"这句诗比较以前的未定稿为证。"这句诗中的'绿'字，"他说，"原来由'到''过''入''满'诸字辗转过来的。这几个不同的动词代表不同的意境，王介甫要把'过''满'等字改成'绿'字，是嫌'过''满'等字的意境不如'绿'字的意境，并非本来想到'绿'字的意境而下一'过'字，后来发见它不恰当，于是再换上一'绿'字。"

这说法，除掉犯了我上面所指出的混淆"概念"和"直觉"两种知识的错误之外，还有一个极大的毛病：就是把艺术或艺术底意境看得太支离破碎了。

据我底常识，一件艺术品（一首诗，一支曲或一幅画）似乎只应该表现一个意境或直觉。一首诗底每一行每一字以及每字底音和义，都是为要配合成一种新的关系以便在读者心灵里唤起作者所要传达的意境。如果照马拉美底说法，一句诗是几个字组成的一个完全和簇新的字，则一首应该是许多句组成的一个更完全更簇新的大字。所以在一首诗里，一个字（尤其是一个字所含的音或义），即使是最精彩的，即使是全句或全首诗底和谐所系如我们通常所称的诗眼，正如一幅画上的一笔颜色，一支曲里的一个音符，或一个书法家底字里的一点或一撇，只是构成全诗底意境的一个极小元素或单位，——它本身并不能代表一个意境，它只能把它完成或表现到最高度。就王介甫这句诗而论，诗人所要表现的意境可以勉强说是"春风吹到江南岸所给他的清新的印象或快感"。低能的艺术家也许在"到"字或"过"字便止步。对于介甫则由"到"而"过"而"入"而"满"都不过是一步步逼近"绿"字的许多阶段，（因为

"绿"字包括其余的字，而其余的字不能包括"绿"字）。整个意境在本质上并不因此而改变，不过最后一字把它表现得最活跃最丰满因而最恰当，最能在我们心里唤起与他同样的印象罢了。不独一句诗里的一个字是这样，就是一首诗里的一句亦是这样。当我把《鹊踏枝》第一首第一行"逝水残阳红片片"改作"立尽斜晖帆片片"的时候，在本句范围内意境似乎多少变了质；但就全首底意境而言，那修改亦只是程度上的而不是本质上的，——无论音节，意象和含义，后者都比较凝炼，鲜明，丰富，都和其余的诗句更调协，都使整个意境更强烈更集中。因为前者只写景，（或者还多少暗示"似水流年"一类叹逝的感觉），与全首底意境"江边思妇底哀愁"只有比较外在的联系；后者则既寓景于情，不独情景交融，并且领起整个意境，与其他诗句密切到成为一个不可分离的有机体。同一首词第三行底"枝"改作"襟"亦有同样的效果："枝"字纯属外界，"襟"字却立刻引起一个比较亲切的联想，增加全诗情底氛围。

那么，究竟直觉是否即表现呢？是否没有表现即没有直觉呢？在大自然底明媚或庄严的景象之前，在情感生活底严重关头，当全民族底命运千钧一发之际，我们心头所起的亲密而浩瀚的回响，模糊而强烈的感触：一段哀愁，一片欢欣，一缕温情，一阵酸楚，一线希望，一股恐怖，或一团更复杂的这许多情感底混和在我们心中闪烁，汹涌，潆洄，——是否因为找不到适当的字句或形式宣泄出来便不存在呢？当埃及王皮山民尼屠给波斯王干辟色大败和俘虏之后，看见他那被俘虏的女儿穿着婢女服装汲水，他默不作声，双眼注视地下：既而又看见他儿子被拉上断头台，依然保持着同样的态度；可是一瞥见他底奴仆在俘虏群中被驱逐，就马上乱敲自己的头，显出万分哀痛来：是否他对自己亲生儿女底命运毫不动于中，反而经不起他奴仆底灾难呢？他所说的"只有这最后的忧伤能用眼泪发泄出来，起初两个超出表现力以上"，是否只是自欺欺人的诳语，一种游离空洞的幻觉呢？

无疑地，由于工具上的限制，没有一种艺术能够把这些强烈或幽深或浩荡的感情全部表现出来；每种艺术都只是借有限来暗示无限，都"只能用"，诚如朱光潜先生所说，"可以凝定于语言文字的来暗示其余"：那么，是否只有那凝定于语言文字的部分才算直觉，而那被暗示的其余部分不算呢？或者，如果这没有表现出来的"其余"可算直觉一部分，为什么那还未找到表现的全部情感或内在生活便不能算甚或不存在呢？这看法，移到认识底阶层说，就等于那些只窥见太阳系的天文学家否认其他天体底存在，或者，比较不恭敬地，等于庄子底夏虫否认那从未出现于它底意识界的冰底真实。

若说直觉在美学上的定义就是已表现的内在生活，或美学不承认没有被表现的直觉，——那么，这只是琐碎的精微的字面之争，还不如干脆说艺术即表现或表现即艺术更简单更准确了。因为，现代欧洲最大诗人梵乐希关于他底创作经验说得好，"只有上帝才有思行合一的特权。我们呢，我们是要劳苦的；我们是要苦闷地感到思想与实现底区分的。我们要追寻不常有的字，和不可思议的偶合；我们要在无力中挣扎，尝试着音与义底配合，要在光天化日中创造一个使做梦的人精力俱疲的梦魇……"纪德，另一个现代欧洲的大作家，（他底作品启示给我们许多在文艺品里从未被表现过的思想底阴影与情感底回声的），反驳戈蒂尔（Théophile Gautier）底"对于优越的作家，没有不可表现的东西"说，"那只是因为他没有什么了不得的东西要表现"。这两位大作家关于思与行或直觉与表现之间的距离的自白，在两个儿童心理学家克拉巴烈德（Claparède）和皮雅日（Piaget）[1]底实验里找到了强有力的支持。据这两位心理学家底经验，"当儿童试去用话说明一个动作的时候，他往往陷于他在行为阶段已经克服的困难。换言之，一个动作底学习在言语的阶段将重复这同一的学习在行为的阶段所发生的演变。"我想不独儿童如此，就是成人（谁只要试去叙述他最普通的动作）都会有过同样的经验。说明我们眼看得见的外在动作尚且如此，要把我们底直觉或情思（这些更错综更微妙更难捉摸的内在动作）寻求适当的文字或其他物质的表现，当然更非一举手之劳了。[2]

我觉得与其毫无结果地讨论一些把一只牛斫为四段便以为尽解削的能事的原理，还不如回到我们自己的经验，试去追踪和把捉一些也许对于少数人准

---

① 克拉巴烈德（Edouard Claparède，1873—1940），通译克拉帕雷德。皮雅日（Jean Piaget，1896—1980），通译皮亚杰。均为瑞士心理学家。

② 直觉与表现之间的距离，还有一个极普遍的例证：一般年轻诗人歌唱他们自己的恋爱底幸福或失恋底悲哀时，往往显得过度的夸张与感伤，显得虚伪与矫饰。并非他们底感情不真，而是他们还没有学会适当表现的艺术。——原注

确的创造过程底痕迹。我想我们可以从两方面接近这问题：从作者活动本身，以及从作品形成底步骤。

据我对自己的观察，一个艺术家，当他整个儿从事于创作的时候，可以说同时是资本家，工程师，和裁判。一个供给资源，意向和冲动；另一个剔爬，配合，组织；第三个选择，删除，和监督整个工作底进行。从作品形成底步骤而言，则由直觉到表现；至少经过四个阶段：受感，酝酿，结晶，和表现或传达。

这自然只是一种说明的方法，而且也许只适用于某一种性质的人。有些幸运的作家，譬如米珂朗杰罗，拉斐尔，莎士比亚，哥德，悲多汶，嚣俄，罗丹，和我国的李白，苏轼，他们底创造几乎等于孟夏草木长，那么蓬勃，蓊郁，容易，仿佛不独不知有资本家工程师和裁判之别，并且在他们精力弥满的时候，直觉与表现简直是同一个动作，同一刻，同一件事。我自己——在我卑微的限度内——似乎也曾经有过这样一个幸运时期。

那是二十余年前，当每个人都多少是诗人，每个人都多少感到写诗的冲动的年龄，在十五至二十岁之间。我那时在广州东山一间北瞰白云山南带珠江的教会学校读书。就是在那触目尽是花叶交荫，红楼掩映的南国首都的郊外，我初次邂逅我年轻时的大幸福，同时——这是大自然底恶意和诡伎——也是我底大悲哀。也就在那时底前后，我第一次和诗接触。我和诗接触得那么晚（我十五岁以前的读物全限于小说和散文），一接触便给它那么不由分说地抓住（因为那么投合我底心境），以致我不论古今中外新旧的诗都兼收并蓄。于是，踯躅在无端的哀乐之间，浸淫浮沉于诗和爱里，我不独认识情调上每一个音阶，并且骤然似乎发见眼前每一件物底神秘。我幼稚的心紧张到像一根风中的丝弦，即最轻微的震荡也足以使它铿然成音。我拾起一片花瓣，这花瓣便成为我情人底心影，于是我写道：

> 我在园里拾起一片花瓣，
> 我问她要做我底情人。
> 但她涨红了脸不答我；
> 我只得忍心地把她放下了。

眼看着一朵白莲在月下慢慢地凋谢，我便想起伊人终有天和一切芳菲共同的结局，于是我半诅咒半惋惜地沉吟：

> 白莲开在清池里，
> 她要过她酣梦的生活。
> 夏夜底风淡淡地吹了，
> 她便不知不觉地
> 瓣瓣的坠落污泥里了。

山谷间一条澄静的小溪使我哀悼以往澄静的生活；埋在污泥里的藕根又兴起我对于美满生活的憧憬：

> 莲藕因为想得清艳的美花，
> 不惜在污湿的泞泥里过活。

树梢儿在河浦的晚风中摆动，我也微颤地低唱：

> 晚风起，
> 树梢儿在纤月昏黄下
> 微微地摆动了。
> 我底心呵！
> 别尽这样悄悄地颤着。
> 让她蹁跹的绿影
> 在你沉默的歌途里
> 扫下淡淡的轻痕。

是的，直到我梦魂底深处，天地底交契也自然形成了具体的意象，使我从梦中欣快地醒来：

当夜神严静无声地降临，

把甘美的睡眠赐给一切众生的时候，

天，披着件光灿银烁的云衣，

把那珍珠一般的仙露

悄悄地向大地遍洒了。

于是静慧的地母

在昭苏的朝旭里

开出许多娇丽芬芳的花儿

朵朵地向着天空致谢。

总之在这短短的几年间——或许是我底诗的生活最热烈的时期——一切诗的意象都那么容易，那么随时随地形成（只有一个迫切而又深微的心声当时始终没有找到具体的表现，那就是眼看着课堂周围的合欢花和白槐在几天内纷纷开且落，我不断地在心里叹息："繁华呵，今天那儿去了？"），我可以毫不夸张地说心到手到，直觉和表现是同一刻的现实。

但是，严格地说，当时这许多像春草般乱生的意象，除了极少数的例外（譬如《晚祷》集中《晚祷二》），能算完成的诗么？它们不只是一些零碎的意象，一些有待于工程师之挥使和调整的资料么？

虽然正当弱龄，我已很清楚地意识到：无论情感生活如何丰富，如何蓬勃，（而我丝毫不怀疑我当时情感生活之丰富与蓬勃），除非有深厚的艺术修养，纯熟的技巧，正如没有机器的火力，无论如何猛烈，必定飘流消散于大气中，至多能产生一些不成形的浅薄生涩的果。所以在赴欧前一年，我毅然停止了一切写作的尝试。到欧后又刚好遇见梵乐希，他那显赫的榜样更坚定了我底信念。我毫不动心地目睹许多同时和后起的诗人在我们新诗坛上络绎不绝地出现，成名，熄灭。我只潜心去培植我里面的工程师和裁判。

这自然也有危险。过分清明的意识和理智会窒塞那不很充沛的情感：太精明的工程师和裁判也许会杀掉我们那不很富庶的资本家（这或许正是我底现状）。但这有什么关系？如果我们里面的诗人被窒死，难道另一方面我们不会有所获？这就是为什么，当制作的时候，我总不忘记冷眼观察自己；也就是为什么，虽然我所绣的或许只是凡鸭而非鸳鸯，所用的针是铁而非金（金或铁，那历程可不是一样的？），我愿意把内部机构摆出来给大家看。我现在想就我底观察所得，作一些比较详细的论述。

我所谓作品形成的第一阶段受感，就是接受灵感。灵感底最大来源当然是生活。月夜和大海，星空和幽林，生离和死别，倾慕和怨望，严肃的沉思，崇高的德行……这些都是容易在我们情感世界引起剧烈的变化，激起我们创造底冲动的。这灵感底影响又可分为两种：一般的和特殊的。所谓一般的，就是那在一个相当长久的期间，把受感的人整个生活和人格感化和激动到那么紧张和透明，以致他创造的冲动特别猛烈，创造的活力特别发达。所谓特殊的就是那在一定的时与地启发诗人去创造某一首诗的事物：一片花瓣，一朵白莲底凋谢，或那潜入睡眼深处的天地交契底脉搏……

灵感底另一个来源是书本。一个故事，一种诗体，一句诗，或一种节奏，都可以在适当的时辰度给适当的心灵那企图与造化争工的温热和悸动。莎士比亚和莱辛底悲剧，莫里哀底喜剧，哥德底《浮士德》，嚣俄底《历代传说》……大多数是作者把自己生命底光和热去灌注一些在别人看来极平凡的故事的奇迹，席勒底《钟歌》，梵乐希底《海滨墓园》，据这两位大诗人底自白，却是一种迷人的节奏，一种炫惑心魂的韵律底结晶。（在一个比较卑微的范围内，这也是我底《鹊踏枝》，我上文已经说过，主要的灵感之一。）至于受了一句诗或一句散文底启迪而形成的诗，文学史上也不乏璀璨的例子。上面引的瓦尔摩夫人那首芳馥婉丽的小诗完全是波斯诗人沙狄[①]（Sa'di）一句散文格言底升华，维尼底惊心动魄的杰作《狼之死》显然也是摆轮底讽刺长诗《唐浑》里两句平常的比喻底光荣的化身。为使你摆脱你那在我每首诗后面都瞥见一个情影的成见，我不妨把我一首商籁底本事告诉你。

大约四五年前，我到合川去看弟妹。除夕前一天，我在家里偶然翻阅一位法国诗人格连[②]（Maurice de Guérin）底选集，其中两句：

---

① 沙狄（Moshlefoddin Mosaleh Sa'di，1208—1292），通译萨迪，波斯诗人。
② 格连（Maurice de Guérin，1810—1839），通译介朗，法国诗人。

像一个挂在密叶影里的［苹］果，

我底命运在幽林底深处形成。

特别惹我注目，我不觉反复吟诵了两遍。第二天我便动身步行到合川去，不再想起它们。除夕晚上，我睡前在旅馆柜台上瞥见重庆一个曾经屡次催我写稿的某报副刊。入睡后忽梦见我在北温泉参加某种文艺会，席上该主编责备我不守诺言，我大窘之下，起立口占了一首诗为自己辩护，随即在新年底爆竹声中醒来，该诗还历历如在目前。因为诗里提到果熟问题（如何措词我现在忘记了），格连那两句诗忽然回来在脑际辗转盘旋，直到朦朦胧胧睡去。天亮醒来，法国诗人底诗句已和梦中的诗意合在一起，开始萌芽，渐渐扩大成一首商籁。我第二天步行回家，伏案疾书便得到如下的形式：

我摘给你我园中最后的苹果：

看它形体多圆润，色泽多玲珑！

从心里透出一；片晶莹的晕红，

像我们那天远望的林中灯火。

因为，当它累累的伙伴一个个

争向太阳去烘染它们底姿容，

它却悄燃着（在暗绿的浓影中）

自己的微焰，静待天风底掠过：

像我献给你的这缱绻的情思，

它那么恳挚，却又这样地腼腆，

只在我这幽寂的心园里潜滋，

从不敢试向月亮和星光窥探，

更别说让人（连你自己，爱啊！）知。

受了它罢：看它尽在风中抖颤！

当时本想将格连两句诗放在前头发表。但因为一来觉得自己的译文有点辜负原作，二来那时也许还未完全放弃冒充创造者底雄图；三来觉得为那些责备我专学哥德坏处的俗物多供给一些道短说长的资料也是极有趣的事，——便把它们抹掉了。

无论如何，书本和生活一样可以激发我们创造的冲动，是很明显的事（说到是处，生活当然是最初的源头，因为只有生活经验丰富才能够从书本找到灵感）。拿我自己的词说，则《芦笛风》大部分的词可以说是直接受命于生活，而《鹊踏枝》则直接灵感是书本。

不过来自书本也好，来自生活也好，一个经验要成为灵感，必定要能够引起我们意识深切强烈的注意，使我们意识感到它是一个热烘烘的富于意义的现实。在那一刻里，心灵像受了酵母一般，整个儿发酵，膨胀和沸腾，以致那沉睡在我们内在的混沌深处的梦幻和影像，憧憬和记忆，湮远的恐怖，无名的欢欣……都一样醒来，互相冲击，抗拒，和吸引。沉溺在爱底晕眩的怅望与追求中的心境——譬如我上文所述的《晚祷》期的生活，或写《鹊踏枝》时那段日记所描写的情愫底氛围——所以特别适宜于创造的活动，就是因为在那长期的寤寐思服中我们灵魂或人格底每根纤维都在这种紧张状态中——紧张而又透明到像一个快要吐丝的蚕。

是的，紧张而又透明：这正是艺术家和一般人底基本区别。如果重大的事变或紧张的情绪在一般人心里只能产生一团纷乱，一片混茫，——艺术家底想像在这纷乱和混茫的紧张达到最高度的时候（一方面或者也由于各种元素本身的拒力和吸力慢慢地自己凝结，安排和组织，正如暴风雨后地面的凌乱自己理出秩序来），藉了一种我可以称之为"形式的感觉"①隐约地但强烈地预感或辨认出一堆融洽的关系，一个宇宙的意识，一个完整的意象或境界之诞生。这形式的感觉也许是每个人都赋有而在一切精神的工程师（包括哲学家科学家

① 我所谓形式的感觉（formal sensibility）不独从混沌中看出和谐，并且从最无关系中看出关系。前者是整个诗境底体认，后者则是局部意象之构成。一切意象和比喻之构成都是一种架桥的工作：在两个极不相类的东西找出共通点，把它们结合起来。诗人底想象力愈丰富，他所架的桥亦愈广阔。最伟大的诗人在意象构造上的成就往往等于勃莱克所说的"天堂和地狱底结婚"，那么离奇却又那么贴切，因而那么可惊而又那么耐人寻思。——原注

和艺术家）都特别强的先天机能（正如有些人视觉或听觉的记忆特别强），不过艺术家因了后天的熏陶与培养——他和优美的艺术品不断的接触——而发达到一个异常敏锐的程度。所以当那宇宙的意识，那境界或灵象显现出来的时候，它是那么玲珑，匀称和确定，就等于闪动在营造师眼前的一座建筑底图案。这就是我上文关于步韵所说的"要在我市心里唤起一幅甘芳歌舞的图画，或一句有光辉有色彩的旋律"。米珂朗杰罗一首有名的商籁开头两句：

> 大艺术家任何的构想，
>
> 无论那块云石都藏有，

也是这个意思。这就是说，一个大艺术家看见了一块云石便从云石底固结的黑暗里看出一座轮廓分明的雕像。里尔克《好上帝底故事》里的《听石头的人》[1]通篇都可以说是这两句诗底注解，尤其是下面这一段：

> 那雕刻师重复俯向他底作品。他不断地想道："你不过是一块小石头，别人就很难得在你里面找到一个人影。我却在这里感到一只手臂：那是约瑟底；玛利亚在这里低俯着，我感到她那颤栗的手挽着那死在十字架上的我们主耶稣。"

以上我很匆促地（因为我发觉这封信已经超出普通的长度）描写一件艺术品在作者心里形成的阶段：从受感，酝酿以至一个完整的灵象之显现。这第三阶段，对于克罗采是唯一的阶段，他称之为表现。但为避免和那用工具表现出来以传达给读者的意义相混淆，我宁可称之为结晶。受感——酝酿——结晶：这是一切艺术品或者甚至一切科学与哲学原理在心灵里形成的历程底大概。我说大概，因为心灵活动是那么诡秘，飘忽和错综，我们底肉眼和文字或者只能把捉和记载一个粗糙概括的状态。这三个阶段次序之先后或互相或同时动作，往往视作品之种类大小长短而出入极大。譬如陶醉在爱里，德里，沉思

---

① 《听石头的人》译文见本系列《罗丹论》。

里，酒里，甚或麻醉药里（随各人底个性而不同）随时所产生的短歌，如哥德底《流浪者之夜歌》，雪莱底《一个字》，或陈伯玉底《登幽州台歌》，可以说整个心灵先已在长期酝酿中然后一触即发，因而直觉和表现（包括传达）几乎是同一刻的事，或者给我们同一刻动作的印象。那是一些骤然开在诗人心灵树上的奇葩。反之，一些长篇的巨制如《神曲》或《浮士德》或《红楼梦》，则灵感之坠入诗人心里几乎等于一粒种子跌人沃土里，慢慢胚胎，萌芽，经过了长期或毕生的灌溉和栽培，然后长成枝叶婆娑夹着千百奇花异果的大树。大抵这灵象或境界之崇高，伟大或完美底程度，可以说是灵感之强弱大小与形式的感觉之丰歉锐钝及酝酿时期之久暂底三位乘数。譬如对于我这才短的人，也有一首商籁而经过几年潜意识的孕育，然后受了意外的接触才开放的，譬如这首：

我们并肩徘徊在古城上，
我们底幸福在夕阳里红。
扑面吹来袅袅的枣花风，
五月底晚空向我们喧唱。
陶醉于我们青春的梦想，
时辰底呼息又那么圆融，
我们不觉驻足听——像远钟——
它在我们灵魂里的回响。
我们并肩在古城上徘徊，
我们底幸福脉脉地相偎：
你无言，我底灵魂却没入
你那柔静的盈盈的黑睛……
像一瓣清思，新生的纤月
向贞洁的天冉冉地上升。

这首商籁所唱的是我自欧洲初到北平时一段如火如荼的生活中最完美的一刻。开头两句：

我们并肩徘徊在古城上，

我们底幸福在夕阳里红。

在夕阳，晚钟和古城墙上枣花底香气交织中已完整地闪进我脑里（当时却并没有向那赐我这幸福的人诉说），而全首底意境——那浸在夕阳，晚钟和新月里的由明亮而渐渐进于亲密的幸福——也可以说在那一刹那（至少是潜意识的）完成。可是一直等到前几年我寓北温泉时偶然渎到一首音节相仿佛的德文诗才下决心费了一周的时间把它写就。最大的原因当然是由于我里面那工程师底踌躇和疏懒，故意稽延一首或许会使他失望的诗底出现。

说到工程师，我们于是可以进到一件艺术品产生的最后一个阶段：表现或传达。对于克罗采，这是一个无足轻重的阶段，或者，依照朱光潜先生，"写不过是记录，犹如将声音灌到留声机器片——不能算是艺术的创作，更不能算是替自己的思想安一个形式。"可是米珂朗杰罗，正如一般极端自觉的大艺术家，却另有想法，因为他那几十年几乎和造化一样丰饶的创造经验教他，而他在我上面所引的一节商籁后二句告诫我们：唯独那服从思想的手，才能使它在上面开放。"唯独"——我们听见了吗？——而不是"任何"或"随随便便"。而"服从思想"几个字又多么富于暗示呀！他这里所谓思想，我想就是现代术语之所谓想像（因为当时各种名词底涵义还没有十分确定）。在那三位一体的艺术家或心灵中，如果情感或感觉的生活是资本家，想像所担任的职务就是工程师。

想像对于一切精神的工程尤其是艺术的创造所以主演一个这么重要的角色，我以为因为它具有两种机能：一个是我上文所指出的"形式的感觉"，另一个则是运用适当的工具去表现或暗示那灵象的"塑造的意志"。一直到现在，对于一件艺术晶之形成，由受感，酝酿，以至结晶，心灵底工作大部分可以说是被动的；一直到现在，那在艺术家心里形成的只是一个潜在的模型。虽然为了说明的方便，我们不得不引用已经实现的作品。唯有如此，愈足证明传达或物质的表现对于艺术创造之重要。因为没有传达，没有已成的作品，我们底欣赏固完全落空，一切文艺心理的讨论也只是脑中的旋风。一个艺术家所以成为艺术家，并不单是因为他有活跃明确的灵象，最紧要的还是要能够把这灵象从私己的感觉变成大众可以欣赏的对象；把自己的体验变成公共体验的工具。假如他是真正的艺术家，这灵象底活跃与丰盈一旦达到顶点时，他底想像，他底形式的感觉和塑造的意志决不容他保持缄默。像十月期满的孕妇（用一个最滥的比喻），他要被迫去卸除他怀里的重负。

可是像一切比喻，这精神的孕妇（既然一棵树上没有两张相同的叶子）亦只能说明事实底一部分。因为如果孕妇所产的天然是一个肢体完备的婴儿，而她底分娩是被动的工作，——我们底艺术家却没有那么幸运。他底积极的工作可以说从此刻才开始，并且还不能依样画葫芦或像声音灌进留声机片那么毫不费劲，而只能依照他底工具之特殊器量去暗示他底灵感或心内的宇宙：以质实凝定空灵，局部代表全部，单纯影射繁复，有限表征无限。换句话说，艺术底表现必然地是间接的和象征的，而间接和象征的程度又视各种艺术底工具之不同而异。大体说来，造形艺术如图画和雕刻底表现比较直接，建筑和诗和音乐则偏于象征。因此，讨论艺术品形成的前三个阶段我们可以泛指艺术，到了表现或传达便不能不限定我们底对象。（准确地说，前三个阶段亦不能不多少受艺术家习用的特殊工具所限制或影响。）

让我们单就诗说，既然我们底出发点是我自己的诗词，而只有在这方面我可以夸说有一星星直接的知识。

要知道一首诗从结晶到表现我们底想像怎样工作，我们先要确定它所用的工具和方法；要确定它底工具和方法，就不得不先认识诗底性质。

诗底最大不幸，就是由于它那工具底共同来源，被划入和散文同一部门；又因为它和散文之间有许多可能的阶段（散文诗，诗的散文①，或内容完全散文的诗骸），往往被人与散文混为一谈。因此，许多人讨论直觉与表现问

---

① 我自己的散文就最喜欢流连于这两不管的地带而为朱光潜先生所最不赞同的。从批评底分类看，我接受朱先生底意见。但是文学，如果我们不斤斤于分类的成见，而只把它当作自我表现底工具，那么，只要能够充分表现我自己，就是说，能够在读者心里唤起我所要传达的相同，类似或更无限的意境，我始终相信偶然把诗底手法移用到散文里并无大碍。为达到某种效果，现代诗不也充分利用着散文底技术么？——虽然我不很赞同这后一种办法。因为诗，我觉得，总应该是最纯粹的艺术，而我们精神底努力应该是"高攀"而不是"屈就"。——原注

题，时而从散文着眼，时而从诗出发，常常甚至用处理散文的眼光和手法来待遇诗，全看它是否方便于一己的成见。结果自然是夹缠不清，只能产生一些混乱的观念。

我以为如果撇开一切游移于诗和散文之间的枝节和阶段，（并且暂时撇开一切形式的元素），我们便会发觉二者之间一个基本的区别：这两个名词，散文和诗，其实代表着我们心灵两种不同的甚或对抗的倾向，两种品质完全各别的精神活动。一个努力要将那献给我们感官的混沌，繁复，幽暗的现象分辨，解剖，碾碎为一些条理井然的明晰的观念；它底器官是理智。一个却要体验和完全抓住这现象底整体；它底器官是想像。在散文里，作者有一定的题目。无论这题目是待解释的思想，待叙述的事实，待描写的情景，或这一切底揉合，作家底任务是要把那组成的元素条分缕析，剔爬到底里，然后用清楚的文字把它阐明，陈述，或刻画出来，使我们看见，明白，首肯或悦服。换句话说，散文底基础是分析；它底极致是概念或思想底和谐，逻辑的系统与秩序；它底诉动的对象，我们底理解力。诗人底任务却正相反。诗底基础是完整的存在底宣示，是全人格底统一与和谐之活现与启迪。所以诗底命题，在一意义上，只占次要的位置。一首最上乘的诗所传达的不是一些凝固的抽象观念，亦不是单纯的明确的情感，而是一些情与思未分化之前的复杂的经验或灵境；而是一切优美或庄严的自然与人事在我们里面所唤起的植根于我们所不能认识的深渊（非意识的区域）同时又伸拓和透达于我们肢体和肌肉底尖端的深邃错综的反应，无限地精微又极端地普遍，超出一切机械的理智与逻辑底把捉的。即使当一种情感（悲欢兴奋或忧郁），一个观念（善恶或永生），或一种景象（月夜或花朝）显得特别强烈，占据着作者意识底中心时，作者底反应与态度，以及那随着来的万千联想与回声，也组成一种不可分析的氛围与微妙的萌影。

基于这性质上根本的差异，诗和散文底表现工具和方法当然各别，虽然它们所用的表面同是文字。

当作文学底工具，文字具有三种不同的元素：颜色，声音和意义。除了颜色在散文里毫无位置而在诗里永远处辅助的地位外，其他两个底重要性因在诗或在散文而各自不同。在散文里，意义——字义，句法，文法和逻辑——

可以说是唯我独尊，而声音是附庸。在诗里却相反。组成中国诗底形式的主要元素，我们知道，是平仄，双声，叠韵，节奏和韵，还有那由几个字底音色义组成的意象。意义对于诗的作用不过是给这些元素一个极表面的联贯而已。在任何文字底诗学里，句法之倒置，主词动词之删略，虚字系词之减削，都成为不可缺乏的规律。这都足以证明二者不可得兼的时候，宁可牺牲意义来迁就声音。这是因为只有节奏和韵以及它们底助手双声叠韵之适当的配合和安排，只有音律之巧妙的运用，寓变化于单调，寓一致于繁复，才能够延长我们那似睡实醒，似非意识其实是最高度意识的创造的时刻；才能够唤醒和弹出那沉埋在我们底无我深处的万千情条和意绪；才能够把捉那超出我们意识以外的思想底荫影和心声底余韵；才能够，一句话说罢，表现或暗示那为我们底呼喊，眼泪，抚摩，偎拥，叹息等姿态或动作所朦胧地试要表现的一些什么。所以如果散文底发展全仗逻辑的连锁，一首诗底进行大部分靠声音底相唤。

这或者就是为什么，同是从一种纯粹的诗体出发，同是受了一种模糊而美妙的音节所煽惑：梵乐希底《海滨墓园》被发觉为他诗中最亲切，就是说，在那里面他融入最多的个人回忆和经验的诗；而在我自己渺小的范围内，我底《鹊踏枝》竟凝定了一种我蕴蓄最久的隐秘的心声。这也就是为什么，梵乐希底《年轻的命运女神》和巴赫底遗作《追逸曲的艺术》（*Die Kunst der Fugue*）——那自从一九二四年在莱锡①第一次奏演被音乐界公认为西方音乐最大的杰作的《追逸曲的艺术》——完全出自技术上考虑，却成为诗人和音乐家各自的人生观宇宙观和艺术观底最丰盈最光明的结晶。因为诗境，和音乐一样，是一个充满了震荡与回声的共鸣的世界。当我们凝神握管的时候，我们整个生命的系统——官能和理智，情感和意志，意识和非意识——既然都融作一片，我们底印象和观念，冲动和表现，思想和技术，就有如铜山西崩洛钟东应，一切都互相通约，互相契合，互相感召。

试回头省察我上文所述的关于《金缕曲》和《鹊踏枝》形成的经过，你就会发觉无论诗境是来自一股不可抑制的浓烈的情感，或一种不可抗拒的迷人的节奏，想像底功能都是要找寻或经营一个为它底工具和方法——声音及意

---

　　① 莱锡（Leipzig），通译莱比锡，德国城市。

象——所允许的与这诗境或灵感相仿佛的象征。我们又会看见，我们这位工程师在他追求象征的努力途中，忽然或有意或无意碰上一句或两句完整的诗：有时是全诗中最鲜明的一句，如那首商籁里的

我们底幸福在夕阳里红；

有时是最能领起或总括全段心史底概要，如《金缕曲》底

歌一曲，为君唱；

有时甚或只是诗中任何一句，只要本身义蕴丰富，音节铿锵，如《鹊踏枝》第五首的

怕见白帆开又落

及其他许多例子。这一句或两句诗之印在我们心灵上或写在纸上，就等于在琴键上弹出一个圆融的乐音在我们潜意识界所掀起的一句互相应和的音波或旋律，立刻在我们想像底眼前树立一个理想的潜在的和谐或模型。韵脚就是帮助我们把捉这些飘忽的音波底尖端的。为凝定或实现这潜在的和谐未实现的宝贵部分，想像凭了它那塑造的意志将不惜上天下地去搜求（陆士衡所谓"精骛八极，心游万仞"），或专心致志去守候和谛听（有时甚至不要过分地守候和谛听）那奇迹似的意象和字句，那长短，音节，色调和涵义都恰到好处，都凑泊无间的意象和字句：从书本来，从生活来，从记忆，从眼前的景物，或从一句偶然听到的话或一缕不关心的衣襟上的香痕：都没有关系。

对于伟大的艺术家尤其是诗人，天地间的一切，从最高的星辰以至他最内在的脉搏都同时是灵感底源泉和灵感象征底宝库。（而什么是天才只是极敏锐的感觉和极热烈的生活以及由这二者得来的极丰富的内在资源，再加上一颗能够自由挹注和运用的心灵或想像？）他底最大职务就是要拒绝一切差不多的音和义，拒绝一切拉长或凑数的诱惑。在这里我们里面的裁判便有他

底分。因为这由一句或一节诗唤起的潜在的和谐是那么微妙和空灵，我们不独要看得准，听得清，还要有一只毫不踌躇，毫不抖颤的手把它捉得住描得出。一个字底意义太强或太弱，声音太浊或太清，或色泽太鲜明或太黯淡，都无异于一支乐曲底悠扬的奏演中忽然掺杂一声謦叹，足以破坏整个和谐的宇宙，使全诗失色。这就是为什么"悠然见南山"不能改作"悠然望南山"；这就是为什么王介甫在他那句诗里要由"到"而"入"而"过"而"满"而终于改定为"绿"；这就是为什么甚至在别人底诗里，我们常常感到他某字火候未足，并且可以为他换上一个更确当更妥贴，就是说，为全首或全句底标准和谐所要求的句或字。而我所以费了一周的工夫才写就那全意境早已完整和成熟的商籁"我们底幸福在夕阳里红"，就因为这中间我底想像受了拉长的诱惑，想把原来天造地设的后半段延长为另一首商籁，用别的不调协的材料填补上去。经过我里面的裁判反复辩论和抗议，然后达到或恢复那应有的原状。在另一方面呢，嚣俄《历代传说》里那首冲淡隽永的杰作《睡着的波阿斯》（*Booz Endormi*），许多最精彩的部分，你知道，都是后来添上的。我以为这是因为虽然伟大如嚣俄，他那想像在创造的最高热度里，也有踌躇或迷惘的一刻。直到后来他那清明的理智在冷静的反省中才发觉它忽略了或遗漏了那整句旋律底最极端也最美妙的余韵，像开在最高枝的花朵一样。

至于你来信所提及的我底《鹊踏枝》比前人特别富于双声叠韵及前人所很少的重韵如"叠酌"和"再作"和"哀乐"，我可以坦白告诉你这是我每次写诗时（除了很少的例外）绝对没有想到而每次写完后总引以为异的。譬如那首"我们底幸福在夕阳里红"——不知你注意到没有了——前八行所用的韵"上唱响想"和"红风钟融"全是响亮开朗的，后六行底"徊偎""睛清""入月"则全是低沉幽闭的，和全诗底意境由明亮而亲密正暗合。这岂是有意做得到的吗？这原因，除了基于文字本身音义间前定的和谐及作者接受外界音容的锐感外，我们不得不承认在每个作者里面都有一个韵律底潜在的标本，使他写作的时候不依照这标本便不满足，便不肯搁笔。莎士比亚歌唱古希腊的圣哲披达歌拉士①那关于天乐的思想说：

> 这样的和谐也在凡夫灵魂里；
> 可是由于这泥泞臭腐的衣裳
> 粗糙地盖住它，我们无从听见……

也许只有艺术，特别是诗和音乐，可以从我们这血肉之躯偶然解放出来我们灵魂里这钧天的妙乐吧？

一九四四、三、二八于嘉陵江畔

---

① 披达歌拉士（Pythagoras，约前580—前500），通译毕达哥拉斯，古希腊哲学家、数学家。

论长诗小诗①

　按韦先生这篇文章可以说代表诗底欣赏上一个观点，一种趣味，并且是这观点和趣味底再透澈不过的辩护。不过据我底私见，诗底价值和长短大小是两回事。因为第一，长短大小本是比较的观念。我国旧诗上了五六十行便称长篇；西方第一个反对长诗和主张作短诗最力的亚伦普（E. Allen Poe）②却把他底一百十八行的咏《乌鸦》看作长短适中的理想诗。反之，在我们那些习于十三音的"俳句"和三十一音的"古歌"的东邻人眼内，我们底七律甚或五律恐怕便显得洋洋大篇了。其次，"长短大小"是"量"底问题，"好坏"是"质"底问题。质和量虽不能说全无关系，但究竟不能混为一谈。一首诗并不因为"小"而不能给我们宏伟的观感，也不因为"长"而一定失掉含蓄和暗示力。全在乎题材底本质和处置之当否而已。

　"每个诗人，"济慈在他底《书翰》里仿佛这样说过，"都是和蜘蛛一般用自己的本质来织就自己的空中楼阁的。"所以一切好诗都是诗人自我底最完美的表现。但是因为中国对于诗的传统观念特别注重"感兴"，注重"顿悟"，我们历史上大多数最上乘的作品遂为"即兴"或"口占"一类的短诗，就是说，是些大诗人底灵魂在最丰满最充溢的顷间的自然流露，空灵，浑成，无迹象可寻。西洋底艺术观却极重视"建筑的匠心"，一件作品往往是作者积年累月甚或大半生苦心经营底结果，因而——譬如但丁底《神曲》和哥德底《浮士德》——简直是诗人积聚在内在世界里的毕生的经验与梦想，怅望与创造底结晶或升华。要理解欣赏这种作品，便不能单靠刹那的感兴或霎时的妙

　① 以下几段短文，都是民国二十四年冬至二十五年夏我编《大公报·文艺》栏里《诗特–T'J》时在几篇论诗的文章后写的跋和按语。

　② 亚伦普（Edgar Allen Poe，1809—1894），通译爱伦·坡，美国诗人、小说家。

悟；我们得要，如果最高的文艺欣赏是"在自己心里重造诗人底意境"，虚心去跟踪诗人底追求与发展底纡回起伏的历程。

所以就作品本身而言，小诗与长诗各有其特殊领域，我们断不能在两者间有所轩轾。但是为全部文艺史底成绩着想，前一种既是中西诗所共具，后一种底缺乏，我并不说绝无，便逼我们不得不承认这是我们底弱点。所以，要在今日为中国作史诗固不免是痴人底妄想；但是要创造一种具有"建筑家底意匠"的歌咏灵魂冒险的抒情诗却不失为合理的愿望。

关于这问题，《随园诗话》里有一段颇公允警辟的话，我现抄在这里，以质诸韦先生和读者：

> 严沧浪借禅喻诗，谓羚羊挂角，香象渡河，有神韵可味，无迹象可寻。此说甚是，然不过诗中一格耳。……诗不必首首如是，亦不可不知此种境界。如作近体短章，不是半吞半吞，超超元箸，断不能得弦外之音，甘余之味。……若作七古长篇，五言百韵，即以禅喻，自当天魔献舞，花雨弥空，虽造八万四千宝塔不为多也；又何能一羊一象显渡河挂角之小神通哉？总在相题行事，能放能收，方称作手。

关于音节

想"创造新音节"，第一步先要认识我们现有的表现工具底音乐性。本刊前期罗念生先生底《节律和拍子》，诚如编者所说的，便是对这问题一个具体的建议，但未必已经达到最终的解答。这解答或许不止一个，而且也决非徒靠文字底讨论所能获得。因为和其他事物一样，一国文字底音节问题也是骤看来是非判然，逼视便缠夹不清的。英国诗律底根据究竟是缀音（Syllabic），轻重（accent or stress），或长短（foot，依照圣士伯利教授[①] 底分类），至今还成为诗律学家聚讼的中心；但这并不妨碍英国数百年来绵延不绝的光荣诗史底发展。可知理论与批评至多不过处建议和推进的地位，基本的答案，还得靠诗人们自己试验出来。

关于新诗底音节，我们读完罗先生底文章之后，我以为至少会起下面几个疑问：平仄在新诗律里是否如罗先生所说的那么无关轻重？中国文字是否是轻重音底区别？如果有，是否显著到可以用作音律底根据？罗先生对于轻重音底区分是否可以无异议？……至于孙大雨先生根据"字组"来分节拍，用作新诗节奏底原则，我想这是一条通衢。我几年前给徐志摩的一封信所说的"停顿"（caesura）（参看《诗与真》一集四八页）[②]正和他暗合。

不过这里又发生两个问题了。

第一，一首诗里是否每行都应具同一的节拍？我以为这要看诗体而定。纯粹抒情的短诗可有可无，而且，我国底词和西洋许多短歌都指示给我们，多拍与少拍的诗行底适当的配合往往可以增加音乐底美妙。至于无韵诗（blank

---

① 圣士伯利（George Edward Bateman Saintsbury，1845—1933），通译圣茨伯里，英国文学史家。

② 见《论诗》一文。

verse）和商籁（Sonnet），前者因为没有韵脚底凭藉，易于和散文混合，后者则整齐与一致实在是组成它底建筑美的一个重要原素，就非每行有一定的节拍不可。

第二，节拍整齐的诗体是否字数也应该划一呢？和孙罗二位不同，我底答案是肯定的。罗先生反对字数划一的最大理由便是诗是时间底艺术，直接和时间发生关系的是节拍而非字数。不知我们现在的节拍可以由一字至四字组成；如果字数不划一，则一行四拍的诗可以有七字至十六字底差异。把七字的和十六字的放在一起，拍数虽整齐，所占的时间却大不同了。用不着走那么极端，有时一字底加减便可以产生不和谐的印象。譬如我现在写的商籁都是每行十二字五拍的。本刊前四期发表的一首，因为一时的疏忽，其中

　　从你那嘹亮的欢笑，我毫不犹豫

竟多了一字，我每次读到这行，总觉得特别匆促似的，直到把它改作

　　和那嘹亮的欢笑，我毫不犹豫

才觉得自然。这是因为这十二字五拍底规则的分配法是"三拍两音和两拍三音"，如

　　簇拥着——旌旗——和车乘——如云——如海，

或间有"四拍两音和一拍四音"的如

　　瘦骨——嶙峋——向求仙者——俯伏——叩拜，

或例外的"一拍一音，三拍三音和一拍两音"的如

　　看——我眼中——已涌出——感恩的——热泪：

而

> 从你那——嘹亮的——欢笑——我毫不——犹豫，

竟变成"三拍三音和两拍两音"的了。

其次，一般人反对字数划一的理由是，语言天然就不整齐，硬把它截得豆腐块似的，便要发生不合理的"增添"和"删削"的流弊，多才的诗人如朱湘尚不免。这些人似乎忘记了一切艺术——其实可以说一切制度和组织——都是对于"天然"的修改，节制，和整理；主要是将表面上"武断的"和"牵强的"弄到"自然"和"必然"，使读者发生"不得不然"的感觉。文字并不像木石，是极富于柔韧性的；或者，如果我们要用木石作比，那么，每个字或每组字就等于一片木或一块石，想要获得整齐的效果用不着硬凑和强削，而全在于巧妙的运用与配合。不然，意大利文并非天然十一音，英文并非天然十音，法文并非天然十二音，就是我们底文言文也并非天然五音或七音，何以这些诗行在但丁，莎士比亚，弥尔敦，腊辛，嚣俄，陶潜，杜甫和其他大诗人手里却比散文还要来得自然，流动，和挥洒自如呢？

所以，在一意义上，这规律正和其余的规律一样，问题并不在于应该与否，而在于能与不能。哥德在他底商籁《自然与艺术》里说得好：

> 谁想要伟大，得先自己集中，
> 在"有限"里显出大师底身手；
> 只有规律能够给我们自由。

保罗·梵乐希也说："最严的规律是最高的自由。"因为，规律如金钱，对于一般人是重累，对于善用的却是助他飞腾的翅膀！

论平淡

最近胡适之先生谈起他自己的诗（参看《自由评论》十二期胡适之《谈谈"胡适之体"的诗》），提到"平淡的境界是最禁得起咀嚼欣赏的"，举他自己这首小诗为例：

> 刚忘了昨儿的梦，
>
> 又分明看见梦里的一笑。

"这样的写情诗，"作者接着说，"少年的新诗人当然感觉不过瘾。但我自己承认我受的训练只许我说这平淡的话。"恰巧这序里①有一段关于"朴素"或"平淡"的议论，很可以启迪我们："朴素有两种：一种是原始的，来自窘乏；另一种却生于过度，从滥用觉悟过来。……"所以在一首明白简洁的诗面前，我们应当问：这诗究竟是朴素抑窘乏，简易抑浅陋，平淡抑庸俗？关于上面那首小诗，我不愿加什么意见，因为作者底辩解，尤其是作品自身，已经很清楚答复我们了。

我现在只想说几句关于平淡境界和作者年龄训练的关系。我以为年龄和训练所以使一个艺术家底作品趋于平淡，并非因为理智和学问把他底情绪和感觉压抑甚或窒塞了。反之，正因为它们一方面既把这后二者丰富化和深刻化，发展他底透视力和想像力；另一方面又帮助作家底技术臻于精巧和纯熟，使他洗炼、蒸馏、集中，和陶铸他底情绪和感觉，把极繁复的经验，极深微的思想，极空灵的意境凝结在一个单纯完美的形式——一首甚或一句诗——里。所

---

① 梵乐希的《法译陶潜诗选序》。——原注

以真正的"平淡"并非贫血或生命力底缺乏，而是精力弥满到极端，"返虚入浑"，正如琴弦底匀整微渺的震荡到了顶点时显得寂然不动一样。所以在一意义上，一切最上乘的诗，和它们底内容比较，都是平淡或单纯的，因为必定都是那内容底要素或纯精底综合的表现。试看陶渊明底杰作，那一句不是赋有无量数的生命底震荡，就是说，经得起我们无穷的玩味的？古今中外的诗人中，还有比哥德和梵乐希所受的科学训练更严格更深厚的么？然而哥德晚年的《东西诗集》中如《再会》（ *Wiederfinden* ），如《死和变》（ *Stirb und Werde* ）[①]一类的情诗，多么简约平淡的外形蕴藏着多么蓬勃热烈的内容！至于梵乐希晚年的诗如《年轻的命运女神》，如《海滨墓园》，音乐和色彩之丰富浓郁那么远超过英国的济慈，如果我们不想起他所表现的内容是怎样的复杂，抽象和精微，我们将来觉得把"平淡"或"单纯"这种字眼加上去是一种矛盾。

所以一个诗人能否达到真正的平淡境界，不仅是年龄和训练问题，还得看他底本质或禀赋：只有丰饶的禀赋才能够有平淡的艺术。枯瘠的沙漠既谈不到浓郁，更谈不到平淡！

---

① 　原题为《幸福的憧憬》（ *Selige Sehnsucht* ）。——原注

音节与意义

　　本刊前两期（《文艺》一百二十九期）登载的叶公超先生底《音节与意义》一文里有几处我觉得颇可讨论。闻家驷先生为我们译的这篇短文刚好解答其中的一点，就是：马拉美与韩波底诗并非像叶先生所说的，和丁尼生底诗同犯"音节泛滥"底毛病。假如叶先生底话是根据他所举的两部书：《现代诗式概观》和《意义与诗》，我敢说这只能证明两书底作者并未彻底认识他们所谈的东西。因为，正如本文作者埃利奥特（T. S. Eliot）所指出，再没有比马拉美更在诗里"避免纯粹的铿锵和纯粹的悠扬"，更求"意义与音节底调协"的。虽然埃利奥特把爱伦普和马拉美相提并论，能够同时欣赏这两位诗人的都知道在这点上，马拉美又不知远超过普多少。如果有人怀疑我这话，不妨打开法国现代一位很重要的批评家梯布德（Albert Thibaudet）[①]底《马拉美底诗》（*La Poésie de Mallarmé*）。这是一部想研究马拉美和象征派底诗不可少的书，在那里面作者一部分的努力便是分析和阐明马拉美怎样善于运用双声，叠韵，拗体以及其他获得与意义融洽无间的音节的方法。"好诗也需要注释么？"一些"富于常识"的人会忍不住笑起来了。我只能引自己这句老话作答："要了解欣赏一件经过更长的火候和更强烈的集中做成的艺术品必定需要更久的注意和更大的努力——二者都不是我们一般凡人所能供给的。"唉！

　　其次，我想顺带在这里和叶先生讨论的，是音色问题。叶先生说：

　　　　一个字的声音与意义在充分传达的时候，是不能分开的，不能各自独立的，它们似乎有一种彼此象征的关系，但这种关系只能说

　　① 梯布德（Albert Thibaudet，1874—1936），通译蒂博代，法国文学史家。

限于那一个字的例子；换句话说，脱离了意义（包括情感，语气，态度，和直接事物等等），除了前段所说的状声字之外，字音只能算是空虚的，无本质的。中国文字里只有极少数的字音孤立着可以说是有一种音色的，如"坚"，"固"，"强"，"弱"……之类。但中国文字里同声字太多了，譬如"香"，"乡"，"镶"，"湘"，按国音读多是同音字，但它们所代表的东西却很不同……

如果我们只从每个独立的字着眼，叶先生这段话是很精确的。但叶先生似乎忘记了一个字对于诗人不过是一句诗中的一个元素，本身并没有绝对独立的价值。正如一种甚或无数种颜色底集合不能成一幅画，一个乃至许多美丽的字堆起来也不能成一句诗。诗之所以为诗大部分是成立在字与字之间的新关系上。"诗人底妙技，"我在《诗与真》一集中（五三页）曾经说过，"便在于运用几个音义本不相属的字，造成一句富于暗示的音义凑泊的诗。"马拉美所谓"一句诗是由几个字组成的一个完全，簇新，与原来的语言陌生并具有符咒力量的字"，便是这意思。试就"风劲角弓鸣"一句诗说，其中可以说是状声或有音色的字，依照叶先生底分析，或许就只有"风"字和"劲"字；但"风"字和"弓"字底响应，"劲""角""弓"三字底"k"或"gh"（古音）底双声，都足以使全句诗底意义获到最高度的表现，因而成为一句难得的音义凑泊的诗。

第三，"歌调底节奏"是否如叶先生所说的，只限于狭义的抒情诗，或"语言底节奏"是否最宜于表现思想，而所谓"思想"，当它达到最高最纯最强烈的时候，是否也变为抒情的而自然要求"歌调的节奏"？又"抒情诗节奏"是否"容易变成一个硬的固定的东西"？我们只要细读《浮士德》许多独语和短歌如《守望者之歌》和《神秘的和歌》，和梵乐希底《海滨墓园》和《年轻的命运女神》——我所认识的世界上两首最富于思想尤其是"思想底过程和态度"的诗——便可以得到一个清楚的答案。

新诗底十字路口①

　　虽然新诗运动距离最后成功还很远，在这短短的十几年间已经有了惊人的发展却是不容掩没的事实。如果我们平心静气地回顾与反省，如果我们不为"新诗"两字底表面意义所迷惑，我们将发见现在诗坛一般作品——以及这些作品所代表的理论（意识的或非意识的）所隐含的趋势——不独和初期作品底主张分道扬镳，简直刚刚相背而驰：我们底新诗，在这短短的期间，已经和传说中的流萤般认不出它腐草底前身了。

　　这并非对于提倡新诗者的诟病或调侃；因为这只是一切过渡时期底自然的现象和必经的历程。和一切历史上的文艺运动一样，我们新诗底提倡者把这运动看作一种革命，就是说，一种玉石俱焚的破坏，一种解体。所以新诗底发动和当时底理论或口号，——所谓"建设明了的通俗的社会文学"，所谓"有什么话说什么话"，——不仅是反旧诗的，简直是反诗的；不仅是对于旧诗和旧诗体底流弊之洗刷和革除，简直把一切纯粹永久的诗底真元全盘误解与抹煞了。

　　可是当破坏底狂风热浪吹过之后，一般努力和关心于新诗前途的人，一面由于本身经验底精密沉潜的内省，一面由于西洋诗底深一层认识底印证，便不自主地被引到一些平凡的，但是不可磨灭的事实前面：譬如，诗不仅是我们是自我底最高的并且是最亲切的表现，所以一切好诗，即使是属于社会性的，必定要经过我们全人格底浸润与陶冶；譬如，形式是一切艺术底生命，所以诗，最高的艺术，更不能离掉形式而有伟大的生存；譬如，文艺底创造是一种不断的努力与无限的忍耐换得来的自然的合理的发展，所以一切过去的成绩，

---

　　①　初载1935年11月8日《大公报·诗特刊》，为《大公报》文艺栏目"诗特刊"创刊号发刊辞。

无论是本国的或外来的，不独是我们新艺术底根源，并且是我们底航驶和冒险底灯塔，譬如，文艺底欣赏是读者与作者心灵底密契，所以愈伟大的作品有时愈不容易被人理解，因而"艰深"和"平易"在文艺底评价上是完全无意义的字眼……于是一般文学革命家用以攻击旧诗的种种理由便几乎无形中一一推翻了。

在他们反对旧诗的许多理由中，只有两个，经过了重大修改之后，我们还觉得可以成立：一是关于表现工具或文字问题的，一是关于表现方式或形式问题的。

我们并不否认旧诗底形式自身已臻于尽善尽美；就形式论形式，无论它底节奏，韵律和格式都无可间言。不过和我们所认识的别国底诗体比较，和现代生活底丰富复杂的脉搏比较，就未免显得太单调太少变化了。我们也承认旧诗底文字是极精炼纯熟的。可是经过了几千年循循相因的使用，已经由极端的精炼和纯熟流为腐滥和空洞，失掉新鲜和活力，同时也失掉达意尤其是抒情底作用了。

这两点，无疑地，是旧诗体最大的缺陷，也是我们新诗唯一的存在理由。

但利弊是不单行的。新诗对于旧诗的可能的优越也便是我们不得不应付的困难：如果我们不受严密的单调的诗律底束缚，我们也失掉一切可以帮助我们把捉和抟造我们底情调和意境的凭藉；虽然新诗底工具，和旧诗底正相反，极富于新鲜和活力，它底贫乏和粗糙之不宜于表达精微委婉的诗思却不亚于后者底腐滥和空洞。于是许多不易解决的问题便接踵而来了。

譬如，什么是我们底表现工具——语体文———底音乐性？怎样洗炼和培植这工具，使粗糙变为精细，生硬变为柔韧，贫乏变为丰富，生涩变为和谐？我们应该采用什么表现方式，无定形的还是有规律的？如果是后者，什么是我们新规律底根据？

这些问题，不用说，决非一人一时所能解答的：我们简直可以说，获得它们底圆满答案那一天，便是新诗奏凯旋的一天。这或者就是为什么我们底诗坛——虽然经过许多可钦佩的诗人底努力，而且是获得局部成功的努力——我们底诗坛仍然充塞着浅薄的内容配上紊乱的形体（或者简直无形体）的自由诗：我们底意志和毅力是那么容易被我们天性中的懒惰与柔懦征服的！

这并非我们无条件地轻蔑或反对自由诗。欧美底自由诗（我们新诗运动底最初典型），经过了几十年的挣扎与奋斗，已经肯定它是西洋诗底演进史上一个波浪——但仅是一个极渺小的波浪；占稳了它在西洋诗体中所要求的位置——但仅是一个极微末的位置。这就是说，在西洋诗无数的诗体中，自由诗只是聊备一体而已。说也奇怪，过去最有意识，声势最浩大的自由诗运动象征主义，曾经在前世纪末给我们一个诗史上空前绝后的绚烂的幻景的，现在事过境迁，相隔不过二三十年，当我们回头作一个客观的总核算的时候，其中站得住的诗人最多不过四五位。这四五位中，又只剩下那有规律的一部分作品。而英国现代最成功的自由诗人埃利奥特（T. S. E1iot），在他自选的一薄本诗集和最近出版的两三首诗中，句法和章法犯了文学批评之所谓成套和滥调（Mannerusm）的，比他所攻击的有规律的诗人史文朋（Swinburne）不知多了几多倍。

这对于我们不仅是一个警告，简直是不容错认的启迪：形式是一切文艺品永生的原理，只有形式能够保存精神底经营，因为只有形式能够抵抗时间底侵蚀。想明白这道理，我们只要观察上古时代传下来的文献，在那还没有物质的符号作记载的时代，一切要保存而且值得保存的必然地是容纳在节奏分明，音调铿锵的语言里的。这是因为从效果言，韵律作用是直接施诸我们底感官的，由音乐和色彩和我们底视觉和听觉交织成一个螺旋式的调子，因而更深入地铭刻在我们底记忆上；从创作本身言，节奏，韵律，意象，词藻……这种种形式底原素，这些束缚心灵的镣铐，这些限制思想的桎梏，真正的艺术家在它们里面只看见一个增加那松散的文字底坚固和弹力的方法，一个磨炼自己的好身手的机会，一个激发我们最内在的精力和最高贵的权能，强逼我们去出奇制胜的对象。正如无声的呼息必定要流过狭隘的箫管才能够奏出和谐的音乐，空灵的诗思亦只有凭附在最完美最坚固的形体才能达到最大的丰满和最高的强烈。没有一首自由诗，无论本身怎样完美，能够和一首同样完美的有规律的诗在我们心灵里唤起同样宏伟的观感，同样强烈的反应的。

所以，我们似乎已经走到了一个分歧的路口。新诗底造就和前途将先决于我们底选择和去就。一个是自由诗的，和欧美近代的自由诗运动平行，或者干脆就是这运动一个支流，就是说，西洋底悠长浩大的诗史中一个交流底支流。这是一条捷径，但也是一条无展望的绝径。可是如果我们不甘心我们努力底对象是这么轻微，我们活动底可能性这么有限，我们似乎可以，并且应该，上溯西洋近代诗史底源流，和欧洲文艺复兴各国新诗运动——譬如，意大利底但丁和法国底七星社——并列，为我们底运动树立一个远大的目标，一个可以有无穷的发展和无尽的将来的目标。除了发见新音节和创造新格律，我们看不见可以引我们实现或接近我们底理想的方法。

但是发见新音节，创造新格律，谈何容易！我们目前只有脚踏实地去努力，按照各人底个性去尝试，去探讨，去钩寻，——所以就是自由诗，如果我们不把它本身当作一个目标的而只是一种试炼文字底弹性的手段，也不是完全无意义的。至于努力的步骤，不外创作，理论和翻译。创作所以施行和实验，理论（包括了批评）所以指导和匡扶，它们底重要大概是不会有人加以否认的。还有翻译，虽然有些人觉得容易又有些人觉得无关大体，我们却以为，如果翻译的人不率尔操觚，是辅助我们前进的一大推动力。试看英国诗是欧洲近代诗史中最光荣的一页，可是英国现行的诗体几乎没有一个不是从外国——法国或意大利——移植过去的。翻译，一个不独传达原作底神韵并且在可能内按照原作底韵律和格调的翻译，正是移植外国诗体的一个最可靠的办法。

杂　感①

　　我们举目看看现在所谓批评家，很有因为自己未曾了解，或者自己做不到而指摘或径修改他人的，无意中翻开《创造》一卷四期来看，见其中有成仿吾做的一篇《〈沉沦〉的评论》。篇末说《沉沦》的作者郁达夫所译的《孤寂的高原刈稻者》②译得不好，因而他自己把来再译一番。郁氏的译文，我曾于《沉沦》看过，好坏现在已记不清楚了。可是我读成氏所译的，不独生涩不自然，就意义上也很有使我诧异，觉得有些费解的！再三把自己所能够记忆的原文讽诵，总觉得有些不妥，还以为是自己记错了。打开华氏的诗集一看，呵呵，是了！第四行的"Stop here, gently pass"一句，原文的口气原是写"刈稻者"的或行或止的（当然只是译意），译者竟把它译作"为她止止步，或轻一点"，这居然是当为作者自己的"止步"了。而且"gently pass"两字，只译作"或轻一点儿"，亦不见得妥当。因为这样只译到"gently"一个副词，那主要的动词"Pass"却付诸缺如了！为什么成氏这么一个长于英文学的人（？），竟也有这么一个错误呢？想来想去，呀！知道了！因为原诗第一行的"Behold her"和这第四行"Stop here"都是把主词隐去的，而且又排列的好像排句一般。"Behold her"的主词既不是"刈稻者"，"Stop here"的主词就自然也被猜做不是"刈稻者"了。——这自然是我的猜度。至于成君为什么会这样错误，这个神秘，还是请成君自己解答罢。老实说，以这么浅的一首诗而且有意去改译，还有这么错误，真不能不说是神秘！

　　原诗的第三节（即译文第二节）末二行的"Some natural sorrow, loss, or pain, that has been, and maybe again"，"maybe"二字含有些"将来"的意

---

① 初刊1923年8月20日上海《文学》周刊第84期。

② 原作者为苏格兰浪漫派诗人华兹华斯（William Wordsworth，1770—1850）。

思。他就是说"那些自然的悲哀，丧失或痛苦，在过去已经是了，而将来也会再遇到的"（译意）。成君译作"几回过了，今却重来"，"今"字可不知从何而来！

　　看了以上举出的错处，不能不使我对于成君的一切批评起了怀疑了！顺手再拉①一本《创造》二卷一号来看，又寻着了他的一篇《〈命命鸟〉的批评》，一直看到次页的头几行，见他开始指摘《命命鸟》的作者的描写了。他是这么说的："读到'早晨底日光射在她脸上，照得她的身体全然变成黄金的颜色'，便觉得作者许地山君的观察未免太不的确了。早晨很微弱的日光，并且只射在脸上，就能照得全身变成黄色——这种现象我无论如何也想不起，在早晨底日光里，敏明——我们的女主人公——如果穿了特别颜色，也还有映成黄色的可能，作者既没有把它先写出来，不免要使人发生一种意外之感。"读完这么一大段，我起初也不由得不怀疑许君起来。但是我再三想过，这篇是以缅甸作背景的，或者这成君所谓"我无论如何也想不起"的现象，在缅甸有可能亦未可定。适同房的同学萧道康君自外来，他是缅甸土生的。我便质诸于他，他说："怎么不可能？缅甸的墙壁多是黄色的，就映以最微弱的日光，也自然会变成黄金色了。况且缅甸是在热带，就是在清晨也很烈呢！"我于是恍然大悟！忽然想起古人所谓"少所见，多所怪，见橐驼，言马肿背！"我们只恨许君不曾像舆地教员般，先将缅甸的风俗习惯详细解释一番——以后我就不愿读下去了！

　　成仿吾又在他的《诗之防御战》内否认现在诗坛上一切比较成功的作家，并且征引他们稍为有隙可乘的作品，而尤其否认的是冰心与宗白华（因为各家他还断章取义的征引，这两位却一字也值不得他的征引了）。他所以反对冰心与白华的根本理由是："诗也要人思索，根本上便错了。"我想："成君也是有作诗的；何不拿他来读读，他既然否认了这许多作家，想必定有很好的诗给我们读了。"打开二卷一号的《创造》来看，果然见到他的长诗（？）《长沙寄郭沫若》。足足有十节，占了八页的篇幅。我喜极了！在这百几十行的杰作内，预料定必有许多满意的佳句了！一气读下去，却越读越失望起来！

————————
　　①　拉：应作拿。

因为除掉每节第一句抬头称一句"沫若！"每节末二句的"你还记得么，哦沫若！"节节相同以外，还有许多累累赘赘的叙事的句子：不"要思索"确是不"要思索"了，可惜结果只成了徐志摩所谓"每行抬头的信"——一封令人看之生厌的信！

译诗本是一件很难的事，尤其是以神韵见长的诗！有时因为需要或心起共鸣到不能不译，也只是不得已的。雪莱的诗是尤以神韵见长的。我们爱读他的诗，不独爱看他的图画的表现他的优美伟大的思想和想象，还爱听他的诗中神妙的音乐，把他的诗译成了诘屈聱牙、煞费思索的不通的中国文，而且夹着许多误解的，对于雪莱，对于读者，已经谢罪之不暇！还昂昂然自诩的说：

> 译雪莱的诗，是要使我成为雪莱，是要使雪莱成为我自己。译诗不是鹦鹉学话，不是沐猴而冠。……他的诗便如像我的诗，我译他的诗，便如像我自己在创作一样。

哈哈！这是什么话！亏他说得出来，然而这的确是从译《雪莱的诗》的郭沫若君的笔下写出来的。我不禁为我们中国的文学界贺！因为我们中国现在又产生一个超过"贾生的才华"的雪莱了！

我上面说误解，若不指出证据，恐怕郭诗人（？）要说我妄证。但是我们不必求诸远，只就他自己注明的《云雀曲》里的几处便够了。"Sunken sun, even, silver sphere"几个字无论你翻齐了Webster的大字典，问了几多英文学教授，和看了几多部雪莱的诗注，恐怕也找不到"旭日、晨光、日轮"的字样！"云雀啼于朝，不啼于夕"不知是几时新发明的禽学。"even"是"evening"的Poetic form①，一看就会明白的，不须郭君不辞多事来解明。"evening"解作"twilight"，而"twilight"可以解作"dawn"，我们断不能说"evening"或"even"就是"dawn"，也是很明白的，医生！倘若你还不明白，让我把些肤浅的医事来比方罢，一种药能够医两种病是常有的，可是我们断不能因为这两种病都可以用一种药医治的缘故，就直接了当的说这种病就

———
① Poetic form，"诗歌形式"。

是那种病，对吗？"Twilight"所以同训"even and dawn"的原故，不过因为黄昏与黎明的光都同是一样微弱罢了。怎么可以说"even"就是"dawn"？至于Keen，arrow，intense等字为什么用不到"月亮"上去？"晓日轮"怎么会成为"银色"？我也要敬问郭君一下。——我怕"晓日轮"不独不是"银色"，并且是"紫砂色"呢！

这样说来，不独配不上说"我是雪莱"，简直连"鹦鹉学舌"、"沐猴而冠"也配不上哩！因为"鹦鹉学舌"至少也学得通顺流利，"沐猴而冠"至少也冠得类似呵！

倘若一个人把一个大诗人的作品，糊里糊涂的译过中文来，便居然以那个大诗人自居。那么，中国现在真个不愁没有大诗人了！郭君又曾译过哥德的《少年维特之烦恼》，现在又已把他的《浮士德》译竣，又曾译莪默伽亚谟①的绝诗，那么，郭君可不又是哥德、莪默伽亚谟了么？这样，我真不能不为中国贺，为世界贺了！因为中国现在已产生了一个雪莱、哥德、莪默伽亚谟合一的大诗人了！然而郭君终究是不免为"对面的杨柳，摇……摇！"的作者。呵呵！……

自从成仿吾发表徐志摩的私信，因徐君批评"泪浪滔滔……"而疑及他有心污毁郭君的人格②以后，我常常觉得奇怪，为什么小题人做到这么地步？再四地看看《创造》的诗，心中才有些儿明白。原来《创造》里有许多诗不谋而合上了徐君的骂的，如《创世工程之第七日》是"日记式"；《长沙寄郭沫若》是"每行抬头③的信式"；"一湾溪水，满面浮萍，几句蝉声"，和什么"一碧青天，半轮明月"是"计数式"等等便是。（计数式或者徐君没有列入，那么就算是我说的也罢）。

---

①　莪默伽亚谟（Omar Khayyam，1048—1122），通译欧玛尔·海亚姆，波斯诗人，天文学家、数学家。《鲁拜集》（*Rubaiyat*）是他的文学代表作。

②　徐志摩在1923年5月6日《努力周报》上发表了《杂记·坏诗，假诗，形似诗》，批评郭沫若的《重过旧居》中四句："我和你别离百日有奇/又来在你的门前来往/我禁不着我的泪浪滔滔/我禁不着我的情涛激涨。"徐志摩批评"泪浪滔滔"的说法，认为"形容失实便是一种作伪"。6月3日，成仿吾在《创造周报》上发表了《通信四则》，批评徐志摩："你一方面虚与我们周旋，暗里却向我们射冷箭""污辱沫若的人格"。

③　"抬头"原刊"招头"。

近人发表创造的诗或小说未免太滥了，有好些只是初学的东西便胡乱拿来发表。比方我二年前也曾把我最初学做的几首诗拿来发表——如《夜深了么》、《小孩子》、《登鼎湖山顶》……等，简直不成东西。如今思之，不觉汗流浃背！（固然现在作的也是幼稚得很；不过总不至那么坏罢了。）然而最可惜的还是有些因为得他人说他有点诗才，于是便粗制滥造起来，一日可以造出一百几十首诗，或者平均每日都必定有一二首。我真不知他的诗才怎的这么大！然而造出了些"柳阴下，浮着一群鸭子呀！"或"好像是但丁来了……"等诗，只把"下"字和"呀"字押了韵便算一首诗，我真不知这是"摆轮①化"、"哥德化"，还是"惠特曼化"；如果这样的诗真是从"摆轮"、"哥德"、"惠特曼""化"下来的，我就不愿再读那三大家的诗了！或者说，如《晨安》一类的诗可不是从惠特曼"化"出来的？但我读来读去，只觉得他那种"垃圾般"粗疏的堆垒是有些像惠氏的短处，哦！原来是丑化的！

一九二三、八、四于广州

---

① 摆轮（GeorgeByron，1788—1824），通译拜伦，英国浪漫主义诗人。下同，不再一一注明。

评李加雪君的《浪漫主义的特殊色彩》中吉慈诗的译文①

看了《学声旬刊》第二期李加雪君的《浪漫主义的特殊色彩》中所引的吉慈诗的译文，觉得与原诗太出入了。

吉慈的原诗及李加雪君的译文如下：

When old age shall this generation waste,

Thou shall remain, in midst of other woe

Than ours, a friend to man whom thou sayst,

"Beauty is truth, truth beauty, " —that is all

Ye know on earth, and all ye need to know.

古代的黄金世界已经逝了，

你独留存在这万恶的世界当中，

你为人们的朋友，你对人们说，

"美就是真理，真理就是美"那便是，

你在世上所知道的一切，并且是你所应该知道的。

稍读过英国文学的，一看上列的原诗及译文，便知道李君的译文，实不啻和他在《学声旬刊》第一期所译的有同样的错误。因为第一行old age二字是指"暮年"，this generation是指"当代"，shall waste是说"将来耗去"；全行

———————

① 初刊1923年11月20日广州《文学》旬刊第6期。收入刘志侠、卢岚主编《梁宗岱早期著译》，华东师范大学出版社2016年9月出版。

诗就是说"当'年老'在将来把这时代（的人物）都耗去的时候"，而李君竟译作"当古代的黄金世界已经逝了"。"古代"二字还可以把英文的理解力不够的说话来自解，把shall waste译作"已经逝"和什么"黄金世界"，又从那里来呢？第二行Thou shall remain是和第三行的a friend to man联为一句的，难道因为有In midst of other woe一个Adverbial phrase夹在中间，便看不到了么？便以为Thou shall remain in milst of other woe是一句么？实在不得不令我疑惑到万分了！

现在暂且把原诗的大意译作散文，以证李君的译文之谬误："当'暮年'把这时代（的人物）都耗去的时候，你依然，在我们的苦难以外的苦难当中，是人们的朋友，对他们你这样说：'美就是真，真就是美'——这就是你在世上所知道的一切，也是你所应该知道的一切了。"

写了以上一大段，翌晨又在《学声旬刊》看见李君一段很意气的启事，大概是为崔、李二君在本刊前期指摘他在《学声旬刊》第一期的译文而发的。不禁又引起我说以下的几句话。

李君说他这两期"所引的吉慈诗都是意译"，但我以为意译者是不区区于词句，而只求其大意之谓。现在连原意都弄不清楚，又谈什么意译？然"臆"古与"意"通，李君所谓"意译"，或者是'臆译'罢？李君又说"翻译外国文已没有一定的标准"，我以为虽没有标准但总不至于错误罢！至于李君又说些什么"现在正从事着研究本国传奇小说，对于此等近于意气的、无底止的纷纠殊不愿加入"，那更不成说话。研究本国传奇小说是一件事，译吉慈诗又是一件事；断不能说研究本国传奇小说对于译错吉慈诗便可以不负责任。况且这种错误，实不见得是无底止的纷纠。因为译错就是译错了，还有什么纷纠呢？

最后，我还要声明一句：我写这篇东西，并不是有意来苛责李君。我的对象只是李君译错的诗而非李君。因为我恐怕民众误解了吉慈，所以不得不说这几句话。

再评李加雪君吉慈诗译文^①

我读吉慈的诗，还是两年前暑假的事。当时读到这首诗，只自自然然的把old age当做"暮年"解，而且当他作全句的主词。后来把他重温的时候，又在Gayley、Young and Kutz合著的*English Poetry，Its Principles and Progress*中他们对于这首诗的注释，更使我，直到如今，还毫不疑惑的相信我所解释的没有错误。前期看见了李君对于我所指出的答辩，以为old age当解作"古代"而全句的主词是this generation的发明，才使我再三的拿起那本注释来研究。

现在且不必拿注释来说，只就李君之说讨论，看他理解上通不通罢。如照李君说，this generation是主词，而old age是古代，那么，将全句列为平常的散文的时候，当然是when this generation shall waste old age了。This generation是"当代"，而old age（若果当"古代"解）如李君所说，是已过去的东西了。一件过去了的东西，不知"当代"有什么方法把他耗去呢？又何异于说关公是袁世凯杀的呢！

Shall用在第三身有"决定"（不是固定）的意思，请李君看看下面举出的韦氏大学字典的解释罢：

> Shall，when used in the second and third person，regularly indicates
> that the speaker predicts or promises some one else's action，and hence is
> expressive of authority or compulsion on the speaker's part.
>
> 用于第二、三身时，shall当指发言者预言或允许他人之动作，故又指发明者之权力或强制。

---

① 初刊1923年12月10日广州《文学》旬刊第7期。收入刘志侠、卢岚主编《梁宗岱早期著译》，华东师范大学出版社2016年9月出版。

预言（Predicts）是预言过去的呢，或是将来的呢？允许（Promise）他人之动作，是已做了的呢，或是未做的呢？恐怕稍有常识的，都会答道是将来或未做的罢？

李君说这首都是在描写和赞美古瓶，不错。但是这首诗的主意，是"表彰人生之瞬息，艺术之永久"，李君也注意到么？现在且将Gayley and Young对于这首诗的注译，引一、二句在下面，给李君参考罢：

These lines furnish an admirable contrast between the shortness and decay of life and the abiding beauty of art.

Again the permanence of art is emphasized art that shall teach to future generations what was to Keats a cardinal doctrine，that Beauty is only another name for Truth，and that of all things she alone is imperishable.

看了以上的注译，料李君不会再误会了。至于Thou shall remain, in midst of other woe than ours, a friend to man，不能译作"你留存在这万恶的世界当中"，前次已经提及，想也不再说了。

还有两件不关紧要的事，也想在此顺便提及。第一，是李君两次所引吉慈的原文，in midst of other woe 之 other一个字，都误作the，想不是手民之误。那么当崔、李二君把高师藏书楼那本吉慈诗集交还的时候，希望李留心读一点；因为"the"字下面是用不得than的。第二，是李君前次举出我的译文的时候，把"也是你所应该知道的一切"十一个字遗漏了，不知是有意的，或是无意的，也很希望李君细心重看一过。

《雅歌》的研究①

　　文学是情感的表现，是自然的产儿。所以虽在远古的时候，莽茫榛口，混沌淳朴，而各民族——尤其是富于情感的民族，也往往产生再优美没有的文学。但丁的《神曲》，莎翁的《哈孟雷德》，弥尔敦的《失乐园》和我国屈子的《离骚》，较近而又有作者之可考的，不消说了。那为时较古，连作者都飘渺无定，如希腊的《伊丽雅》（*Iliad*）②《羲啬舍》（*Odyssey*）③，法之《罗兰之歌》，英之《比奥夫》（*Beowulf*），我国的《诗经》，其美妙，其纯真，其新鲜，在在都可以为后来作家的模范，而使他们惊羡！

　　希伯来是富于情感的民族，优美文学之产生，原是意中事。一部圣经，可算是他的民族性纯真的表现。而其中抒写尤为婉妙、缠绵，为希伯来诗歌之菁英的，要算《雅歌》了。

　　《雅歌》，即《所罗门歌》，完全的题目，便是第一章第一节的《众歌之歌，是所罗门的歌》。众歌之歌，不是说他是许多歌的集子，不过如《众歌之神》、《众王之王》般，表明他是众歌中最美丽、最宝贵的歌罢了。我们可以想象他的优美了！

　　关于这歌的解释和传说，因为年代太远的缘故，纷纭的很。现在我且把各家的意见，略述于下，以供研究《雅歌》的一助。

　　全歌的名，曰《众歌之歌，是所罗门之歌》，有些人便以为是所罗门作的。这说大概根据《列王上》四章第三十二节所说，所罗门"作箴言三千句，

　　①　初刊1923年12月20日广州《文学》旬刊第8期。收入刘志侠、卢岚主编《梁宗岱早期著译》，华东师范大学出版社2016年9月出版。
　　②　《伊丽雅》，通译《伊利亚特》。
　　③　《羲啬舍》，通译《奥德赛》。

诗一千零五首"。其实全歌中，并无切实指明是所罗门所作之处。反之，希伯来一般学者的意见，都以为诗中所用的字，是在希伯来文学史后期。但是，如Delitzsch所说："作者与自然之亲狎，书中所述地理与艺术范围之广，和许多外国的植物及事物之叙及，尤其是奢丽的东西如埃及之马等"，无不证明是所罗门所作的。然而作者问题的争执是无谓的。"民族的歌是没有作者的。只要有人起而编纂之已是万幸了。"（D. Rusell Scott）《伊丽雅》与《莪蔕舍》，现在一般学者已否认全是荷马作的了；《比奥夫》、《罗兰之歌》和《诗经》的作者，更茫无稽者。我们对于这歌的作者之果为所罗门与否，只看我们对于此歌之诠释如何而定是了。

倘若这歌是所罗门作的，那么，自然是纪元前十一世纪产生的；反是，要是我们可以根据所用的字而定，则此歌当是后来纪元前四世纪或迟些所产生。其实全歌中也没有什么标准可以断定他的日子；间虽有好些像在巴比伦被征服后（纪元前五九七年至五三七年）所作的，但思想和诗体又完全是上古的。

所以将所罗门的名字附入这歌的缘故，是想使这歌得到不悖圣经的承认，许是无疑义的。基督纪元开始后，《雅歌》的不悖圣经的承认，便起了疑问了。直至将近在Jamnia开的犹太宗教会议时（纪元后九十年），这问题才完全妥协；直到那时，三十岁以下的犹太人仍不能读《雅歌》。

> 把我放在你的心里，
> 如你臂上的印罢：
> 因为爱情是像死般坚强；
> 嫉妒是像阿勒般严酷；
> 他的闪光就是火的闪光，
> 耶和华的唯一的火焰。
>
> 江河不能熄灭爱情，
> 洪水也不能把他冲没：
> 一个人想尽将家中的财宝换爱情，

他必受人轻藐。（八章六七两节）

这两节诗把爱情光荣地赞美，因而被称为所罗门所作的，使这歌得以保全他无悖圣经的地位，是无可疑的。未几，Rabbi Akiba（纪元后一百二十年）便极端的说："全世界也不能比较这将《众歌之歌》赋予以色列人的日子重些；一切'著作'（指圣经）是圣洁的，但这歌却是圣浩中之圣洁。"George Bowen of Bombay也宣言无别的圣经如这歌之表现他们与上帝交通和热诚之适合。

全诗的主旨，完全是纯洁的爱；其原始，不是基督对于教会的爱，也不是上帝对以色列人的爱，确是伦理的爱，高尚而勇敢的婚约的爱，超过单纯的肉体的爱之爱。歌德说："这歌的最大题旨，纯是青春之心的生长的互摄。"这歌就是婚媾歌，颂扬那经过困难的婚约的爱的；试一比较八章六、七两节，我们便可以藉他的光来诠释全诗了。对于西方或带着道学气味的，有些部分当然很像不雅，但东方人（指希伯来一带）的心目中，却绝没有不贞不洁于其间；因为有好些东西，与其虔诚的掩饰或不洁的想象，不如公开的叙述之为愈的。这诗的美丽，很合弥尔敦的诗律，他说，"诗应要单纯的，动情的，感染的"；而教导"婚约的爱之神圣"这么伟大的真理，当然值得在，正如使徒保罗所说："于教训，督责，使人归正，导人学义，都是有益的。"圣经中占一位置了。

关于这歌的诠释狠多。现在且把他们列举如下。（一）最早的要算Talmud了，他说："这是代表上帝对于以色列人的爱的。"（二）Oregon（纪元后二百五十年）写了十卷论这歌的书。他以为这歌的原始既为赞美所罗门与埃及公主结婚的歌，于是就把他解释为基督与教会的爱。后来祖其说者颇多。（三）Theodore（三六○年至四二四年）以为这是所罗门写来答人民对于他和法老王的女结婚的怨恨的。（四）罗马中世纪的天主教把他当歌颂圣马利亚解释。（五）路得把他当做所罗门对于政治兴盛的感谢。（六）Cocceius of Leyden以为是从耶稣钉十字架至维新时的教会的预言。（七）Bossuet以为是所罗门与法老王之女结婚的七日催妆诗。（八）J. D. Michaelis以为是结婚后真正爱情的愉乐之描写。（九）Welhauson以为是旧约圣经的诗之原诗。

（十）歌德以为是还给我们的"感动的表现"和"雅丽的爱情"靡曼而不可及的诗。（十一）浪漫主义的先知Herder（一七七八年），以为是东方最古的最艳丽的情歌，但不是一贯的。据他的意见，与其是一串穿在一条线上美丽的珍珠，毋宁是四十四首各具首尾的情歌集。其后，Cheyne，Gordon，Scott，Budde等，都以为他是一部散歌集，或婚媾的美丽的歌选。Wetzstein在他的名著《史利亚的打禾板》（*Syrian Threshing-Board*）里，叙述史利亚人结婚的风俗，于是就给这歌一道新光了。他说，每在结婚周期的时候，村里的人将打禾板装饰得像帝座一般，那对新人坐在上头，如皇与后然。然后齐唱《剑歌》（*Sword-song*），以颂扬新人而赞美他们肉体的美。Budde将这个见解充量发展，以为《众歌之歌》是一集散歌或许多首歌之片段编成的。

然而最足以满我们的意的，却有二说。

第一，当作牧歌（Idyll）看。其中情节，大概是所罗门领着他底扈从巡视在利巴嫩山边的葡萄园，在那里遇见一个美丽的书拉密女。这女子不敢就近他，因为他是王底缘故。于是所罗门乔装作牧人去和伊交往，后来，竟得到伊的恋爱。所罗门回到耶路撒冷，急用王的仪仗去迎接伊，封伊为后，且令伊离开利巴嫩。这歌的起首，就是描写新后到耶路撒冷时，在王宫里行婚礼的情形。这是莫尔顿博士（Dr. Moulton）所主张的。（见他所著的《圣经之文学的研究》及《生命》二卷四号许地山的《〈雅歌〉新译》）

第二，把他当做一幕情节简单、保存希伯来古代观念的戏剧看。这是白浪博士（Dr. Brown）所主张的。他说，"这歌之以东方的爱的故事做根据，是无可讳言的。虽然他与真正的戏剧或神圣的乐曲距离还远，但在诗人心目中，必有一个理想的、单纯而美丽的女郎名书拉密斯（六章十三节）的故事，或者就是《列王上》一章三节所叙述的书拉米亚比煞，大卫王的妾，住在书念的小村落里，所罗门强从亚多尼雅取为妻的（《列王上》二章十三节至二十五节）。那女郎正在果园里跳舞，所罗门的从者看到伊那么美丽，便把伊掳去，带到耶路撒冷王殿，放在王的内宫里，沐浴而熏香之，预备供所罗门的娱乐。所罗门亟欲娶之。但后来知道：伊已经和一个加利利的牧人定婚，而且伊爱他像兄弟般；那牧者也确已是伊的半兄弟了（四章九节十二节，五章一节，八章一节）。王及朝内的女子都尽力想引动这纯洁女郎的情欲，说服伊离开伊那不在的'牧者情人'而变为所罗门的；但书拉密斯总很坚强的拒绝他们。所罗门再四逼求伊做他许多后妃中之一（那时除掉八十个妾外，他已有六十个后妃了。六章八节），但伊的心久已交给伊的'牧者情人'，他已永远根深蒂固的存在伊的幻想中了。所罗门的甜言蜜语终归失败。于是他就允许书拉斯归家和伊的情人团聚了（八章五节）。"

依他们俩所主张，章节是与现在的圣经不同的。因为篇幅的关系，不把他们列出来了。（莫氏的可以参看许地山的《〈雅歌〉新译》）至于二说之孰是孰非，我们实在不能定论，只好任读者自己去选择了。

论诗之应用①

抗战未发动前，我们底诗坛曾经有过一次剧烈的论战：所谓"纯诗"与"国防诗歌"。但不久芦沟桥底炮声起了，在这血肉横飞的事实面前，大家底注意力都不谋而合集中在那更迫切的民族和自身底生死关头上。纯诗底努力者自然也被迫而沉默他们底歌声；国防诗歌派，反之，却正是时代底骄子，便乘势把前一派几个代表作家狗血淋头地痛骂一顿。

这论战，更无论痛骂，其实是多余的。

这两派所用的术语，他们辩论底中心，虽然似乎是一个：诗或诗歌；他们实际却操着两种不同的话。

一个把诗看作目标，一个只看作手段；一个尊她为女神，一个却觉得她只配作使婢。对于一个，诗是他底努力的源泉和归宿；对另一个，她却只是引渡他到某一点的过程。两者底态度和立场既风马牛不相及，就使你辩论到天亮也是枉然的。

所以我们不妨承认两方面都对。因为在精神底国都里，没有专制魔王能逼对方换地位，或阻止别人自由发展自己。也因为诗，像一切心灵底产物，是极端自由，极端超脱的；是，如果读者不以为迂腐的话，胸无尘滓的。你尊崇她她固欢喜，你役使她她也不见得以为忤；即使你否认她底存在她也无法或不屑分辨。我们差不多可以移哥德这几句歌颂大自然的话来歌颂她："她任每个儿童把她打扮，每个疯子把她批判，万千个漠不关心的人一无所见地把她践踏……"可是她有一个不可侵犯的条件：你得好好地做。

所谓"好好地做"可以分作两层或两个阶段：第一，我们得先在自己里

① 初刊1938年9月14日《星岛日报》"星座副刊"第45期。

面真诚地亲切地感到她底存在，她底需要，甚或她底诱惑和催迫。换句话说，我们得要首先感到一种不可抑制的冲动，无论是来自外界底压迫或激发，或内心生活底成熟与充溢。其次，我们还要有极大的冷静去体察，极大的虚心去接受她底姿态，震动，和荫影，然后运用我们在心内和身外所能驱使的技巧和工具去给她一个忠实的描绘。换句话说，我们还得给她一个与内涵融洽无间的形式。

这两个阶段，在最高度的创造火里，在精力弥满当儿，不用说是打成一片的。二者缺一都只能产生恶诗劣诗——不，比恶诗劣诗还要坏的假诗伪诗。这就是为什么我们抗战后多数口号式的应时诗歌所以那么浅薄，那么无生气，那么使人读后漠然了。

有什么希奇呢？要充分履行这两个条件实在隐含着作者平日深厚的修养与丰富的经验，以及执笔时长久的忍耐与强烈的集中。而回顾我们诗坛所榜列的名字，那些稍能在读者心里留下些微印象的，在这短短二十年中，简直像朝花夕秀之代谢，如其不是昙花一现。能够始终不懈的有几人？在这少数不懈的作者中，能够不避拙，不取巧，不斤斤于一时易得之名，而埋头作沉潜的修养，探索正确的路径的又有几人？"急时抱佛脚"，又何怪乎我们底诗人，尽管身受着一个这么伟大时代底激荡，尽管义愤填膺，满腔热血，尽管振臂张拳，拉破了嗓子，也只能发出一些无力的嘶声——甚或屈服于那单调的大鼓，和典型的亡国音的小调呢？

这并非说在这全民族浴血奋斗之秋，我们不应该尽量贡献我们每个人所仅有的力量。"人穷则呼天"，正如给恶疾所侵的躯体每个细胞，每丝神经，每个血球都起抵抗作用一样，只要可以激起战士一分勇气，增加民众一丝信心，或者苏解灾黎一点困苦，什么法宝我们不应该求救？什么神明我们不应该乞灵？就是道士画符，和尚诵经，基督徒祈祷，我们也不能轻视，也应该致敬的。既然诗人手头所仅有的是诗（特别是当国家还未需要全民族武装起来的时候），当作女神我们求她下凡搭救，当作使婢我们遣她为我们服役正是当然的事。

不过讲到应用，就不能忽视效率：希望我们底努力获得最高最大的功用。为了这，我们就不独要积极地产生一些能够激励军心，鼓动士气的好诗真诗，还要消极地减少那些浪费读者或歌者底光阴，甚或萎靡群众抗战精神地劣诗伪诗（我不相信那些口号式的分行排列的散文能够在读众里面引起甚么印象，较《毛毛雨》①式的格调能够产生别的作用如其不是销沉读者或歌者底意志）。因为无论什么力量，如果不能为我们助，便要妨碍我们。

但是没有适当的形式怎么能充分表现我们战斗的灵感呢？没有纯熟的技术又怎能自如地运用适当的形式呢？从这点看来，即使将诗当作工具，想"功不唐捐"，那平日全心全德献身于诗，刻刻在培植他底诗思，磨练他底技术的人可能性总比较大得多了。

当然，努力于纯诗的人不一定就能够产生好的抗战诗歌——有时候简直可以说不见得就写得出抗战诗歌。

原来诗里社会的（或大众的）和个人的这两种倾向是几乎与诗俱生的。它们实在是植根于人性的深处，适应人类生活两种不同的需要的。诗经，后来的杜甫和白居易，德国底席烈②，英国底雪莱，尤其是法国底嚣俄底作品，都泄露这两种倾向：一部分吟咏个人底悲歌哀乐；另一部分却宣泄群众底痛苦，哀号，狂热和愿望，也就是由群众，为群众，要求集体底反响的——虽然这反响不一定是反抗的思想或革命底行动。那伟大的几乎全能的哥德，反之，却终身没有写过一首爱国或为民众呼吁的诗，虽然那时代的德国正和我国现在差不多。

事实是，这两种倾向性质既不同，对象和理想也各异。一个以群众为对象，自然要力求浅显，以迁就一般人的理解力，他底最高造诣是"老妪都解"；一个只努力去表现自己，把自己繁复的经验，深刻的思想，敏锐的感觉，用最完美的艺术融成一片扫数移到纸上，他所向往的是"精深"，是"纯粹"。而天知道"精深"和"纯粹"是两个怎样无底的洞！一度走入了这魔道，一度给这不可解的狂渴占据之后，他将不能自已地往更精深更纯粹的方向

---

① 《毛毛雨》，中国第一首流行歌曲，作者黎锦晖，1927年由百代长篇公司录制成唱片后传唱上海大街小巷，轰动一时。1931年之后，《毛毛雨》被定为"淫秽歌曲"，禁止传唱。

② 席烈（1759—1805），通译席勒，德国诗人。

前进一即使他自己的能力做不到，他对于艺术的要求也要有增无已。结果是一切由群众，为群众的作品他都要觉得浅薄，平凡，与庸俗，正如对方的作家要骂他为乖僻，为孤独，为晦涩一样。因此，要他动笔写应时的通俗作品很少不自觉汗颜的；而即在他们当中，除了杜甫和嚣俄，他们两种诗底造诣，不常常相差甚远么？

爱克曼[①]对哥德提及许多人责备他不写战歌，他答道："我们不能人人都用同样的方法来服务国家；每个人只能尽量贡献上帝所赋予他的长处。我已经力作了半世纪了。我可以说，对于那些大自然指定我底日常工作的事物，我从没有允许自己丝毫的松懈或休歇，而无时无刻不在奋斗，在探讨，并且尽量照我所能的做到是处。如果每个人关于自己都能这样说法，那就大家都可以无闲言了。写军歌，并且坐在屋子里！这真是我底职务！在站岗的时候，听着守夜的战马嘶鸣写下来是相当适宜的；这并非我底生活方法，也不是我底事，而是权纳（Theodore Kerner）[②]底。他底战歌完全适合他。但对于我，生性既不好斗，又没有战斗底意识，战歌就会是一个和我底面孔极不相配的假面具。我从没有在我诗里假装过什么东西。我只在恋爱的时候写恋歌；我既没有憎恨，怎能写恨歌呢？"

这段中肯的话同时可以洞照我们这问题底两面：第一，一个真诚的诗人不能违背他底良心，违背他的生活经验写作；第二，服务国家并不限于一途，应用到本问题上，就是，诗人不一定要在抗战的时候作战歌才可告无愧于国家。哥德在德法战争之役没有写战歌，他底诗到现在却为万国所宗仰，德国也引以为最大的光荣，最大的骄傲。写战歌的权纳呢，除了在哥德这段谈话外，我们就很少，即使在德国，听到他底名字了。单是以诗服务国家而论，谁底收获大呢？而在现代，当欧战方酣的时候，梵乐希一方面在前线的机关服务，一方面孜孜不倦地经营他那精深瑰丽的《年轻的命运女神》，因而赐给法国诗史一首空前绝后的杰作。法兰西不独引以为法国文学之荣，并且以为邦国之光。

---

① 爱克曼（1792—1854），德国作家，曾任歌德的私人秘书。

② 权纳（Theodore Kerner，1791—1813），也译作柯尔讷，德国诗人、剧作家。1913年3月志愿参加抵抗拿破仑的战斗，写下不少战歌，8月战死。

不过，要是我们今天能够产生一支和法国底《马赛曲》——那一切军歌中的奇迹——一样雄壮，一样激昂，一样充满了浩然之气，使病夫起，懦夫立的战歌，那不独是我们引领以待，并且要馨香以祝的！

民国廿七年九月二日

谈抗战诗歌①

　　芦沟桥底炮火仿佛一阵春雨，把我们底诗坛，一颗似乎日就枯槁的树，霎时灌溉出无数的嫩叶：抗战诗歌。但是，正如积雨后新茁的嫩叶多数缺乏绿叶素，我们底抗战诗歌——我们得要勇气承认——也多数犯贫血症。

　　于是有人便发出这样的疑问：我们今天究竟能否产生第二首《马赛曲》？如其不能，为什么？难道意义这么重大，民族生命力表现得这么弥满的神圣时代竟找不着它适当的歌声吗？

　　这问题实在不容易答复。因为《马赛曲》，我曾经说过，实在是一切军歌中的奇迹。它不独在当日是奇迹，就是到了今日还是奇迹。（试问在现有的国歌军歌中，那一首能够和它媲美？）因为是奇迹，所以它当日仿佛飞将军从天下降，当大家都没有盼望它来甚或没有梦想到它的时候。因为是奇迹，所以在什么时代，什么国度都可以突如其来的。

　　我们用不着作这样的奢望，因为奇迹究竟是可遇而不可求，可一而不可再的。我们姑且就我们所认识的客观条件——民众作品与作者——试去解释为什么在抗战情绪这么高涨的时代，好的抗战诗歌竟这么难产。

　　当西安事变平安度过那一夕，举国底殷忧，焦虑，和疑惧都霎时全化作一阵空前的狂欢。一方面受了这洪涛底激荡，一方面应学生底请求，我试作了一首战歌（据我所知，当时已经发表的，只有大公报底《百灵庙战歌》）在南开大学底庆祝会上朗诵。当时的兴奋，以及朗诵时听众热烈的欢迎（他们曾接连要求我重读了两遍），都使我幻想那是一首成功的战歌。于是便把剩下的油印稿分寄给各方面的朋友，并且请马思聪君为它作曲。但是除了作曲家外，各

---

① 初刊1938年9月21日《星岛日报》"星座副刊"。

朋友底反响差不多都是冷淡的，如其不是友谊的嘲笑：他们显然是用纯诗底眼光来判断的。我在回答一位挚友责难的信里曾经说过下面几句话：

"你底话都很对。不过这并非诗而是歌，就是说，要配上音乐给大众唱的。它底目的是激励士气。所以它底涵义不独要'老妪都解'，并且是无论谁，在同样的景况下，都会油然发生的"。

这自然是一个很夸大的辩解，因为那首拙作距离这理想其实很远。但是拿来作一切成功的战歌应具的一半条件却似乎还恰当。因为一首战歌还有什么别的作用呢，如其不是赋形给民众未成形的愿望：赐给民众底模糊的，但是浩大的呻吟，怒号，激昂，和热忱以清晰宏量的声音。

说到"清晰宏量的声音"，我们自然转到一首成功的战歌底另一半条件，就是，它须具有真诗底表现，以求达到真诗底品质。

灵感本身（就一首已成的诗而言）本无所谓真假，而看你能否给它一个适当的深刻的表现？我相信许多令人读了起反感的"妹妹我爱你"式的恋歌底年青作者都是十二分诚恳，十二分真挚的。同样，群众底灵感，抗战底情绪，如果缺乏适当的形式——一种清晰宏量的声音——亦将显得假的，造作的，因而失掉动人的力量，即所谓真诗底品质。

自然，它并不需要那最上乘的纯诗底"精深"与"纯粹"，"空虚"与"绝对"。但它必须具有它特殊的尊严：雍穆，雄壮，使它离开音乐也不失为一首好诗——使群众听了固不由自主地兴起，即最深刻的批评家也失掉他底冷静。"雅俗同感"，这是一首成功的战歌底最大试金石。那浩然之气似的《马赛曲》所以为一切国歌和军歌中"天之骄子"，便是因为它把这条件实现到最高度。

但也未必尽然。即使——我们不妨这样幻想——《马赛曲》，带着它所有的长处，忽然在今日的中国出现，它能在我们底群众里面唤起同样伟大的回声么？如果不能，"雅俗同感"不也有个限制么？

我在上文曾提出"老妪都解"为一首成功的战歌底上半条件。我现在得亟亟加以修改。"老妪"在白居易眼内是文盲底典型。虽然是文盲，人生底悲欢离合，民间底灾难疾苦，这些白居易诗底基调，却都是她所熟悉所常体验的。她能够了解它们正是意中事。但是战歌，它底目的是灌注国家或民族意识，唤起集团的抗战情绪（这都是比较后天也就是比较人为的，所以有生命的爱国诗歌是这么凤毛麟角！），想要立刻为群众所接受，就非有相当的文化水准不可。

我们群众底文化水准如何呢？

从欣赏或理解诗歌着想，我们只要考察这两点：他们底智识程度，和他们底音乐意识。

首先，我们得要承认，我们群众底智识程度并不很高。我知道有些地方的居民，你能够使他们认识我们领袖的名字已经是无上的欣慰。用不着这么极端，我们底大部分同胞，因为缺乏教育的缘故，缺乏一般文明国家底公民所共有应有的一般智识，确是不可掩饰的事实。在这种场合下，一首诗，如其不是吟咏悲欢离合一类原始的情感，想获得他们底共鸣同时不失掉最低限度的诗底品格，或者具有浓厚的诗质而不嫌陈义过高，实在是超乎人力以上的事。

至于音乐意识呢？这是一个颇复杂的问题。有人以为中国人是富于音乐性的民族，因为在晚间行黑路的时候总自动地哼出几句戏文：

“一马离了西凉界……”。也许罢。但观察告诉我们，在欧洲，无论是十个八个修路的工人，或一千几百个农夫农妇，在工作底余暇，或在收割完后流出的快乐的歌声，都是和谐，中节，令人悠然神往的。我们呢，十个以上的合奏，无论是学生或军人（二者以外是连合奏的机会也没有梦想到的），就很难不“呕哑嘲哳难为听”了。难道我们底音乐性只适于个别的发展吗？——战歌底力量却是靠合奏才能充分表出的！

但这还不是问题中最严重的部分。施以适当的谨严的训练，合奏底技术自然会改进。最严重的还是我们底音乐底特殊性质，或者，较准确点，我们对于某种特殊音乐的偏好。

试在几队学生和几群工人（让我们只选择我们底群众底两极端）面前打开话匣，奏各种性质不同的片子：一支悲多汶底交响乐，一支萧邦底钢琴独奏，一支狄里过（Drigo）《夜曲》底小提琴独奏，一支昆曲，一支梆子，一支任何的爵士音乐，一支中国的小调……那反响是差不多可以机械地复演的。

奏交响乐时一百学生中也许有一二个倾听到尾的；到了钢琴独奏时学生队中醒来或注意的人（因为刚才的交响乐使他们都沉睡或顾而之他了）比较多了；到了小提琴更多了；到了"昆曲"和"梆子"工人群中大概也有少数张开眼了；到了"爵士"则学生们都开始用脚尖打节拍，工人们也似乎更兴奋了；到了小调则二者相顾微笑并且不期然一齐跟着哼起来了。

这幅粗陋的速写——因为我不敢说和现实完全没有出入——给我们一个怎样的启迪呢？它明白地告诉我们：无论是后天底修养，或先天底遗传，我们大部分群众底音乐意识或感觉都只限于那些简单，轻浮，猥琐，富于肉感，单独诉诸个人的靡靡之音。这和军歌底真正德性适成一个对照。可是我们目前歌坛正在怒苗的抗战歌曲，有几首能够逃脱小调底窝寨？有几首不学步——哎！我还想说赶得上——"爵士音乐"底最普通作品的？

我也知道那些有意模仿小调的作曲家底苦心：利用现成的格调去使民众更容易接受他们底内容。这原极可钦佩。但是当作音乐家他们却似乎忘记了他们本行底特质。他们忘记了一首歌底曲调入往往深于词句。我们儿时爱唱的许多小歌，现在词句全忘记了，或模糊了，调子却还清清楚楚地留在心里。希望这种萎靡的音调激励士气，岂不等于用大鼓来把小孩催眠么？

这样看来，想在今天创造一首成功的战歌，如其不是不可能，最少也不是草率容易的事了。

唯其如此，我们更应该加倍努力。所谓"加倍努力"，并非鼓励我们多作，而要我们谨慎虚心去认识我们工作底重大，我们使命底庄严。然后用我们全灵魂去从事。单是义愤填胸还不够。单是满腔热血还不够。"你得受你底题材那么深澈地渗透，那么完全地占有，以致忘记了一切：忘记了读者，忘记了你自己，尤其是你底虚荣心，你底聪明，而只一心一德去听从题材底指引和支配。然后你底声音才变成一股精诚，一团温热，一片纯辉。"那时候，你底歌声也许与天地浩气合体了！

民国廿七年九月四日

求　生^①

最近一位朋友看了我批评抗战诗歌的文章，觉得我太缺乏一点时代性，写信给我说：

> 我们现在也许不是求真，亦不是求美，而是求生。求真求美都与手段有点相关，不特相关，其实是二而一，一而二。求生便不然，要不择手段。只求站得起来。……

这段话说得很确切，但似乎对我底文章有点误解，因为我并没有忽视我们现在正到了这么一个阶段。在《论诗之应用》里我说：

> 这并非说在这全民族浴血奋斗之秋，我们不应该尽量贡献我们每个人所仅有的力量。"人穷则呼天"，如给恶疾所侵的躯体每个细胞，每丝神经，每个血球都起反抗作用，只要可以激起战士一分勇气，增加民众一丝信心，或苏解灾黎一点困苦，什么法宝我们不应该求救？什么神明我们不应该乞灵？……

这不是为求生不择手段说法么？

不过我更进一步要求我们底努力不要白费；要求我们底动作不仅是无可奈何的挣扎而是有计划的奋斗。我认定"无论什么力量，如果不能为我们助，便要妨碍我们"，所以希望我们底诗坛"不独要积极地产生一些能够激动军

---

① 初刊1938年10月15日香港《星岛日报·星座》第76期。

心，鼓动士气的好诗真诗，还要消极地减少那些浪费读者或歌者底光阴，甚或萎靡群众抗战精神的恶诗劣诗"。

我并不否认文艺在这样一个动荡的大时代应该（但我们也不能强逼每个作者都要）负起宣传的使命。但我始终深信：文艺底宣传和其他的宣传不同，只有最善的作品，就是说，用完美的形式活生生抓住这时代的脉搏的作品，才能给它底神圣使命最高最丰盈的实现，——最低限度也不要粗制滥造抗战的八股来玷辱它自己和它底使命。我以为在这紧急的生死关头，什么人都可以为了求生而忘记一切；文艺者，以及处领袖地位的人，却特别要保持头脑底常态：清醒与冷静，引用一句老话，便是"指挥若定"。试想像我们底军事领袖临阵仓皇失措，忘记了他们底战略和战术，我们底仗要打成怎么样？

我最近目睹的一点事实很可以做注脚。

因为邻近一个大城受了几次空袭，我住的一个小城也开始动摇起来了，于是便有警报一类的设备。前几天，我刚从郊外散步回来，警钟忽然响了，接着便见城门口吐出一堆堆面无人色的男女，有些简直在一个小坡上颠仆打滚了。我一面扶助安慰他们，一面注意到最慌张的却是些衣衫褴褛，仿佛朝不保夕的人。心里不禁诧异道："这些可怜的人从生命得到了什么，却比我们还要贪生怕死？"回来一想，才觉得这诧异未免有点太天真了。因为求生原是一切众生底本能，谁能够不给这本能强烈地引诱和驱迫？教我们生不足贪，死不足畏的，只是阅历和理性底恩惠。无论如何，那天敌机没有来，却摔死了一个孩子，跌跛了无数的女人。

这使我想起耶稣一句名言："求死者得生。"并非求死者得生，不过在我们目前的场合，只有生死置诸度外的人才能保持他底冷静与清醒；只有冷静与清醒才能计划一切，从事一切，以应付一切。如果你想不择手段站起来，结果只有更快倒下去，正如掉到水里的人，不镇静地游泳或最低限度保持身体的均衡，而只拼命乱扒叫喊，他底努力和挣扎只能催促他底沉溺与死亡。

国家如是，文坛亦如是。

民国廿七年十月二日

我也谈谈朗诵诗①

　　究竟不失为文字之国底产儿，我们底文坛似乎给一种"名词底迷惑"（Fascination of terms）支配着。差不多在一定期间，一年或半载，便出现一个或几个时髦的名词，在它们面前我们底作家，像堂吉诃德向着他底风车似的，一齐抢起他们底板斧，挥起他们底刀枪，大显其好身手。什么"题材积极性"，"大众语"，"国防诗歌"……并肩接踵而来。许多笔锋秃折了，许多墨汁飞散了，而结果——也和堂吉诃德一样——只落得一场空！最新近的一个风车，据我所知，就是"朗诵诗"。

　　什么是"朗诵诗"？据柯可先生底意见，已有事实答复（"证之于游艺节目"——见本刊②第十期柯可《论朗诵诗》），用不着再讨论。但是照愚见看来，"事实"并没有那么简单，而且，除非我们能够给它一个明晰合理的解释，这名词，连带它所标榜的运动，将如它许多显赫的前辈一样，只是小孩划在沙上的玩意儿，经不起最轻微的波浪，最短促的时间底冲洗的。

　　那么，什么是"朗诵诗"呢？有些人——大概是首创者罢——以为这是一种新发明的诗体；后来又有人出来更正，以为我国古已有之；更有人主张"凡诗皆可以朗诵"的。不过关于这点意见尽管分歧，其为"文艺大众整个大趋势中的一个必然的现象"，一种应该加以"主观的推动的具有特殊作用的特殊诗体"，却是一致的。

　　我很疑惑，因为我看不清这推论底线索，更找不出这名词成立的逻辑根据。既然"古已有之"，既然"凡诗皆可以朗诵"，为什么"朗诵"可以成

---

　　①　本文发表于1938年10月11日《星岛日报》"星座副刊"第72期；也曾以《谈"朗诵诗"》为题发表于1939年1月15日重庆《时事新报·学灯》第33期。

　　②　《星岛日报·星座》。

为一种有特殊作用的特殊诗体底标题呢？如果"朗诵"是它和一般诗共通的德性，而"大众化"才是它本质上的特征，为什么不称为"大众诗"而称为"朗诵诗"呢？

"朗诵"如果我没有猜错，似乎是外国文declamation字底译义。那是一种抒情的，兴奋的，激动的（impassioned）读法：既不是歌，又不是说话，也不是我国用以读旧诗的"吟"或"哼"（chantonner）。

西洋诗和我国旧诗工具上一个基本差别，便是前者比较接近语言底自然，后者却完全和语言底节奏隔绝。如果诗是音乐和散文之间的蝙蝠，西洋诗可以说是亲散文派，中国旧诗是亲音乐派。同是韵律的文字，亲散文派特征是节奏整齐，音韵铿锵，所以宜于一种半唱式的"吟"或"哼"的读法；亲散文派底长处是既比散文凝练和悦耳，又兼有散文底柔韧与亲切，宜于追幕情意起伏纡回底历程，它底适当读法便是这近似说话却又比说话高亢的朗诵[①]。

所以接近语言是一切可朗诵的诗底条件。我国大多数比较成功的新诗，以及旧诗中杜甫底《兵车行》和辛稼轩底《摸鱼儿》（既然原有的词乐已失传）一类的作品，都是朗诵比吟或哼更能动人的。

但朗诵也有它底艺术和流弊。在欧洲，它是一些伶人，歌者，或朗诵家底专业，虽然每个人都可以对自己或朋友朗诵一首诗。但是和一切寄生物底自由生长可以毁坏主人底本体一样，朗诵术底过度发展或注意，也往往损害诗底本质。梵乐希赞美马拉美用"一种低沉，平匀，没有丝毫造作，几乎是对自己发的声音诵读"，他那首独创的诗《骰子底一掷永不毁除侥幸》说：

> 我喜欢这极端的自然。我觉得人类底声音，在那最接近它源泉底亲切处，是这么美，以致那些职业的朗诵家对于我几乎永远是不可耐的：他们自以为阐明，诠释，其实却充塞，败坏一首诗底意旨，改变它底和谐；他们用自己抒情的腔调来替代那些配合的字本身底歌。他们底职业和他们那似是而非的技术可不是想人暂时相信

---

① 这就是declamation一字流行的译名的讨论，和我国"诵"字原义自有出入。——原注

那些最散漫的诗句是神品，而使大多数只靠自己存在的作品显得可笑，甚或把它们毁灭吗？……①

远在读到这段文章之前，我在巴黎曾经赴过一次"法兰西剧院"每星期日早上举办的"诗晨"（Matinéet pcétique）。在那里该院底名角轮流朗诵法国诗底杰作。恰巧那天早晨节目里有拉马丁底杰作《湖》（Le Lac）。那朗诵家把声音提得那么非常之高，表情与动作又那么过火，以致我许久不敢重读这首灵魂底音乐一般的诗。

所以诗底朗诵可以有几分仿佛演说。一个演说家可以由他底声音之抑扬顿挫引人入胜：或屏息倾听，或慷慨激昂，或悠然神往，也可以，当他不善用的时候，令人沉沉欲睡，甚或生厌，离座。同样，朗诵之能吸引或感动听众与否，全视你善于不善于驾驭你底材料和工具：你所要诵的诗，和你底声音，表情，及动作。至于二者底区别——一个无论怎样接近散文，毕竟保存韵律的本色；一个无论怎样抑扬顿挫，毕竟是散文底节奏——在现在一般蔑视格律的"朗诵诗人"手里，早已泯灭无余了。

不过我们底"朗诵诗人"目的既在群众效果和集体反响，把他们底作品极端散文化，极端语言化，所谓"明白如话"，以迁就一般人底理解力，正是合理不过的事。大众化的诗所以称为"朗诵诗"，这或者就是唯一的辩解，唯一的意义。

但迁就尽管迁就。你所能做到的（如果真做得到的话），只是自己作品底"明白浅显"和"老妪都解"：这只是接近大众的初步或一个条件。大众之愿意听你底声音与否，以及老妪对你作品发生不发生兴趣，那又是另一回事。姑且撇下作品本身价值不提，我以为许多"朗诵会"失败底真消息可以从这里渗透。

观察告诉我们，最能引起群众底兴趣的只有二事：故事和歌曲，无论是集会或赴会，无论是已往或现代，大多数人都是为听故事和听唱歌（还有听故事底变相的看热闹），也只有这二者才能吸引他们底注意，支持他们底精神到

---

① 梵乐希《骰子的一掷》，译文见梁宗岱《诗与真》。

底。歌谣，说书，大鼓，尤其是旧戏，在旧社会里所以有这么大的魔力，就完全基于这点。能够欣赏抽象的陈述，接受纯粹情感的内容的，恐怕永远占极少数。我们底"朗诵诗"一方面既不能有戏剧底内容（因为那便是戏剧或剧诗而不是"朗诵诗"），另一方面又拼命脱离歌唱底源泉（节律和音韵），它对于民众的诉动力固可以计算，它底前途也就可以想象了。

既然诗底朗诵和演说有几分仿佛，我们不妨提出演说史上一段有名的逸闻做证。林肯纪念格提司堡（Gottysbury）阵亡将士那篇简短的演说词之精警与动人已经使它成为英国散文典型之一，初学英文的没有一个不曾把它背熟和朗诵的。但据说林肯当日讲完之后，听众还瞪着眼等他开始呢！

这并非看轻群众，或有意煞风景。我们既着重效果，就不能不认清楚当前物质的条件，细细估量我们所不能不解决的困难。批评的文章如果有一点用处，那就是根据理论和经验把问题作正确的分析（说正确的话），以指示创作和欣赏底正确的途径和方法（这篇短文自然够不上这层）。徒然闭起眼睛说"这是必然的现象"一类一厢情愿的空话，或把一些游艺节目看作不容讨论的客观事实的决定，既不准确，于实际更无补。

然则什么是"朗诵诗运动"底命运呢？我想只有等群众都受过和我们底"朗诵诗人"同等的教育，或我国底朗诵术已发展到一个适当的程度再说。目前呢，诗底朗诵未尝不可以有偶然的成功。但那只是孤零的事件，正如偶然遇到一个雄辩的演说家演说也可以保持听众底津津有味的注意到底一样。

民国廿七年九月廿九日

屈　原①

（为第一届诗人节作）

自　序

　　一切上乘的诗都是无限的。一重又一重的幕尽可以被揭开了，它底真谛最内在的赤裸的莢却永不能暴露出来。一首伟大的诗就是一个永远洋溢着智慧与欢欣的泉；一个人和一个时代既经汲尽了他们底特殊关系所容许他们分受的它那神圣的流泻之后，另一个然后又另一个将继续下去，新的关系永远发展着，一个不能预见也未经想像的欢欣底源头。

雪莱：《诗辩》。

文艺底欣赏和批评或许有两条路。

一条——如果我可以现造一个名词——是走外线的。走这条路的批评对于一个作家之鉴赏，批判，或研究，不从他底作品着眼而专注于他底种族，环境，和时代。法国十九世纪末叶大批评家泰纳②便是这派底鼻祖同时也是最优越的代表。缺乏泰纳底敏锐的直觉，深厚的修养，广博的学识，这批评方法间接传入我国遂沦为一种以科学方法自命的烦琐的考证。二十年来的文坛甚或一般学术界差不多全给这种考证所垄断。试打开一部文学史，诗史，或诗人评

---

　　①　1941年广西华胥社出版，扉页印有"给二妹佩华"字样，据原版重排。

　　②　泰纳（Hippolyte Adolphe Taine，1828—1893）又称伊波利特·阿道尔夫·丹纳，法国19世纪杰出的文学批评家、历史学家、艺术史家、文艺理论家、美学家。

传，至少十之七的篇幅专为繁征博引以证明某作家之存在与否，某些作品之真伪和先后，十之二则为所援引的原作和一些不相干的诗句所占，而直接和作品底艺术价值有关的不及十之一，——更无论揭发那些伟大作品底内在的，最深沉的意义了。

如果献身于这种工作的人能够出以极大的审慎和诚意，未尝不可以多少烛照那些古代作品一些暗昧的角落，尤其是在训诂和旧籍校补方面，为初学的人开许多方便之门。不幸大多数都把手段看作目的，把理解底初步当作欣赏和批评底终点；而又自负不凡，存着务必独具只眼的成见，以讥诮调侃古人为能；或者，尤甚的，本来毫无理解，又不甘寂寞以自贬"权威"的地位，遂不惜旁逸斜出，标新立异，或穿凿附会，或抹煞一切，以耸动观听。结果便是站在一个伟大作家或一件伟大作品之前，不独不求所以登堂入室，连门户底方向也没有认清楚，而只在四周兜圈子，或掇拾一两片破砖碎瓦，以极薄弱的证据，作轻率的论断，便自诩尽研究的能事。我并非在打譬喻。胡适之先生底《读楚辞》和《庐山游记》都是这类批评方法或态度所产生的杰作，虽然前者应用于文艺作品而后者应用于自然风景。

我自己却挑选另一条路，一条我可以称之为走内线的路。

由于赋性的疏懒和缺乏耐性，不惯在断简残篇底故纸堆中过活，或者也由于一种朦胧的信仰，我从粗解文学以来便有一种不可救药的稚气：以为我们和伟大的文艺品接触是用不着媒介的。真正的理解和欣赏只有直接叩作品之门，以期直达它底堂奥。不独作者底生平和时代可以不必深究，连文义底注释和批评，也要经过自己努力才去参考前人底成绩。这自然容易流于孤陋，流于偏颇，有时甚或流于一知半解。

但这稚气也未尝不可加以"理性化"，或给以哲学的或理论的根据。

我以为一个作家之所以为作家，不在他底生平和事迹，而完全在他底作品。概括地说，一个诗人底生活和一般人并没有很大的差异；或者，假如他有惊天动地的事迹而没有作品，他也只是英雄豪杰而不是诗人。而在另一方面呢，一件成功的文艺品第一个条件是能够自立和自足，就是说，能够离开一切外来的考虑如作者底时代身世和环境等在适当的读者心里引起相当的感应。它应该是作者底心灵和个性那么完全的写照，他所处的时代和社会那么忠实的反映，以致一个敏锐的读者不独可以朋匼里面认识作者底人格，态度，和信仰，并且可以重织他底灵魂活动底过程和背景——如其不是外在生活底痕迹。所以我以为一切最上乘的诗都是最完全的诗，就是说，同时是作者底人生观宇宙观艺术观底显或隐的表现，能够同时满足读者底官能和理智，情感和意志底需要的。

我和屈原第一次接触还是二十年前的事，正当我从旧制中学二年级升入三年级那年的暑假。恰巧那时候我从一位英文教员底书架上找到一本美国诗人郎佛罗①翻译的但丁《神曲》（这比起现在读原作味儿当然差得很远）。这两位难懂的大诗人遂成为我那个暑假的热烈的（那时我读《神曲》的热忱连我底英文教员和她许多美国朋友都惊异不置）虽然只是一知半解的伴侣。也就是在那时底前后，为要印证我一得之愚，我买了一本新出版的《屈原》（它底作者后来成为一部渊博的诗史底著者）。谁知，出乎意料之外，我所得的只是失望和反感！我那时便深信，如果我自己对屈原只一知半解，那部书却充满了曲解误解。于是更坚定了我直接叩问作品的信仰。

这篇文章便是我底心灵和这位（其实我应该说两位，因为从始但丁底影子便陪着我们像一支乐曲底低音伴奏）大诗人底心灵直接交流所激出的浪花。除了偶而不得已要拭去一些足以蒙蔽作品底真面目的尘埃之外，我并没有什么新奇的见解或惊人的议论要提出来。我只细心虚怀运用我底想像力，（我觉得这是了解和享受这些想像的创造的唯一办法），想从作品所展示的诗人心灵底演变，艺术底进展，一句话说罢，想从创造底过程去领会这位大诗人所给我们的光明的启示。

说也奇怪！这些作品，在我们文学史权威底手里变得东鳞西爪，支离破碎的，在我巡礼底尽头竟显得一贯而且完整。它们同是一颗崇高灵魂所辐射出来的强烈或庄严，澄净或凄美的光辉，不能分解也不容怀疑，正如从一棵参天的大树发出来的壮硕繁茂的枝叶——虽然这些枝叶有向阴向阳，向上或向下发展之不同。于是又一度证实了这平凡的真理：每个伟大的创造者本身都是一个有机的整体，带着它特殊的疆界和重心。真正而且唯一有效的批评，或者就是

---

① 郎佛罗（Henry Wadsworth Longfellow，1807—1882），通译郎费罗，美国诗人。

摒除一切生硬空洞的公式（这在今日文坛是那么流行和时髦），不断努力去从作品本身直接辨认，把捉，和揣摹每个大诗人或大作家所显示的个别的完整一贯的灵象——这灵象底完整一贯的程度将随你视域底广博和深远而增长。我这篇短文不过是一幅极粗陋的剪影而已。

民国三十年五月廿二日。

无人说得出关于他应说的话。
太大的光荣环绕着他底名字；
贬责那些冒犯他的比较容易，
却很难表出他最微弱的光华。

为启迪我们他不惜亲自践踏
罪恶底深渊；然后又升向上帝；
天堂底门大开来迎接他进去，
他底国门却紧闭起来拒绝他。

忘恩的民族！你把他摧残迫害
结果只是自作孽。你指给人看
最完善的人要受最大的苦难。

一千个证据中只这便足证明：
没有比他底放逐更大的虐待，
世上也没有比他更伟大的人。

这商籁——这渗透了原始的力的巉岩的浮雕——是文艺复兴时代意大利雕刻大师米珂朗杰罗①用字为但丁刻的。如果我们不留神它底题名，一定会误

---

① 米珂朗杰罗（Michel—Ange，1475—1564），通译米开朗琪罗，意大利文艺复兴雕刻家、诗人。

认它是我们二千年前的大诗人屈原底造像；就是米珂朗杰罗自己，我们可以想像，如果他底影子有一天在阴间和这东方第一大诗人底影子邂逅，说不定也会吃了一惊，误认为他底旧相识罢。事实是，在世界底诗史上，再没有两个像屈原和但丁那么不可相信地酷肖，像他们无论在时代，命运，艺术和造诣，都几乎那么无独有偶的。

像一对隔着世纪和重洋在同一颗星——大概是土星罢——诞生的孖生子，他们同是处在国家多难之秋，同样地鞠躬尽瘁为国努力，但不幸都"忠而被谤，信而见疑"，放逐流亡于外。放逐后二者又都把他们全副精力转向文学，把他们全灵魂——他们底忠贞，他们底义愤，他们底诧傺，他们底怅望——灌注到他们底作品里，铸为光明的伟词，像峥嵘的绝峰般崛起于两国诗底高原，从那里流出两道源源不竭的洪流灌溉着两国绵延的诗史，供给两个民族——不，我们简直可以说全人类——底精神饮料。我们不能撇开屈原底作品而拟想东亚底诗东亚底文化，正如我们不能想像近代欧洲底诗和文化没有但丁底作品一样。这两道洪流，到了今日，并且由接触，交错，而渐渐混合为一了。

但他们底酷肖并不限于他们底生活，遭遇，和历史的地位，这一切比较外在的境况；他们底作品——那评判一切艺术家的主要的，或许唯一的标准——也显示给我们许多深沉的平行线。譬如，他们底杰作——《离骚》和《神曲》——底题旨或中心思想，都可以说是一种追求理想的历程，这理想又都以女性为象征。两者底形式都多少是自传体，一种寓言式的自传，虽然一个抒情的成分多于叙事，一个叙事多于抒情。两者都是当代一切学术思想底总和，一个把欧洲中世纪的神学，哲学，骑士底爱，甚至回教底传说熔为一炉；一个则反映着当代儒家道家阴阳家底人生观宇宙观和宗教信仰。从艺术造诣底畴范而言，如果在欧洲莎士比亚给我们以人类热情底最大宽度，但丁给我们这热情底最高与最深；在中国则表现最广博的人性是杜甫，把我们底灵魂境域提到最高又掘到最深的却是屈原。而最后——虽然这只是作品身外的事——两者都分受一切变为民族经典的伟大作品底共同命运：被后来的专门学者和考据家们穿凿附会和支解。

这命运也许是不可避免的。正如黄金不能毫无杂质在市面流通：一部作品，要想变成它底民族底精神食粮，化作他们灵魂底血肉，也不能不牺牲自己的纯粹。问题只在于那些站在作品和读众中间的批评家和考据家，在从事考证和批评的时候，出以极大的审慎和善意，以保持最低限度的误解。不幸献身于这种工作的人，他们底最初动机很少能够免掉为一种虚荣心———种务必有所创获的心理——所玷污，因而最纯正的往往也失诸求之过深。于是在重重的标新立异和改窜曲解之下，像在年光底尘封下一样，作品底真面目便无从窥见了。

不过在这点上，但丁确比屈原幸运得多了。不独关于版本问题，但丁底读者久已没有疑难，而我们底屈原却到最近才有一二忠实的学者从事剔扒和校订；并且，更严重的，但丁底国人并没有像我们那些沐猴而冠的学者，紧步着西洋少数浅薄的批评家否认荷马底后尘而否认屈原底存在。

这种毫无根据，或只根据个人底野心———种要惊世骇俗的企图——的谬见，自然不值识者一笑。一些文学史家对于屈原作品之否认，他们底意见那么新颖，态度那么肯定，理由又似乎那么井井有条，却颇得一部份人底信仰和另一部份人底慑服：在这里略加讨论或者不是多余的。

据我所知，屈原所以被剥夺他大部份作品底所有权，不外基于下面几个理由：某些作品应该是某作品底范本，如果连前者也和后者一样同属一个作家，这作家底来历便像从天掉下来一样不可解；某篇底风格或结构和其余的不同或某几篇太歧异，决不能出自一个作家底手；作者在其他作品里从没有表现过同样的思想，或这思想和作者底心境不切合；某些作品太简洁太成熟，决非那时代所能产生；文学史上没有这样的例子，或与历史上其他例子不符……

这些理由，除了我们很容易指出它们历史上的不准确外，我们只要稍加思索，便会知道全建立在这默契的臆断上：艺术创造既完全受外力支配，心灵底活动也只是单方面的。依照这臆断，一个作家心情底动态，思想技巧底进展，完全是直线的：没有纡回，没有起伏，没有踌躇，更别说纷乱和变化，矛盾和冲突了。

要试验这臆断底效力，我们用不着引古证今，或应用到一些品质与我们迥异的头脑和天才；我们只要略为反省，把视线转向我们那幽暗，浮动，变幻多端的心灵，便会恍然于它底基础多么脆薄，多么飘摇不定，而建筑在这基础上的理由会怎样地不推自翻了。

何况屈原！他底生活固是我们有史以来诗人中最大的悲剧，他底思想更是当代各种学派各种理想底漩涡。所以他放逐后的诗差不多每篇都是一串内心冲突底爆发，一串精诚和忧愤，热望和悔恨，怨艾和哀诉，眷恋和幻灭底结晶。而在

> 心机羁而不形兮，
> 气缭转而自缔。①
> 亦余心之所善兮，
> 虽九死其犹未悔。②

一类的诗句里，我们感到不独诗人全灵魂底冲突，并且整个宇宙底矛盾都在里面交集，纠缠，和激荡。

何况屈原！他不独是我们文学史上的开山祖师，生在一个当时只算半文明之邦，当一个诗只有短章促节，只宜于表现比较单纯或率直，虽然有时很强烈的情感的时代，一手创立了一种幽咽回荡，委婉多姿的诗体；并且把这诗体提到一个那么卓绝那么浑成的程度，使我们不得不承认（这是我们底羞惭，也是我们底骄傲！）他和荷马，但丁，蒙田共同证实了文学史上这似乎武断的现象：最初同时也是最伟大的。

和一些主张《九歌》应该是屈原底范本的批评家相反，我觉得如果《九歌》真不是屈原所作，屈原和他底《离骚》底存在将愈是一 个谜，一个不可思议的奇迹，正如被褫夺了《新生》的但丁和他底《神曲》一样。因为伟大天才底一个特征便是能够利用手头有限的工具去创造无限的天地。他所需要的只是最轻微的暗示，或最狭隘的立足点，像黄鹄只求一枝之栖便可以翱翔于蔚蓝底深处一样。这暗示，这立足点，屈原以前的诗歌是绰有余裕地提供给他的：一首《沧浪歌》，一首《接舆歌》，几句和他那寤寐思服的伍子胥底自沉永远

---

① 出自屈原《悲回风》。
② 出自屈原《离骚》句。

不能分离的《渔父歌》，（自然还有当时的民间曲调），这就够了。

反之，如果我们除掉他底《九歌》，我们将怎样解释一个诗人，无论他天才多超越，没有经过一个准备或修习时期——或只经过一个短促的彷徨与犹豫：《九章》——便一蹴而达到《离骚》底晕眩的高度呢？或者，更基本的，怎样解释一个像屈原那么热烈敏锐——我们诗史上最热烈最敏锐的诗人，能够虚度他底青春，那把世间一切有情者都充满了烦热和忧郁的青春，而不留下丝毫的痕迹呢？

因为，很清楚的，《九歌》是屈原底年青作品，预示给我们《离骚》底更丰盈的开放，正如《新生》是但丁底少作，《神曲》底雏形一样。《九章》，《离骚》而外，在我们整个诗史上，我们找不出什么和它们有丝毫仿佛，可以和它们比较，或使我们认出最渺茫的渊源的作品。当我们从《诗经》转到《九歌》，譬如，从

> 有美一人，
> 清扬婉兮！
> 邂逅相遇，
> 适我愿兮！ ①

转到

> 满堂兮美人，
> 忽独与余兮目成。……
> 悲莫悲兮生别离，
> 乐莫乐兮新相知； ②

从

---

① 出自《诗经·郑风·野有蔓草》。
② 出自屈原《九歌·少司命》。

青青子衿，
悠悠我心，
纵我不往，
子宁不嗣音？①

转到

思公子兮未敢言，
荒忽兮远望，
观流水兮潺湲；②

从

巧笑倩兮！
美目盼兮！③

转到

既含睇兮又宜笑，——
子慕余兮善窈窕；④

或从

击鼓其镗，

---

① 出自《诗经·郑风·子衿》。
② 出自屈原《九歌·湘夫人》。
③ 出自《诗经·卫风·硕人》。
④ 出自屈原《九歌·山鬼》。

踊跃用兵。
土国城漕，
我独南行。①

转到

带长剑兮挟长弓，
首身离兮心不惩……②

那启发诗人的外在景况是一样的，基本的情感反应或许也是一样的，可是无论情感底方式或表现底方法，我们都要感到整个世界底分别。我们感到，像洪水后诺亚底鸽子带来的一根青草一样，一股充满了预感，充满了一个新宇宙的希望的清新和爽气。

但《九歌》所带来的，又不仅一根草，一股清新而已。它们本身就是一座幽林，或骤然降临在这幽林的春天——一座热带的幽林里的春天，蓬勃，蓊郁，明媚。而当我们在那里留连的时候，诗人热烘烘的灵魂底温情和惆怅，低徊和幽思，从每句婉丽的诗透出来直沁我们肺腑，像一缕从不知方向的林花透出来的朦胧清冽的温馨一样。

这是因为在《九歌》里流动着的正是一个朦胧的青春的梦；一个对于真挚，光明，芳菲，或忠勇的憧憬；一个在美丽和崇高底天空一空倚傍的飞翔。这里面没有思想（这迟早总要来的）；没有经验（所以把它们看作放逐后的作品显得那么牵强）：一切都是最贞洁的性灵；都是挚爱，怅望，太息，和激昂——就是悲哀，也只是轻烟似的，青春的悲哀。而诗人为自己创造的诗体，一种温婉，隽逸，秀劲的诗体，又适足以把他灵魂里这些最微妙最深秘的震荡恰如其分地度给我们。

是的，屈原在《九歌》里实不止灌注新的情感，他并且创造了一种新的

---

① 出自《诗经·邶风·击鼓》。
② 出自屈原《九歌·国殇》，"长弓"通本作"秦弓"。

完美的诗体，虽然他表面似乎不过改作一些鄙陋的民间颂歌而已。当欧洲文艺复兴底大师们藉中世纪底因袭的千幅一律的《圣母像》来赋形给他们底倾慕和梦想时，亦不仅把他们底情感和生命去燃照那些凝滞呆木的图像，他们实在创造了一种可以获得更柔和的线条，更圆润的色泽，和更微妙的光彩的技巧。就是为了这缘故，我们在《九歌》里，正如在文艺复兴时代意大利底大师底杰作（譬如，波狄且里[①]底《圣母像》）里，感到那么高度的形神无间的和谐。就是为了这缘故，《九歌》里的神灵，那么灵幻缥缈，却又那么栩栩欲生，我们几乎可以看见他们在我们中间飘然莅止。也就是为了这缘故，从纯诗底观点而言，《九歌》底造诣，不独超前绝后，并且超过屈原自己的《离骚》：宋玉得其绵邈，却没有那么幽深；曹子建得其绮丽，却没有那么峻洁；温李得其芳馥，却没有那么飘举；姜白石得其纯粹，却没有那么浑厚。其余如柳宗元、李长吉亦均各得其一体，便可以名家。就是那善于点化前人佳句的"语不惊人死不休"的杜少陵，当他把

> 袅袅兮秋风，
> 洞庭波兮木叶下。[②]

化作

> 无边落木萧萧下，
> 不尽长江滚滚来。[③]

的时候，他只能创造另一种美——一种凄紧迫促的节奏，和原作那把眇眇的明眸，潋滟的微波，缤纷的落叶融成一片的摇曳夷犹的韵致完全两样。

这么蕴藉高洁的情感，这么婉约美妙的表现，这么完整无瑕的造诣，都是和民歌底性质再相反不过的。要不是屈原所作，也必定出于一个同样伟大

[①]　波狄且里（Sandro Botticelli，1445—1510），通译博蒂切利或波提切利，意大利佛罗伦萨派画家。

[②]　出自屈原《九歌·湘夫人》。

[③]　出自杜甫《登高》。

的抒情诗人之手。但是，那里去找一个和屈原一样伟大的诗人呢？或者，即使有，他底性格和艺术能够像屈原那样接近《九歌》所代表的性格和艺术，——接近到如出自一人么？要不是《离骚》里那忠贞不渝，"虽九死其犹未悔"的屈原，谁写得出那沉雄刚毅，"首身离兮心不惩"的不朽的战歌《国殇》呢？

然而飞得高，跌得重：在这溷浊的世界，不独玉石杂揉，萷荠同亩，其实是石多于玉，萷多于荠，像《九歌》这样崇高飘举的飞翔是不能持久的。这样的世界，和一个像屈原那样伟大的人格是绝对不能相容的。举世皆浊，抱着他那高洁的理想已经够苦；众人皆醉，赋有他那明察秋毫的睿智更苦；再加上他那磅礴两间的悲悯，和一腔倾宇宙底泉也要像一滴水干去的热情，悲剧自然不可避免了。

屈原底命运其实就是一切先知先觉——孔子，苏格拉底，耶稣，释迦牟尼——底命运。他只缺乏他们底宁静和宽容。但这并非说他底人格没有他们那么伟大，不过他所负的是另一种使命罢了。如果他是宗教家，他就会把他底悲悯拟成教条，阐成寓言，去感化众生。如果他是哲人，他就会把他底沉思编成至理，铸为名言，以垂训万世；或者，次焉者，也像拉丁诗人鲁克烈斯[①]所唱的，"站在真理底胜境，清明的峰顶，去俯瞰山谷间底谬误，游移，云雾和风雨。"但他是诗人，他底使命是为中华民族底诗歌奠立宏大深固的基础，而他底任务是歌唱他底忠贞，他底悲悯，他底智慧。他要把他底太息，他底眼泪，他底义愤——他底整体，而不仅是他底灵魂，化为云雾，化为风雨，凝成星辰，凝成钧天的妙乐，与日月齐光，与天地比寿。所以我们读他底诗时，就仿佛和宇宙底大气息息相通，置身于风雨迷离，晦明变化中。

于是《九歌》底青春的梦破碎了，醒来的是一个充满了怀疑和深究穷诘的思想世界：《天问》。

有人以为《天问》不是屈原作的，为的是有许多话问得太幼稚。幼稚吗？从常识的观点，也许是。谁只要有一星诗的想像或哲学和科学的头脑，就要承认最渺小的事物都足以引起我们底好奇心，都值得我们问，因为任何渺小的事物都是遮掩宇宙秘密的幕，或引导我们去认识永恒的门。我们想起英国诗

---

① 鲁克烈斯（Lucrèce，约前98—前55），通译卢克莱修，古罗马哲学家、诗人。

人丁尼生底《墙罅里的花》或美国惠特曼底《草叶》：

> 一个小孩说："草是什么？"双手把它捧给我。
> 我怎能回答这小孩呢？我所知的并不比他多。

何况《天问》？

又有人以为《天问》是屈原暮年所作，理由是，"他底最深刻的疑问是：

> 登立为帝，
> 孰道尚之？

在别篇里，他底思想集中于一个国君。但既到了这个地步，热心的屈平也要灰心了，故在《天问》里便要进一步的对于君主发生根本上的疑问了。这个疑问是屈平思想所经路程的最后一点……"①从逻辑底观点，也许小错。但我们底"心有它底理，却并非头脑底理"（法国大哲巴士卡尔语）。从心理底观点，或者，较准确点，从情感底观点而言，则反应最猛烈的是最初受打击的时候，正如水初出峡时怒涛汹涌，雪花乱溅，到了水势愈深便渐渐平静下来一样。而《天问》，这二百个奇奥逸宕，星飞雷闪似的疑问，便是屈原被放逐后从他心里激起的浪花，——因为关于屈原，像关于一切最伟大的诗人一样，即思想也是从心而不是从头脑出发的。

以体裁论，《天问》如果不是世界诗史上最伟大的，至少也是最特出最富于独创性的：二百个疑问蝉联而下，却丝毫不觉得单调；那么错综变化，却又并非无条理可寻。因为谁能一眼看清楚一个怒涌的喷泉底水花，谁又能否认其中的条理呢？《天问》就是屈原底青春的梦，他底正义底梦幻灭以后（因为，还有比"忠而被谤，信而见疑"更大的冤屈吗？天道何在？真宰何在？孰主张是？孰纲维是？）从他那"博闻强志"的丰富的心溅射出来的喷泉，一束

---

① 陆侃如、冯沅君：《中国诗史》。——原注

光明的箭急不暇择地向着悠悠吴苍的放射。有些，用力最猛的，直射到蓝天底深处，像星辰般永远嵌在那里，譬如：

> 夜光何德，
> 死则又育？

或这两句：

> 何阖而晦？
> 何开而明？

用一种原始的朴素的姿势永远凝定住昼夜底两个浩荡的运动。有些，譬如上面所引的

> 登立为帝，
> 孰道尚之？

却直射进人心底最幽暗处，像一道强烈的电光，把人类数千年的迷误和愚蒙突然驱散。而大部分呢，则化为巉岩的石林，把楚国"先王之庙及公卿祠堂"所画的"天地山川神灵，琦玮僪佹，及古贤圣怪物行事"，用神工鬼斧，变化莫测的手腕——镂刻在那上面，因而诗人自己的情感和思想（在这里其实是一事）不知不觉也流向它们，——于是它们便赋有一种更热烈沸腾的生命而可以永垂不朽了。所以当我们穿插于其间的时候，就无异于穿插于一个原始的人类在那上面刻满了突兀嶙峋的奇鸟怪兽的无底石洞：这些奇鸟怪兽，我们知道，也是那些原始的人们在苦难中用以宣泄和抚慰他们底痛楚和凄徨的。

　　如果《天问》是屈原放逐后对于身外一切的怀疑；对于宇宙现象和古今事件（历史和神话：二者在屈原那时候的人们眼中是分不开的，而在诗人思想底光里，更是同样活生生的真实）底基本法则的穷诘；对于那推行和纲维一切的真宰和天道的信仰之动摇；——《九章》便是他对于自我的探索和检讨，

愿乘闲而自察兮；①

对于自己的遭遇，行动，性格和心境之反省和认识。因为《天问》里许多疑
问，要获得终极的解答，不独屈原当时的智识做不到，就是二千年后的我们也
只好噤口结舌，——在一意义上，是超出人类智力之外的。那么，茫茫大块，
悠悠高昱，彷徨的屈原将何去何从呢？像一切在苦闷中的伟大灵魂，他知道唯
有反求诸己，——把目光转向自身，转向自己内在的精力，那最高贵的权能，
我们底真正的自由和独立底唯一砥柱。

道思作颂，
聊以自救兮！②

《九章》便是这种要从自我认识找得一个安身立命的重心的许多努力和尝试。

我说尝试，因为从艺术底观点，《九章》大部分是比较不成功的。在
《九歌》里屈原曾经显示一个天然浑成的艺术手腕。在这里，除了《涉江》、
《悲回风》尤其是《橘颂》，我们却找着了凌乱的节次，杂沓的章法（这还不
要紧，因为这或许是诗人灵魂里的紊乱底忠实反映），可是，尤严重的，教训
式的议论和干燥无味的史事平列或夹杂在高亢或凄恻动人的诗句中，有时甚至
于把它们淹没了。

这是因为《九歌》所表现的世界是一个纯粹抒情的世界，是最贞洁的性
灵，是纯金，是天然地适合于诗，或者，较准确点，根本就属于诗的世界。现
在，经验来了，学问来了，思想也来了。这无疑地可以扩大诗底领域，但这些
都是比较上不肯受诗艺底支配的。要把这些顽固的杂质熔铸为诗，就得有一个
更高火候的洪炉，一个能够化一切生涩和黯淡为和谐的声色的更大想像力，一
个使摄入诗里的纷纭万象都星罗棋布一般各得其所的组织力或建筑力。而《九

① 出自《九章·抽思》。
② 出自《九章·抽思》。

章》里的屈原显然还没有获得这对于新材料的无上的驾御和控制。

大体说来，《九章》底优点（它们底精彩部分）依然是《九歌》底优点：抒情上的热烈而委婉，蕴藉而脓挚，——虽然情感底本质已由玲珑缥缈变为凄怆沉痛了。譬如这段：

> 欲邅佪以干傺兮，
> 恐重患而离尤；
> 欲高飞而远集兮，
> 君罔谓女何之；
> 欲横奔而失路兮，
> 盖坚志而不忍；
> 背膺牉其交痛兮，
> 心菀结而纡轸！①

或这几句：

> 望孟夏之短夜兮，
> 何晦明之若岁！
> 唯郢路之辽远兮，
> 魂一夕而九逝；
> 曾不知路之曲直兮，
> 南指月与列星；
> 愿径逝而未得兮，
> 魂识路之营营！②

诗人底婉恋和烦惑，悃和悲怆，用一种纤曲萦迴的节奏反复咏叹出来。

---

① 出自《九章·惜诵》。
② 出自《九章·抽思》。

但我们同时却发见屈原在技巧上的一个新发展了。《九歌》底句子，除了两个例外（大概是为要各自加强怨望和幽深的印象），《湘君》底

期不信兮告余以不闲

和《山鬼》底

余处幽篁兮终不见天，

都是简短的，节奏是轻倩的。这对于《九歌》底意境可以说是天造地设。现在，跟着他底悲惨命运而来的是对于宇宙，人生和自我的更广更深的认识。取材的范围扩大了，内容丰富复杂起来了，连情感底本质也沉重错综得多了。为要适应这意境上的展拓，屈原遂创出一种较长，较富于弹性和跌荡的诗行——一个颇不轻微的创造，如果我们记起在另一个诗底传统里，四言要经过多少世纪才能发展为五言，五言又要经过多少年代才发展为七言。

不仅这样，在那比较纯粹，比较完整，艺术价值较高的《悲回风》里，我们感到一种特异的音节，一种飘风似的呜咽，有如交响乐里那忽隐忽现却无时不在的基调，笼罩或陪伴着全篇。最显著的如：

登石峦以远望兮，
路眇眇之默默。
入景响之无应兮，
闻省想而不可得。
愁郁郁之无快兮，
居戚戚而不可解。
心鞿羁而不形兮，
气缭转而自缔。
穆眇眇之无垠兮，
莽芒芒之无仪……

> 藐曼曼之不可量兮，
> 缥绵绵之不可纡。
> 愁悄悄之常悲兮，
> 翩冥冥之不可娱……
> 上高岩之峭岸兮，
> 处雌蚬之标颠；
> 据青冥而攎虹兮，
> 遂儵忽而扪天……

这连翩不绝的双声，这平排或交错的谐音和叠韵，似乎都不是出于偶然，都告诉我们诗人正竭力去开拓他底工具底音乐性，——去尽量利用文字音义间的微妙关系，以期更入微地传达他底心声和外界音容底呼应和交感。

而另一方面呢，在《涉江》，《抽思》，和《怀沙》三篇底结尾，在"乱曰"以后，当汹涌的思潮渐渐平息下来，诗人重申或表示他底捐弃，安命或决心的时候，我们发见另一种新的较短的诗行。这诗行和屈原其他诗行底不同处不独在于字数之多少，——虽然字数也是一个不可忽略的元素；——最重要的是在于"兮"字地位底迁移：不在句中而在句末。由于"兮"字这特殊地位，这诗行没有其他诗行底摇曳和荡漾，没有那么婉转和感慨；却增加了明确和坚定，比较宜于表达沉着宁静的沉思：

> 定心广志，
> 余何畏，跃兮！……
> 知死不可让，
> 愿勿爱兮！ ①

这使我们想起陶靖节那强立不反的神：

---

① 出自《九章·怀沙》。

纵浪大化中；

不喜亦不惧。

应尽便须尽，

无复独多虑。①

同时却暗示《九章》中的另一篇：《橘颂》。

《橘颂》是《九章》中最短但也许最杰出的一篇。我很奇怪我们底考据家竟没有否认它是屈原底作品，因为我们如果细心玩味，就会发觉无论是意境或风格，它都和屈原甚至《楚辞》其他作品迥然不同，——简直可以说恰好成一个对照。

我们知道，屈原放逐后的作品大多数是诧傺抑郁之音，是一个荷着过量的电的宇宙，一个烟雨弥漫，雷电交作或暴风雨刻刻都可以爆发的宇宙；就是他底少作《九歌》也不过像一个蒙着薄雾底轻绡的月夜，而《远游》底天空又太寥廓峥嵘了，非我们凡人所能忍受。《橘颂》可以说是屈原诗中唯一的人间和平之响。当我们从这些作品，尤其是，譬如说，从《涉江》或《悲回风》转到《橘颂》的时候，我们仿佛在一个惊涛骇浪的黑水洋航驶后忽然扬帆于风日流利的碧海；或者从一个暗五天日，或只在天风掠过时偶然透出一线微光的幽林走到一个明净的水滨，那上面亭亭立着一株"青黄杂揉"的橘树，在头上的蓝天划出一个极清楚的轮廓：一切都那么和平，澄静，圆融……

但这又决非他早年的不成熟的作品，如一些文学史家所妄断的。根据诗中"嗟尔幼志"和"年岁虽少"来断定它是少作只是由于对文义的误解：误把屈原歌颂橘树的认作歌颂他自己。我想无论屈原怎样自尊或缺乏常识也决不至于说自己"可师长"或"置以为像"（至于藉以影射自己的性格却是另一回事），他不过赞美橘树底"壹志""任道"，"苏世独立"可以做他底榜样而已。

我从前曾经把《橘颂》和《山鬼》比较，主张它是寓言的而《山鬼》是象征的，所以不及后者那么耐人寻味。寓言我现在还觉得它是。但是这样满载

---

①　出自陶潜《形影神·神释》。

着思想底果，满载着从许多经验撷得来的清明智慧的寓言，决不是青年人——即使是天才的青年人——所作得出的；它底价值，它底意味之隽永，也决不在那象征的《山鬼》之下，——它只代表另一种（我们或者可以称之为古典）美而已。试看它底表现多么简炼，多么整洁，又多么含蓄：正是绚烂之极，归于平淡（一切古典艺术底特征）的明证。

可是一个这样阴郁波动的心境怎么能够产生这样晴明静谧的诗呢？我想这并没有什么奇迹。贱有贵无，本是人情之常；而在黑暗中渴慕光明，愁苦中憧憬快乐，更是心灵上迫切的需要。最能欣赏地中海底风光的，不是那据有地中海的法兰西人和意大利人，而是那些生活和思想都长期浸在幽暗或朦胧里的日耳曼人。你可知道，那柠檬花开的地方？——

> 黯绿的密叶中映着橘橙金黄，
> 骀荡的微风，起自蔚蓝的天上，
> 还有那长春幽静，和月桂轩昂……①

谁读到这几句诗心里能够不对这明媚的南国风光起一阵爱慕甚或乡思的颤动？而哥德写这首可以说摄取了南国底灵魂的不朽的歌时却并未到过意大利，——只蛰服在他那阴霾的北国里。同样，我们可以想像屈原写《橘颂》时正是在那

> 山峻高而蔽日兮，
> 下幽晦以多雨；
> 霰雪纷其无垠兮，
> 云霏霏而承宇。②

的山中。可是如果这几句诗所描写的并不仅是自然风景，屈原在《橘颂》里所

---

① 出自哥德《迷娘歌》首节。
② 出自屈原《九章·涉江》。

向往的也决不单是外界底光明，而并且是，而尤其是心灵底宁静。这光明，这宁静，他找到在那

　　　　绿叶素荣……
　　　　圆实搏兮

的橘树里，更在他那

　　　　苏世独立，
　　　　横而不流兮……
　　　　秉德无私，
　　　　参天地兮

的崇高的人格里。

　　可是无论如何，《九章》，大体说来，只是一种尝试，一种试笔，像交响乐未开奏以前，各乐手在试笛，试箫，试弦，充满了期待和预感，但同时也充满了嘈杂和犹豫一样。

　　现在，这《九章》，特别是其中的《涉江》、《悲回风》和《橘颂》，既带给屈原一种渐臻于纯熟的新技巧，又带给他一种为一切伟大的创造所必需的心灵底光明和宁静——这光明和宁静，我们知道，和他底自沉底决心并没有什么矛盾，如果我们记起他底自沉并不像一般愚夫愚妇只出于一时的短见或忿怼，而是基于一种经过审思熟筹的理想，——于是他可以着手去经营他底杰作《离骚》了。

　　《离骚》不仅是屈原底杰作，也是中国甚或世界诗史上最伟大的一首，虽然从纯诗底观点，它也许逊《九歌》一筹，像我在上文所说的。因为一首诗，要达到伟大的境界，不独要有最优美的情绪和最完美最纯粹的表现，还得要有更广博更繁复更深刻的内容。一首伟大的诗，换句话说，必定要印有作者对于人性的深澈的了解，对于人类景况的博大的同情，和一种要把这世界从万劫中救回来的浩荡的意志，或一种对于那可以坚定和提高我们和这溷浊的尘世

底关系，抚慰或激励我们在里面生活的真理的启示，——并且，这一切，都得化炼到极纯和极精。所以世界上最伟大的诗，譬如但丁底《神曲》，哥德底《浮士德》和嚣俄底《世纪底传说》，都是诗人积年累月甚或大半生苦心经营底结果，因而简直是诗人累聚在内在世界里的毕生的经验和梦想，怅望和创造底结晶或升华。在我国，在那客观的文学里，或者可以说，在那广义的诗里，《西游记》和《红楼梦》（因为根据阿里士多德①底定义，这些当然也是最伟大的诗）都是这一类的作品；至于在韵文底区域里，在狭义的诗里，那唯一而又最显赫最崇高的例，不用说就是《离骚》了。

谁只要读《九章》和《离骚》一遍，都会不由自主地发觉二者许多酷肖的地方。不独它们底字句有许多重同；并且《九章》底主题——诗人底忠悃和烦惑，悲怆和坚定，决心和绝望，一句话说罢，诗人灵魂里的冲突和矛盾，品格上的高贵和孤洁——就是《离骚》底主题：除了这些主题，在《九章》里只是一些散漫零星的断片，现在却凝结和集中在一个精心结构的前后连贯的和谐的整体里，因而显得更秾挚，更强烈，更茂密了。

试将《九章》和《离骚》比较，便清楚屈原艺术进展底痕迹。在《九章》里有着不少枝节的或者详细的事实底直叙，这些直叙对于后来的文学史家也许是"屈原传记之无上材料"，因为他们从那里面可以找到无穷的翻案和反复辩驳底机会；对于艺术，尤其是对于诗的艺术，却是极大的失败，因为诗不是描写，当然更不是日记（其实这日记并不在屈原底作品里而只在文学史家们底心目中），而是最精微的化炼和蒸馏。我们从《九章》（《橘颂》除外）转到《离骚》第一个愉快的印象便是这些琐碎的枝节的直叙底不存在，而代以一种空灵的象征的抒写。这种象征的抒写在《九章》里虽然已不止一次露端倪，譬如：

> 纠思心以为纕兮，
>
> 编愁苦以为膺；折若木以蔽光兮，

---

① 阿里士多德（希腊语 Αριστοτλην V，Aristotélēs，前384—前322），通译亚里士多德，古希腊哲学家。

随飘风之所仍；①

现在却有组织地，我们几乎可以说系统地应用到全篇。而且——这几乎是不可思议的事——由于适当的组织和安排，许多格言式的诗句，因为被安放在恰当的明暗里，竟失掉它们原来那冷酷无情的面目，而溶化在这渊穆圆浑的大和谐中了。所以《离骚》并不是，像梁任公所说的，《九章》底缩影，而是，在某一意义上，它们底结晶。

　　但《离骚》决不仅是《九章》底结晶而已；它底内涵实远超出《九章》底范围。屈原在《离骚》里所摄取的，决不仅是《九章》底菁华，决不仅是他写《九章》时的经验和思想，决不仅是《九章》所代表的一段生命，而是他整个生命，他毕生底经验和思想底菁华。《天问》底世界，那充满了怀疑和思想的世界，无疑地，也被溶解在里面了，虽然溶解得那么透彻，我们几乎辨认不出来：所以我们初读的时候觉得它那么暗晦，因为那么稠密，那么渗透了思想。《九歌》底纯性灵的世界，那充满了青春底光荣和新鲜，充满了对于光和花和爱的憧憬底颤栗和晕眩的世界，也被吸收进去了：所以它底音节没有《九章》那么迫切，那么凄紧，却比较和缓，比较缠绵，因为伴着诗人底痛楚的呼吁，伴着他底精诚和忧思，恫歌和悱恻直透我们灵魂底深处的，是一阵微妙的

不辨花丛只辨香

---

① 出自《九章·悲回风》。

的袅袅的幽芬①。而这幽芬又不仅蕴藏在

> 日月忽其不淹兮，
> 春与秋其代序。
> 唯草木之零落兮，
> 恐美人之迟暮。

或

---

① 真和美既然是同出于一个源头，而且相距那么近，我们只要把目光向形相世界钻深一层，往往便可以把纯美的表象化为义蕴丰富的灵境。譬如，梵乐希底少作《水仙辞》里这几句：无边的静倾听着我，我向希望倾听，

> 泉声忽然转了，它和我絮语黄昏；
> 我听见夜草在圣洁的影里潜生。
> 宿幻的霁月又高擎她黝古的明镜
> 照澈那熄灭了的清泉底幽隐……

所呈现给我们的可以说是纯美的形相世界。但诗人在他晚作的《水仙辞》里，只把这几句底次序略为更换，略为引伸：

> 泉声忽然转了，它和我絮语黄昏。
> 无边的静倾听着我，我向希望倾听，
> 我听见夜草在圣洁的影里潜生。
> 宿幻的霁月又高擎她黝古的明镜
> 照澈那熄灭了的清泉底幽隐……
> 照澈我不敢洞悉的难测的幽隐，
> 以至照澈那自恋的缱绻的病魂……

便把古希腊一个唯美的水仙一变而为近代的具有自我意识的水仙了。所以因为《九歌》有许多句子和屈原放逐后所作的《离骚》相仿佛，便断定前者也是放逐后的作品实在是皮相之见。因为屈原在《九歌》里所咏的是青春的恋爱（特别是倾慕和怨望，送往的悲哀，迎来的欢乐）本身，而在《离骚》里这恋爱却变成一种更深刻的情感和思想底象征，正如在《水仙辞》里同样的唯美诗句成为诗人自我意识底象征一样。——原注

> 恐鹈鸠之先鸣兮，
> 使夫百草为之不芳。

一类芳馥四溢，像缀满了暗绿的草原的四月鲜花一样的诗句里；就是那些比较抽象的诗句，如

> 哀民生之多艰兮，
> 长太息以掩涕。

或

> 忽驰骛以追逐兮，
> 非余心之所急；
> 老冉冉其将至兮，
> 恐修名之不立，

那么洋溢着生命底温暖和丰盈，也仿佛时时刻刻透出来。

　　这是因为贯彻着《离骚》全诗的，像贯彻着全部《神曲》的一样，是一种象征主义。在这象征主义里，我们理智底最抽象的理想化为最亲切最实在的经验，我们只在清明的意识底瞬间瞥见的遥遥宇宙变为近在咫尺的现实世界。要达到这境界，端赖一种特殊的也可以说最高的拟人法，一种把最抽象的观念和最具体的现实大胆地混合为一的拟人法。这拟人法即在近代欧洲的诗里也很难遇见；运用得神妙的，据我所知，恐怕就只有但丁底《神曲》。因为普通一般拟人，只是给抽象的观念或德性穿上人底衣服，或把抽象的意义附加在形体上面，而并非实实在在地把思想和活人联成一片：所以是无生气，无血肉的。但丁和我们底屈原（这是多么巧的偶合！）却完全两样了。他们极认真极严肃地把他们对于他们理想的爱和他们对于女人的爱合体：但丁颂扬他底贝雅特丽琪的时候同时即是赞美他对于哲学或神学的爱，屈原歌唱他底美人芳草时亦即是发扬他那忠君爱国的一片赤诚。或者，较准确点，集中在他们灵魂底忘形的

狂热里，一切经验，无论是理智的感官的或本能的，都融成一刻单独的经验，一个不可分解的诗的直觉。结果便是一片融洽无间的延续或连贯：感觉，想像，和观照；过去，现在，和未来，全融混在一个完整的系统，一个和谐的整体里，汇合为一朵清明热烈的意识火焰。所以《离骚》，和《神曲》一样，是一个完全的心灵底完全的表现，——这心灵从忠君爱国这观念所看见的美实不亚于美人芳草所呈现给它的美，而且，由于一种神秘的精神作用，这两种美，对于它，不独不相悖并且是水乳般交融的。所以这两部崇高的诗，《离骚》和《神曲》，所传达给我们的，并非生命底片面或顷刻，而是全部生命底洞见；因为在它们里面，有时甚至于在它们底一节或一句诗里面，生命底变幻无穷的品质——颜色芳香和声音，悲欢喜惧和祸福——透过诗人底白热的创造力，完全集中在一个单独的光明启示上像在一个焦点上了。

可是二者底基本差别就从这里开始了。同是一朵清明热烈的意识火焰：但丁可以说是清明多于热烈，屈原则热烈多于清明；一个是光，一个是热，虽然实际上二者是分不开的；一个是光被四宇的长明灯，一个是烈焰万丈的大洪炉。但丁站在他所经历的环境和世纪中间，默察，倾听，和审判他四周的人物和景色；他自己就是他所叙述的光怪陆离，惊心动魄的奇观——苦难的躯体，忏悔的灵魂，光明的圣者——底耳闻目击的证人：所以《神曲》底表现方式是客观的，是一部个人的纪事诗（Personal epic）。反之，摄入屈原底大洪炉里，无论是美人和芳草，云电和风雷，历史和神话，皆化作熊熊的烈焰，变成屈原底歌唱灵魂底一部分：所以《离骚》底表现方式是主观的，是一首宇宙的抒情诗（Cosmic lyric）。

从韵律而言，则《神曲》是三行一顿的连锁体，明确，坚定，凝炼，像笔直的圆柱般互相支撑交叠而上，因而全部《神曲》就仿佛是一座崔巍，庄严，高耸入云的峨狄式的大礼拜堂；《离骚》却是四句一转，盘旋回荡，波属云委，"像一条大蛇，"梁任公说，"在那里蟠——蟠——蟠！"或者，较准确点，全诗就是一个音乐底大鹏，展开他那垂天之云一般的翅膀，抟扶摇而上，挥斥八极，而与鸿蒙共翱翔……

人情莫不贪生而恶死。但相反的例子，也并不很难找。有些，那最普通的，激于一时的悲愤，或驱于一时的绝望，盲目地投身于死底怀里：我们叫

这做匹夫愚妇底短见。有些，威武不能屈，临难不苟免，因为他们所欲有甚于
生，而所恶有甚于死：我们称之为志士底成仁，或仁人底取义。更有些，譬如
历史上许多大哲人大宗教家，他们切盼着死底来临，或把死比爱还热烈地拥
抱，因为他们深信死是他们灵魂底大解放或他们理想底实现。屈原究竟属于那
一种呢？

说他底自沉是出于极端的悲愤或绝望，实无异于对我们自己理解力甚或
人格的侮辱：因为他底诗处处都告诉我们，他唱得最沉痛处就是他最依恋着生
命的时候，反之，每提到死却出以极坚决极冲澹几乎可以说淡漠的态度。我们
又不能把他和那些慷慨赴死或从容就义的志士仁人相提并论，因为并没有权力
威胁于上或斧钺交逼于后：他底死完全是出于他意志底绝对的自由，而且——
这是一般文学史家很容易忽略的一点——是经过冷静的理智底审思熟筹的。
他底生之意志那么强烈那么蓬勃，对于现世又那么倦怀那么热诚，我们当然也
不能把他比拟那些轻蔑生命的哲人或厌世的宗教家。我以为他是介乎后二者之
间，或者不如说，兼有二者底优点的；因为自沉对于他是一种就义——不是慷
慨或从容而是自由地就义：

> 知死不可让，
> 愿勿爱兮；①

同时也是一种理想——一种基于对生命和人间世的过量的热爱的理想：

> 虽不周于今之人兮，
> 愿依彭咸之遗则。②

屈原何以意识地简直可以说有计划地走这步棋呢？他在《离骚》底结尾
告诉我们说：

---

① 出自屈原《九章·怀沙》。
② 出自屈原《离骚》。

> 国无人，莫我知兮，
>
> 又何怀乎故都？
>
> 既莫足与为美政兮，
>
> 吾将从彭咸之所居。

但我以为这只是直接的比较表面的理由；基本的原因，却在他两篇比较简朴，比较清淡，也许是和《离骚》同时或《离骚》脱稿后自然形成的作品（因为这差不多是创作过程一种普遍现象：精心结撰的巨制往往带来一两篇比较容易的产儿，梵乐希苦心经营他那深奥浓郁的《年轻的命运女神》后几乎不劳而获那清新明朗的《棕榈颂》便是最好的例）：《卜居》和《渔父》[①]里透露消息：

> 宁超然高举以保真乎？
>
> 将呢訾栗斯，喔伊嚅儿以事妇人乎？
>
> 宁廉洁正直以自清乎？

---

① 现代一般屈原专家们都几乎异口同声认这两篇为伪作。我所以不敢苟同者，并非我没有勇气疑古。我以为如果没有颠扑不破的根据，与其轻率翻案，毋宁从旧说。诸家所据以否认这两篇作品的理由究竟充分到怎样程度呢？"周庾信为《枯树赋》，称殷仲文为东阳太守，其篇末云，'桓大司马闻而叹曰……'云云。仲文为东阳太守时，桓温之死久矣；然则是赋作者托人以畅其言，因不计其年世之符否也。谢惠连之赋雪也，托之相如；谢庄之赋月也，托之曹植：是知假托成文，乃词人之常事。然则《卜居》《渔父》亦必非屈原之所自作，《神女》《登徒》亦必非宋玉之所自作，明矣。但惠连庄信其时近，其作者之名传，则人皆知之。《卜居》《神女》之赋其世远，其作者之名不传，则遂以为屈原宋玉之所作耳。"崔述（疑古史家们底偶像）这段话，为一般屈原专家所一引再引，视为确切不移的铁证。其实它底逻辑根据薄弱到简直不值一驳。因为这体裁在屈原之前，有庄孟诸子，而《卜居》《渔父》尤酷似庄子底寓言，（庄屈同为楚人，偶然模仿其体裁以自吐胸臆，并非绝对不可能）；在屈原自己，有《离骚》底"名余曰正则兮，宇余曰灵均……"；在屈原之后，与崔氏所引诸例同时或略早的，有曹子建多赋和陶渊明底《自祭文》："陶子将辞逆旅之馆……"，更后的有欧阳修底《秋声赋》"欧阳子方夜读书……"和苏东坡底《赤壁赋》"苏子与客……"等。为什么只举惠连庄信几个例便贸贸然下结论说，"然则《卜居》《渔父》亦必非屈原之所自作"呢？试细细检察我们底疑古史家们底理由或证据，有多少不和崔述这段话一样武断，一样空疏的！——原注

> 　　将突梯滑稽，如脂如韦以洁楹乎？

或者，较显著点：

> 　　安能以身之察察，
> 　　受物之汶汶者乎？
> 　　宁赴湘流葬于江鱼之腹中；
> 　　安能以皓皓之白，
> 　　而蒙世俗之尘埃乎？

不能以身之察察，受物之汶汶；不能以皓皓之白，而蒙世俗之尘埃：这正是决定屈原自沉的基本心理。换句话说，屈原深觉得自己的人格太高尚太纯洁了，不见容也不愿见容（要是他不能把它改造）于这溷浊的尘世，把自沉看作一种"超然高举以保真"的手段，正如羽衣蹁跹的天鹅，因为太洁白的缘故，不耐洼池底污浊，戛然长啸远引于澄朗的长天之外一样。

　　但是如果屈原对于生死之去就仅决定于他和外界的矛盾，事情会简单得多，而世界底诗史将会被剥夺掉许多辉煌璀璨的杰作，因为他也许真如旧说所传，写完《怀沙》便自沉了。

　　幸而和他这一往无前的死志挣扎和抗拒的还有另一种同样强劲的内心冲动：一种永生的愿望；一种要创造一些和自己相似，和自己混淆，却比自己纯粹，比自己不朽的东西的意志；一颗伟大的艺术家或诗人底灵魂。就是这创造的意志使他唱：

> 　　吾令羲和弭节兮，
> 　　望崦嵫而勿迫；①

或使司马迁"就极刑而无愠色"以"隐忍苟活"，和悲多汶在死底面前发出他

---

　　①　出自屈原《离骚》。

那有名的摧肝裂魄的呻吟，——并非因为他们怕死，而是因为，像济慈在他一首可爱的商籁里所说的，

> 当我害怕我也许停止了呼息，
> 我底笔还没有刘完我底华想，
> 或高积的书本还未写满字迹，
> 像装满了熟透的谷粒的库仓；
> 当我看见，横亘在夜空底星宇，
> 那崇高的玄机底象征的云彩，
> 想起我不再活着，用灵幻的笔，
> 去把它们底影子一一描下来……①

因为普通一般诗人藉诗来抒写他们底苦闷，宣泄他们底悲愤；较大地写出他们强烈的情感，以便驾驭和支配它们；最伟大的却要把他们所负荷的内在世界解放出来，或者，如果他们有悲愤苦闷或其他强烈的情感，要从这些情感底混沌创造出他们底不朽的精神宇宙，建造他们那参天人云的音乐的楼阁。《九章》底艺术价值所以远逊《离骚》，除了技巧上的差异，最主要的原因，我以为就在于作者底动机还未达到那为创造而创造的比较超然，比较纯粹，因而比较卓绝的境界。

《招魂》，而不是《大招》——根据司马迁底保证——大概就是在这种心理状态产生的罢？死志已决了，却还不甘心在自己的内在世界未尽量解放出来之前死去，又眼见自己"精神越散，与形离别，恐命将终，所行不遂，故愤然大招其魂"。

《招魂》，这瑰丽的杰作，是植根于一种至今犹盛行于西南各省为病者招魂的风俗的。（所以它所招的根本上是生人，而并非死者底魂：对死者我们就只能礼魂而不用招魂了。）试想像更深夜静，穷乡僻野，有人用凄哀的音调呼唤病者底名字，"某某归来！某某归来！"这是多么动人的情景！一个那么

---

① 出自济慈的《每当我害怕》（*When I Haye Fears*）。

饶于诗意，那么富于诗的可能性的风俗，对于一个像屈原那么想像丰富，那么善于运用或创造象征，拟喻，寓言，和自我化身（《卜居》和《渔父》）等微妙的表现方法的大诗人，其魔力之大是不待言的：把它移用到自身不独是很自然并且可以说必然的事。因为所依据是俗歌，所以它底躯干极简单，约之不外两种境界："外陈四方之恶，内崇楚国之美"，换言之，一极人间之可怖，一极人间之可悦而已。但试看这两个简单的境界在诗人手里幻化为怎样的层出不穷的奇葩异彩！这差不多是一粒种子底两片仁，干瘪，渺小，五色，无臭，一落到诗人想像底沃土上，便开出芬芳馥郁，姹紫嫣红的万千气象了。

如果我们把《招魂》和屈原其他作品比较，便会发觉作者在艺术上又开阔了新的疆土。《九歌》底轻歌微吟，《九章》底促管繁弦，《离骚》底黄钟大吕，《天问》底古朴的浮雕，到这里一变而为刻划精致，雕肝镂骨的雕刻或工笔画。试看他怎样描写可怖之境：

> 土伯九约，
> 其角觺觺些，
> 敦脄血拇，
> 逐人駓駓些。
> 参目虎首，
> 其身若牛些。

这岂不是但丁地狱中的人物，或兀立在欧洲中世纪大礼拜堂顶的一座雕刻么？又看他怎样描写可悦之境：

> 姱容修态，
> 絚洞房些；
> 蛾眉曼睩，
> 目腾光些；
> 靡颜腻理，
> 遗视矊些；

147

或

> 美人既醉，
> 朱颜酡些；
> 娭光眇视，
> 目曾波些；①

或

> 二八齐容，
> 起郑舞些；
> 衽若交竿，
> 抚案下些……

　　那主张诗不如画的达文奇②，或坚持诗不能在描写上和造形艺术抗衡的列辛③，读到这里，恐怕也要蹴然改容，默尔而息了罢？事实是，无论写人写景写事，后来的作者——即使是宋玉，司马相如或曹子建——很少能像他在这首诗里那么体贴入微，穷形尽态，而又不流于堆叠繁琐的。而在全篇底结尾：

> 湛湛江水兮
> 上有枫；
> 目极千里兮

---

　　① 波：原刊"光"。

　　② 达文奇（Leonardo di ser Piero da Vinci，1452—1519），通译达·芬奇。意大利学者、艺术家，欧洲文艺复兴时期的天才科学家、发明家、画家，现代学者称他为"文艺复兴时期最完美的代表"。下同，不再一一注明。

　　③ 列辛（Gotthold Ephraim Lessing，1729—1781），通译莱辛，德国剧作家、文艺理论家。

伤春心。

魂兮，归来！

哀江南。

　　这几句富于暗示的诗里，我们又仿佛重温《九歌》那种远妙，幽深，令人凄迷，令人惆怅欲绝的美。这正是他最大光荣之一：一手创造了各种诗底表现法（多端却又一致），并且把每种都提到最高最完美的程度，为后代永树楷模，几乎可以说永远划下理想的界限。我们很可以了解为什么许多庸俗的目光和狭隘的头脑，带着一种恶意的满足去剥削他底作品，甚或要抹煞他底存在：这么多的伟大，这么多的完美，和他们底理解力及想像力，是绝对不能通约的！

　　现在，像一个快要辞枝的苹果，屈原自沉的决心渐渐熟透了。他似乎可以把皓皓之白，付诸澹澹的清流了。然而这昭如日星的精魂，能够甘心就此沦没吗？像回光返照一般，他重振意志底翅膀，在思想底天空放射最后一次的光芒，要与日月争光，宇宙终古：这便是《远游》了。

　　是的，《远游》就是屈原底永生愿望底结晶，创造意志底升华，诗人灵魂对于永恒的呼唤和把握。在《九章》底《涉江》里我们已看见这愿望胚胎：

登昆仑兮餐玉英，

吾与天地兮比寿，

与日月兮齐光！

但那只是一霎的闪耀，一星从意志底铁砧击出来的火花微弱的呼声，立刻便给他那痛楚的呼吁淹没了。淹没，却并不熄灭。它隐藏在心灵深处潜滋暗长，慢慢扩大起来。到了《离骚》它已成为这磅礴星辰的交响乐底辅助基调之一，把诗人底宇宙展拓开来（用道家和阴阳家底宇宙观扩大儒家人生观底背景）。现在，到了这弥留之顷，在屈原未实施他底决心的刹那，它更变成唯一的主调，像一朵光云，一支云雀歌，泛滥了那万籁皆天乐，呼吸皆清和的创造底宇宙，永生底天空了。

但是如果在《离骚》里这永生愿望，这道家宇宙观给与诗人底儒家人生观一种旷邈深宏的背景，在这里却从这后者获得一个深厚坚固的基础。只有识盲的读者才会把屈原这植根于对人类过量热爱的愿望，和那些方士们纯粹自私的鄙陋的幻想混为一谈。试看它带着怎样震荡的强烈开始上升：

> 唯天地之无穷兮，
>
> 哀人生之长勤；
>
> 往者余弗及兮，
>
> 来者吾不闻。

我们仿佛听见一个大鸟开始飞翔时神秘的拍翼。在我们整个诗史中——除了那受它暗示的陈伯玉底《登幽州台歌》——我们能够找到这样迫切的对于永恒的呼唤，而——尤难得的——同时更渗透了这样博大的对于人类的悲悯吗？

由此，我们可以知道，想要区分这些包罗万象超越万象的诗为悲观的或乐观的，出世的或人世的，并且借此以鉴别真伪，是多么武断，多么谬妄，多么强作解人！因为一个心灵底大小是和它底连系之多寡远近成正比例的。心灵越伟大，连系也越多而越长远。对于一个像屈原那样完全的心灵，不独私人的遭遇往往具有普遍的甚或宇宙的意义：他所身受的祸福不仅是个别的孤立的祸福，而是藉他底苦乐显现出来的生命品质；并且，由于这无上高度的连系，深处呼唤着深处，极端响应着极端，因而，对于他，生命底折磨和侮辱只是高歌颂赞底机会，极大的危险成为获得内在安全的途径，而从痛楚深处，有如悲多汶《第九交响乐》，彻悟的悦乐找到自己的声音：

> 毋滑而魂兮，
>
> 彼将自然。
>
> 一气孔神兮，
>
> 于中夜存。
>
> 虚以待之兮，
>
> 无为之先。

　　　庶类以成兮，

　　　此德之门。

而且，一度把握住这众妙底中心之后，自沉也就是一种浩荡的超有人无的
飞升。

　　我真不明白为什么这样一篇印着屈原底高洁的人格，强劲的心灵，和浑
厚的艺术三重印鉴的作品竟被否认它底作者所有权；我更不明白为什么一篇这
么深刻的喧响着这伟大灵魂底崇高震荡的诗，竟被诬为模仿一篇其实是模仿它
的舞文弄墨（虽然是一种优越的超神人化的舞文弄墨）的作品——司马相如底
《大人赋》——的赝品。但是说者既似乎振振有词，又似乎那么言之有故，持
之成理，我们不妨不揣冒昧，略加讨论。

　　我以为问题不在于司马相如是怎样一个"极有天才的文学家，必不至这
样死抄古人的作品"[①]或"他自己以为《大人赋》胜于《子虚》及《上林》，
更可证明这篇必不至如此死抄"；或这赋所要献给的汉武帝"是一个爱读辞赋
而又长于辞赋的人，相如也不敢死抄"，（对于这几点我们很可以这样答复：
抄袭，或者，比较合理的说法，利用前人底作品来表现自己的思想这办法，古
人或真正的诗人并不像我们底考据家那么重视，试看天才并不亚于相如而时代
和地域更接近屈原的宋玉在《九辩》里就不少"死抄"屈原的地方），——而
在于直接比较两篇作品底内容，艺术，和价值。

　　首先，我觉得这两篇作品——《远游》和《大人赋》——在命意上已有
整个世界底分别。《远游》底作者意思在去世之沉沦，他底目的和他实际上
的自沉并无二致，或者简直如我上面所说，就是他底自沉底升华，或他从自沉
这行为所瞥见的浩大的灵象。（所以在某一意义上，《渔父》和《远游》其实
是同一件事底两种表现：前者是散文底看法而后者是诗底看法）。《大人赋》
底主旨却在讽谏武帝不要求仙，他所以侈丽其辞，描写得天花乱坠，无非要折
武帝以最后两句所含的一点极轻微且不自然的意义。因此，屈原在《远游》里
带着一种严肃的恳挚去吐露他灵魂里的真理，是一种从悲哀深处，从地狱深处

――――――――――
　　[①]　陆侃如：《屈原》。——原注

（de Profundis）发出来的声音；相如在《大人赋》里所写的却是一种炫耀耳目的幻想曲，缺乏一种必需的不可避免的内在的确信。由于这基本差异便带来表现上的天渊之别。我们只要比较它们底开端和结尾。《远游》，我上面说过，带着一种颤动的强烈开始：

> 悲时俗之迫阨兮，
> 愿轻举而远游……

是灵魂直接对我们灵魂倾诉的声音；《大人赋》却只冷冷地说：

> 世有大人兮，
> 在于中州……

分明是凭空杜撰的，不独隔膜，而且有几分牵强，是间接诉诸我们底理智的。但《大人赋》底劣点，尤其在结尾彰明较著。《远游》底结尾是：

> 超无为以至清兮，
> 与泰初而为邻。

这是何等超绝，旷邈，悠远的景象！不独和全诗底雾围吻合无间，简直可以说把它浩瀚的意境和灵象延拓至无穷，因为诗人底灵魂已和永恒合体了。《大人赋》却说：

> 乘虚无而上遐兮，
> 超无友而独存。

到了这超时间超空间的境界，宇宙即我，我即宇宙，或者，较准确点，不知有我，何况朋友，却还斤斤以"无友独存"为病：还有比这更不调协的吗？这实在无异于在一支乐曲底悠扬的奏演中，忽然听见一声謦欬。要不是相如底超越的技术，恐怕不长于辞赋的我们，也不免哑然若失罢？如果《大人赋》有一个优点，那就是辞藻比较《远游》丰赡，造句比较整饰。这是相如独步千古之处，也适足以证明"踵事增华"，是比较后起的作品……

《远游》完成了。屈原现在可以撒手长辞了。就是在"滔滔孟夏"，他所择定的日子，他把躯壳交给浩浩的湘流，把诗卷遗给人间，而他底精神呢，——我们仿佛看见他纵身一跃的顷间瞥见水底的蓝天时，脸上泛出一种由衷的恬淡的微笑——却永存于两间，与天地精神往来了：

> 下峥嵘而无地兮，
> 上寥廓而无天。
> 视儵忽而无见兮，
> 听惝恍而无闻。
> 超无为以至清兮，
> 与泰初而为邻。

民国三十年五月十四日于嘉陵江畔

李白与歌德[①]

我们泛览中外诗的时候，常常从某个中国诗人联想到某个外国诗人，或从某个外国诗人联想到某个中国诗人，因而在我们心中起了种种的比较——时代，地位，生活，或思想与风格。这比较或许全是主观的，但同时也出于自然而然。屈原与但丁，杜甫与嚣俄，姜白石与马拉美，陶渊明之一方面与白仁斯（R. Burns），又另一方面与华茨活斯，和歌德的《浮士德》与曹雪芹的《红楼梦》……他们的关系似乎都不止出于一时偶然的幻想。

我第一次接触歌德的抒情诗的时候，李白的影象便很鲜明地浮现在我眼前。几年来认识他们的诗越深，越证实我这印象的确切。

原来歌德对于抒情诗的基本观念，和我国旧诗是再接近不过的。他说："现在要求它的权利。一切每天在诗人里面骚动的思想和感觉都要求并且应该被表现出来……世界是那么大，那么丰富，生命献给我们的景物又那么纷纭，诗料是永不会缺乏的。不过那必定要是'即兴诗'（gelegenheitgedicht），换言之，要由事物供给题材与机缘……我的诗永远是即兴诗，它们都是由现实所兴发的，它们只建树在现实上面。我真用不着那些从空中抓来的诗。"

由于这特殊的观念，歌德的抒情诗都仿佛是从现实活生生地长出来的，是他的生命树上最深沉的思想或最强烈的情感开出来的浓红的花朵。这使它在欧洲近代诗坛占了一种唯一无二的位置，同时也接近了两个古代民族的诗：希腊与中国。

一九三二年德国佛朗府纪念歌德百年死忌的国际会上，英国有名的希腊学者墨垒（G. Murray）曾经发表过这样的意见：歌德直接模仿希腊的作品，

---

① 收入《诗与真二集》，商务印书馆1936年初版。

诗歌或戏剧，无论本身价值如何，总不能说真正具有希腊的精神。这精神只存在歌德的天性最深处，在他无意模仿古典形式的时候流露得最明显。"我初次读Ueber Allen Gipfeln（一切的峰顶）的时候，"他说，"便觉得它完全仿佛亚尔克曼（Alcman，纪元前七世纪的希腊抒情诗人）或莎浮的一个断片，并且立刻有把它翻成希腊抒情诗的意思。……这首小诗会在希腊文里很自然地唱起来。"

"歌德底抒情诗，"他接着说，"还有一种特征在近代诗里很少见，在希腊诗里却常有的：就是那强烈的音韵和节奏与强烈的思想和情感的配合。英文和德文一样，那节奏分明，音韵铿锵的三音或五音的诗句普通只用来写那些轻巧或感伤的情调，特别是在'喜的歌剧'（Opera-comique）里；很少被用来表现深刻的情感或强烈的思想的，结束《浮士德》的那伟大的《和歌》：

> 一切消逝的
> 不过是象征；
> 那不美满的
> 在这里完成；
> 不可言喻的
> 在这里实行；
> 永恒的女性
> 引我们上升。

在近代诗里几乎是唯一无二的，因为它把些五音的诗句和一种使人不能忘记的音乐的节奏配在一个深沉而且强烈的哲学思想上。我只能把它比拟埃士奇勒（Eschylus）底《柏米修士》里或幼里披狄的《女酒神们》里的几首抒情短歌，或后面一位诗人的《佗罗的女人》里惊人的结尾。"

节奏分明，音韵铿锵的短促的诗句蕴藏着深刻的情感或强烈的思想——这特征恐怕不是希腊和歌德的抒情诗所专有，我国旧诗不甘让美的必定不在少数。而歌德底"抒情诗应该是即兴诗"这主张，我国底旧诗差不多全部都在实行。我国旧诗底长处和短处也可以说全在这一点：长处，因为是实情实景底描写；短处，因为失了应付情与境的意义，被滥用为宴会或离别的虚伪无聊的赠答，没有真实的感触也要勉强造作。

歌德和我国抒情诗的共通点既如上述，他和李白特别相似的地方又何在呢？我以为有两点，而都不是轻微的：一是他们的艺术手腕，一是他们的宇宙意识。

我们都知道：歌德的诗不独把他当时所能找到的各时代和各民族——从希腊到波斯，从德国到中国——底至长与至短的格律都操纵自如，并且随时视情感或思想底方式而创造新的诗体。

李白亦然。王安石称"李白诗歌豪放飘逸，人固莫及。然其格止于此而已，不知变也。至于杜甫，则发敛抑扬，疾徐纵横，无施不可"。这从内容说自然有相当的真理；若从形式而言，则李白的诗正如他底《天马歌》所说的：

神行电迈慑慌惚，

何尝不抑扬顿挫，起伏开阖，凝炼而自然，流利而不率易，明丽而无雕琢痕迹，极变化不测之致？

但这或者是一切富于创造性的大诗人所同的。英之莎士比亚，法之嚣俄，都是这样。歌德和李白的不容错认的共通点，我以为，尤其是他们底宇宙意识，他们对于大自然的感觉和诠译。

西洋诗人对于大自然的感觉多少带泛神论色彩，这是不容讳言的。可是或限于宗教的信仰，或由于自我底窄小，或为人事所范围，他们底宇宙意识往往只是片段的，狭隘的，或间接的。独歌德以极准确的观察扶助极敏锐的直觉，极冷静的理智控制极热烈的情感——对于自然界则上至日月星辰，下至一草一叶，无不殚精竭力，体察入微；对于思想则卢骚与康德兼收并蓄，而上溯于史宾努沙（Spinoza）和莱宾尼滋的完美无疵的哲学系统。所以他能够从破碎中看出完整，从缺憾中看出圆满，从矛盾中看出和谐，换言之，纷纭万象对于他只是一体，"一切消逝的"只是永恒的象征。

至于李白呢，在大多数眼光和思想都逃不出人生的狭的笼的中国诗人当中，他独能以凌迈卓绝的天才，豪放飘逸的胸怀，乘了庄子的想象的大鹏，

"赫乎宇宙，凭陵乎昆仑"，挥斥八极，而与鸿共翱翔，正如司空徒所说的"吞吐大荒……真力弥满，万象在傍"。透过了他的"搅之不盈掬"的"回薄万古心"，他从"海风吹不断，山月照还空"的飙忽喧腾的庐山瀑布认出造化的壮功，从"众鸟皆飞尽，孤云独去闲，相看两不厌"的敬亭山默识宇宙底幽寂亲密的面庞；他有时并且亲身蹑近太清的门庭：

> 夜宿峰顶寺，
> 手可扪星辰，
> 不敢高声语，
> 恐惊天上人。

总之，李白和歌德底宇宙意识同样是直接的，完整的：宇宙的大灵常常像两小无猜的游侣般显现给他们，他们常常和他喁喁私语。所以他们笔的下——无论是一首或一行小诗——常常展示出一个旷邈，深宏，而又单纯，亲切的华严宇宙，像一勺水反映出整个星空的天光云影一样。如果他们当中有多少距离，那就是歌德不独是多方面的天才，并渊源于史宾努沙的完密和谐的系统，而李白则纯粹是诗人的直觉，植根于庄子的瑰丽灿烂的想象的闪光。所以前者底宇宙意识永远是充满了喜悦，信心与乐观的亚波罗式的宁静：

> 我眺望远方，
> 我谛视近景，
> 月亮与星光，
> 小鹿与幽林。
> 纷纭万象中
> 皆见永恒美……

后者的却有时不免渗入多少失望，悲观，与凄惶，和那

> 扪萝欲就语，

> 却掩青门关。
> 遗我鸟迹书，
> 飘然落岩间。
> 其字乃上古，
> 读之了不闲。

的幻灭底叹息。

可是就在歌德的全集中，恐怕也只有《浮士德》里的天上序曲：

> 曜灵循古道，
> 步武挟雷霆，
> 列宿奏太和，
> 渊韵涵虚清……

可以比拟李白那首音调雄浑，气机浩荡，具体写出作者的人生观与宇宙观的《日出入行》罢：

> 日出东方隈，
> 似从地底来，
> 历天又复入西海！
> 六龙所舍安在哉！
> 其行终古不休息，
> 人非元气
> 安能与之久徘徊！
> 草不谢荣于春风，
> 木不怨落于秋天，
> 谁挥鞭策驱四运？
> 万物兴废皆自然。
> 羲和！羲和！

汝奚汩没于荒淫之波？

鲁阳何德，驻景挥戈？

逆道违天，

矫诬实多。

予将囊括大块

浩然与溟涬同科！

一九三四年十二月十五日

莎士比亚的商籁①

谁想知道我对于你是朋友还是情人，让他读莎士比亚的商籁，
从那里取得一块磨砺他们那只能撕而不能斩的钝质的砥石。

——雪莱——

莎士比亚底"商籁集"久为欧洲一般莎士比亚专家聚讼的中心。由于初版底印行完全出于一个盗窃的出版家底贪心和恶意，未经作者手订，便遗下许多难解的纠纷。我们无从确知这些商籁是甚么时候作的，它们的对象是些甚么人，它们最初的出版家在那谜一般的献词里所称的 **Mr. W. H.** 究竟是谁，诗人在其中几首所提到的敌手是那一个，以及它们底次序和作者原来的次序是否一致等等。连篇累牍的，几乎可以说汗牛充栋的辩论便从此发生了。

这辩论自然有它的兴味，特别是对于有考据癖的人；但这兴味，我以为，不独与诗的价值无关，也许反有妨碍。从纯粹欣赏的观点看来，值得我们深究的，只有一个范围比较广泛，直接系于文艺创作的问题，就是，这些商籁所表现的是诗人的实录呢，抑或只是一些技巧上的表演？

诗人华慈渥斯②在一八一五年所作的"抒情小曲自序补遗"里的意见似乎是前一派主张底滥觞，他那首"咏商籁"的商籁里这句诗：用这条钥匙莎士比亚打开他的心……是他们所乐于征引的。"打开他的心"，就是说，诉说他底衷曲，对于许多考据家，就无异于纪录他自己亲切的经验。

---

① 初刊1943年8月《民族文学》1卷2期。梁宗岱翻译了莎士比亚全部154首商籁，译文见《一切的峰顶·莎士比亚十四行诗》。

② 华慈渥斯，通译华兹华斯（William Wordsworth，1770—1850），英国浪漫主义诗人。

　　于是他们便在这一百五十四首"商籁"里发见许多自传的元素，或者简直是一种自传，一出亲密的喜剧，一部情史，可以增加我们对于这位大诗人底生平现有的简略的认识。他们那么急于证实他们的原理，那么渴望去更清楚认识他们所崇拜的大诗人的面目，以致诗中许多当时流行的辞藻和抒情的意象都被穿凿附会为诗人事迹或遭遇的纪实了。

　　另一派学者或批评家，根据当时多数诗人都多少直接或间接受意大利诗人培特拉卡底影响而作"商籁环"或"商籁连锁"的风气，却主张莎士比亚不过和其他同时代的诗人一样，把商籁当作一种训练技巧的工具，或藉以获得诗人的荣衔而已。依照这派的说法，他的商籁完全是"非个人的"；它们的主题固是同时代一般商籁的主题；所用的辞藻和意象，也是当代流行的辞藻和意象。莎士比亚并没有渗入他自己亲切的东西，情或意；他不过比同时代许多 诗人把那些主题运用得更巧妙，把那些辞藻和意象安排得更恰当更和谐罢了。这一派也有一位诗人做他们底总发言人。白浪宁[①]在他一首诗里反驳华慈渥斯说：

　　　　"……用这条钥匙，
　　　莎士比亚打开他的心"——真的吗？
　　　如果是，他就不像莎士比亚！

这反驳在另一位大诗人史文朋的文章里又引起强烈的抗议："并没有一点不像莎士比亚，但无疑地最不像白浪宁。"

　　究竟那一说对呢？这些商籁果真是这位大诗人私生活的实录，所以每个比喻，每个意象都隐含着关于作者的一段逸事，一件史实吗？抑或只是一些流行的主题的游戏，一些技巧上惊人的表演，丝毫没有作者个人底反映呢？

　　和大多数各走极端的辩论一样，真理似乎恰在二者的中间。

　　诗人济慈[②]在他一八一七年十月二十二日的一封信里曾经有过这样的话：

---

　　①　白浪宁（Robert Browning，1812—1889），通译罗伯特·勃朗宁，英国诗人。
　　②　济慈（John Keats，1795—1821），英国浪漫派诗人。

"我身边三部书之一是莎士比亚的诗。我从不曾在'商籁'里发见过这许多美。——我觉得它们充满了无意中说出来的美妙的东西,由于惨淡经营一些诗意的结果。"

这段话,骤看似乎全是援助"纯艺术"派,而且曾被其中一个中坚分子Sir Sidney Lee[1]用来支持他的主张的,其实正足以带我们到这两派中间的接触点。

"无意中说出来","惨淡经营一些诗意",不错。但这些诗意,济慈并没有提及从那里取来:从柏拉图,从但丁,从培特拉卡[2],从龙沙[3]?从同时代的商籁作者,还是从他自己的心,从他那多才的丰富的人的经验呢?如果伟大天才的一个特征,是他的借贷或抱注的能力,我们简直可以说,天才的伟大与这能力适成正比例,所以第一流作家对于宇宙间的一切——无论天然的或人为的——都随意予取予携(哥德关于他的"浮士德"说:"从生活或从书本取来,并无甚关系。");那么,他们会舍近求远,只知寻摘搜索于外,而忽略了自己里面那无尽藏的亲切的资源,那唯一足以化一切外来的元素为自己血肉的创造的源泉吗?

可是要弄清楚。利用自己里面的资源,或者,即如华慈渥斯所说"打开他的心",在诗的微妙点金术里,和自传是截然两事,没有丝毫共连点的。要想根据诗人的天才的化炼和结晶,重织作者某段生命的节目,在那里面认出一些个别的音容,一些熟悉的名字,实在是"可怜无补费精神"的事。这不独因为对于一个像他那样伟大的天才,私人的遭遇往往具有普遍的意义,他所身受的祸福不仅是个别的孤立的祸福,而是藉他的苦乐显现出来的生命品质。也因为他具有那无上的天赋,把他的悲观的刹那凝成永在的清歌,在那里,像在一切伟大的艺术品里,作者的情感扩大,升华到一个那么崇高、那么精深的程度,以致和它们卑微的本原完全不相属,完全失掉等量了。

从商籁的体裁上说,莎士比亚所采用并奠定的英国式显然是一种无可奈何的变通办法?由于英文诗韵之贫乏,或者也由于英国人的音乐感觉没有那么

---

① 西尼·李爵士(Sir Sidney Lee,1859—1926),莎士比亚研究学者,历史学家。

② 培特拉卡(Pétraque,1304—1374),通译彼特拉克,意大利文艺复兴时期诗人。

③ 龙沙(Pierre de Ronsard,1524—1585),通译龙萨,法国古典主义诗人。

复杂（英国的音乐比较其他欧洲诸国都落后便是一个明证）。因此，它不独缺乏意大利式商籁的谨严，并且，从严格的诗学家看来，失掉商籁体的存在理由的。但这有甚么关系？就是用这体裁莎士比亚赐给我们一个温婉的音乐和鲜明的意象的宝库，在这里面他用主观的方式完成他在戏剧里用客观的方式所完成的，把镜子举给自然和人看，让德性和热情体认它们自己的面目：让时光照见他自己的形相和印痕；时光，他所带来的媚的荣光和衰败的惆怅……对着这样的诗，译者除了要频频辍笔兴叹外，还有甚么可说呢？

译诗集《一切的峰顶》序①

　　这是我的杂译外国诗集，而以其中一首的第一行命名。原因只为那是我最癖爱的一首罢了，虽然读者未尝不可加以多少象征的涵义。

　　诗，在一定意义上，是不可译的。一首好诗是种种精神和物质的景况和遭遇深切合作的结果。产生一首好诗的条件不仅是外物所给的题材与机缘，内心所起的感应和努力。山风与海涛，夜气与晨光，星座与读物，良友底低谈，路人底缊笑，以及一切至大与至微的动静和声息，无不冥冥中启发那凝神握管的诗人底沉思，指引和催促他的情绪和意境开到那美满圆融的微妙的刹那；在那里诗像一滴凝重，晶莹，金色的蜜从笔端坠下来；在那里飞跃的诗思要求不朽的形体而俯就重浊的文字，重浊的文字受了心灵的点化而升向飞跃的诗思，在那不可避免的骤然接触处，迸出了灿烂的火花和铿锵的金声！所以即最大的诗人也不能成功两首相同的杰作。

　　何况翻译？作者与译者感受程度的深浅，艺术手腕的强弱，和 两国文字的根深蒂固的基本差别……这些都是明显的，也许不可跨越的困难。

　　可是从另一方面说，一首好诗底最低条件，我们知道，是要在适当的读者心中唤起相当的同情与感应。像一张完美无瑕的琴，它得要在善读者的弹奏下发出沉雄或委婉，缠绵或悲壮，激越或幽咽的共鸣，使读者觉得这音响不是外来的而是自己最隐秘的心声。于是由极端的感应与悦服，往往便油然兴起那藉助和自己更亲切的文字，把它连形体上也化为己有的意念了。

　　不仅这样，有时候——虽然这也许是千载难逢的——作品在译者心里唤起的回响是那么深沉和清澈，反映在作品里的作者和译者底心灵那么融洽无

---

　　① 据"新诗库第一集第二种"《一切的峰顶》，上海时代图书公司1936年3月初版。

间，二者底艺术手腕又那么旗鼓相当，译者简直觉得作者是自己前身，自己是作者再世，因而用了无上的热忱，挚爱和虔诚去竭力追摹和活现原作的神采。这时候翻译就等于两颗伟大的灵魂遥隔着世纪和国界携手合作，那收获是文艺史上罕见的佳话与奇迹。英国斐兹哲路底《鲁拜集》和法国波德莱尔翻译美国亚伦普底《怪诞的故事》都是最难得的例：前者的灵魂，我们可以说，只在移译波斯诗人的时候充分找着了自己，亚伦普底奇瑰的想象也只在后者底译文里才得到了至高的表现。

这集子所收的，只是一个爱读诗者的习作，够不上称文艺品，距离两位英法诗人底奇迹自然更远了。假如译者敢有丝毫的自信和辩解，那就是这里面的诗差不多没有一首不是他反复吟咏，百读不厌的每位大诗人底登峰造极之作，就是说，他自己深信能够体会个中奥义，领略个中韵味的。这些大诗人底代表作自然不止此数，译者爱读的诗和诗人也不限于这些；这不过是觉得比较可译或偶然兴到试译的罢了。

至于译笔，大体以直译为主。除了少数的例外，不独一行一行地译，并且一字一字地译，最近译的有时连节奏和用韵也极力摹仿原作——大抵越近依傍原作也越甚。这译法也许太笨拙了。但是我有一种暗昧的信仰，其实可以说迷信：以为原作底字句和次序，就是说，经过大诗人选定的字句和次序是至善至美的。如果译者能够找到适当对照的字眼和成语，除了少数文法上地道的构造，几乎可以原封不动地移植过来。我用西文译中诗是这样，用中文译西诗也是这样。有时觉得反而比较能够传达原作底气韵。不过，我得在这里复说一遍：因为限于文字底基本差别和译者个人底表现力，吃力不讨好和不得不越轨或易辙的亦不少。

廿三年九月九日于叶山

第二辑

论　文

字义随世风为转移今所谓智古所谓谲今所谓愚古所谓忠试述社会人心之变态并筹补救之方论^①

　　吾国今日之衰弱，极矣。强邻迫处于外，国民交讧于内。稍纵即逝、土崩瓦解之祸，不能免矣。呜呼！谁实尸之而至于此，吾不得不归咎于世风之日下、社会人心之日坏也。

　　夫吾国今日上焉者，疾公义如寇仇，视人民如牛马，以国权为己有，假公利而营私。下焉者，蝇营狗苟，钻营于利禄之门，醉心于妻妾之美，信义视为迂腐，狡诈以为当然。凡古之所谓"谲"，今以为"智"；古之所谓"忠"，今以为"愚"；古人所谓"美德"，今则以为"凶德"。呜呼！社会人心之坏，孰有甚于是乎！虽然，亡羊补牢未晚也，见兔顾犬非迟也。吾国人苟能急起而图之，筹补救之方法，则虽失之东隅，桑隅非晚；往者已矣，来者可追。

　　夫吾国之言补救者屡矣，而人心之坏仍如故者，是果吾国人心之不可救药耶？抑亦未得其道也？慨自欧风东渐，惑外者一举一动悉仿欧西，以为吾国道德庸腐迂旧，于是将数千年之国粹尽举而吐弃之。流弊所极，廉耻丧，尊卑泯；假自由之名，行侵夺之实，遂成今日之现象。而老师宿儒，则又劬劬皇皇，欲举宋元理学以回狂澜。夫今日之国势，非昔日之国势，苟专恃吾国昔日之道德而无所改良，固不足以应世界之潮流。然苟将国粹而尽弃之，则又何异自饮鸩药？由是观之，世风日下之由，人心日坏之故，盖可知矣。

　　故处今日而欲补救此弊，必于古今中外之道德，参详之，溶化之，用其

　　① 初刊《培正学报》第4期，1919年7月。收入刘志侠、卢岚主编《梁宗岱早期著译》，华东师范大学出版社2016年9月出版。

长以补吾短，以成一种真正适合之道德，而陶铸吾国民臻于纯美之域。非然者，虽普及教育以启民智，兴实业以裕民财，吾恐智适足以成其奸，富适足以成其恶而已。于社会人心之坏奚补哉！

（伍方斐　整理）

左氏浮夸辨①

韩文公《进学解》谓"左氏浮夸"，于是学者多以虚诞目《左传》，甚矣，其误也。

间尝取左氏传而读之，其中所载如晋侯梦大厉、卫侯梦人登昆吾之观、郑人相惊以伯有、内外蛇相斗之类，似涉于虚谬怪诞。然传，史体也，有事必载，奚论夫虚诞与否哉。《麟经》为孔子所作，史家之祖，书日蚀者三十有六。以孔子之圣，宁不知日蚀之理无与人事，而乃大书特书者，何哉？欲以示天怒而惩时君也。传不云乎？妖由人兴，则其所谓虚谬怪诞者，亦归本于人事，以警时君而已。不然，传乃解经者，传而虚诞，经亦将虚诞耶？宋之狄青，范文正赐以《左传》而读之，卒成名将。岂虚诞之传，而文正以之赐狄青，能使卒成名将耶？

然则文公何以谓"左氏浮夸"？盖所谓"浮夸"者，非虚诞之谓，谓其辞丰而义富也。观其上文可以知之矣，曰"春秋谨严，左氏浮夸"。"谨严"者，谓以一字为褒贬也，则所谓"浮夸"者，言其词丰而义富可知矣。

盖传之解经，经一而传百，非词义丰富曷克臻此。且古人之文，多有二言而反其意者，如孟子所谓"宫之奇谏，百里奚不谏"是也。文公称"春秋谨严，左氏浮夸"者，其类是乎。

① 初刊《培正学报》第4期，1919年7月。署名"英文专科梁宗岱"，约写于1917年，这一年梁宗岱考取广州培正中学，先在该校英文专科补习一年。文内分段及标点，为编者据原文所加。

五四痛国声①

春将阑矣，柳暗花明，风景宜人。东园旷地，人山人海，军乐悠扬，国旗挥映，此五四运动第一周纪念日也。是日也，晴光一碧，风和日丽，人人莫不慷慨激昂，一若将继此五四运动而发生突飞举动也者。孰意当此雄气方张，壮声偏地之中，乃挟有一种悲歌之慨，殊足令吾人感怀时局，而作暮鼓晨钟也。

东山之内，杨冈之侧，有楼兀然。门临马路，掩映绿杨中，风景绝佳。是日清晨，予以神气之不宁，步出校门，行经此地。正踯躅间，忽闻一少年抚琴而歌，乃注足而听之。仿佛闻其歌曰：

> 叹韶光之如驶兮，
> 日月去而不还。
> 痛大局之沉沉兮，
> 不相保而相残。
> 忽忽国耻日又届兮，
> 能勿为之悲伤？
> 虽五四运动之足纪兮，
> 究何挽于狂澜？

歌声激越，予闻而怅然。又闻一人谓少年曰："今日何日，非学生之救国运动纪念日乎？学生振臂一呼，而全国响应，罢市罢工，卒能山东保留。虽

---

① 初刊《培正周刊》第9期，1920年5月14日。收入刘志侠、卢岚主编《梁宗岱早期著译》，华东师范大学出版社2016年9月出版。分段与标点为原编者所加。

效果非甚大，亦足慰予怀于万一，子何为作此悲歌乎？"

少年曰："嗟乎，子何为出此言也。子试一察吾国之现象，果何若乎？民国成立，九载于兹。而国家之积弱如故，中原之扰乱如故。强邻之虎视眈眈，倭奴之野心勃勃。民国四年，遂有二十一条件之要挟，而国耻纪念日遂从此始矣。递至今日，变本加厉。侵略我土地，蹂躏我同胞。鲁难未已，闽案尚悬。去年今日，学生虽有救国运动，受刀锯而不惊，尝枪斧而愈固，卒能挽救于万一。壮则壮矣，然而曾几何时，国耻纪念日又近矣，果能雪几何耻乎？今日者，青岛问题，北廷且有直接交涉消息，又欲军事协约，为中日攻守同盟。万一演成事实，学生去岁之运动，不亦化归乌有乎？而国人宿醒未醒，长梦犹酣，处燎室而不惕，游沸鼎而犹怡。稍有血性者，能不痛哭流涕而不知感慨之何从乎？"

一人曰："是诚然。然国民虽昏聩，北廷虽乱法，而犹有所谓护法政府。高树护法之帜，而以保国保民为职志，则吾国前途，犹可挽救也。"

少年曰："子诚迂哉。子尚以护法政府为可恃乎？夫今之所谓护法政府者，实亦一军阀政府也。名曰护法，实则误法。名曰保国保民，实则害国害民。试观其武人干政，固无以异于北廷也。其禁止学生救国，亦无以异于北廷也。子尚以护法政府为可恃耶？难然。犹有一焉，吾其尽一分之能力，以运动工商界，实行铲除此万恶政府，以响应学生乎？国耻纪念日将至矣，吾其大声疾呼以唤醒国民。而共雪国耻乎……"语至此，声线渐沉沉底下。余以时近正午，吾辈将有赴东园之行，乃遄返学校焉。

记者曰，少年者，其殆有志之士。触景伤情，故感激而发为此痛切之言者耶。吾愿国人闻之，振起精神，以为奋斗之预备可也。

夏令儿童圣经学校与儿童文学①

　　我对于文学本没有怎么具体的研究；现在虽也勉强致力，但也不过是研究的起点罢了；实在不敢贸然提出这么大的问题来讨论。而对于儿童文学的解释，周作人先生和郭沫若先生都曾有很明了的解释；更用不著我这个未学才的人来插嘴。不过我的主要点，乃在于题之前半而不在后半，但在于未说入全题之先，又不能不先略略说明下半截。所以不妨据我的直觉，采用周、郭二先生的见解，写下来作一种提议——因为一件事的真理是有限的呵。

一

　　忽地里一个小孩的尖脆声音升于空中。他横亘在黑暗中看不见，留下他的歌声的辙迹跨过黄昏的沈寂中。

——从太戈儿的《家》

　　我们要是承认儿童有熏陶的必要，我们要是承认文学有熏陶人性的效力，我们就不能不承认儿童文学有讨论的价值，就不能不对于儿童文学加以特殊的注意。

　　华士渥士（Wordsworth）："儿童是成人的父亲。"（Child is the father of the man）这句话妙得狠，社会的组织由于个人，而个人的生长却由于儿童。没有优秀醇美的儿童，那里来的优秀醇美的个人；没有优秀醇美的个人，那里来的优秀醇美的社会！我们要是不想改造社会就罢，我们要是不想得一个

---

　　① 初刊1921年12月《培正青年会夏令服务团报告书》。收入刘志侠、卢岚主编《梁宗岱早期著译》，华东师范大学出版社2016年9月出版。

优秀醇美的社会；就罢想呢，就不能不于儿童筑之基了。因为播良种于石田之上，筑高楼于浮沙之中，是断断不行的啊。

怎样筑基呢？教以常识么？要的。使之识字么？要的。授以各种手艺，教他们游戏么？也要的。但我们总不要忘却熏陶人性的最好工具的艺术；我们更不可忘却熏陶人性的最好工具的艺术中之利器的文学。因为文学是人生底批评和表现，具有无限的感化力的。最好的文学能够令人喜怒哀乐于不知不觉之中，能够不声不息地引人进于优秀醇美之域；而对于天真烂漫、心地清白的儿童，更具有潜移默化于无形无影之妙，启发他的创造底冲动臻于自由、活泼之境。故此，昂然七尺的成人固然要受文学的陶冶；天真烂漫、心地清白的儿童更不可使之有"文学荒"啊。

夏令儿童圣经学校不过是暑假期中一个月的学校，不过是一个再短期没有的学校，为什么竟也要抬出"儿童文学"的大架子来？为什么竟也要加进什么"儿童文学"？看官！夏令儿童圣经学校不是标明"儿童"的学校么？不是想在这几十天内授以适当的常识，养成他们做一个优美的儿童么？那么，为什么不特殊地注重这熏陶的利器？为什么不把这熏陶的利器之文学来熏陶他们？况且，平日的学校，贫寒的弟妹们是狠少有机会进去的；夏令儿童圣经学校却贫富都可以一块来学了。那些仅受几十天教育的儿童，岂不更应该趁这机会来把他们尽量地熏陶，尽量地引导！

不信么？听我道来。

月儿呀，
你好像把镀金的镰刀。
你把道路上的松砍倒了，
哦，我也被你砍倒了。

——郭沫若的《新月与白云》

二

当我歌唱去令你跳舞，我就真知道为什么树叶里有音乐，和为

什么波浪送他们众和的声音给那倾听的地球的心上——当我歌唱去
令你跳舞。

——太戈儿的《当那时与为什么》

劈头一个问题，为什么要有儿童文学？发端已经说了些，少了；现在再略略叙述一番。

因为把儿童当作缩小的成人，拿《经传》尽量灌下去的时期已过了，把他看作不完全的小人，说小孩懂得什么的一笔抹煞，更荒谬的不消说！我们承认儿童在生理上虽然和大人有点不同，但他仍是完全的个人，有他自己的内外两面的生活。儿童期内，一面同然是成人生活的预备，但一面也自有独立的意义与价值。

复次，我们知道儿童的天性是酷嗜文学的，有文学的兴趣之本能的。他们得了一首儿歌总是唱个不休，见人说些故事总是听的出神，就是他们的说话当中也往往含有些神秘的影。本来文学的起源不过由于原人对于自然的畏惧的惊奇，凭了想象，构成一种情感的思想，又借了言语行动表出来，总称歌舞，分起来是诗、歌、剧、曲和小说。儿童的生活和原人的生活差不多相像，所以，当然的，也自然而然的含有文学的根性了！

麦克林托克说："儿童想象如被压迫，他将失了一切的兴味，变成枯燥的唯物的人；但如被放纵，又将变成梦想家，他的心力都不中用了。"所以我们要有儿童文学的原故，一方面固然要如首章所说的，把他熏陶到醇美，一方面更要适应他们的生活和供给他们本能的兴趣之需要哩。

鸡公仔，尾婆婆，
三岁孩儿学唱歌。
唔使爹娘教导我，
自己知道又奈何。

三

我要变成一个梦，经过你的睡眠底微开的眼帘里；当你醒起来向四围睁看的时候，我就马上要像一颗闪烁的萤火飞进黑暗去了。

——太戈儿的《末尾》

那么，什么是儿童文学呢？

儿童文学并不是什么高深的文学，高深的文学断不能把来教育儿童的，所以那些陈高深之哲理的诗文小说不能算作儿童文学。儿童文学也不是些干燥辛刻的教训文学，儿童文学的教训分子只不过像白雪里面的一些刺手的草牙，所以那些什么教训、教子书、训子歌算不得儿童文学。儿童文学也不是些平板浅薄的文字，平板浅薄的文字只不过能够教儿童认识字；所以那些商人编辑的儿童教科书算不得儿童文学。儿童文学也许含有神秘荒唐的思想；但决不是些鬼话桃符的妖怪文字；所以《聊斋》一类的志异书算不得儿童文学。

但是，究竟什么是儿童文学呢？

儿童文学的形式是童话、童谣、剧曲；儿童文学的精神是澄明、莹澈、新鲜，他有秋空霁月、不可思议的天光；窈窕轻淡、神秘浑化的梦影。以儿童心理所生的想象和情绪为本质；把纯真、自由、烂漫的表现作衣裳。他的描写是赤裸裸的；他的语句是白描的、天然的；他的声音是婴孩的、单纯的；他的外形简单而内容却丰富的。印度诗圣太戈儿（Tagore）的《婴孩之世界》（*Baby's world*①）说：

我愿意我能够在我婴儿自身所有的世界底中心得占一隅清静的位置。

我知道那儿有和他说话的群星，有俯就他的面庞把些柔云和虹霓来安慰他的天宇。

那些使人相信是不能说话和好像不能动颤的东西，都带着他们

---

① *Baby's world*原刊*Child's world*。

的故事和捧着满盘的明媚的玩具匍匐着走来到他的窗前。

我愿意我能够走过那横过婴儿心中的道路，脱去一切的束缚；

那儿有多数使者漫无目的以将命于无稽的诸王之王团间；

那儿理智把他的律令做风筝来飞放，而真理使事实得从他的桎梏而解放。

这是何等地新鲜的愿望，何等地浑化的境界呀；儿童文学的愿望，不可不具有这样的愿望；儿童文学的境界，不可不具有这样的境界；

月亮光光，
下河洗衣裳，
洗得白白净净，
拿给哥哥穿起上学堂。
学堂满，插笔管。
笔管尖，尖上天。
天又高，一把刀。
刀又快，好切菜。
菜又甜，好买田。
买块田儿没底底，
漏了二十四粒黄瓜米。

四

我在星光底下，在我的孤寂的路上站住了一会，看见展在我面前的黑暗的大地，用伊的手臂围绕了无数充满着摇篮与摇床的人家，母亲们的心和黄昏的灯光和幼小的生命，都快活了一个世间上不知道的价值的快活。

——太戈儿的《家》

好，现在要说到本题了。

我们既然知道儿童文学有陶养童儿品性的妙用，有适应儿童生活、供给儿童需要的好处；我们又知道夏令儿童圣经学校是一间短期的培养儿童的学校，是一间德谟克拉西的培养儿童的学校；夏令儿童圣经学校之应该采用儿童文学，应当注重儿童文学，是不消说的，是当然的了。

但是，怎么样去采用呢？儿童文学之取材，要怎样才合呢？

儿童文学既然是拿来陶养儿童品性、适应儿童生活、供给儿童需要的工具，那么，我们采用他就不能不要适合儿童的年龄。

然而怎样去适合呢？一年一年去配合是干不来而又不必干的事；我们就不能不把儿童期内分做若干期，然后分配那一期适用那一种儿童文学。这么一来，不独手续容易办，并且于事理上也较妥适了。

周作人先生把他分做四期：一，婴儿期（一至三岁），二幼儿期（三至十），三少年期（十至十五），四青年期（十五至二十）。幼儿期又分做前后两期，三至六为前期，又称幼稚园时期，六至十为后期，又称初等小学时期。现在我们夏令儿童圣经学校的普通定例是七岁以上，十四岁以下，所以我们所当研究的，就是幼年的后期及少年期，其余的就不必去顾及了。

幼年后期，据周作人先生所说的，是观察与记忆作用逐渐发达的时期，得了各种现实的经验，想象作用也就受了限制，须与现实不相冲突，才能容纳，若表现上面，也变了主动的，就是所谓构成的想象了。少年期呢，前半大概也是这样，不过自我意识更为发达，关于社会道德等的观念，也渐明白了。

我们且约略根据这个程序，依住诗歌、小说、剧曲去略略说一点：

（一）诗歌　我们所教育的儿童，既然是观察与记忆作用渐渐发达的儿童（幼年后期）；自我意识更为发达的儿童（少年期），我们所采用的诗歌，当然也不只重形式而重内容，不只重音韵而重意义了。至于诗歌的材料，平常的儿歌和新体诗，或浅近的文言诗，都可以拿来应用。不过，我们总不要忘却，在儿歌是要好听而有意义的；在新诗是要押韵而声调和谐，但非抽象的描写或讲道理的；文言诗是要浅近而近叙事民歌体裁的，因为若果不是这样，断不足以耐他们寻味，引起他们的兴趣啊！

（二）小说　在这时期的儿童，他们的想象和感觉都比较的现实；对于天然界的事物的兴趣也渐渐浓厚；而且理智和群性也渐渐地表露出来了。所以在小说一方面，为适合他们的需求的缘故，不能不采用比较现实的童话（太荒唐的他们已不信而没趣味了），记述动、植物的天然故事，记载有名英雄遗事的传说、写实的故事（含现实分子较多的故事）和稍含教训的寓言。

（三）剧曲　儿童的游戏本含有剧曲的原质，现在不过伸张综合，适应他们的需要罢了。所以剧曲之取材，也像小说一样；或者就把各种适应儿童的小说，如上面所述的，编作剧曲，使他们诵读或实演出来。这样，不止能够发扬他们模仿的及构成的想象作用，并且也可以令他们得到团体游戏的快乐哩。

> 萤火，萤火！
> 休在草里暗躲。
> 草上的疏星，
> 请你快来就我。
> 就我何为？
> 抱进房中，放进帐里，
> 做我睡眠的伴伙。
> 萤火，萤火！
> 你可愿来就我？

五

当我吻你的脸儿去令你笑，我的爱人儿哟，我就确实明白什么的快乐，由天空流泻出来在晨光里，和什么的欢喜从天的和风带到我的身上来——当我吻你去令你笑。

太戈儿的《那时候和为什么》

然而中国今日，对于儿童之陶养是狠忽略的，想得一种适当的儿童文学书实在是难之又难——简直一无所有！那么，拿什么来教授儿童呢？我们就不能不希望夏令儿童圣经学校的主任，聘请些有文学经验的人，深于儿童文学研究的人，干下列各种功夫，编出一部适当的夏令儿童圣经学校儿童文学教科书来。

（一）收集　现在我国各种杂志，如妇女、少年……都有民间文学的采集。我们大可以从这些已采集的现成品里，选些有艺术价值的、适合儿童品性的童谣和传说，把来教授儿童。

（二）创作　体察儿童的心理，留心儿童的生活，得了儿童行为的暗示，把诗歌或小说或剧曲的体裁写出来——但这种工夫是狠难成功的，我们决不可轻于尝试。

（三）翻译　把西洋各种良好的儿童文学，地方色彩较薄的，用国语文体翻译过来——切不可用文言；因为文言不独不能普及，不适合于儿童文学的性质，并且达意也没有这么亲切啊。

材料既采集好了，然后依着夏令儿童圣经学校的日期、每周授课的时间——我以为每天至少一小时——支配材料的多少，编成部教科书；那么，就不消有没课本之忧了。

> 月儿走，我也走，
> 月儿教我提烧酒。
> 烧酒倒好吃，
> 月儿不拿给我吃。

六

> 这是我走的时候了，母亲，我就要走的。
>
> ——太戈儿的《末尾》

写到这里，狠想趁此收科了；忽地里来了一种感想，使我不能不说几句题外话，于是就把他定下来，当作这篇的结论。

有人说，夏令儿童圣经学校应该采用儿童文学，是当然的了；可是这么烦的手续，实是狠难实行的。我就要答他道：天下事那有不劳而获的，除掉我们不要结果就罢了；要，又那里有不培养而自然得来的呢；我还要郑重地问他一句：

"夏令儿童圣经学校的目的是不是想陶养儿童？"

但是我知道一件比这个更好的游戏，母亲。

我做云，你做月亮。

我把两只手来遮盖你，我们的屋顶就是青天。

一九二一，十一，一。于王广昌宿舍二九号房

文坛往何处去^①

——"用什么话"问题

"用什么话"和"题材底积极性"两问题底出发点其实只是"大众文学"问题底两面——至少可以说是深浅的两个阶段：第一问题底出发点是要文学做到"老妪都解"的程度，使一般民众都能够分享文学底惠，换句话说，文学是属于大众的；第二问题却进一步要文学不独是民众底享受品，并且要成为唤醒，激动和鼓励民众，使他们起而谋自身底幸福的工具，换句话说，文学是为大众的。

这理想，不消说，是很高尚的，这博大的同情心更值得钦佩。不幸事实与理想，愿望与真理不独往往相距甚远，有时甚且相背而驰。产生这两个问题的愿望，据我底私见，便似乎不免陷于这种不幸的情形。

先就第一问题说罢。"文学底工具应该用真正的现代中国话，"在白话文学运动底初期，何尝不是一般文学革命家底口号？胡适之先生从美国底约翰尔期更（John Erskine）抄来的"八不主义"差不多都具这意义。骤然看来，动听极了，因为浅显的缘故。只要头脑稍不顽固的，谁不愿意接受这表面的，似是而非的道理呢？当时底文学革命家底西洋文学知识是那么薄弱因而所举出的榜样是那么幼稚和粗劣——譬如，一壁翻译一个无聊的美国女诗人底什么《关不住了》，一壁攻击我们底杜甫底《秋兴》八首，前者底幼稚粗劣正等于后者底深刻与典丽——而文学革命居然有马到成功之概者，一部分固由于对方将领之无能，一部分实在可以说基于这误解——社会底背景自然也是不可忽略

---

① 据《诗与真》，商务印书馆1935年2月初版。本文原是为上海《文学》所作的征文的一部分，因为某种缘故，没有刊登；付印之稿，亦散佚，幸好上半篇原稿犹存，今附载于此。还有下半篇"题材底积极性问题"，原稿无从补缀，只好付诸阙如。

的原素。可是当我们不单是掇拾一个浅薄的外国人底牙慧来大吹大擂，却要认真去实现这间接得来的谬解的时候，我们便不得不转移我们底方向，要不是甘心撞入死胡同里。现行的白话文，好或歹，就是事实对于理论的强有力的抗议。而白话文学运动底中心，最少在少数人的眼光里，也早已由白话转移到文学，由文学底白话化一变而为怎样才能够树立一个深厚的，丰富的，虽然还是以白话做基本工具的，新时代底文学了。

为什么呢？最明显的理由，就是我们底白话太贫乏了，太简陋了，和文学意境底繁复与缜密适成反比例。原来文言和白话底区别，无论什么国度都存在的。这区别有两种：一是字汇上的，一是体裁上的。什么叫做字汇上的区别呢？据法国某语言学者底统计，一般人通常用的字不过五六百，即知识阶级至多亦不过三千而已。所以我们初到一国，只要专心一点学习它底语言，五六个月后便可以无大隔碍地生活，作应对如流的谈话。读书和作文可就不同了。且别提那些研究学理，满纸专门术语的书，且别提那些绮旋蕴藉，纡回为妍的诗文；就是一本通俗小说，下过十年八年死工夫的人有时尚不免要碰到难解的字句。且莫说文艺底目的是要启示宇宙与人生底玄机，把刹那底感兴凝定，永生，和化作无量数愉快的瞬间：单是描写眼前的景物，一枝花，一抹晚霞，如果你要刻画得活现，便不能不求助于罕见的字，与不常有的句法。什么叫做体裁上的差别呢？既没有思索的工夫，又因为颜色，手势和眼前的事物在在皆可以帮助我们表情和达意，我们谈话时的思路于是便不免杂乱无章，用字和造句踌躇与散漫。写文章却两样了，我们可以慢慢地握管运思：把紊乱的整理，骈枝的剪裁，而求组织上的精炼，完密和一致。谈话时藉以担搁时间而给我们摸索和寻思的机会的一切赘词和"这个""那个""那么"等通删除了，或减少了，这种赘词底删除或减少便是白话与文言体裁上第一步底区别，也就是文体成立底第一部。

这两种文言和白话底区别，我上面曾经说过，无论什么国度都存在的；不幸在我们中国更分明，更显著，——几乎等于两极的遥遥相对。这原因大家都知道的。中国是特别喜欢舞文弄墨的国家，即普通酬酢的书简亦力求简洁与幽雅。我们底文字经过几千年文人骚士底运用和陶冶，已经由简陋生硬而达到精细纯熟的完善境界，并且更由极端的完美流而为腐、滥、空洞和黯晦，几乎失掉表情和达意底作用了。在别一方面呢，除了在《战国策》和《世说新语》我们还可以找到士大夫留心谈话底艺术底痕迹以外，我们底白话就无异于野草荒树底自生自灭；于是，和一切未经过人类意识的修改和发展的事物一样，白话便被遗落在凌乱、松散、粗糙、贫乏、几乎没有形体的现状里。我们谈话，如果涉及思想范围或要畅叙情怀的时候，谁不曾感到词不达意，或达焉而不详，详焉而不能娓娓动听之苦呢？所以，言文截然分离底坏结果固足以促醒我们要把文学底工具浅易化，现代化，以恢复它底新鲜和活力；同时却逼我们不能不承认所谓现代语，也许可以绰有余裕地描画某种题材，或唯妙唯肖地摹写某种口吻，如果要完全胜任文学表现底工具，要充分应付那包罗了变幻多端的人生，纷纭万象的宇宙的文学底意境和情绪，非经过一番探检、洗炼、补充和改善不可。

反过来说，假如现代底白话已足以完全胜任我们所需要的文学底表现工具，或不胜任而我们硬要感伤地施行这不符实际的主张，我们只能得到这不可避免的不幸的结论：要不是我们底文学内容太简单了，太浅薄了，便是这文学内容将因而趋于简单和浅薄。

因为言语和思想是有不可分离的密切关系的，直至现代，言语和思想究竟谁先谁后正和鸡生蛋蛋生鸡一般成为不可解决的问题。我们也不必在这里斤斤于分辨语言究竟是天赐的或是人为的制定。下面一个假设或者不会离事实太远，就是：心灵利用外物底形体和自身底惊叹声音所供给的原素，（所以我以为形声和象形是文字底始基，）由转注，会意，假借等为自己创造一个表现系统，这系统又轮为训练，培植，发展心灵和思想的工具；换句话说，言语（或文字）和思想是相生相长的。所以苦行派哲学家说："人因为想才说话，因为说话才想。"这意思底极端，便是十八世纪法国底龚狄拉克（Condillac）底"没有文字便没有思想"，或他底反对派底先有思想才有文字。用不着走那么极端，文字和思想互相影响的深切无论如何是不可讳言的。试看英文最实用，英国底哲学思想实验；法文最清晰，法国底哲学思想，即最神秘的如柏士加尔（Pascal），也清明如水；德国底文字最繁冗，德国底哲学思想，即最着重理性的如康德，也容易流于渺茫黯晦。我们固可以"拿有这样的头脑才有这样的文字"来解释。可是这只是上半截底真理；我们得要补足一句：有了这样的文字，更足以助长这样的头脑。

一切心灵底进展，其实可以说一切文化底进展，大部分基于分辨底功能。你愈能把复杂的现象或问题底种种成分条分缕析，你对于它底了解和认识也愈深入愈透彻，而对付，利用或解决它底手段亦愈准确愈有效——分析得愈精微，离开原始或群众底理解力亦愈远。人类超越禽兽的第一步，可以说是能够把他底手别于他底足——不独能够，而且知道；因为猿猴也是能够把前两足当手用的，正如我们无论到什么蛮荒僻野都可以看见横过田野的捷径，可是一直要等到第一个数学家把"直线是两点间的最短路径"写下来才成为几何学底定理。分辨或区别既然是文化进展底重要的始基，文学底本质又往往可以影响到思想底实体，硬要把这粗拙，模糊，笼统的白话，不加筛簸也不加洗炼，派作文学底工具，岂不是要开倒车把我们送到浑噩愚昧的原人，或等于原人底时代么？

我们不独不能把纯粹的现代中国语，即最赤裸的白话，当作文学表现底工具，每个作家并且应该要创造他自己底文字——能够充分表现他底个性，他底特殊的感觉，特殊的观察，特殊的内心生活的文字。其实这并不是应该与否底问题。而是有与没有底问题。只要是真正的作家，只要是真正的人，就是说，能够自由思想的人，谁能够不多少把它损益或修改，而造成自己底语言，自己底文字呢？姑无论一个作家所描写的不是客观的事实主体，而是经过他底精神浸润或选择的事实意识——这事实意识是因人因时而变的——姑无论他底思想底起伏，纡回，深入浅出有一定的曲线，因而表现这事实与思想的文字亦不能不随而变易流转——就是每个字，每个字底音与形，不也在每个作家底内心发生特殊的回声与荫影么？经过了特殊的组织与安排，可不呈现新的面目，启示新的意义么？

更进一步说，文艺底了解并不单是文字问题，工具与形式问题，而关系于思想和艺术底素养尤重。什么宇宙底精神，心灵底幽隐，一切超出一般浅量的感受性与理解力的微妙玄想不必说了。即极浅白的一句话，譬如，"他不喜欢你，因为你们不说同样的话，"其中没有一个字不是大众所认识的，能够会意后半句是指"你们底意思不一致"的人有多少呢？

说到艺术，那就更复杂了，假如所谓艺术底了解不只限于肤浅地抓住作品底命意——命意不过是作品底渣滓——而是深深地受它整体底感动与陶冶，或者更进而为对于作者匠心底参化与了悟。我从前曾经怀过这样一个痴念，以为一切美好的东西都和美女的美一样有目共睹的，都具有一种不容错认的灵光，不容抗拒的魔力的。每逢读到美丽的诗句或自己以为美丽的诗句，常常喜欢背给朋友听，听不懂更啰啰唆唆地为他们解释。后来才恍然大悟了：真正的文艺欣赏原是作者与读者心灵间的默契，而文艺的微妙全在于说不出所以然的弦外之音。所以我们对于作品的感应，有情感上受了潜化而理智上还莫名其妙或且不自觉的，有理智上经过别人指点得清清楚楚而情感上还有格格不相入的。巴士加尔说得好："一个人越有思想，发见思想新颖的人越多；普通一般人是分辨不出人与人之间的差异的。"所以在读者底内心生活未能追踪，我并不说抗衡，作品所表现的以前，任你如何苦口婆心去说法也枉然，正如苏东坡《日喻》里的眇者，喻盘喻烛，徒足以增加他底迷惘而已。

这不独一般读者如是，即艺术修养最深厚的往往也不免，尤其是对着陌生无名的作品的时候。这实在是文艺史上可悲悯，却无可奈何的一页：以哥德底精明超卓，竟错过了与他同时，也许同样伟大的天才悲多汶——最渴望，也最适宜于把他底《浮士德》谱成歌剧的音乐天才。悲多汶尚且如此；更何怪乎韦伯尔（Weber）受他白眼，柏里轲（Berlioz）直至郁郁死去也不得他底回音！不过这些都是音乐家。不是他底同行。然而当时文学界底后起之秀如海涅，如赫尔德林（Hölderlin），如克莱斯提（Kleisit）又谁从他那里获得公允的批评与鼓励来！在现代底作家中，论到博览与虚怀，莫过于法国底纪德（André Gide）了，可是有两事他至今犹引为一生底大憾：一是他曾经拒绝蒲鲁士（Marcel Proust）底《往日底追寻》（*A la Recherche du Temps perdu*）在《新法国杂志》发表，一是雷尼尔（Henri de Reignier）底《两重姘妇》（*la Double Maitresse*）出版时他曾发表不得当的批评——这两部小说前者也许是现代小说界中最杰出的作品，后者亦不失为一部佳作。

这些自然都是文艺史上的憾事。但我们不能怪哥德，更不能怪纪德。伟大作品之出现不独往往戴着陌生的面孔，陌生的面孔下更藏着新发见的灵魂底境域，而人类底惰性——意识的或非意识的——和我们官能底生理上不可超越的新陈代谢很少不阻止我们涉足或深入那新辟的途径的。

在这里，文字底深浅或外形底繁简问题便失了它底存在底理由了。岂止，我们简直可以说，一件文艺品登峰造极的时候，它底文字愈浅易，外形愈朴素——浅易与朴素底程度自然又看内容深浅与繁简为比例——它底真价值亦愈难认辨。钟嵘不是不学无识的批评家；我们今天异口同声推为第一流诗人的陶渊明，他却只列入中品。我以为大部分是由于陶诗底浅易和朴素的外表。因为我们很容易把浅易与简陋、朴素与窘乏混为一谈，而忘记了有一种浅易是从极端的致密，有一种朴素从过量的丰富与浓郁来的，"仿佛一个富翁底浪费的朴素，"梵乐希论陶渊明诗这样说，"他穿底衣服是向最贵的裁缝定做，而它底价值你一眼看不出来的；他只吃水果，这水果可是他费了很大的工本在自己底园里培植的。"不错，这元气浑成，如"大匠运斤，不见斧凿痕"的诗，有多少读者曾经梦想到是诗人千锤百炼出来的呵！此杜少陵所以有"文章千古事，得失寸心知"的不可磨灭的名言了！

梵乐希曾经说过："有些作品是被读众创造的，另一种却创造它底读众。"意思是一种是投合读众底口味的，另一种却提高他们底口味，教他们爱食他们所不喜欢的东西。如果把这意思应用在文学底用语上，那么，就是为民众设想，与其降低我们底工具去迁就民众，何如改善他们底工具，以提高他们底程度呢？

一九三三年九月二十八日于北平

关于《可笑的上流女人》及其他[1]

编者先生：

刚才接到《文学》三卷五号。读了马宗融[2]先生批评几种莫利耶[3]戏剧底中译本一文，觉得马先生底态度很好，所批评的大致也很对。中国现在大多数的法国文学译本的确太糟了。"雅"和"达"固不必说，就是"信"或"信"底最初步功夫也讲不上。马先生出来做一番洗刷的工作实在是极痛快的事！

不过翻译确也不容易。第一是理解：一篇极浅易的作品，流览一遍觉得全懂了；拿起笔来细认，便立刻发觉其中不少难解的地方。何况一个译者奋笔直书的时候，有时连细认原作的工夫也没有呢？第二是达意：这简直比创作还费劲，因为创作时意思达不出还可以取巧换一个说法，翻译就非得努力依样画葫芦不可。曾经从事翻译的人，谁不曾尝过为一句极普通的话也煞费踌躇之苦呢？所以我常常把翻译底两层功夫和教书底讲解和改文相提并论：对着一班聪明的学生讲解，不容你不先自把书本细细认辨和诠释；改文则在你自己底表现力以外——且别提原作者底用意有时仓猝间不容易把握——须要认识各种说法底适当与否。所以从个人修养说，翻译是再有益不过的练习；从作品自身说，却是一桩吃力不讨好的工作。

马先生对于各译本的纠正，我上面说过，大致是很对的，但也不免有错

---

① 初刊1935年1月1日《文学》4卷1号。

② 马宗融（1890—1949），文学翻译家，回族，四川成都市人。早年留学日本，于1919年留学法国里昂大学，毕业后留校任教。1931年"九一八事变"后回国。本文发表时正在上海复旦大学任教。

③ 莫里耶（Molière，1622—1673），通译莫里哀，法国喜剧作家、演员、戏剧活动家，法国芭蕾舞喜剧的创始人。

误的地方。譬如*Les Précieuses ridicules*[1]，假如是直译《装腔作势》自然不对；改为《可笑的上流女人》可就无论直译意译都不大确当了。因为Précieuses在这里并不泛指"上流女人"，其实可以说并不单指上流女人，而指一般染了当时流行于贵族社会的一种力求典雅的风气的妇人。

我们都知道，"典雅"是法国十七世纪文化底理想和特征。因为求适合典雅这标准，当时的文学极力避免一切不雅驯的名词而以"代词"出之。哥奈依（Corneille）[2]，尤其是腊辛（Racine）[3]底悲剧在这一点可以说是恰到好处的。这种风气传到现实生活上，一般贵族社会便连日常的谈吐和举止都力求典雅，浸假而许多"力争上流的"中等阶级也效尤了。结果便闹出许多矫揉造作的笑话来，尤以一般妇女为甚。所以Style précieux（名贵的风格）原是拿来形容上述两大悲剧家一流底作品之精致优美的，渐渐便成为Style affecté（矫饰的风格）底同义语（Synonyme）了，渐渐并且由文艺而转到人底身上了。直至现在，法国社会讥诮一个太好装腔作势的人还说，"C'estun précieux！"直译是："这是一个名贵的人！"假如我们细心读这篇剧本，便知道它底要点，作者着眼的地方，并不单是在情节上，而尤其在两个女子底对话和表情上。所以马先生所说"这是用来讽刺'上流女人'的，并不直下针砭，却从两个不善效法她们的乡下女人的行为显出她们给社会的影响来……"也是不曾得着该剧底要领的。

我读这篇剧本和看它上演已经是五六年前的事了，现在又没有莫里耶底作品在身边。恐怕我底记忆靠不住，便翻开*Petit Larousse*，一本缺点很多却颇方便的字典来，其中史地一部分有关于这剧的简略说明，如下：

> Comédie en prose，1e premier ouvrage où Molière ait peint 1es ridicules et satirisé 1es moeurs de son temps. Le grand comique y censure avec l'esprit le jargon prétentieux et les fades manières des ruelles des Précieuses. et de l'hôtes de Rambouillet.

---

① 莫里哀在1659年首次演出的喜剧，通译《可笑的女才子》。
② 哥奈依（Pnene Corneille，1606—1684），通译高乃依，法国古典主义戏剧家。
③ 腊辛（Jean Racine，1639—1699），通译拉辛，法国古典剧作家。

直译是：

　　散文的喜剧，莫里耶描写他那时代底可笑处和讽刺当代底风气的第一部作品。这大喜剧家在那里面很诙谐地批判那（流行于）Rambouillet侯爵底邸第①和"贵妇"们底私室的矫饰的方言和乏味的仪态。

换言之，就是讽刺当时盛行的这种咬文嚼字、装腔作势的风尚的。不但Précieuses非泛指"上流女人"，并且着重点也在风气而不在人。

　　如果有人问我为什么在上一段译文里，又把Précieuses译作贵妇，我可以干脆地回答：完全为了行文底方便，而且我已经加上括弧，正如原文Précieuses是大写，以别于一般贵妇了。为要得到更澈底的客观证明，我们又可以征引*Petit Larousse*字典。在Précieuse一字下，我们可以看见这样的解释，"Femme élégante，distinguée文雅、高贵的妇人"，这是第一义。第二义是：

　　Femme affectée dans ses manières et dans son langage：Molière a raillé les Précieuses.

　　举止（或仪态）和谈吐矫饰的妇人，莫里耶曾经嘲讽这些矫饰的妇人。

莫里耶底例证是直接隶属于第二义的。我想这样总可以清楚了罢。

　　至于这剧名底适当译法，我一时也想不起来。不过我以为直译总不容易好，而且也不必；因为中国压根儿就没有这种女人，虽然"掉书袋"底习惯和那风尚有几分仿佛。如果意译可以的话，那么《装腔作势》倒还勉强过得去，不知马先生以为如何？

　　写到这里，我又翻阅到马先生和王了一先生关于左拉小说译名的通讯。

---

① 朗布叶侯爵邸第（Hôtel Rambouillet），十七世纪初叶最早出现的法国文艺沙龙。

可知就是译名也是煞费斟酌的。不曾读过原作而照字面乱猜固容易错，就是自己以为读懂了原作也不免错；不独译完了全书还可以不懂得书名，有时甚至纠正别人而自己反弄错了。如果我们试想一想，我们对于中国典籍，或法国人对于法国典籍，也常常有误解的地方，并且不仅是普通的读者而往往是专门的注释家——如果我们又想一想，法国大小说家士丹达①（Stendhal）底《红与黑》出版了差不多一世纪大家才明了书名底命意，那么，我们就要觉得一切的错都是可以原谅的了，只要当局者不太骄矜，太自是或存心拆烂污——我底意思是说，我们应该尽量批评一切译品底谬误，盛气指责却可以不必。

梁宗岱

廿三年十一月十七日于叶山

---

① 士丹达（Henri Stendhal，1783—1842），通译司汤达，法国小说家。

再论《可笑的上流女人》及其他①

编者先生：

　　刚才在《文学》四卷一号上读得马宗融先生答复我的信，本来不想再饶舌了。因为客观地说，这纯粹是为真理的辩论；对于当局人，却多少带几分信义问题（question de foi）；至于读者呢，是非摆在面前，明眼的自然可以分辨得出来，所以马先生既"不便承认"我所"纠正的谬误"，我自然也不便，而且不能，勉强他接受我底意见或附和我底主张。

　　不过一则我前信写得太仓卒了，其中一两点也许有补充和伸说之必要；二则马先生引我注意到他所翻译的郎松那段文章上，使我不独多得一个证据，并且对他底译文也起了一些疑问②。

　　我们都知道，一本喜剧必定有它底命意，它底主旨，它底讽刺底对象的——这对象底性质愈普遍，愈永久，愈真切，戏剧底价值也愈伟大，愈重要。所以作一本戏剧底"节略"或"提要"时，第一要着便是把它底命意或主旨抓住。抓不住这点，任你用四百字，一千字甚或一万字也是白费，抓住了这点，那怕是三言两语，也决不会有人说你"得不着要领"的。

　　莫里耶底*Précieuses ridicules*底主旨是藉了两个乡下女人装腔作势底榜样来讽刺一般染了那种风气的人，无论是上流、中流或下流，也无论是男或女——这是谁读懂了也会了然而且无异议的。翻译这剧底名字，尤其是要说

----

① 初刊1935年2月1日《文学》4卷2号。

② 我第一次读马先生大作时，看见所引用的是郎松底话，便不在意的过去了。因为郎松底《法国文学史》关于十六、十七和十八世纪是特别好的，其中论蒙田，论卢骚等章尤精彩，至于十九世纪，尤其是十九世纪后半叶，郎松虽极力求客观的理解和公允的评判（试看1920年后书中论嚣俄、论象征主义诸大家的，差不多每次重版都增改到失了本来面目便知），不幸限于年龄和眼光，终不免谬误和肤浅。——原注

明它底内容，不用说，就要着眼在装腔作势这种风气上，如*Petit Larousse*所做的："散文的喜剧，莫里耶描写他那时代底可笑处和讽刺当代底风气的第一部作品。这大喜剧家在那里面很诙谐地批判那（流行于）Rambonillet侯爵邸第和'贵妇'们底私室里的矫饰的方言和乏味的仪态。"

马先生不这样做，却毫不着边际地说："这是用来讽刺'上流女人'的，并不直下针砭，却从两个不善效法她们的乡里女人的行为显出她们给社会的影响末。"接着便叙述剧中的情节了事，仿佛全剧底精彩就在那一点故事上似的。这两个乡下女人所不善效法的是什么？"上流女人""所给社会的影响"是什么？作者所讽刺的是否普及或限于一般"上流女人"？……这关于全剧关键的各点却没有一字道及，反而把那抓住题旨的译名——《装腔作势》—— 一笔勾销，难道在这上面多说明一两句就会把那段"竭力缩紧篇幅的不到四百字的节略"拉得太长了么？假如不得不节省篇幅的时候，是否应该舍故事而取题旨？把讽刺底对象限于所谓"上流女人"，是不是把作者底眼光缩短了，而尤严重的，把该剧底永久性和普通性抹煞了。

马先生因为我主张与其用《可笑的上流女人》，不如用《装腔作势》来译该剧底名字，于是便说：

> 当我翻译郎松的"……莫利耶不用体面人的语言，经上流女人和学士院雅化过的语言，……莫利耶嘲弄过上流女人"……等句时，若把"上流女人"都代以"装腔作势"，恐怕就是梁先生能了解而且原谅我时，别人也会出来笑话了……

以为这样就可以维持《可笑的上流女人》这译名了。

假如马先生这样做，别人我不知，至少我个人是不会"了解和原谅"的。因为翻译底通例，当原文涵义过于丰富成意义双关，在译文里找不出相当的字眼的时候，译者就得看上下文而随机应变，然后加以注明。四卷一号所载的茅盾先生译的《雪球花》前半篇用"雪球花"，后半却用"雪迷子"便是最好的例。

况且在郎松那段文章里，并不用得着这样麻烦，只要稍为变通一下，譬如说，"莫利耶嘲弄那些装腔作势的女人，就是学士会和其中的沃日拉①也不免"就很清楚了。岂止，像马先生底原译，"莫利耶嘲弄上流女人，就是学士会和其中的沃日拉也不免"，反是令读者堕入五里雾中呢！因为据我所知，莫利耶底全集中，并没有一篇戏剧特为讽刺或嘲弄那专事修词的学士会和其中的文法专家沃日拉的。有之，就是这篇《装腔作势》，或者，如果马先生不嫌累赘的话，这篇《可笑的装腔作势的女人》，用两个乡里女人装腔作势底榜样，来形容一般咬文嚼字，装腔作势的人底丑态，因而学士会和其中的沃日拉也被包括在内。如果译者不指出这点关系，"嘲弄上流女人"何以无端的"就是学士会和其中的沃日拉也不免"呢？

至于马先生那段译文，除了上面所指出的一点外，至少还有两处（虽然我没有原文在身边），是成问题的。第一是开头那几句：

> 让我们注意真实罢：在莫利耶著作里有很多的疏忽，并且他的
> 笔调有一切极端敏速写成的文章所能有的短处、瑕疵和疤节……

第二是

> ……他的诗和散文都是写来说的，而不是写来读的。批评家于
> 这点没有怀疑一下子：他们评判他的喜剧和评判书一样的。……

我们试细心读一遍，这所谓"注意真实"和"莫利耶著作里很多的疏忽……"有什么关系呢？这里的"真实"是否就是数上两段所引的郎松底话"莫利耶总想做到真实"底"真实"呢？这所谓"怀疑一下子"究竟怎样说法呢？我真有点莫明其妙了。唯一的办法，就是照我平常解决读中国现在许多译本（连我自己底也在内）底疑难的方法，开始试把它们翻成原文。

第二点是毫不吃力的，因为显然地，我们底译者马先生把Sedouter误作douter译了，我相信，而且，为了马先生，希望这只是出于一时的疏忽，因为

---

① 沃日拉（Claude Favre de Vaugelas，1585—1650），语法学家，法兰西文学院士。

用不着留学法国回来，就是北大和清华习法文的高材生都知道douter是"怀疑"，Se douter是"猜想"、"料及"或"想到"底意思。不信我们试改译一下：

> 他底诗和散文都是写来说的，而不是写来读的。"一般"批评
> 家并没有想到这层，他们评判他底喜剧就和评判书一样。

岂不马上清楚起来么？

第一点却有些为难了，因为我试把Faisons attention，prenons garde等字来译"我们注意真实罢"都一无是处。把上下文反复读了好几遍，又极力回忆我几年前流览郎松底《法国文学史》里关于莫利耶底话，然后恍然大悟了！原来"我们且听郎松"以上许多话都是郎松底，不过马先生只述其梗概，而不加""号罢了。

于是我底臆度便有线索可寻了。郎松在上文先叙述"拉布吕耶尔、费忒隆、沃勿纳尔格和佘耐尔①诸人都骂莫利耶写的太坏，说他文字有不合法度处，用方言，造句生硬……常有错误处，不适当处……"，然后宕开一笔说，"这些批评并不是全属子虚的：莫利耶著作里有很多的疏忽……。"法文中可以表达这意思，而又和Faisons attention或Prenons garde等字形相仿佛的，有Faisons lapart和Tenons compte等字。把这些动词连上1e vrai（真实，也可以作"事实"解），我们便得："Faisons la part du vrai"或"Tenons compte du vrai"了。

现在，我们试把这臆造的两句——它们只是大同小异——底译文替代"让我们注意真实罢"，看看是否顺得多，合理得多：

> 我们承认事实罢！莫利耶著作里有很多的疏忽，并且他底笔调

---

① 拉布吕耶尔（Jean de h Bruybre，1645—1696），法国伦理学家、作家。费忒隆（Francois de Fénelon，1651—1715），通译费纳隆，法国主教，作家。沃勿纳尔格（Luc de Vauvenargues，1715—1747），另译沃夫纳格，法国伦理学家、作家。佘耐尔（Marie — Joseph de Chénier，1764—1811，），另译谢尼埃，法国政治家、作家。

有一切极端迅速写就的文章所会有的短处，瑕疵和疤节……

因为手头没有原作，我自己只好存疑。很希望马先生和懂法文的读者打开郎松底《法国文学史》和一部比较详细的《法文字典》来印证印证。

梁宗岱

二十四年正月十四日于叶山

从滥用名词说起^①

前几天这里有几位同学把他们底作文比赛交给我鉴定。其中一篇是两千字左右的随笔，作者却用了两三次"交响乐"这名词来描写风景底姿态和人物底动作，最刺眼的是下面一句："室内什么声音都没有，只剩我们四人底呼吸织成了一曲交响乐。"我看了几乎要生气，顺手在稿上批道："四人底呼息怎么能织成一曲交响乐？这种名词自有它特殊的含义，最忌滥用。"

但是一转念，这句话果是最坏的例子么？一个年青学生底习作犯了这种毛病，果值得我们生气么？试打开文坛最近的作品，连那些出自修养比较深厚的名作家底手笔的也在内，有多少篇能够完全免掉，不，有多少篇不充满了这种毛病的？

朱光潜先生底《文艺心理学》是七八年苦心研究的结果，谁也不能否认它是中国目前文坛甚或学术界难得的收获或努力。我这两天因为要写一篇《直觉即表现辨》（一半是要批判克罗齐美学底根据，一半想藉以说明我几年来对于创作心理所拟的一个假设，也许还夹入几句我对于《文艺心理学》的管见），把这书细心重读一遍，发见其中提到音乐（其实岂止音乐？）时，什九是和音乐本身不相干的，譬如：

> 意绪颓唐时听贝多芬的《第五交响曲》便觉慷慨淋漓。（《文艺心理学》三七页）

慷慨淋漓已经是不着边际的字眼，在悲多汶一切音乐中独拿来形容《第

---

① 初刊1937年3月1日《宇宙风》第36期。

五交响曲》更难以索解。但这止于不相干而已；还有简直和原作底精神完全背驰的，譬如《刚性美与柔性美》里的：

> 贝多芬的《第三交响曲》和《第五交响曲》固然像狂风暴雨，极沉雄悲壮之致。而《月光曲》和《第六交响曲》则温柔委婉，如怨如诉，与其谓为"醉"，不如谓为"梦"了。（前书二三五页）

关于一般交响乐底结构和《第三交响乐》，我在批评《刚性美与柔性美》的《论崇高》一文里（《诗与真》二集四三页）已略说过。我现在想单提《月光曲》，因为，或由于望名生义，或由于道听途说，这曲奏鸣乐（Sonale）在中国文坛里代表一种温柔委婉的如梦的境界的，恐怕不仅对光潜一人。首先，我们要认识《月光曲》并非这曲奏鸣乐底本名，而是后人以讹传讹转递下来的。如其它所描写的是月夜，那就是一个热烈的灵魂和外面的狂风甚或旋风挣扎的月夜，而绝不是一个平静凄美富于东方色彩的女性的月夜。所以全曲所给我们的主要印象，除了一曲奏鸣乐应有的低沉或温和的部分外，是狂风，是愤怒，是热烈的雹，是躁暴的拘挛，而最后——这差不多是悲多汶一切音乐底结论，也就是造成他底独特的伟大之处——是那支配和接受这狂流的尊严的力。虽然音乐欣赏是极主观的，一本这么严肃的大书具有这种误解总不能不算一种缺憾①。

昨天正在为这些枝节所烦扰的时候，忽然收到李健吾②先生寄来的《咀华集》，很愉快地一气把《画梦录》的批评读完了。但人间底愉快似乎永远不能纯粹的，因为不幸在这篇文章里又碰到至少两次同类的滥用。"不晓得别人有同感否，"作者说，"每次我读何其芳先生那篇美丽的《岩》，好像谛听一段生风尼，终于零乱散碎，嘎然而止。"这里所谓"生风尼"自然就是交响乐。《岩》确是一篇美丽的散文或散文诗，拿来比萧班（Chopin）③底《夜曲》，

---

① 其实西洋音乐并不乏温柔委婉之作，我不明白为什么光潜一定固执他所举的例。——原注

② 李健吾（1906—1982），常用笔名刘西渭，法文翻译家、评论家。

③ 萧班（Fédéric Chopin，1810—1849），通译肖邦，波兰作曲家。

比特比西（Debussy）①一些钢琴独奏的短调，乃至其他性质极不相同的音乐家底小歌，即使不贴切，至少不至于这么没分寸（disproportioned）。因为无论我怎样把想象扩大，终看不出这篇精致亲切的散文和交响乐——音乐中最复杂最完全最宏大最庄严的一种体裁——有丝毫的关系：篇幅么？气魄么？取材么？结构么？或者健吾会说相似点是在"终于零乱散碎，戛然而止"。那么，我很想知道哪一位音乐家那么昧于交响乐底原理，或那么标新立异，把全曲交响乐中最需要全神贯注，最需要全力奔赴，最讲究秩序，光彩，和反复萦迴的结尾（Coda）弄得零乱散碎②？又如，关于《花环》一首诗作者说：

> 他缺乏卞之琳先生的现代性，缺乏李广田先生的朴实，而气质
> 上，却更其纯粹，更是诗的，更其近于十九世纪的初叶。

这短短一句话至少有两处费解。我不明白为什么何其芳底诗比卞之琳底更纯粹，更是诗。我觉得两者做到恰好时，都是极纯粹的诗。《距离的组织》和《花环》底差异是种类上的而不是程度上的。其次，所谓"十九世纪初叶"究竟何所指？英国的？法国的？还是德国？华茨活斯③？考勒瑞儿（Coleridge），还是司各德④？拉玛丁，韦尼，缪塞，还是嚣俄⑤？这些诗人和何其芳有什么共通点？如果单是从"纯粹"着眼，十九世纪后半叶底英法诗

---

① 特比西（Claude Debussy，1862—1918），通译德彪西，法国作曲家。
② 如果不嫌戏台里喝采，我可以介绍读者看一段结构和交响乐底结尾相仿佛的散文，就是《诗与真》一集里《象征主义》末尾关于波特莱尔的一段文字。——原注
③ 华茨活斯，通译华兹华斯。
④ 考勒瑞儿（Samuel Coleridge；1772—1834），通译考洛芮滋，英国浪漫主义诗人。司各德（Wahe，Scott，1771—1832），通译司各特，英国诗人，小说家。
⑤ 拉玛丁（Alphonse de Lamartine，1790—1869），通译拉马丁，法国浪漫派诗人。韦尼（Alfred de Vigny，1797—1863），通译维尼，法国浪漫派诗人。缪塞（Alfred de Musset，1810—1857），法国浪漫派作家。嚣俄（Victor Hugo，1802—1885），通译雨果，法国著名作家。

人如马拉美，如魏尔仑，如韩波，如英国的但丁·罗色蒂[1]，是否远赛过前半叶底诗人？据我底钝觉，何其芳先生底忧郁沉思的气质，细腻绮丽的技巧，显然是受英法世纪末作家底影响的。就是从造诣言，他底作品在我们可怜的文坛虽然这么珍贵，却未必能够超过，我几乎想说企及，维多利亚期一些Minor poets[2]，如寇列士丁娜·罗色蒂[3]（Christina Rossetti），及象征派一些散文家如玮里耶[4]（Villiers de l'Isle—Adam）等。我知道维多利业期在今日英国诗界中几乎成为轻蔑底别名，是一些势利的（snobbism）教授和批评家在颂扬时所不屑或最忌用的。但是平心而论，如果我们底诗坛目前能够产生半个白朗宁[5]，半个丁尼生[6]，或者半个史文朋[7]，我，至少我，已经喜出望外了。

光潜和健吾都是我们现今特别成功的散文家，并且两者都是标榜着"艺术"，"匠心"和"风格"的。他们对于名词的运用竟这样疏忽，这样苟且：源头既已如此，流弊可想而知了。

大抵一个作家喜欢用这类名词，不外三种动机：或想用一个概括的名词来点定许多难表的概念，或想藉它底声色来增加文章底光彩，或者，最下的，要对一般读者炫耀自己博学多闻。最后一种只限于一些狭隘浅陋的野心，与我们显赫的作家无涉。不过由于一种过度的热忱或焦躁，我们往往只贪图一时的快意或方便，而忘记了这些名词——从交响乐，《月光曲》以至那比较空泛的十九世纪初叶或末叶——都是有它们特殊的含义，代表一定的事物，一定的品格和性质的。滥用或误用的结果，便是原来有声有色的失掉声色，原来义蕴丰富的失掉意义，临到真正要使用时便觉得无可使用，而尤坏的，连使用得恰

---

① 马拉美（Stéphane Mallarmé，1842—1898），通译马拉梅，法国象征派诗人。魏尔仑（Paul Verlaine，1844—1896），通译魏尔仑，法国象征派诗人。韩波（Arthur Rimbaud，1854—1891），通译兰波，法国象征派诗人。罗色蒂（Dante Gabriel Rossetti，1828—1882），通译但丁·罗塞蒂，意大利裔英国画家、诗人。

② Minor poets，英文，意勾"次要诗人"。

③ 寇列士丁娜·罗色蒂（Christina Rossetti，1830—1894），通译克里斯蒂娜·罗塞蒂，英国女诗人，上文提及的但丁·罗塞蒂的妹妹。

④ 玮里耶（Auguste de Villiers de L'Isle—Adam，1838—1889），法国作家。

⑤ 白朗宁（Elizabeth Barrett Browning，1806—1861），通译勃朗宁，英国女诗人。

⑥ 丁尼生（Alfred Tennyson，1809—1892），英国诗人、戏剧家。

⑦ 史文朋（Algemon Swinburne，1837—1909），另译斯温伯恩，英国抒情诗人。

当的也无从分辨了。十几年前，我在中学读书的时候，因为"卫生"一名底输入，差不多广州什么食品和用品都加以"卫生"二字，我当时便用来作中国人喜欢舞文弄墨的证据，不料这种恶习这么深入我们底骨髓，以致一些受西洋教育最深，头脑最清醒的文人到今日还摆脱不掉！

由滥用名词我又想起现在一般文章另外两种关系颇密切的通病：论理不严密和引例不确当。二者不一定互相连累，但后者往往是前者底果，所以我们不妨合在一起说。又因为刚才所举的两部书已打开在案上，我们就从这上面取例。

我常常对光潜说：引例不确当是他文章里最常见的弱点，差不多他每部书乃至每篇文章里都可以发现。上面所提的交响乐和《月光曲》一方面固属于滥用名词，另一方面更可以作证他底引例不确切。但不确切的例在这部"大书"里是那么繁盛，我们可以随手另拈一个：

> 文艺作品原来不可以一概论，有可以完全从文艺本身定价值的，如陶潜的《桃花源记》，韩愈的《毛颖传》，谢灵运和王维的写景诗以及柳宗元的山水杂记之类纯粹的想像的或状物的作品都属于这一类；也有不能完全从文艺本身定价值的，如屈原的《离骚》，阮籍，杜甫，白居易……诸人的诗，大部分元曲，以及一般讽刺作品。在这些实例中，作者原来有意地或无意地渗透一种人生态度或道德信仰到作品里去，我们批评它的价值时，就不能不兼顾到那种人生态度或道德信仰的价值。……（《文艺心理学》一二七——二八页）

这分类已极牵强，举例更欠妥。从原则上说：一件文艺品，无论在任何景况下产生，即使那完全为作者底人格渗透的如但丁底《神曲》，屈原底《离骚》，李后主底词，杜甫底诗等，如果它本身不能自立自足，就是说，如果它不能离开一切外来的考虑如作者底时代身世环境等而在适当的读者心里引起相当的感应，或者，随你便，如果作者底人格，态度和信仰不能单靠作品而直接诉诸敏锐的读者，我很怀疑这作品底艺术价值。在另一方面呢，一件文艺品，无论作者怎样完全站在客观的地位如莎士比亚及腊辛底戏剧，哥德底《浮士德》，曹雪芹底《红楼梦》，或怎样想摆脱一切非艺术的元素如姜白石词，马拉美，韩波底诗，如果这作品不直接或间接反映作者底个性和人格，或者最少有意或无意地透露一种人生态度或信仰，我敢决定它毫无生命。所以我以为一切最上乘的诗都是最完全的诗，就是说，同时是作者底人生观宇宙观艺术观底明显或隐含的表现，并且能够同时满足读者底感觉和理智，官能和心灵底要求的。哥德底《流浪者之夜歌》一类的作品所以在抒情诗内占有最高的位置便是因为它充分实现这两重理想。就光潜所举的实例说：陶潜底《桃花源记》难道不蕴含他底政治理想或向往？王维底写景诗是否寄寓着他那恬淡禅静的灵魂？我们在柳宗元底山水里可不找着他底孤介，沉郁，幽深的面目？反之，我们历史上有的是忧世忠国的诗，何以独屈原杜甫卓立千古？何以只有他们能够这么深澈地感染和陶冶我们，如果不是完全为了它们底高贵，尊严，强烈的表现？

读健吾底散文，我们往往感到一段文章是许多关于文艺的至理名言底"集句"：拆开来有时很精警，联缀起来却找不着他命意所在，最少丝毫无补或无与于全段主意底进行。我们试随手拈一段：

> 所以晦涩是相对的，这个人以为晦涩的，另一个人也许以为美好。工具抓不住，便是印得多么讲究，只是白纸黑字，说不到文学，更谈不上艺术。但是工具抓得住，一切从生命里提炼出来的制作，除非本质上带有不可救药的缺陷，都有为人接受的可能。知道创作不是蚕吐丝，生孩子（用得最滥的比喻），我们就得把表现格外看重。唯其人力有限，"日月逝于上，礼貌衰于下"，我们得赞美那最经济也最富裕的表现。此其象征主义那样着眼暗示，而形式又那样谨严，企图点定一片朦胧的梦境，以有限追求无限，以经济追求富裕。一切临了都不过是一种方法，或者说得更妥当些，一种气质。古典主义告诉我们，下雨就得说做下雨，象征主义并不否认这种质实的说法。不过指示我们，人世还有一种说法，二者并不冲突。实际文学上任何主义也只是一种说明，而不是一种武器。梵乐

希①以为既有的经验开始自我审判的时辰，便是古典主义露面的时辰。所以他说："古典主义和浪漫主义的差别正很简单：把手艺交给昧于手艺的人和学会手艺的人②。一个浪漫主义者学会了他的艺术，就变成了一个古典主义者。这就是为什么，浪漫主义临了成功巴尔纳斯（Pamasse）诗派③。

象征主义从巴尔纳斯诗派衍出，同样否认热情，因为热情不能制作，同样尊重想象，犹如考勒瑞几，因为想象完成创造的奇迹。然而它④不和巴尔纳斯诗派相同，唯其它不甘愿直然指出事物的名目。这就是说，诗是灵魂神秘作用的征象，而事物的名目，本身缺乏境界，多半落在朦胧的形象以外。所以梵乐希又说："一行英丽的诗，由它的灰烬，无限制地重生出来。"

一行关丽的诗永久在读者心头重生。它所唤起的经验是多方面的，虽然它是短短的一句，有本领兜起全幅错综的意象：一座灵魂的海市蜃楼。于是字形，字义，字音，合起来给读者一种新颖的感觉；少一部分，经验便有支离破碎之虞。象征主义不甘愿把部分的真理扔给我们，所以收拢情感，运用清醒的理智，就宇宙相对的微妙的关系，烘托出来人生和真理的庐山面目。是的，烘托出来；浪漫主义虽然描写，却是呼喊出来；古典主义虽说选择，却是平衍出来。

所以任何主义不是一种执拗，到头都是一种方便。

抄了这么一大段，因为我不想冒断章取义底罪名，也因为我觉得个中细节和全段都大有可推敲之处。先从细节说起。第一，我不明白"一切临了都不过是一种方法，或者说得更妥当些，一种气质"里的"气质"二字。"方法"

---

① 梵乐希（Paul Valéry，1871—1945），通译瓦雷里或瓦莱里，法国诗人。

② 这句话译错了，所以很费解。" C'est cell que met un métier entre celui qui l'ignore et celui qui l'a appris"直译应该是："这差异就是手艺放在昧干它的人和学会了它的人之间的。"——原注

③ 巴尔纳斯诗派（P—asse），另译高蹈派。19世纪中叶出现的法国诗歌流派，否定浪漫主义，主张诗歌不带个人情感，只客观反映人类共同的情感和思想。

④ "它"，原刊"它"，下面四处同。

是外的，"气质"是内的；一个是表现的手段，一个是属于那被表的本体："气质"一词怎能够替代甚或修改"方法"一词所不能完全或正确地表达的意思？其次，古典主义最讲究"纡回的说法"（periphrase），怎么会"告诉我们下雨就得说做下雨"？第三，古典主义，浪漫主义一类名词底含义原是再繁复和活动不过的；我们用起来就得格外审慎，就是说，先要给它们下一个清楚的界说，或至少间接提示它们在我们心目中的含义。现在作者把古典主义和象征主义对立，同时又引梵乐希所指出的浪漫和古典底差异，又因梵乐希底话引出象征主义和巴尔纳斯诗派底比较。姑毋论这许多含义极广极杂的名词推挤在几行短文里已经令读者底心灵穷于应付，作者自己就似乎忽略了象征主义和古典主义不独不是不相容，并且也不一定是相对立的。梵乐希底诗便同时兼有二者：象征主义底感觉（或气质），古典主义底形式（或方法），再加上深刻的唯理主义底头脑，你便有梵乐希一切作品底定义。便是说"古典主义平衍出来"也有语病，只要细读腊辛底戏剧便知。

但这些都不过是枝节问题；一个读者所急欲知道的，便是：全段底中心思想究竟何在？什么是其中论理底线索？或者更清楚些，从一句似乎精警的话到另一句似乎精警的话，从一个抽象名词到一个抽象名词，从一个主义到一个主义，作者究竟要引我们到什么地方？

按照全篇底大旨，按照行文底惯例，似乎这段底主意应该在第一句："所以晦涩是相对的，这个人以为晦涩的，另一个人也许以为美好。"那么这许多主义底缠夹不清的比较究竟有什么理插足其间？或者在最后一句："所以任何主义不是一种执拗，到头都是一种方便？"那么，"任何主义都是一种方便"这事实和"晦涩是相对的"怎么连贯在一起？难道作者要暗示给我们：晦涩所以是相对的，完全因为我们所信奉的主义各别？作者是绝顶聪明人，我深信绝不会作一个这么笨拙的推论。那么，容我复问一句，这一大段底中心思想究竟何在呢？

说了这许多话，似乎有点近于吹毛求疵，而且，无疑地，这些小疵断不能掩没这两部我们文坛难得的作品———一部是我们唯一的有系统的美学研究，一部是中国文坛第一部"创作的批评"———底大醇。但是，在作品本身虽是微之又微的瑕疵，它们所引起的误解却难以形容得尽致。听说光潜关于《月光曲》那段文章早已被选入开明书店中学教科书底《活页文选》。我们可以想象一班班的中学生会对于《月光曲》及其他吸收了怎样谬误的观念；假如一天他们有机会亲自听到这几曲音乐，对于作者又起了怎样幻灭底感想！

我从前曾经写过两段杂感[①]，和这问题不无多少关系。我现在抄下来，以自警警人，以自励励人：

批评的文章不难于发挥得淋漓尽致，而难于说得中肯；不难于说得中肯，而难于应用得确当。

我知道有些批评家阐发原理时娓娓动听；等到他引用一句或一首诗来做例证时，却显出多么可怜的趣味！于是我可以对那批评家说："你这番议论，任你怎样善于掩饰，并非你自己的而是借来的——至少你并不了解你自己所说的话，或不认识你所讨论的东西。"

或者：

瑞典神秘哲学家士威敦波尔山[②]说："一个人理解力底明证并不是能自圆他所喜欢说的；而能够分辨真的是真，假的是假，才是智慧底记号和表征。"

应用到文艺上，我们可以说，批评底极致——虽然这仿佛只是第一步工夫——是能够认出好的是好，坏的是坏，投合和专反大众底趣味都是缺乏判断力底证据。多少批评家，因为急于站在时代底前头，把"晦涩"认为杰作底记号，"乖僻"认为天才底表征！——虽然这比那些顽固守旧，毫无好奇心的已经高一着了。

同样，在创作上，我们可以说，最理想的艺术是说其所当说，

---

① 《诗与真二集》155—156页。——原注
出自该书中《诗·诗人·批评家》一文。——编注
② 士威敦波尔(Emanuel Swedenburg, 1688—1772)，另译斯威登伯格，瑞典哲学家、宗教家。

不说其所不当说：理想，因为做得到的实在太少了。一般作者姑勿论，就是以文章名世的，有多少个不词浮于意？我们往往忘记最高的骑术并非纵横驰骋于平原上，而是能够临崖勒马。

"中肯"和"确当"，愿我们记住，是行文底一切(用字，选词，命意和举例)最高的标准，也是一切文章风格最高的理想。

二十六年正月廿日于南开大学

"从滥用名词说起"的余波[①]

——致李健吾先生

健吾兄：

　　或者你要惊讶，我竟在这里写公开信答复你起来了。其实完全不是这么一回事。我依然觉得你给我的那封信没有什么需要公开答复之处。不过最近间接听来和直接看来的各方面的反响都使我深深感到懊悔，觉得申明我底立场或者不是多余的。

　　我前信曾经说过，我那篇文章寄出后立刻有几分后悔——并非因为觉得那篇文章不该写，而是因为它底语气欠正。我平常写文章都是三思而后下笔，写好后又再三推敲的；《从滥用名词说起》却完全激于一时的冲动，并且不俟再读一遍便寄出去了。也许因为语气不正才引起这许多（其中自然有例外）不健全的反响罢？无论如何，它们和我底初衷大大相悖却是事实。

　　在我未执笔写那篇文章之前，我在各种出版物上注意到我们底散文界渐渐陷于一种极恶劣的倾向：繁琐和浮华。作者显然是极力要作好文章；可惜才不逮意，手不应心，于是急切中连"简明"，"清晰"，"条理"等一切散文底基本条件都置诸脑后了，只顾拼命堆砌和拉长，以求观瞻上的壮伟。明明是三言两语便可以阐说得致的，作者却偏要发为洋洋洒洒的千言或万言。结果自然是：不消化的抽象名词，不着边际的形容词，不恰当的譬喻等连篇累牍又翻来覆去地使用。单就形容词说罢，在一篇文章里你可以发见"深远的幽邃"，"特出的超卓"，或什么"精细的微妙"等等。于是读者费了九牛二虎之力从一大堆抽象名词，形容词，和譬喻等游泳到另一大堆同样东西之后，只觉得汪

---

　　①　初刊1937年6月2日《大公报》文艺版。

洋万顷，淼淼乎莫知其底止。这实在是中国文坛一大危机。正游移着要写一篇什么东西，忽然接到你底大作《咀华集》，使我恍然于这倾向底形成，你实在要负很大的责任——虽然你老兄底文章自有它成功底所在，不能和他们同日而语。于是我便不客气地——允许我借用你一句话——向你开刀了。最可笑的是：前些日子光潜到这里来演讲，我们谈起这事，他却以为这责任应该由我负。我？这不禁吓了我一跳！我底文章里也许富于抽象名词和形容词，但那一个不是经过一番思索才放下去的？但是一反省，究竟什么都是可能的：我自己以为经过考虑的，谁能担保读者不以为只是胡堆乱砌？如果是这样，我甘心负其咎。

但是我那篇文章所抨击的，又不止文坛上一种恶倾向而已。如果我们留心观察，便会发见我们学术界流行着一种浮夸，好炫耀，强不知以为知，和发议论不负责任的风气：那才是文坛底流弊底根源。光潜因为题材关系不能不多提及音乐和图画，而你——宽恕我再吹毛求疵一次——当你作文章作得兴高采烈的时候，一切漂亮名词从你笔下溜出来也是不由你自主的。如果不为的探本溯源，我或者不会那么严酷。但是去年在北平一个宴会席上，我亲自听见一位名教授，新从欧洲休假回来，侃侃而谈欧洲底歌剧如何比不上中国旧戏，而在欧洲底歌剧中，法国又比不上德国，比如《浮士德》，巴黎演的就远不如柏林演的。我忍不住问："你说比不上是指剧本还是指表演呢？""二者。"他答道。于是我就不客气地对他说："你岂不知道柏林演的和巴黎演的都同是法国人古奴（Gounod）[①]作的剧本么？"连这一点都弄不清楚，便信口雌黄。我真不知他用意何在！这或者由于我爱真理到了一个失掉"幽默"的程度，饭余酒后的聊天原是用不着这么认真的。但须知这种无意的表现和其他一切行动是完全一致的。同一位教授曾经作过一篇《论翻译》。为要证明一句简单的话常常无法译成他国文字，他举了I am proud of you一句英文为例，说译成中文之不能。这是完全对的。但是（为了卖弄他底德法文智识）他却接着说："就是要翻成法文和德文，又何尝不一样困难呢？"便不免可笑了，因为还有比这句话

---

① 古奴（Chiles Cmunod，1818—1893），通译古诺，法国作曲家，歌剧《浮士德》是他的代表作。

更容易找到现成的德法文成语的么？又如我们一位鼎鼎大名的学者，常常主张中国画不如东洋画，东洋画不如西洋画。但据我所知，这位学者旅居巴黎半年以上，足不曾履过"卢浮宫"（第一次报到自然是不可少的），而当我们一同游Musée Cluny[1]时，中世纪建筑底遗址，图画，雕刻，刺绣，陶器……都不足以引起他的注意；使他神往，使他叫绝的，只有骑士出征时封锁他们夫人的"贞节带"。所以当我问他西洋画底妙处何在时，除了光与影一些粗浅模糊的概念，什么都说不上了。话又何必扯得那么远？我想你一定拜读过梁实秋先生在《东方杂志》发表的那篇大文《论文学的美》了。我不相信世界上还有第二个国家——除了日本，或者还有美国——能够容许一个最高学府底外国文学系主任这般厚颜去高谈阔论他所不懂的东西！——真的，连最初级的认识都没有！试看这一段：

　　　我们要知道美学的原则往往可以应用到图画音乐，偏偏不能应用到文学上去。即使能应用到文学上去，所讨论的也只是文学上最不重要的一部分——美。

还有比这更明白地袒露作者对于美学，甚至对于图画和音乐的绝对的愚昧的么？而他竟不知天高地厚地根据这几句话写成一篇洋洋万言的文章！但是在这一切都正在萌芽的国度里，有多少个读者能分辨得出来？健吾，我们机会比较好的，不应该加倍努力，加倍审慎么？

最后，我觉得我们应该努力树立一种绝对"无私"（impersonal）的态度。这就是说，我们对于作品的评价，对于事理之是非，要完全撇开个人感情上的爱恶，而当作一种客观的事实或现象看待。过去为了诗底辩护，我曾不遗余力地攻击某些人底主张，恰巧这些人和我底交情又不十分调协，于是有些人便怀疑我在感情用事。其实再没有比目前中国学术界所盛行的"亲亲和仇仇主义"更和我底脾气相反的。我虽不敏，自幼便对于是非很认真。留学巴黎的几年，又侥幸深入他们底学术界，目睹那些学术界第一流人物——诗人，科学

――――――――
　　[1]　Musée Cluny，克吕尼博物馆。

家，哲学家——虽然年纪都在六十以上了，但在茶会中，在宴会席上，常常为了一个问题剧烈地辩论。他们，法国人，平常是极礼让的，到了那时，却你一枪，我一剑，丝毫也不让步，因为他们心目中只有他们所讨论的观念，只有真理。而当对方底理由证实是充足的时候，另一方面是毫不踌躇地承认和同意的。我羡慕他们底认真，我更羡慕他们底自由与超脱。我明白为什么巴黎被称为"新雅典"，为什么法国各种学艺都极平均发展，为什么到现在法国仍代表欧洲文化最高的水准。回头看看我们知识阶级底聚会，言及义的有多少？言及义而能对他底主张，他底议论负责的又有多少？除了"今天天气哈哈哈"，除了虚伪的应酬与恭维，你就只听见说长道短了。

为什么呢？我想不外两个理由：一个是恐怕自己的意见或认识经不起严重的讨论，一个是大家把意见看得太私有了，太关切了，这样短兵相接是会丢脸，会伤感情的。三四年前，我们学术界一位名流著了一部什么史纲，给中大一位史学教授指出许多谬误，这名流竟公然主张把那位教授解聘便是一个极端的例。因为把学术或意见看得太私有，于是便产生我所谓"亲亲与仇仇主义"：大凡是自己[1]朋友底都是好的对的，是自己仇敌或非自己朋友底都是坏的错的——至少是坏的和错的机会多。自己底作品因不容人家批评和指摘，就是朋友底作品也不容人家批评和指摘。这种态度有时可以出自极高贵的情操：一种对于友谊的热烈信仰。但大多数却只是互相标榜以互相利用，连带地便是对于另一方的互相攻讦以祈互相打倒。但是无论动机纯正也好，卑下也好，其为阻止开诚布公的批评底发展，助长一种虚伪与敷衍的风气则一。这种风气底逻辑的结果，便是当面恭维你，转过背，却在嘲笑或痛骂你了。写在纸上这种行为似乎卑鄙不足道，但是在现实里恐怕比我们所想象的多了不知几多倍！

总之，我们一天不能撇下——让我不正确地借用一句佛语——"我执"来观察一切作品，意见，或事理；一天不能把这种种，无论自己底或别人底，当作客观的几乎等于科学的事实处理；一天不能放下"面子"和"客气"而在真理底面前毫无掩饰毫不迟疑地低头；一天不能——一句话说罢——成立一种自由与超然的批评，我们底文坛将永无长进的希望。你以为然否？

———————

① 自己：原刊缺"己"字。

　　还有，你想必读过巴金底《向朱光潜先生进一忠告》了。关于全篇我不想发表什么意见，因为它底瑜瑕太夺目了。我只想提及一点枝节问题，就是关于达文奇底壁画《最后晚餐》的。那时油画底技术已经很发达，（有名的《蒙娜丽莎》可不就是油画？）而壁画底技术则远在支蕺图①（Giotto 1266～1336）时已经达到相当的完备。达文奇《最后晚餐》今天所以剥蚀不堪，的确是受了他要尝试新颜料之累，因为在一般人眼里达文奇虽然光是一个画家，他自己却孜孜不倦地要做一个发明家和科学家。这点事实我想你已知道。不过我想光潜是不会答复的，生怕这点史实在我们文坛又将这样歪曲下去，所以顺笔提及。

　　我近来染了一场大病。十几年来几不知疾病为何物的我，竟在床褥间挣扎了十多天，到现在还没痊愈，真是俗语所谓"病来如山倒"。医生再三嘱咐我要绝对静养，我却偷着断断续续写这封信给你，实在因为我那篇拙文引起的许多反响和我底初衷太相反了，"如鲠在喉，不吐不快"。祝你好。

宗岱

廿六，四，廿八日

_____

　　①　支蕺图（Giotto，1266—1336），通译乔托，意大利文艺复兴初期雕刻家和建筑师，被称为"意大利绘画之父"。

论《神思》①

　　读了黄海章先生在羊城晚报（一九六一年十一月九日《文艺评论》及十二月十一日《花地》）发表的两篇讨论《文心雕龙·神思篇》的文章，觉得黄先生治学态度的严肃，对真理的热爱，的确值得我们钦佩和学习。不过黄先生的论点，有不少我不能了解之处，谨写出来以就正于黄先生及读者。

　　黄先生不同意一九六一年第八期《文艺报》所载宋漱流先生的《飞腾吧，想像的翅膀——读（文心雕龙·神思篇）》一文的主张，认为：

> 　　"神思"两字，不等于我们今天所说的想像或幻想，"神"和"思"虽可联用，但两者的含义是有别的。在这一篇中，有好几处是把"神"和"思"对举的，如："文之思也，其神远矣"，"思理为妙，神与物游"；"神用象通，情变所孕"……

　　我一向都觉得《神思篇》所阐说的很接近现代文艺学上的想像。至于是否应该在二者之间划一等号，我不敢武断。但有一点是可肯定的："神思"这两字在《神思篇》里是代表着一个完整概念的复词，而不是可以任意拆开的对举的两个字；它们并不是"虽可联用"的偶然结合，而是指我们心灵在文艺的创造和欣赏上的一种机能，一种作用。

　　当然谁都不会否认"神"和"思"分开来用时"含义是有区别的"这明显的事实；但一个复词内的每个字都有其独守的含义并不妨碍它们结合起来组成一个新词，这也是和白天一样清楚的。我们常说的"神气""神情"中的

---

① 初刊广州《羊城晚报》1962年3月29日。

"神"、"气"或"情"可不也一样含义各别么？我们是否能因此而否定"神情"或"神气"在一般人心目中是代表着一个完整概念的词？何况黄先生所谓"神"与"思"对举的几个例，只要稍微审视和分析，是站不住的。第一例"文之思也，其神远矣"，其实是从属关系而并非对举；第二例"思理为妙，神与物游"，似乎是并举，其实是作者企图从两方面对"神思"这概念加以发挥；第三例"神用象通，情变所孕"，则所谓与"神"对举的是"情"而非"思"，当然更不能证明"神思"在作者心目中是含义各别的两字了。

那么，"神"字应作何解释呢？我以为要视其在一句中的地位和上下文而定。不能一概而论。由于"神"字所指的对象都比较空灵难捉摸，而所含各义又都是"天地之主"的"神"字底引伸。因而多少有相通之处，它在文人笔底下（特别是在逻辑要求不很严的古代）的含义往往游移不定：有时指精神本身，有时又指精神产物所取得的超越的造诣或效果，当"入神"、"通神"或"如神"解，有时更拿来形容微妙难穷，变化莫测的境界。把出现于《神思篇》的四个"神"字笼统解作"主观的精神作用"是很难处处都解释得完满的。比方篇名"神思"的"神"字解作"主观的精神作用"便会成为赘词，因为没有一种思想能脱离主观精神作用的。"文之思也，其神远矣"亦然："文思的主观精神作用远极了"，有什么意义呢？鄙意第一个"神"字应作"通神"或"入神"解，"神思"即一种"通神"或"入神"的思想；第二个"神"字应作"微妙难穷，变化莫测"解，即"文思之微妙变化难穷极了！"只有其余两处适用"主观的精神作用"。

黄先生正确地指出"虚静"是刘勰对"写作思索精妙入神和志气统一的关键"，但他对"虚静"的解释，似乎近于烦琐，尤其是他那"虚静"要排斥主观色彩的主张：

> 文学必须正确地反映客观的事实，如果……涂上了浓厚的主观色彩，何能把握客观事物的本质呢？又何能把它正确地反映出来？

这是值得商榷的。从浅一层说，"虚静"是任何一种构思或脑力劳动的起码条件。每个作家执笔时首先要"收视返听"，拒绝一切足以干扰思路的杂念，摒除一切足以蒙蔽真知灼见的主观主义（成见和偏见）。这道理是用不着繁征博引而自喻的。

但《神思篇》所写的是"神与物游"，而不是泛泛地反映客观现实；是想像飞得最高时所达到的一切最上乘的文艺品共具的"意与境会"或"情景交融"的境界。其目的并非要给客观现实照一个一丝不漏，纤微毕露的相。而是要创造一个比这万紫千红的大千世界更浓郁更绚烂更不朽的宇宙。所谓"虚静"恐怕就不仅是"排斥一切成见的虚心"，或"头脑冷静下来的静"。它（因为我觉得"虚静"在这里也是代表着一个完整概念的复词）所指的似乎应该是艺术家冥想入神时那种我可以称之为"真寂"的境界，在那里，心灵（神）的活动达到那么高度的稠密和丰盈同时又那么宁静（正如琴弦的匀整微渺的振荡达到顶点时显得寂然不动），连自我的感觉也消失了。《养气篇》的"水静而鉴，火静而朗"，恰好是这种由高度的绵密的活动织成的静境的说明。在这仿佛非意识，近于空虚，柳子厚所谓"心凝形释，与万化冥合"的物我两忘的境界里，我们的心灵把自己整个儿交给物的本性，让我们的想像灌入物体。让物的形体渗进我们的想像，从而构成一个深切的同情交流，使物我之间同跳着一个脉搏，同击着一个节奏，如李白这两句平淡隽永的诗：

> 相看两不厌
> 只有敬亭山

表现得那么单纯那么具体又那么亲切的。这时候，站在我们面前的已经不是一座

> 众鸟高飞尽
> 孤云独去闲

的静悄悄的山，或（请宽恕我举自己一首小诗为例）一座浴着朝阳的矗立入云汉的古塔，或任何一个人或一片风景，而是一颗自由活泼的灵魂与我们灵魂的邂逅：两个相同的命运，在那一刹那间，互相点头，默契和微笑……

> 登山则情满于山，
>
> 观海则意溢于海，

就是这样一个境界。

唯其如此，我们所要求于一件艺术品的，不仅是涂上一抹浓厚的主观色彩（主观色彩即作者的本色，和那简直是主观的精神作用的死敌的主观主义是完全风马牛不相及的两回事），并且要"文如其人"。法国布毕说得更干脆："风格，就是人。"这就是说，一件成功的作品，不管是一首小诗或一曲交响乐，必须做到把作者的全人格——作者的世界观，阶级感情，抱负，气质，品格，艺术修养（这种种，我们别忘记，无一不是客观条件形成的存在）——栩栩活现于纸上。

不仅这样。既然一件作品的伟大隽永与它所表现的作者人格的伟大渊博成正比例，我们还要求作者从多方面——"积学以储宝，酌理以富才。研阅以穷照，驯致以怿辞"——来充实，扩大，提高他的人格。苏子由所谓孟子的"文章宽厚宏博充乎天地之间，称其气之大小；太史公行天下，周览四海名山，与燕赵豪俊游，故其文疏荡有奇气"，很可以与《神思篇》这几句话相印证。

反映客观现实有两种方式或方法：一种是通过概念的哲学方法；一种通过形象的艺术方法。前者称之为逻辑思维，它的主要机能是理性，法国巴士卡尔称之为"几何学的头脑"，后者称之为形象思维，它的主要机能是想像，巴士卡尔称之为"精微的头脑"。为什么称后者为"精微的头脑"呢？因为和逻辑底思维之根据概念语言来处理现实，有原则可循，规律可寻不同，形象思维所要抓住的是那千变万化的活生生的整体，只有通过鲜明的具体形象才能把捉那些超出概念语言之外的微妙的荫影和弦外音。宋人许尹在他的《黄（山谷）陈（后山）诗集注序》里提得相当简赅。他说：

> 论画者可以形似，而捧心难言，闻弦者可以数知，而至音难说。天下之理，涉于形名度数者可传也，其出于形名度数之外者，不可得而传也。……

这段话，其实即《神思篇》最后一段"思表纤旨，交外曲致，言所不追，笔固知止……"的比较明豁浅显的说法。所谓"不可得而传"的"出于形名度数之外"的理，在今天看来，是属于形象思维的范畴，是毫无疑问的。

"神与物游"，依照我的理解，正标志着形象思维活动的最高峰。

黄先生似乎并不承认，或者完全忽略了形象思维或通过形象的表现方式的存在；一切文学作品中，他似乎只看见那作为科学或哲学工具的说理文。要不然为什么他对他所一再强调的"文学必须正确反映客观现实"的解释，只限于一再反复述说"一切有形的事物都能精细地观察，所有观察的事物都可以批评它的是非得失，所有评论都恰如其分"（黄先生引用及自译的荀子《解蔽篇》语）一类纯属概念思维的语言？

把"神与物游"和那镜子一般反映客观现实的表现方式混为一谈，这或许就是黄先生对《神思篇》的理解所以差之毫厘的主要原因，因为二者是属于两个截然不同的思想范畴的。在文学作品里科学地反映客观现实，法国十九世纪自然主义派小说家曾经悬为理想。但他们——比方其中最伟大的左拉——之所以不朽，就全靠那些事与愿违，那些不由他们自主的，与他们所高举的旗帜背道而驰的部分；而他们所殚精竭虑以求实现他们的理想的，反成为他们作品中致命的弱点。

《文心雕龙》是我国古代一部较全面较完整较有系统的文艺学。正如《孙子兵法》是我国军事学上一个伟大的纪念碑一样。但和《孙子兵法》从头到尾都贯穿着最紧严的逻辑连锁，具有高度的科学性不同，这部几乎每页都闪耀着关于文艺的创造，欣赏和批评的警策的名言和精辟之论的伟大文艺学，一部分由于它所研究的是较难把捉的逻辑思维以外的题材，一部分由于它所用的文体是长于赋（描述）而拙于论（说理）的四六体，或许更主要是它底作者的思想方法含有不少的形而上的成分，我们必须承认它说理难免有牵强，晦涩，不连贯甚或词不达意之处。和读一切古书一样，我们不独往往只能"以意逆志"，往往也只能"见仁见智"。强求一个完全符合现代语言的精确逻辑的解说固不可能，固执己见为"古人原来的意思"，自命真诠独得，更大可不必。何况，所谓批判地接受文学遗产，并不在于斤斤字解句释（这当然是不可少的初阶，但仅仅是初阶），也不只限于消极地去伪存真，去芜存菁；更重要是积极地推陈出新，在旧的基础上有所发挥，发扬或发明，正如孔子的复古其实是开来，而孟荀所传的孔子之道其实是宣扬他们自己在某些意义上是较进步的思想一样。

一九六二年二月五日于康乐园

说“逝者如斯夫”①

　　记得梵乐希在那本书上说过："抒情诗是欢呼，感叹，呜咽……底旋律的发展。"这定义可谓准确之至。可是对于深思的灵魂，有时单是一声叹息也可以自成一首绝妙好诗。譬如法国十七世纪大思想家巴士卡尔（Pascal）《随想录》里的名句：

Le silence éternel de ces espaces infinis m'effraie.
这无穷的空间底永恒的静使我悚栗！

不独备受浪漫派诗人推崇，和现代提倡自由诗的大诗人高罗德尔（P. Claudel）看作法文诗中最伟大的一首；就是主张古典诗式最力的唯理主义者梵乐希，虽然作了一篇极精深的散文《永恒的静辨》（*Variation sur une Pensee：lee：silence éternel……*），痛驳这思想无论真正的宗教家或纯粹的科学家都不会有，却也不能不承认它是一首完美的诗。

　　梵乐希在他自己为《永恒的静辨》做的注释里大概这样说："'永恒'和'无穷'都是'非思想'底象征。它们底价值完全是感情的。它们只能影响某种感受性。巴士卡尔在这句话里用几个功能相同的极适于诗（但仅适于诗）的字眼重叠起来：名词和名词，——'静'与'空间'；形容词与形容词，——'永恒'加'无穷'：造成一个完整系统底修辞意象：一个宇宙（L'imager hetorigue d'tin systbme complet en soi—m6me：un univers）然后把所

---

① 初刊广州《羊城晚报》1962年3月29日。据《诗与真二集》，商务印书馆1936年初版。

有的人性，意识，和恐怖推挤在煞尾那突如其来的'使我悚栗'几个字上①，烘托出一个在夜里孤立沉思的人感到那无限的不仁的星辰底压迫的恐怖心情。……"从形式的结构上解释这句话底诉动力，也许没有比这更精到的了。不过我总以为这思想即使在客观的真理上不能成立，如果对于作者当时的感觉不真切，或者这种感觉不具有相当的普遍性，它决不能在读者心灵里唤起那么深沉的回响。

由巴士卡尔这思想我又联想到《论语》里孔子一句极简短的话，也可以说是哲人底偶然叹息而具有最高意义的诗底价值的，就是：

子在川上曰："逝者如斯夫，不舍昼夜。"

七八年前，远在我认识巴士卡尔底《随想录》之前，朱光潜先生有一次在巴黎和我闲谈——不知光潜还记得否？——说起中国人底思想太狭隘，太逃不出实际生活底牢笼，所以不容易找到具有宇宙精神或宇宙观的诗(Cosmic poetry)。当时我们便列举许多诗，其中一首就是孔子这句话，来证明宇宙意识在中国诗里并不是完全不存在的。

最近在《水星》四期里得读知堂老人那篇平淡而美妙的《论语小记》。里面也提到这章，说"读了觉得颇有诗趣"。可见这句话之富于诗意，是有目共赏的了。

可是我们不独觉得它有诗趣或诗意，并且把它当作一首含有宇宙意识的诗(虽然至今我还没有见到朱子底注)，这也许出乎知堂老人意料之外罢？因为关于朱注他说，"其中仿佛说什么道体之本然，这个我就不懂，所以不敢恭维了。"在这里我们也许可以看出知堂老人底个性或艺术态度：一个谦避一切玄谈，以平淡为隽永的兴趣主义者。不过平心而论，假如所谓"道"并非什么神秘的长生术之流，而是一种普通的永久的基本原理，没有这不独玄学不能成立，就是科学也要落空的，——那么，朱子之所谓"道体之本然"，或者也未可厚非罢？因为，无论孔子底意向如何，他这声浩叹的确领我们从"川流"这

---

①　原文m'effraie（使我悚栗）仅占两音，所以效力更大了。

特殊现象悟到宇宙间一种不息的动底普遍原则了。

　　大家都知道，那相信宇宙流动的古希腊哲学家赫拉克来多士关于河流也有一句差不多同样的警辟的话："我们不能在同一的河入浴两次。"不过，他这话是要用河流底榜样来说明他底宇宙观的，是辩证的，间接的，所以无论怎样警辟，终归是散文；孔子底话却同时直接抓住了特殊现象和普遍原理底本体。是川流也是宇宙底不息的动，所以便觉得诗意葱茏了。

　　至于这句话所以达到这样的效果，就是由于它底表现方法暗合了现代诗之所谓"具体的抽象化，抽象的具体化"底巧妙的配合。"川流"原是一个具体的现象，用形容它底特性的"逝者"二字表出来，于是一切流逝的，动的事物都被包括在内，它底涵义便扩大了，普遍化了；"永久"原是一个抽象的观念，用"不舍"一个富于表现力的动词和"昼""夜"两个意象鲜明的名词衬托出来，那滔滔不息的景象便很亲切地活现在眼前了。

二十四年一月三十日于叶山

第三辑

论　画

论 画[①]

海粟：

　　为了校务与家事，不能参预你这次在中国艺术界空前热闹的画展，这实在是一大憾事！幸而你底画十八九我是认识的；有些是我们巴黎初次会面的晚上你便欣然举以示我的；有些是我亲见你挥毫的；更有些呢，是在玫瑰村从我那间"幽独"的小别墅望出去的郊外风景……我现在只要一闭目，便有无数奔放的，强烈的，浓郁的线条与色彩在我面前飞舞，一片片轮廓分明的清鲜幽倩的田园，苍莽沉郁的山水在我面前展拓……

　　这是你常对人说的：志摩——愿神安他底隽逸的诗魂，他离开这崎岖的尘世快又一周年了！——看了你底《巴黎圣母院夕照》惊喊道："你底力量已到了画底外面去了！"假如我在场的话，我会回响似的应一声，"不，你的力量已入了画的堂奥了！"也许因此引起一番有兴味的辩论罢？也许，比较可能的（因为志摩永远是解人），我们只相视莫逆而笑；因为这表面相反的字眼所含的意思是一致的，或者可以说，是一个意思底两面：你底艺术已到了成熟的时期了。换句话说，你底画已由摸索的进而为坚定的，由倚凭的如其不是模仿的进而为创造的，而且，在神气满足的当儿，由力底冲动与崇拜进而为力底征服与实现了。

　　这话说来有些稀奇罢？你孜孜从事于艺林二十多年，你底大名，无论叛徒或大师，亦久已传播远近，怎么到最近——我敢说最近两年抵于成熟？我用不着解辩。我想相信这次的观众，只要对于艺术有相当的认识，只要稍微留心与反省，便自然而然得到这样的印象：欧游以前的作品尽有比较成功的，大致却是散漫与纷歧——还未具有一定的风格。欧游作品虽然大体已趋一致，而

―――――――――
　　① 据《诗与真》，商务印书馆1935年2月初版。

222

在许多面目分明的作品如《卢森堡的雪》《瑞士山涧》等当中，我们还可以依稀分辨出某幅比较接近梵高（VanGogh）如《向日葵》《瑞士乡民肖像》；某幅比较接近莫奈（Monet）如《威尼斯》及《赛因河》。欧游以后的却无论如何弱总有你自己底面目，无论如何变幻总有一贯的精神：依旧去后期印象派不远，却洗脱了塞尚（Cèzanne）与梵高底痕迹了。

我有时想：文思底启发与艺术的成熟是一件很神妙的事，而把“一旦豁然贯通之”来描摹这境界更神妙不过。一个天才的艺术家在幽暗中摸索，探求，研习，一年，十年，二十年，忽然，看呵，转湾抹角处，头上露出一片一碧无垠的天，眼底呈现着璀灿炫熳的幽谷与平原：我们在高耸入云的丽峰间攀登不常有这样的感觉吗？这和果熟正没有两样：我们天天眼巴巴望着它由青转黄，由黄转红，总不见有什么动静，一朝不注意，它却霍然下坠了！没有什么两样；不过是意识的与非意识的之分，或者，较准确一点，一个是大自然底意志，太阳底力，一个是艺术家底意志，精神底力罢了。到了这时候，艺术家底创造力便像一座热烘烘的洪炉，什么杂铁与纯金都溶作一团了。所以文艺上的创造，并不像一般人所想象的，是神出鬼没的崭新的发明，而是一种不断的努力与无限的忍耐换得来的自然的合理的发展；所以文艺史上亦只有演变而无革命：任你具有开天辟地的雄心，除非你接上传统底源头，你只能开无根的花，结无蒂的果，不终朝就要萎腐的。那些存心立异或固执逆流的更不用说了。

海粟，我结识你正在这难得底大转变时期——在你底长期努力中显然跨过了一条鸿沟。你底艺术隐秘我相信是多少认得的。我觉得你底画始终与印象派底精神相契合，正是很自然的演进。在欧洲近代底画家中，你不是最爱那夭矫劲健，如天马行空，拘挛紧张，如病狮怒吼的特拉克洛（Delaemix）吗？从特拉克洛蜕化出来，加上东方画底布局与剪裁底影响，更进而对于光底现象的耽溺，可不就是印象派底本色吗？所以你底艺术未成熟以前，莫奈，塞尚，梵高……是你声气相求的响导；到了成熟以后，你只是他们当中的一员而已，你自有你底精神与面目。

力，不消说，就是你底画底徽号，你底画就是力底化身。无论识者与外行，一见你底画便被卷进那颤动的强劲的力底漩涡。我正不必复述那有目共睹的平凡的事实：你所画的是光芒的落日，高大的山，汹涌的浪，雄健的狮，猛鸷的鹰，苍劲的松，殷红的鸡冠花……然而这只是说你底取材，你底气质，你底灵魂底怅望与精神底元素。关于这层，新诗人中的郭沫若多少是和你共具的，一般观众把你底画来比他底诗亦正意中事。可是谈到艺术（这一点沫若便让步了），所谓力便不止是题材之宏大，线条之活跃，色彩之强烈及章法之横肆，而在于一种内在的自由与选择，以达到表现之均衡与集中。何谓自由？从细草幽花以至崇山峻岭都可以毫无隔阂，挥洒自如地在笔下活现出来。何谓选择？把繁的削成简的，复杂的删为至要的，使物底本体更为坚固，观者底精神更为集中。换句话说：一件艺术品应该是"想做"与"能做"与"应做"间一种深切的契合。譬如唱歌，放声的未必动听，拉破嗓子的不一定能感人，而在于抑扬高低皆得其"宜"——岂止，该沉默的时候你就不得不沉默。只有这样才算是力，只有这样才是力底实现。到了这个境界，就是说，到了你底笔服从你底手，你底手应顺你底眼或心的时候，什么色彩，线条，章法都泯没了——它们只是在动作的思想，只是胸中舞台底演员，只是大自然底交响乐底乐手，只是猛兽与鸷鸟底活力，只是那由根升到干，由干升到枝，由枝升到叶的液汁，只是春光中临风摇曳的桃花底婀娜……海粟，你后期底作品是往往达到这理想的：你底画库里不独有落日底炎威，也有月夜底蓝静，不独有浩瀚的涛音，也有深山绿丛中纡回的清涧。又试把欧游以前的《洪涛悲嘶》及《九溪十八涧》比较以后的《墨狮》和《飞瀑》，便知道第一幅只有单调，没有壮阔，更无论悲嘶了；第二幅用笔虽豪放，而枝节横生，有时连物底轮廓都分辨不出来，九溪十八涧在峻峭的笔林中埋没了；《墨狮》却是一股神完气全，待机而发的猛力，它底用笔——当你寻思它所以然的时候——是综合的，一气呵成的；《飞瀑》则无一笔是虚设，无一笔不向着而且达到同一的目标：一种奔泻的，喧豗的，莽苍苍的动底节奏。

《墨狮》，《飞瀑》，《卢森堡底雪》和许多最近从普陀带回来的风景，都是你底作品中难得的珍品，也是东西两个艺术传统交流出来的浪花。可是你别要误会我，我并不说你把透视法或光影移到国画来，或把国画底神韵灌进西画去。前者西洋画家已不拘守绳墨；现在的国画又多连形相都讲不上，何有于神韵？我只说它们已达到一个普遍的超国界的水平线上罢了。

以上几段零碎的感想，还是一周前写的，一搁下便延误了这许多天。要说的话尚多，又不知什么时候才有构思握管的工夫。索性就这样寄给你和韵士罢。

记得去年春天在瑞士底趋里虚（Zurich）城偕一个现代大雕刻家哈烈（Hailer他底作品藏于柏林及法兰西瑞士各地底美术馆的甚多）散步。他忽指一座镀金的雕像问我道："你觉得这像怎样？"我说"好极了！瞧他生气多勃然！"他叹口气说，"是的，作者是我一位好友，不幸年青的时候死了'！"半晌，他继续说："但这有什么：对于艺术家，最重要的就是创造一件有生命的东西。"（L'essentiel，pour l'artiste，C'est de créer une oeuvi'e qui vit.）意思是说一个艺术家只要创造一件有生命的东西便可以超生死，轻是非了。海粟，我相信你底不断的努力必定有更大的收获。现在呢，你总可以置一切是非于度外了，因为在《飞瀑》，在《墨狮》，在《卢森堡公园之雪》……你已创造了有生命的东西了。

宗岱

一九三二、十一、二二于旧都

黄君璧的画①

君璧的画最大的特征——其实是一切成功的艺术品共具的特征——就是从他的每一件作品里，无论是幽深茂密或萧疏空灵的山水，或是线条着色融洽无间的典雅工整的宋院派的花鸟人物，都笼罩着，氤氲着，或飘洒着一种不可掩抑的浩荡或清鲜，郁勃或爽朗的气氛，一种韵律像一支乐曲般柔和而有劲地渗透你的肺腑，浸润你的全身，令你心旷情移，悠然神往。这气氛，这韵律，我无以名之，只有借用我们画论中那用得最滥的"气韵生动"。

"气韵生动"，和美学上许多基本的原则或名词（譬如阿里士多德诗学里的模仿，近代美学的"直觉"与"表现"）一样，已经成为艺术论聚讼的中心，但我以为它所以成为聚讼的中心正因为它含义丰富，它所以被滥用正因为在某种情况下每个人都有意无意或多或少把握或感到它的准确性——问题只在于我们能否确认它的真谛，或最低限度能否用它来说明我们的感觉和印象。

根据我的经验，譬如，有一次在斐冷翠一座寺院游览，当我的目光从一排排出自庸手的板滞的雕像转移到一件有生命的作品时，我仿佛触到一片不可抵御的焕发的灵光——虽然这雕像和其他的一样满封着时光的尘土——令我精神为之一爽，有如沉闷的脸庞上忽然浮出一抹微笑，或积雨后突然透露的一线阳光。不独雕像，就是一幅画，一首诗，一支曲，或一座建筑都可以产生同样的效果，这，对于我，就是西洋批评家所常说的"有生命"（Vivant），亦即我们这里所谓"生动"，而气韵就是构成这"生动"的元素。

因为正如西洋美学家喜欢用壮美和优美来论列他们的艺术，我们的文艺批评也耽于"气"与"韵"的区别，"气"是偏于力一方面的，"韵"是偏于

---

① 本文初刊1949年《培正中学六十周年纪念刊》。

丰度一方面的，拿意大利文艺复兴的画家来说，同是第一流的作家，米珂朗杰罗是属于壮美的，拉斐尔是属于优美的，而达文奇却可以说二者兼备。拿我国的散文说，大家都同意韩愈以气胜，欧阳修以韵胜，司马迁则气韵兼长。应用到我们目前较切近，或者（我们不妨坦白承认），较小的范围内，我可以说在我们广东几位名画家中，高剑父先生的极致——我指的是他后期的墨兰一类溯本归源的作品——是以气胜的；陈树人先生的极致——譬如他那些雍容淡荡，圆润秀逸的花竹鱼鸟——是以韵胜的；而君璧的荣光，就是当他兴会淋漓，笔酣墨畅的时候，无论是当行的山光水色，旁及的花香鸟语，都充沛着蓬蓬勃勃的气和韵。

我觉得"气韵生动"所以引起连篇累牍的笔墨官司，甚或为人诟病，都由于一般人——始作者谢赫当然不能辞其咎——把衡量成功作品的尺度误作获得这作品的方法；它指出"骨法用笔"以下五法适当运用起来是该造诣的标准，而不是五法以外一个使绘画卓越或超神入化的神秘的手段。换句话说，"骨法用笔"以下五法是达到"气韵生动"的阶梯，"气韵生动"是"骨法用笔"等五法理想的效果。姜白石说得好："文以文而工，不以文而妙，然舍文无妙。"这就是说，法度并非超妙，可是离开了法度，根本就无超妙可言，关于这点，君璧艺术发展的过程很可以启迪我们。

我和君璧认识还是廿四五年前的事，那时我在培正中学肄业，君璧则在小学任图画教师，或许由于某种渺茫的心灵的契合罢，君璧和我过从颇密，但他当时所从事的是炭画和一种流行的月份牌画！我特别提出这点，是要大众认识从这卑微的出发点直到今日辉煌的发展，君璧的努力要走过多少的路程，以及一个人的努力能够成就怎样的奇迹。

可是当我七八年后从欧洲归来，君璧山水画的声誉已开始传播到我的耳里，不少后辈的培正同学曾经不厌其详地对我叙述我去国后君璧的生活。他们都异口同声强调他怎样把自己闭在屋子里废寝忘食去临摹古画；怎样东抄西袭，七拼八凑起来当自己的创作，我明白他正在孜孜地奠定他的基础。

至于君璧当时所临摹的是什么古画呢？大概是四王，尤其是他所推崇备至的石谷，四王在画史上只属能品，近年来他们的评价更受相当的损折。"取法乎上，仅得其中"，君璧艺术的造诣不会因而受相当的限制么？或许有人会问。不知四王所缺乏的是深邃的构思，卓越的境界，他们的技术却集前人的大成。这就是说：从技术的观点，我国的绘画到他们的手上已臻于最纯熟最完备的地步。所谓"能"就是可以努力而至的意思。写山水画从他们学习，正如过去写西洋画从鲁朋士①（Rubens）或大卫②（David）学习，可以说最稳健最谨严的，虽然不是唯一的入手的途径。既有四王技术的宝库供挥使，他现在可以自由把注于二石，截长补短，匠心独运了。

但是如果君璧的努力只限于"法古人"，他的画至高不过是古人的复制品——即使是最精巧的复制品。他于是开始他那遨游的生活，开始去"师自然"于那最崇高最清旷最幽深最险峻处。他开始用他自己的眼睛和心灵——那受了许多精明透辟的伟大的眼睛和心灵训练过的眼睛和心灵（因为，我们不要忘记，每个大画家的手法就代表他的看法，善学一种技术之人就等于获得一种新的宇宙观）去和大自然接触，藉以达到一种更深彻更完全的契合，他游黄山，登华岳，渡蓬莱，入西蜀，最近且流连于台湾的霞光云海，把大自然的变幻无穷的万千气象一一纳入他那精神的画箱中，这就是他的山水画所以能戛戛独步于今日的画坛（张大千先生有他的奇逸却没有他的沉厚）构思奇兀而不狂怪，用笔恣纵而不踰矩了。所以在君璧的作品中，我最神往于那些千岩竞秀，万壑争流，一草一木都仿佛浸在苍苍的大气中的蓊郁深蔚的画，它们使我不期然地向往崔颢的诗句：

> 削成元气中，
> 杰出天河上，
> 如有飞动色，
> 不知青冥状。③

或岑参的

---

① 鲁朋士（Peter Paul Rubens，1577—1640），通译鲁本斯，荷兰佛兰德斯画家。
② 大卫（Jacques Louis David，1748—1825），法国新古典主义画家。
③ 此诗实出自唐代陶翰《望太华赠卢司仓》。

秋色从西来，

苍然满关中。

五陵北原上，

万古青蒙蒙！①

"万古青蒙蒙"，这可不已经引我们接近荆关的门户了吗?

已往我论诗，常常喜欢学我的名誉祖师玛拉美（Mallarmé），从化学移用的一些名词如蒸馏，三蒸，精炼，升华等，最近我对于化学的兴趣和偶然做的实验更使我领悟这种应用的恰当。我以为不独个别的作品如一首好诗一幅好画时是一种蒸馏或升华，就是艺术家全人格的修养也是一种不断的精神上的升华和精炼。一个像君璧那样不断地进步的艺术家必然隐含着一种内在的自我蒸馏，精炼，和升华的工作——虽然我知道许多人正在热望着他扩大他的领域，精炼和扩大，这二者表面似乎相反，其实是相成的，因为领域越扩大那精炼的材料也就越增加，我们有理由希望，并且相信，君璧在下一次画展中，一定会带给我们画坛许多更大更高更纯的礼物。

一九四九，九，一日于培正。

---

①　岑参《与高适、薛据登慈恩寺浮图》。

第四辑
论美与批评

快乐论[①]

一

近两年来，新文化运动，一天进步一天了。这黑沉沉的中国，总算透出一线的曙光。大家从此勉力做去，"出黑暗而登光明之境"，为期当然不远了。真是件狠可乐的事情！

然而在这新旧思潮冲突当中，固然有许多人尽力和不良的环境奋斗；可也不免有许多奋斗能力薄弱的人，因为一时为恶劣的社会环境所困逼，便精神堕落，抱着悲观，以为这个世界，种种不真不善不美的孽相，无不满布目前，应有尽有，弄到乌天黑地，没有半点干净土。所谓改良社会，变置环境，增进人类的幸福，不特渺无效果，并且越去越远。于是倾向厌世，甚至投水……自杀的事情，亦时时发现。这种实是狠危险的趋势。我们既然觉著危险，就要想出一条救济的办法；又从此想到所以发生这种现象的原因。罗志希君对于这种青年的自杀，发现三种原因：

（一）没有美术的生活；

（二）没有社交的生活；

（三）是人生观改时候的消极反响。（《新潮》二卷二号：《是青年自杀还是社会杀青年》）

但我以为只有一个根本原因，就是没有快乐的人生观念，不能确实认定快乐的意义。既然没有快乐的人生观念，不能认定快乐的意义，便觉得这世界都是悲观的了。所以要救济这种趋势，在根本上解决快乐问题，就有不得不去

---

① 初刊《培正学报》第5期，1921年1月。收入刘志侠、卢岚主编《梁宗岱早期著译》，华东师范大学出版社2016年9月出版。

研究的趋势了。

还有一种人，也是足以令社会趋于危险的——在现在社会却占了多数，——就是整日只管饮食男女，其余便一事不理。奢靡淫荡纵欲忘身；以为人生的快乐，只有肉体上的放恣。这种观念的发生，亦无非误认快乐的缘故。

我以为"快乐"二字，一般人都把来当作人生最终的目的，但是能够确实认定它的人，竟然这么少；以至弄到或流为悲观，或成为纵欲。所以我特提出这问题，来讨论解剖一番，看看快乐的真意，究竟是什么？

快乐原是人生的目的。因为涵义甚繁复，所以研究不容易。以我现在的学识，那里配讨论这问题？一篇短的文章，又那里能够说的透彻？不过我的意思，以为学识的够不够，是没有一定界限的。识一分，尽管和人家讨论一分。这问题我虽不配讨论，但却不防把我的直觉写出来研究研究。总算是一个提议罢了。

我所讨论的范围，只限于快乐的意义。至于那些快乐底起源、发达和种类……关于生理一方面的，我对于这类的学问，毫未问津，也就不敢插嘴——亦不能插嘴——而且不是这篇文章所能概括的，应当请生理学家和心理学家研究去。

我这快乐论，有许多他人说过的也拉来说说。或者看官们要加作者一个偷盗的罪名，我且不和他细辩；只拿陈嘉蔼先生的说话来答复他："因为天下的真正道理并不多；历史的事实沿革有一定。作者只能从真理的各方面上去发挥，并不能把前人定下的真理抹杀不谈；只能取变迁的长短得失来批评，并不能将历史经过的事情搁起不叙。"（《新潮》一卷三号：《因明浅说》）

要解决这快乐问题，必定先有一定的标准，以便依着标准讨论下去。我们应当拿什么来作标准呢？

傅孟真君讨论人生问题，说："拿人生解释人生，是现代思潮的趋势。"（《新潮》一卷一号：《人生问题发端》）这句说话妙得狠！我以为讨论快乐，也是这样；除了"就人生论快乐"，再没有别的法子了。因为快乐既然是人生的目的，若果我们离开人生讲快乐，这快乐便成为"非人生的快乐"、"消极的快乐"。但是我们要知道：这世界是积极的世界，我们又是生人；我们所希望的快乐，是人生的快乐，积极的快乐，永久的快乐。那样消极的快乐……是用不着的。希腊大哲学家伊璧鸠鲁Epicurus说得好："快乐是人生的始，快乐是人生的终。"(《青年进步》第三十四册：《快乐主义学说大概》)可知快乐是和人生相终始的。我们讨论快乐的人，不可不把"就人生论快乐"作我们的标准，标准定了，我们才能够细细讨论。

二

我们讨论快乐问题，若果不先明白现成的快乐学说，可就要合了古人所说的"可怜无补费精神"。因为历来中西的哲学家，讨论快乐的狠多；快乐的各种观念，许多被他们研究过了。尽不必一条一条的寻根澈底去讨论，只要就现成所说的得失，作为借鉴，就方便多着了。所以我在未解决这快乐定义以前，先把中西的快乐学说来约略说说。今从中国的说起：

中国哲学家说快乐的，却也不少。但多半不是就人生论快乐的，通是就非人生论快乐的——虽间有些不是，但却占了多数了——"将欲显真，必先破妄。"我虽不敢说这句话；但是为着真理起见，却也不妨勉力做去。现在且举二种最有势力的出来，以我的眼光去驳驳他：

第一，以遏欲求清净乐说。这派所主张的，是以清净无为，绝智弃学为快乐。大概意思：以为人生若有了智识欲望，必定"汲汲皇皇"，"孜孜勤勤"，历种种的辛苦艰难，以求满足他的智识欲望。而智识欲望，总是没有满足的时期：得了这样，又想那样。因此自幼，而少，而壮，而志，而死，没有一天不是纷纭自扰，在烦恼痛苦的天地中间讨生活，那里还有丝毫的乐趣！所以要得真正的快乐，当要遏绝一切知识和欲望。发挥这种道理的，当然以老子和庄子为代表。

你试看老子说（老子《道德经》）：

> 众人熙熙，如享太牢，如登春台。我独泊兮其未兆，如婴儿之未孩。

> 见素抱朴；少私寡欲；绝学无忧。

名与身孰亲？身与货孰多？得与亡孰病？甚爱必大费，多藏必厚亡。知足不辱，知止不殆，可以长久。

又试看庄子说（《庄子·至乐篇》）：

夫天下之所尊者，富、贵、寿、善也；所乐者，身安、厚味、美服、好色、音声也；所下者，贫、贱、夭、恶也；所苦者，身不得安逸，口不得厚味，形不得美服，目不得好色，耳不得音声。若不得者，则大忧以惧；其为形也亦愚哉！

今俗之所为，与其所乐，吾又未知乐之果乐耶？果不乐耶？吾观夫俗之所乐，举群趣者，誙誙然如将不得已。而皆曰乐者，吾未之乐也，亦未之不乐也。果有乐无有哉？吾以无为诚乐矣；又俗之所大苦也。故曰："至乐无乐，至誉无誉？"天下是非，果未可定也。虽然，无为可以定是非；至乐活身，惟无为几存。……

照以上所说的看来，我们对于这派的快乐学说，当更明白了。但是我们若果照这样的快乐学说去做，结果必定令这世界消灭。怎么呢？因为既然绝学，就会令人类成为"浑浑噩噩"，和禽兽一般；既然知止知足，没有将来的希望，就会令社会成为"终古如斯"，毫没进化；既然把身体看作大患（老子说："宠辱若惊，贵大患若身。"），结果将要消灭这身体，人人消灭身体，世界就不能不消灭了。我们想到那种学说的结果，已经足以令人毛骨悚然。就是就理论来说，也是讲不通的。大凡立一种理论，必定要符合各种人生的事实。这种快乐学说对于人生的事实是怎样呢？我们是人，人是生出来便有智识和欲望的。试看小孩子初生的时候，便知道"饥思食，渴思饮，寒思衣"了。可知他已经有了饮、食、穿的智识和欲望了。如今硬把他遏绝，可不是太牵强不能自然，失掉天然的本态吗？又何苦来呢！就把老子和庄子本身而论，总应该要实行了。然而他们既然主张绝学，他们却都是学问高深；既然主张无为遏欲，他们却都要著书立说，希望人家去学他。照这样看，他们竟不能实行去，可见这说是靠不住的了——不可藉来解释快乐——至于老子和庄子所以立这种学说的缘故，不过因为当时周室弄得太糟了，争权的争权，夺利的夺利。不得不矫枉道正，使人人以清净无为为快乐，以冀停息争端罢了。

第二，以纵欲求肉体乐说。这说所主张的是肉体的快乐。大概意思：以为人生是暂住的，人死是暂散的；所以生前快乐的，就是恣性情的自然，任耳目的愉快，极声、色、嗅、味的精美。至于那些生前枯槁，以求死后余名的，断不能得真正的快乐。发挥这说的代表，当然算杨朱了。欲知端的，请看杨朱说（《列子·杨朱篇》）：

> 百年，寿之大齐。得百年者千无一焉。设有一者，孩抱以逮昏老，几居其半矣。夜眠之所弭，昼觉之所遗，又几居其半矣。痛疾哀苦，亡失忧惧，又几居其半矣。量十数年之中，然而自得，亡介然之虑者，亦亡一时之中尔。则人之生也奚为哉？奚乐哉？为美厚尔，为声色尔。而美厚复不可常厌足，声色不可常玩闻。乃复为刑赏之所禁劝，名法之所进退；遑遑尔竞一时之虚誉，规死后之余荣；偶偶尔顺耳目之观听，惜身意之是非；徒失当年之至乐，不能自肆于一时。重囚累梏，何以异哉？太古之人，知生之暂来，死之暂往；故从心而动，不违自然所好；当身之娱非所去也，故不为名所劝。从性而游，不逆万物所好；死后之名非所取也，故不为刑所及。……

> ……凡生之难过，死之易及；以难过之生，俟易及之死，可孰念哉？……为欲尽一生之欢，穷当年之乐；唯腹患溢而不得恣口腹之饮；力患惫而不得肆情于色。不遑忧声名之丑，性命之危也……

> 夫耳之所欲闻者音声，而不得听，谓之阏聪；目之所欲见者美色，而不得视，谓之阏明；鼻之所欲向者椒兰，而不得嗅，谓之阏颤；口之所欲道者是非，而不得言，谓之阏智；体之所欲安者美

厚，而不得从，谓之阏适；意之所欲为者放逸，而不得行，谓之阏性：凡此诸阏，废虐之主。去废虐之主，熙熙然以俟死，一日，一月，一年，十年，吾所谓养。拘此废虐之主，录而不舍，戚戚然以至久生，百年、千年、万年，非吾所谓养。

看以上所说的，我们更可以明白这纵欲佚乐说的大概了。他主张的是"人生的快乐"呢？还是"非人生的快乐"呢？对于人生，有没有害处呢？唉！不消说！中国人，弄到这个田地，都是受了这种学说的害呢？因为这种快乐学说，在中国算最有势力的。所以弄到中国人们，只知吃好的，住好的，穿好的，只知纵淫欲，极奢侈……其余什么博施济众，兼爱尚同，精神上的愉快……一概不是他们梦想得到的。我们要知道：人之所以为人的，不是只具肉体就算了的。最要紧的，还是要有真我的人格。什么叫作真我的人格呢？即上文所说的要求积极、永久……的快乐。总之是精神的非而肉体的。你看，这种纵欲说，只知求肉体的快乐，已经失了真我的人格，和猪狗无异了。况且我们受了社会的各种利益，总应当干出一点有益社会的事情来。这纵欲说只知消耗社会的物质，并没干出一点有益的事情。可不是社会的大蠹虫吗！假使几千年前的人类，都怀这种观念。必定没有现今的我们了。假使现今的我们都怀这种观念，也就没有后代的人类了。试问若果没有我们，我们的快乐从那里来？就是退一步说：当这种快乐观念是合于人生的快乐，是没有害于人生的。我们试一究他的结果，真可以得到真快乐吗？也不过是"以快乐始，以悲苦终"罢了。怎么说呢？因为人生的精力有限；物欲的消耗无穷。以无穷底物欲，消耗那有限的精力，像斫树般的"旦旦而伐"，不久便要精竭力疲了。这时节虽有美味不得尝，虽有椒兰不得嗅，虽有美厚不得安……虽有美色也不得享了。试想那悲苦的情境，成了怎么样！所以这说离人生太远了，实在没有存在的地位，更不可用来解释快乐！

以上二种，一是根本反对物质的；一是积极的使用物质的。各走极端，都是非人生的快乐，都是靠不住的。其余的"非人生的快乐"学说，还是狠多。如什么逍遥派，乐天派，清谈派，诗酒派，猖狂派，……现在为着篇幅和时候的经济，也不必一一去批评他。我们只是拿"就人生论快乐"作标准，一切"非人生的快乐"和许多空泛的议论，就完全失了根据了。至于中国的快乐学说，就人生论快乐的，据我所考察得，却有三说就是：

（一）论语首章首节所说的："学而时习之，不亦乐乎？"

（二）宋代理学家所说的："万物静观皆自得，四时佳兴与人同。"

（三）明代王门学者所说的："学是学此乐，乐是乐此学。"

这三说虽然多偏于学问一方面的，但通是积极的和人生的。我们讨论快乐意义，不可不注意这三层道理。

三

既然中国的快乐学说可靠的狠少，我们于是不能不去找西洋的学说：

西洋底快乐主义学说，自从伊璧鸠鲁Epicurus创始以后，欧美底哲学家，多少带了些快乐的色彩。有的是从伊氏私淑得来的，有的是自家戛戛独造的。理论上虽然各有不同；其中所含快乐主义的原质，大致没狠大差异。现在我且把几家是势力的学说，略略写下来，讨论讨论（以下杂采《青年进步》三十四册、《快乐学说大概》、《近代思想》及梁启超的《泰西哲学一脔》诸书）。

（一）伊璧鸠鲁，快乐的理论。伊氏是快乐主义的创始者，我们想知道他的学说，请看他说：

> 吾等说快乐是人生的宗旨，又是最后的目的，听者千万不要误解；有些人以为快乐即指穷奢极欲与声色货利而言，此都是世人无知；或者胸有成见，或是故意妄解吾人之词句罢了。但吾人所说的快乐，是要身体上无痛苦，心灵上无烦扰；并不是什么好酒好食，狂笑狂嚼呵。

> 人生最大的需要，便是智慧，智慧比一切哲学更为宝贵。一切道德贞义仁慈豪侠，皆从智慧分出。无智的生活，总不是快乐的生活；有智的生活，总不是非快乐的生活。

　　身体康健，心魂安静，是人生最大幸福。如此，便是贫而乐；不如此，便是富而苦，虽富有天下还是苦的。若求快乐，须先除去求富的欲望。

　　少管闲事，不担艰巨，如才力不胜，不要勉强．世间快乐，无过此者。

　　智识发生种种的快乐，其中最大的，即是与朋友交游。吾人未曾求饮食之时，即当先求共饮食之友；食时没有朋友在旁同乐，乃是狮子豺狼的生活。

　　（二）边沁佐里迷Jeremy Bentham的乐利主义Utilitarianism。乐利主义，远源出于希腊的阿里士贴菩Aristippus和伊璧鸠鲁；到了边沁，才成为完备的学说。他以为"人群公益"这句说话实在是道德上最紧要的意义，又断定以苦乐为善恶的标准。但苦乐是至不齐而常相倚的；所以要定善恶的标准，先要明苦乐的价值。边氏于是创为苦乐计量法，以为苦乐的量有大小，要大乐去小乐的，叫作善；要小乐去大乐的，叫作恶。那计量的法子，共分七法：较苦乐的长短、强弱、确否、远近、增减、纯驳和广狭。常拿苦乐二者的度量，比较相消，乐多的就是善；苦多的就叫作恶。又以为苦乐是不惟随其量而生差别，亦随其所自出的原因——性质——而生差别。这样就叫作"种类的差别"。其分类法，大别为主观的分类和客观的分类二种。主观的分类为：单纯的苦乐，其感觉只为一现象的；复杂的苦乐，其感觉常含两现象以上的。复杂的又可分为三：（甲）几种的乐相和合；（乙）几种的苦相和合；（丙）一种或几种的乐同一种或几种的苦相和合。客观的分类，快乐的则为：感觉，富财，技巧，友交，令名，权力，信仰，慈惠，恶意，记忆，预期，联想和救拯，共十四。苦的则为：缺亡，感觉，拙劣，仇敌，恶名，信仰，慈惠，恶意，记忆，想像，预期和联想共十二。于诸种之中，又分为自动、他动二大别。即慈惠和恶意的苦乐，是关于他人的；其余都是自己的。但是边沁所注重的，还是在度量，不在性质。他以为，若果那乐的度量、强弱、长短相等的；虽最粗的小孩玩具和最美的诗歌，是没分别的。

（三）尼采Nietzsche底科学的乐天观。尼氏的快乐观念，是奋斗的；他拿科学做奋斗的武器，以为人能直立于自由的天地中间，无所恐怖，无所挂碍，一意探索智识，达于宇宙的进化法则，人生庶几达于圆满的境地了。所以他说——

> 美者，非吾人奋斗之时所宜有也；战后镇静之时，疲劳之时，渴望慰藉之时，乃有之耳。清明奋斗之际，艺术复与吾人相远；惟其慰足以如朝露之润湿人生。

> 人之生，其果绝无欢娱，仅有疲劳与虚无乎？浮云一去，则其甜蜜将有过于蜂蜜，而滋养乃如牛乳。人至垂老，必能理会自然，年事既长，知识必多。衷心快乐之光明，足以照见四方。于是人乃得藉自然而享遐龄，增知识。当此之时，纵然死在旦夕，亦复谁以为悲乎。向此光明而进者，人生最后之运动也，得知识而喜者，人生最后之呼声也。

（四）弥勒约翰John Stuart Mill的选择学说。弥氏的快乐说，以伊璧鸠鲁的理论为根据。有时加入司徒伊克派的苦修行底学说，以为先苦后乐；世间天然的缺乏，非人力所能弥补，所以世间之乐，究有不足之处，只能以自足之心处之。有时加入柏拉图Plato的道德观念，以为行乐之道很多，须择其最善者为之。但最善的标准，就是道德。有时加入亚里士多德Aristotle的中庸学说，以为行乐之事，皆要中节，不可过度，个人是社会的分子，行乐的限度，至大以不侵犯他人为限。若能与人同乐，增进社会的幸福更好。有时加人边氏的乐利主义（或作功利主义）以为一切利人的事，都与自己有利；必使社会安全，众人同乐，那乐更大了。有时或加入耶稣的金句（即如欲如何待自己，自己先要如何待人）与边氏的乐利主义混合，以为一切爱人的事，忠恕之道，都是为了自己的利益罢了。若不是为自己的愉乐起见，也可不忠不恕了。

（五）斯宾塞和孔得Comte的社会进化底快乐说。斯氏和孔氏都是社会学家；所以他们都是主张礼会进化底快乐说。斯氏是这说的创始者，他以为"社会是有机的存物"（Organic being），社会全体是一个有机体（Organic），组成这社会的各个人，就是组成这有机体的细胞（Cell）。所以社会实在像我们的身体，是一个有生命、有长成发达作用的有机体。换句话说，社会就是一个"进化无疆"的有机体。所以社会是我们活动的根本，我们的行动"当以社会为中心点"。因为这个缘故，他对于快乐的解释，以为"社会的进化同我们人类快乐的感觉成一个正比例。社会越进化，我们人类的快乐亦越多。快乐和社会进化的中间，有一大结合存在。所以社会的进化和人类的生活力之充实，有并行不悖的现象。生活力日益发展，快乐的分量亦日增多。我们人类既然以快乐作目的，则快乐的最大分量，只在社会进化的极致得来。所以我们直接的目的，不可不先求社会的进化"。后来到了孔德，把社会学演成有系统、有组织的伟大学说。其中一大部分，为快乐和乐利主义所占据。他论及社会的动力一层说——

> 先有环境，后有接触；然后生感觉；然后因感觉而生苦乐；因避苦而生动作；因趋乐而生欲望；欲望坚强，成为志气；动作敏捷，发生智慧；动而不已，遂生功用；五官百体一切心灵，皆因功用传之后代。

> 社会动力有二：一是治生之欲望，衣食住是也；二是传生之欲望，男女雌雄牝牡是也。皆因趋乐而起；因传生之乐而有家庭，因治生之乐而有百业，是为社会之雏形；再进而演成宗族、乡里、学堂、教会、政府，种种社会机关。

除了以上五种以外，还有许多。即如社会主义的"工作即是寻乐，寻乐即是工作"亦是极有势力的。怎么"工作即寻乐，寻乐即工作"呢？比方有一个反对的人问道："工作是苦事，你不强迫他，他那里肯工作呢？"社会主义的人就要回答道："工作过度是苦事，所以要改良社会，工作不过度，是乐事，人谁不肯趋呢？譬如钓鱼是渔夫的工作，打桨是船家的工作，种菜是做农人的工作。但是他们的工作，我们偶然为之，便是寻乐之事。世间许多游玩，是穷苦的人所专有，一天做到晚，便成为苦事了。半日游戏；游戏也成工作，工作也成游戏了。快乐是游戏的结晶，到此时，一切忧患苦恼都丢尽了。世间只有怠业的，没有怠游的。"

以上六种西洋的快乐主义学说，约略说过。现在我且总束几句：伊壁鸠鲁的快乐主义，是学尚智慧的；边沁的乐利主义，是主张"最大多数至最大幸福"的；尼氏的快乐观念，是科学的、奋斗的；弥勒的快乐主义是由伊、边二氏混合的；斯、孔二氏的快乐主义，是主张社会进化的；社会主义的快乐观念，是主张"工作与寻乐，并行不悖"的。

四

这样我们就可以为快乐下一个定义了。但是快乐的定义，本是极不易下的。因为快乐的涵义极大，本质极微，类别又极多。道德家的快乐，不同哲学家的快乐，哲学家的快乐，不同科学家的快乐，科学家的快乐，不同音乐家的快乐……快乐界说，是容易定的吗！以我浅陋的学识，更难上加难了。但是人人都有快乐的思想，人人都把快乐来作目的，便是人人都有快乐的一番见解。我对于快乐，自然也不免有一番的见解。这见解现在我自己却相信得过。如今请就我的意见，归纳各家的学说，把这快乐的定义，写了出来，然后再去讨论解释，更请大家想想罢。

我的快乐的定义是：

> 由个人的劳力和智识的发展，所得人类生活上的便利，社会的进步，就是快乐。

繁一点说来，是——

> 由充量发挥己身所潜蓄的劳力和智识，所求得供给人类生活上各种事情的便利，和社会上共同事业的进步，就是快乐。

这是我对于快乐的根本解释，这是我的快乐定义。

五

我刚写完这条界说，有位朋友见了，便狠诧异的说道——

> 这厮又在这里说疯话了。普通一般人快乐的见解，岂不都说是，"吃得好，穿得好，住得好，安坐着不做事，又有人服侍，不费一点力呢？"至于什么公众的快乐，通不是现在能直接感觉得的，和自己没甚关系。什么劳力和智识，更和快乐风马牛不相及了。这厮竟说些什么"由个人劳力和智识的发展……就是快乐"，像这样的快乐定义，简直是说疯话罢了。

我说，诚然！诚然！一般人对于快乐的见解，诚如你所说的"吃的好，穿得好，住得好……"便是快乐。但是我们试一考其究竟，这样的快乐，是否快乐的本身呢？我们试想，我们日中吃的，穿的，用的，住的，所有供给我们生活不可少的物质，那一样不是由许多人的劳力和血汗积来？要穿好衣，就要有做好衣的缝工，且在未做成的衣服以前，却要经过了种棉、育蚕和纺纱、织布，许多人的手；要吃好饮食，就要有做好饮食的厨子，且在先却要经过了种谷、养牲、春米、屠夫，许多人的手；要住好房子，就要有建好房子的泥水匠，且在先要经过了陶砖、造瓦和木匠，许多人的手。其间每种人所用的器具，又不是他们能够自己造的，必定又要经过了许多制造者的手。可见无论我们吃的、穿的……没有一样不是积许多人的劳力得来的。换句话说：人所享的快乐就是人的劳力造成的。假使我要安坐不做事来享快乐，他人也要安坐不做事享快乐，世界上人人都是安坐不做事享快乐；个个不都要饿死吗？请问那里来的快乐？我们从这里得一个见解：

快乐的一种代价便是劳力。

　　然而只是劳力就可以令我们快乐到这个地步吗？我们试回想几千年前，人类未开化的时候，我们的祖宗，劳力怎样？生活怎样？比较我们今日的又怎样？整天东奔西跑，劳碌奔波，吃的，仅得"茹毛饮血"；住的，仅得"穴居野处"；穿的，仅得"卉服羽衣"。钻木取火的，构木为巢的，削木为耒耜的，都要称圣人了。他们生活的艰苦，比那想象的鲁滨孙在孤岛里讨生活，还不知艰难几多倍。我们呢，就大大不相同了。吃的，住的，穿的，用的……凡一切供我们生活不可少的，只要专心顾住自己的本业，就不愁没得消受了。我们的生活，何等便利！何等快乐！比较起来，他们用的劳力，不是比我们多了几千万倍吗？为什么他们享的快乐，反要比我们少了这么多呢？我可以一句答道：智识的发展和不发展的差异罢了。不要拿现代和太古比较，就把西洋的普通生活，来比我们中国的普通生活；他们的工作，何尝不比我们自在得多；而他们一个平常工人所享的快乐，却比我们中等人家还要多些。这又是什么缘故呢？亦可以一句回答道：智识发展的程度不齐罢了。因为智识是生活的本源；智识发展的程度越高，物质越文明，生活越便利，所享的快乐，那有不越增多的呢？所以我们今日能够得到享这灿烂光华的文明快乐，不是自然而然的，也不是从天掉下来的，实在是由那钻木、架巢、削木，一点知识的发源，一层一层的累积得来的；换句话说：我们今天所以能够享这快乐，都是因为从古以来的人类，把这点知识，充量去发展，不知不觉，慢慢的堆积起来的。前时代人，充量去发展他们的知识，因而物质渐渐的文明，生活渐渐的便利，快乐亦随之而渐渐的增加。后来的人，又充量去发展他们的智识，扩充前人所已有的，增加前人所未有的。所得生活上的便利越多，所享的快乐亦越多。如此逐渐堆叠起来，智识越进步。我们所享的快乐，也是越大。快乐的多少，就以知识发展的程度为标准。我们于是又可以从此透悟出一个见解：

　　快乐的一个重要代价便是智识。

　　通常人快乐的观念，只打算自己要快乐，不再想他人怎么样，社会一般人又怎么样；只知现在的快乐，不再想现在的快乐是从那里来的，将来的快乐又是从那里来的。以为这样就是快乐的正当观念了——看上文我那位朋友所说的，便可以代表一般——所以他们的快乐，有时是从别人那儿抢来的。谁知他们把"我"字看得太小了；把"现在"看得太小了。其实这种快乐观念，那里可以得真正的快乐生活：因为他们没有顾到全体人类的快乐，单想个人快乐，总是不可能的。

所以我们想得真正的快乐，先要把"自我"和"现在"解放。怎么解放呢？就是"看全社会是个人；古往今来是现在"。"个人"是"社会"的"个人"；"现在"是"古往今来"的"现在"。想得个人的快乐，不可不注意社会的快乐；想得现在的快乐，不可不注意将来的快乐。换句话说，就是想得真正的快乐，不可不求社会的进步。或者有些人还以为我这些话是疯话；但我也不必硬拉他来领会我的意思；还请他耐着心儿，"少安勿躁"，同我们讨论这句话。

我们要明白这种快乐论为什么是要"社会进化"的，不可不先明白社会是怎么一同事。斯宾塞说："礼会是有机的存在物，社会全体是有机体"。胡适之先生解释为："凡有机物的生命，全靠各部分各有特别的构造的机能，同时又互相为助；若一部分离开独立，那部分的生命便要大受损伤；即使能勉强存在，也须受重大的变化。比方我们人身的生命，全靠各种机能的作用，但各种机能也都有独立的生活，也都靠全体的生命：没有各种机能就没有全体；没有全体，也就没有各种机能。"（《新青年》六卷式号：《不朽》）但是组织这社会的各个机能是什么呢？不消说就知道是个人了。所以我们的快乐，虽然由于生活的便利，生活的便利，虽然由于个人的劳力和智识的发展，惟是更不可不由人和人的互助。若果不是由人和人的互助，则虽终日劳瘁，以至于疲惫以死，恐防也不能得一刻饱暖。因为我们日中靠他来生活的东西，是狠繁杂的：要穿衣，必要有布；要吃饭，必定要有谷米；要住，必定要有房子。其余各种用具，更不可胜数。以我们一日间生活的供给，靠木匠也有，靠裁缝也有，靠农夫也有，靠泥水匠也有，靠织布的人也有……实在是多到了不得。而一人的才力，又是狠有限的。莫讲兼顾所有供给我们生活的各样事情，是不可能的；就是纯然只干一事，恐妨亦不能呢？能耕田，未必能造耕田所用的犁锄；能造犁锄，未必能自己开矿要造成犁锄的铁。能织布，未必能纺纱；能纺纱，未必能种用以纺纱的棉；能种棉，又未必能自己造成织布的机、杼和轴。退一步说：就使能够得布和米了，然而煮饭用的釜呵、甑呵、锅呵……能够自己制造吗？缝衣用的针呵、线呵、剪刀呵……能够自己制造吗？所以独身的生活，是断断不可能的。那么，我们想求生活的便利，除了自己所业的以外，就不能不求助于他人了。因这个彼此相需的缘故，个人和社会的关系，就产生出来。

然而我们不是单求生活便利就罢了的；还要求更大的便利。求得的更大便利，就是进步。因为我们今日的快乐，是由前人求得的进步得来的；我们吃了前人的恩赐，就不可不找一条法子去报答他。怎么报答呢？难道硬拉他们起来，用美好的衣、食、住来供奉他们吗？不行！不行！已死的人，是不能复生的。我说的报答，不过是继续前人的意志，去求这社会的进步罢了。因为我们今天的生活，不过是比较的快乐罢了。若严格的说来，实在未能叫作完全的快乐生活。其中却还夹著多少悲苦的景况。试看我们今日所推为生活最便利、享受最快乐的，当然莫过于欧美的人了。然而他们的资本家和劳动界，时时起生冲突；罢工的声浪，常常震动我们的耳鼓。因而社会上常现出不靖的现象。所以有些人以为物质文明，是增加我们的苦感的。其实物质文明的进步，何曾不是增进人们的快乐！不过社会的制度未能完善，我们采用私产制度，自树藩篱，才有这倾轧的现象罢了。要是我们能够把这不良的私产制度，渐渐变为良好的公产制度；然后由快乐的生活，进而为更快乐的生活；由不纯粹的快乐生活，进而为纯粹的快乐生活；社会的进步无穷，我们生活的快乐也就无穷了。最浅近易明的比例，就是我们在学校的时候，环境都是非常之好。因此之故，我们便觉得非常快乐。或者有时心里挂著乡里；但亦因环境多不良的缘故，一返到本乡，就令我们发生种种不满意的观念。这是我们时时经历的。但是我们要知道：个人的生活，个人的快乐，固然依托于社会；而社会的自觉本能，亦寄托于各个人。社会的保存发展，就全仗各个人自觉心的发展，对于个人与社会不可离的关系，生出最高的自觉心来，产生保护总体的各种手段。照这样看，个人和社会，是不可开离的；我们的快乐，更是一刻不可离开社会。换句说话：个人的快乐，就是社会的进步；社会的进步，也就是个人的快乐。吴康君说得好，"离去社会讲人生，是虚谬的人生"（《新潮》二卷二号：《人生问题》）；我亦说，离去社会讲快乐，是莫须有的快乐。我们于是又可从这里透悟出一个见解：

想得真正的快乐不可不求社会的进步。

总括上面所说的看来，就知道我们的快乐，根于生活的便利、社会的进步；而生活便利，社会进步，又是由个人的劳力和智识发展得来的。对于这条界说，可就没疑义了。

六

说到这里，我还要伸明几句，就是首篇所说的，那些悲观的人，只是因为没有快乐观念，不能认定快乐意义的缘故。为什么能够有快乐观念，能够认定快乐的意义，便不至于悲观呢？因为我们的快乐观念，既然由劳力和智识的发展，以求社会的进步，那么，这快乐是永久的，进步的，有创造的能力，奋斗的精神的，觉得这世界是无限快乐的。社会有不良的制度和习惯，我们就把这快乐的观念，充量发挥我们的智力，去和不良的环境奋斗，变可厌的为可爱的，变不良的为良善的，变可悲的为可乐的。如此，那里还有悲观呢？

上面说的话太多了，现在请再扼要提纲，简单的说几句：——快乐是劳力和智识的结晶，是过去的个人、社会的个人的劳力和智识统合的进步。我们一面受社会和过去赐下的快乐，就应该一面为社会和将来谋快乐。要谋公共的快乐，不可只图个人的快乐。若想为社会和将来谋快乐，就应该充量发展个人的智能，至于无穷的境界。那么，无论个人或是社会，那快乐都是真正的快乐，人生的快乐，永远的快乐，创造的快乐，积极的快乐，进步无穷的快乐！

九，十，一，

论崇高^①

朱光潜先生是我底畏友，可是我们底意见永远是纷歧的。五六年前在欧洲的时候，我们差不多没有一次见面不吵架。去年在北平同寓，吵架的机会更多了：为字句，为文体，为象征主义，为"直觉即表现"（当时光潜是绝对服膺于克罗齐底美学的，我则始终以为忽视"传达与价值"，为克氏美学底大缺点。我们底争端便在于此。——二十五年七月十五日作者注）……大抵光潜是专门学者，无论哲学，文学，心理学，美学，都做过一番系统的研究；我却只是野狐禅，事事都爱涉猎，东鳞西爪，无一深造。光潜底对象是理论，是学问，因求理论的证实而研究文艺品；我底对象是创作，是文艺品，为要印证我对于创作和文艺品的理解而间或涉及理论。因此，我们在追求底途中虽然常有碰头机会，而不同的态度和出发点，尤其是不同的基本个性，往往便引我们达到不同的结论。最近在递旅中得读他底《刚性美与柔性美》（原载《文学季刊》第三期。现已收入朱著《文艺心理学》）中，觉得非常钦佩与愉快；可是和往常一样，钦佩愉快之余，又在我胸中起了一番激烈的辩论。从前在北平的时候，光潜曾有把我们底辩论写下来的提议，这在目前恐怕是唯一的办法了：因写这篇文章以就正于光潜。

宗岱附识。

朱光潜先生在他那篇精博而且雄辩的《刚性美与柔性美》里，引用前人

---

① 据《诗与真二集》，商务印书馆1936年初版。

两句六言诗，"骏马秋风冀北，杏花春雨江南"，以为："可以象征一切的美"而且"遇到任何美的事物，都可以拿它们做标准分类"。这两种美，如果用形容词说出来，在中国是刚柔或阴阳，在西洋便是Sublime和grace。

对于美底分类我没有什么成见，因为这多少是主观的，我几乎想说武断的。司空图把诗分作二十四品，严沧浪却只分九品，如果他们同时代，这场笔墨官司会永远打不清，普通西洋美学依照美底品格把美分作五个畴范，即是：崇高（Sublime，朱译雄伟），伟大（grandeur），美丽（beautiful），妩媚（grace，朱译秀美）和乖巧（prettiness）。朱先生为求简明起见，从美底性质立场，根据中国旧有的阴阳说，分为刚性美与柔性美，自无不可。

可是朱先生又根据德哲康德底学说，把西文底Sublime和grace附上去，译前者为"雄伟"，后者为"秀美"，以为相当于我国底阴阳，我便不能不有异议了。

这本来不是自朱先生始的，王静安先生，不用说也是受了康德底影响，在《人间词话》里早就有"壮美"和"优美"之别。如果完全以康德为根据，朱先生底译名自然是进一步的，甚至可以说是译名中一个杰作，因为"伟"字，依照朱先生自己解释，可以括尽康德底"数量的Sublime"底意义，"雄"字可以括尽"精力的Sublime"底意义。

可是翻译一个名词——问题便在这里发生了——翻译一个名词是否可以抛开字源而完全采纳一家底诠释呢？是名词成立在前，还是某家对于这名词底诠释在前呢？

朱先生以为"Sublime一词起源于希腊修词学者朗吉纳司"。因为"他曾著一书《论雄伟体》"。我则以为这词先郎吉纳司而存在，不过他那书是现存的最早用修词学眼光解释这词的罢了。同样，如果历代关于Sublime的学说大半发源于康德，无非因为他是第一个从心理底观点去解释这名词，或这名词底代表的感觉或境界罢了。无论他是怎样伟大的哲学家，无论他底思想怎样独断众流，他底《判断力底批评》怎样富于启发和暗示，他底诠释，即使，或者正因为，是第一个，只代表他个人对于这名词底理解，只是一种发轫的尝试，至多亦不过是一种基础的草案而已。他断不能对这问题说最后一句话，我们亦断不能接受他底主张作为定论。换言之，他底理论正有待于后人底修正与补充。况且就在康德自身，他底学说也不是一朝一夕成立的；我们很可以从他底作品里追踪它底胚胎，形成，与修改底历程。

当他写《秀美与雄伟底感觉》时，他只陈述自己对于美底现象的感觉或印象，所以只列举事实为印证。事实底印证，我们知道，对于一个富于创造性的头脑，自然会引起理论底思索与探讨。《判断力底批判》可以说就是康德对于这问题多年的思索与探讨底收获，大体上说，他早年的观察（如其朱先生底述说不差，因为我没有读过《秀美与雄伟底感觉》原文），是粗疏的，简陋的，因为他只肤浅地列举高山，暴风雨，夜景和条顿民族为Sublime底对照。而以花坞，日景，女子和拉丁民族为对照。在《判断力底批判》里，他底观察似乎比从前改进了，因为他底理论是比较完密的，当他把"崇高"分为"数量的"与"精力的"两种的时候。

这观察底改进似乎只是潜意识的，因为他所举的例——譬如，以高山例数量的崇高，以暴风雨例精力的崇高——依然和从前一样粗疏与简陋。所以我们读他这部书时，常常感到例证赶不上理论的印象。这或者由于他底思想力强于美感罢[①]（对于康德我常常有这印象）；或者干脆因为"精力的"这字底涵义超过康德原来的命意。无论如何，康德自己对这问题也在摸索，探寻是显然的。他所给我们的答案是否圆满还是疑问，根据他底定义来译这名词自然更成问题了。

在未阐发我底解说以前，我们试先将朱先生底译名应用到几种文艺品上，看看妥贴的程度如何。

先就造形艺术说罢。

朱先生拿《米可朗琪罗》（朱译玛珂安杰罗）和达文奇对照，以为前者代表刚性美而后者代表柔性美。他对于这两位文艺复兴大师底作品的评释大致

---

① 正如批评力与创造力一样，思想与美感是常常不一致的，因为前者底器官是理性，后者却是趣味或眼光（Taste）。为了这个缘故，我们常常可以看见精于文艺理论的人对于作品，尤其是未经前人发见的，毫无理解；反之，许多对于作品底价值极敏感的人不能陈述或解释他们底印象。——原注

可以说很深刻很确当的。让我们设想我们站在这些作品面前，按照朱先生底分类用Sublime和grace来形容我们所得的印象。对着米可朗琪罗底《摩西像》，或置身于圣比得寺的息思定院里，只要对美术有最皮毛的认识，也会不住口地喊出Sublime Sublime来。这样做，我想是没有人会觉得诧异的。

但是假如你凝视的对象是达文奇底《孟纳里莎》，摄收你心魂的是孟纳里莎底空灵神秘的微笑，那比她背后隐隐约约显露出来的缥缈的雪峰和不可测的幽宕还要空灵神秘的微笑——或者假如列在你面前的是米兰城大慈大悲圣玛利亚寺（Santa Maria delle grazle）里的《最后晚餐》，那上面的十二圣徒每个都带着他底性格，他底使命，他底惊讶，他底自白或自疚的表情那么生动，那么逼真地坐着，站起来或互相倾诉，你会毫不踌躇地认出，如果你熟悉《圣经》，谁是比得谁是约翰，谁是西门……更不用说犹大了；而同时这十二个性格，表情和动作都迥不相同的圣徒底精神又都像群山拱伏于主峰般有意无意地倾注在耶稣身上；耶稣呢，那简直是彻悟与慈悲底化身，眉宇微微低垂着，没有失望，也没有悲哀，只是一片光明的宁静，严肃的温柔，严肃中横溢着磅礴宇宙的慈祥与悲悯，温柔中透露出一副百折不挠的沉毅，一股将要负载全人类底罪恶的决心与宏力；不，这耶稣决不如朱先生所说的，“像抚慰病儿的慈母”，朱先生所指的怕只是达文奇底初稿[①]——假如我们更进一步而探索这两个神奇的创造（《孟纳里莎》和《最后晚餐》）底神秘，我们将发现，啊！异迹！这里（异于米可朗琪罗）没有主张，没有矜奇或恣肆，没有肌肉底拘挛与筋骨底凸露，它底神奇只在描画底逼真，渲染底得宜，它底力量只是构思底深密，章法底谨严，笔笔都仿佛是依照几何学计算过的，却笔笔都蓬勃着生气——这时候我们府该用什么字来形容我们底感觉呢？

依照朱先生分类，那就只有graceful（妩媚或秀美）了。但是我会知道这字才出口，旁边的观众将不谋而合地回头来瞟你一眼；假如诗人考洛芮滋在场，恐怕他觉得你煞风景的程度，不亚于那用“乖巧”来形容瀑布的太太呢！不，我们得多说一点；Beautiful！Grand！（美丽呀！伟大呀！）可是这些字

[①]　达文奇底《最后晚餐》，前后共画了十二（？）年。单是基督底像，也起了不知多少次的稿，现在最流行的，除了用在《最后晚餐》的定稿外，还有一张半身像，女性极重。朱先生底“抚慰病儿的慈母”是再好不过的评语。——原注

眼，在这样的作品前，响起来也多么无力，多么喑哑！唯一适当的字眼，恐怕只有Divine（神妙）或Sublime（崇高）罢。

其次我们试说音乐。

因为朱先生眼中的刚性美和柔性美特征是动和静，又因为尼采在他底《悲剧底起源》里曾经用狄阿尼苏司（酒神）和亚波罗（日神和诗神）各象征动的艺术（音乐和跳舞）与静的艺术（图画和雕刻），于是朱先生又引用到他底文章里。这引用是不得当的；因为一切譬喻底真实，其实一切道理底真实，是有一定的限度的，越过这限度便成了牵强附会。尼采底妙喻只合他自己用来解释悲剧底起源。照朱先生底引用推论起来，则一切音乐和跳舞都是崇高或雄伟，一切图画和雕刻都是秀美或妖媚了。朱先生立刻也发觉了，于是便补充一句，"不过在同一艺术之中，作品也有刚柔之别，"接着又说，"譬如音乐，贝多芬（即悲多汶）底《第三交响乐》和《第五交响乐》固然像狂风暴雨，极沉雄悲壮之致；而《月光曲》和《第六交响乐》则温柔委婉，如怨如诉，与其谓为'醉'，不如谓为'梦'了。"

一切艺术底欣赏都是主观的，音乐为尤甚，所以我不想，也不必，在这里把朱先生所举的例一一讨论。概括地说，每个交响乐都分为四部分，每个奏鸣乐（Sonate，《月光曲》即属于这一类）都有三部分或四部分，其中急调（Allegro），缓调（Adagio），平调（Andante），轻快调（Schrezo……等底交替或蝉联是有一定的，朱先生所谓《第三》及《第五交响乐》如狂风暴雨，《月光曲》和《第六交响乐》如怨如诉，大概是指他在这几个曲中特别爱好的部分罢？

我现在只想拿《第三交响乐》说，因为我也和朱先生一样，觉得这曲是属于Sublime一流的，不过我们底解释却刚刚相反。朱先生说这曲像狂风暴雨，大概他特别爱好第三和第四节（第三，尤其是第四节，的确有起死回生的沉雄的呼声，虽然并不一定像狂风暴雨），所以他底印象也根据它们。我呢，却特别爱好第二节，就是那有名的《葬礼进行曲》（*Marche fun ebre*）。我以为这节是全曲最精采部分——至少它感动我最深。从结构上言，在悲多汶底前八个交响乐中，《第三交响乐》底第二节和其余三节底比例是格外长的（几乎等于全曲五分之二长），说不定是悲多汶特别着力的地方。

这节底旋律和音调究竟是怎样的呢？缓极了，低沉极了，断断续续的，点点滴滴的，像长叹，像啜泣，像送殡者底沉重而凄迟的步伐，不，简直像无底深洞底古壁上的水漏一样，一滴一滴地滴到你心坎深处。引起一种悲凉而又带神圣的恐怖的心情，正是属于姚姬传之所谓"阴"的艺术的；然而Sublime呀！究竟不失其为Sublime的艺术呀！

夜深了，圣彼得堡——是不是圣彼得堡？我读那叙述这段故事的小说已经是十年前的事了——一条偏僻的街道上一间狭小，潮湿，杂乱的屋子里，聚着一男一女，女的是私娼，男的是一个谋财害命的苦学生。他们默无声息，眼上依稀有几线泪痕——说不定他们刚才在争辩，在吵骂或在互诉衷曲以至力竭声嘶了罢？可是夜仿佛还听见他们底灵魂继续在缄默中挣扎，抗拒，偎贴或抚慰……忽然，扑通一声，那踱来踱去的男子仿佛受了千钧的重压坠下来似的，不由自主地双膝跪在那妓女面前，并且长叹一声回答她底惊骇道："我并不是跪你，我是跪在全人类底大悲苦面前呀！"

谁读《罪与罚》到这里，不要带着一眶热泪拍案叫道："Sublime！Sublime！"呢？

上面三个例子可以证明（一）用grace（妩媚或秀美）来形容达文奇底艺术是不妥当的，无论所指的他底《自画像》，他底《最后晚餐》或《孟纳里莎》；（二）柔性美和Sublime（崇高）并不是不能相容的；（三）形容这三件文艺品都应该用Sublime一字，可是如果译为"雄浑"则三处都不适用。[①]什么呢？最基本的理由，据我底私见，就是所谓刚柔纯粹指美底性质而言，Sublime和grace却偏于品格方面。性质和品格常常有密切的关系，但是品格并

---

① 朱先生也说过的："这词子在中文里没有恰当的译名。'雄浑'，'劲健'，'伟大'，'崇高'，'庄严'诸词只能得其片面的意义。"在这种情形之下，我以为应该译字源（Etymology）。因为这样做，至少可以包括这词原来的涵义，虽然因为不习惯，初用时不免稍觉生涩。何况上面所举的"崇高"译名根据拉丁文Sublimis，从动词Sublimare变出来，有高举的意思——在中国文坛久已沿用了呢？——原注

不就是性质。一般粗糙的灵魂容易从刚性美认出Sublime，一片属于柔性美的自然，尤其是一件艺术品，登峰造极的时候，一样可以使我们惊叹，使我们肃然起敬，使我们悦服和向往，一言以蔽之，使我们起崇高底感觉。

最显著的柔性美代表总算女人了。我们形容女人和形容男人一样，有时也可以用"崇高"一词；而这，并不因为她具有男性，建树男子所建树的丰功伟业，如朱先生所举的木兰和秦良玉底例子；也不仅限于精神一方面，和屠格涅夫底麻雀一样有被称作崇高的权，不，当一个绝世丽姝骤然出现于我们眼前的时候，Sublime（崇高）一字同样可以从我们心里跳出来。因为崇高和秀美（grace）或美丽（beautiful）只是程度上的差别而已。如果她底美仅足以引动我们底心，使我有闲情逸致去仔细辨认和赏玩她，我们只称她美丽；当她底美达到顶点，使我们骤睹之下震惊失色，心往神驰，她便是Sublime（崇高）了。

所以，我以为"崇高"只是美底绝境，相当于我国文艺批评所用的"神"字或"绝"字；而这"绝"字，与其说指对象本身底限制，不如说指我们内心所起的感觉。"高山仰止，景行行止。虽不能至，心向往之"，太史公这几句诗便是崇高境界底恰当的描写。所以我以为崇高底一个特征与其说是"不可测量的"（immeasurable）或"未经测量的"（immeasued），不如说是"不能至"或"不可企及的"。假如我们承认日景和夜景同样可以使我们起"不可思议"之感，或者《孟纳里莎》与《摩西》或《大卫》——前者由它底精深，后二者由它们底雄劲——同样达到那使我们心凝形释的超诣的境界，我们就不能不承认柔性美和刚性美同样有被称为Sublime的权利，而把Sublime译作"雄伟"是怎样不适当。

法国十九世纪一位名叫格连（Maurice de Guerin）的诗人有一段日记很可以帮助我们了解上面的意思："昨天，西风狂暴地吹着。我看见那汹涌的海了。可是这凌乱，无论怎样崇高，在我看来，也比不上那平静而且蔚蓝的大海底景象。但是为什么要说这比不上那呢？谁能够测量这两个崇高境界，并且说，'前者比不上后者呢？'让我们只说，'我底灵魂爱宁静比波动多'好了。"

　　觉得"宁静"比波动感人更深，恐怕不止格连一人，理由也不难找。我们试读瑞士思想家亚美尔底日记："静呵，你多可怕！可怕得像那晴明的大海让我们底眼光没入它那不可测的深渊一样；你让我们在我们里面看见许多使人晕眩的深处，许多不可熄灭的欲望，以及痛楚和悔恨宝藏。狂风吹起来吧，它们至少会把那蕴藏着无数可怕的秘密的水面摇动。热情吹起来吧，它们吹起灵魂底波浪同时也会把那些无底的深渊遮掩。"假如类似恐怖的成分是崇高底境界所不可少的，这段日记，一个精诚缜密的思想家底自白，总可以使我们相信晴明与宁静和黑暗与波动一样可以在我们心灵里兴起这种成分了罢。何况这不一定是不可缺乏的呢！

　　可是要弄清楚。我并不说这种晴明，静谧，与精深的崇高境界，或者可以称之为达文奇式的崇高境界，是人人所能体会和领略的。我们底日常生活和思虑距离深藏在灵魂里的崇高底源泉太远了，我们底精神太专注于外物而意志太散漫了，明媚的景物只能诱惑我们底感觉，煽动我们底官能，使我们怡然自足。像皮球受凌压才能高举一样，我们底灵魂也得要有一种意外的阻力横亘在我们面前，逼我们承认我们底感觉和官能之无能，自我之渺小，然后才能够聚精会神，集中思想底力量，去和它抵抗，和它较量，在那一瞬向解脱了感官底束缚而达到绝对的独立，自由与超升，亦即所谓崇高的境界。波涛汹涌的海，嵯峨耸立的山和漆黑的夜……都是最容易在一般人里面激起这种精神的反抗的阻力。因为它们是最表面，最有形的。

　　可是对于一颗修养有素，敏感深思的灵魂，那宁静，深邃，和光明的景象会和汹涌，嵯峨，与黑暗一样能够引起精神底集中与反抗；不，它们会比这后者更持久，更耐人寻味。因为宁静是精力底凝聚而波动是精力底交替；因为高山是可测量的而深渊却元底；因为光明比黑暗更神秘，正如生比死还要复杂变幻一样。

　　文艺复兴底另一位大师拉斐尔依照《旧约圣经》底故事所画的《大卫伏魔图》或者可以帮助我们具体说明这一层。对于三尺之童或且一般人，元疑的，那恶魔戈里亚会更能惊心动魄，因为除了面貌狰狞而外，无论躯干与筋肉他都比大卫，那时候还不过是一个牧童，高大了好几倍；然而结果是大卫胜利了。或者有人以为这只是诗人和画家底想象；可是如果这想象不符于现实，它感动我们决不会深。中国拳术界之所谓"内功"不必说了，就是外国底竞技与角力，那体量较轻，外貌比较和善的占上风也不少见。关于这点，达文奇在他底《画论》（*Traile de h Peinture*）里有一句观察极准确的话："肌肉不丰的人底筋肉是不外露的，力气却往往比那些筋肉生棱的人大。"这说不定就是他夫子自道。我们知道达文奇在西洋人当中至多不过是中人底体格，可是他抛石子比任何武士都高；而当那统率大军人米兰的法国大将看见他为米兰公爵惨淡经营了十余年的骑士式的雕像给法军底弓箭手毁坏，举剑要斩那负责的队长时，他在旁用手托住那大将底手腕，那护腕的铁袖竟在他手里碎了。

这似乎单是关于体力的，但我们正可以用来说明"力"底多方面的涵义，因为如果康德底"精力的"和司马迁底"景行"可以括尽崇高底深一层，我们简直可以说真正的意义（因为进一步说，只有思想和行为本身是崇高的，物质和数量底崇高则全视它们在我们心灵里所引起的感应而存在），前者必定要推广到物质的力以外，后者亦必定要扩张到德行以外。

屠格涅夫底麻雀，那受了爱底驱使奋不顾身要从猎犬口里救出它底小雏的渺小的麻雀，已经很动人地证明德行底力——一切发自高贵和真挚的情感的行为底力——和数量比体力更无大关系了。

可是在体力以外，在德行以外，还有一种力，它底渊源，它底中心是在智慧深处的。它底原素是观察底深入，理解底透澈，分析底精微和论理底谨严；它底目的是接受者底领会，了悟，和领会与了悟后的诚心悦服。要感受这种力底崇高便不能单靠我们底感官，单靠我们底直觉；我们得要运用我们底心灵，一步步循着思想底步骤，智慧的途径，仰之弥高，钻之弥深。如果宇宙间真有不可测量的东西，除了时间与空间外。恐怕就只有这种我们可以称之为智慧底力的了。

达文奇或许就是这种力底最具体的化身。"这亚波罗，"[①]梵乐希诗翁

---

① 指达文奇，见梵乐希所著《达文奇方法导言》（*Introduction àla Methode de leonard de Vinci*）。原文思想太浓密，字舒太凝炼，译出来颇不易解。——原注

说，"这亚波罗使我神往到我自己底最高度。还有比一个拒绝玄秘，不把他底权力建树在我们官能底混乱上，不把他底威望诉诸我们底最暗昧，最软弱，最不祥的部分，要我们不得不首肯而不是要我们屈服，他底异迹就是燃照，而他底深度，一个演绎得极分明的远景——还有比一个这样的神更能诱惑人的么？还有比那'光明磊落地施行'是一个真正而且合法的权力底更好标志么？——狄阿尼苏司再没有比这英雄更沉着，更纯粹，或装备了这么多的光明的仇敌了。他并不忙着去把那些妖魔屈折或揉碎，因为他要细察它们底弹簧；不屑用箭矢去刺射它们，因为它对它们所发的问题那么直透底里；它们底优胜者多于它们底征伏者，他底最完全的胜利就是了解它们——几乎要把它们再造出来。"

这是一幅理想的达文奇肖像，也就是智慧底最忠实最美妙的写真。梵乐希底意思是说：多数文艺界底权威都是利用我们底官能与情感底弱点，创造些悲剧的基调，惊人的姿势，夸大的描写或神秘的意象……总而言之，都是用些欺人的伎俩以煽惑威吓我们。达文奇独不然，他底权力是建树在我们底智慧上；他底威望不施诸我们底混沌的官能与柔弱的情感而施诸我们底健全清明的理性；他底目的并非要我们屈伏而是要我们同意；他底异迹就是散布光明，拨开玄秘底云雾，而他底深度就是把一幅画或一切事物底远景清清楚楚地描画指示出来。对于当前的事物或玄机，他第一个念头并非要征服，占有，或解除，他首先去细细寻根究底，穷源尽委，希望得到一个彻底的了解——透澈到可以把它们再造或重现出来。

从对于事物的彻底了解以至于把它们再造或重现出来，我们便达到荔术问题，也就是力底另一方面，另一涵义了。

"谈到艺术，"我在一封《论画》的信曾经这样说，"所谓力便不止是题材之宏大，线条之活跃，色彩之强烈及章法之横肆；而在于一种内在的自由与选择，以达到表现之均衡与集中。何谓自由？现出来。何谓选择？把繁的削成简的，复杂的删为至要的，使物底本体更为坚固，观者底精神更为集中。换句话说，一件艺术品应该是'想做'与'能做'，'能做'与'应做'间一种深切的契合。譬如唱歌，放声的未必动听，拉破嗓子的不一定能动人，而在于抑扬高低皆得其'宜'——岂止，到该沉默的时候就不能不沉默。只有这样才算是力，只有这样才是力底实现。"①

因为艺术上最高的力底实现在于"抑扬高低皆得其宜"，所以那形神无间的"和谐"，那天衣无缝的"完美"——相对于米珂朗琪罗一派专以夸张，纵横或缺陷来抓住观众底感觉的"浮凸"与"悲壮"——是艺术底真正和合法的最高境界。这并非说它只"容纳一些性质相同的单调成分"。不，一个真正的艺术家决不在"复杂"和丑恶面前退缩。反之，他要清理复杂，驯服丑恶，使它们在他底作品里如影之于光一样，更显出它们底和谐与完美——题材愈复杂愈显出他艺术手腕底高强。又因为极端的和谐与完美，都是人间所不多觏或可以说超出人力以上的，所以不独尺幅可以有"千里"之概；不独《孟纳里莎》底微笑或花草禽鸟——譬如，八大山人底花卉或德国文艺复兴大师杜烈（Dúrer）那几枝神妙的绿油油的花草——可以使我们出神；就是两种颜色底极单纯的配合，无论在自然界或艺术里，如果恰到好处，也可以摇荡我们底心魂而为我们开真理底秘府。

相传印度一位圣者得道的经过是这样的：他一天从田陇中走过。天是一色的蔚蓝，微风柔和地吹拂着。他猛抬头看见一行白鹭紧靠着青天飞着，仿佛受了什么圣灵底默示似的，他就在田陇边跪下来。重新站起来的时候，他已经是一个新人了。从那刻起，他便矢志修行以至于得道。②对于这位印度底圣者，这幅单纯的"一行白鹭上青天"图和那繁星烂然的太空对于康德一样是人类心中道德律底启示者。

"懂得这个道理，"于是我们可以引用朱先生底《诗底主观与客观》里这段话，"我们可以明白古希腊人何以把和平静穆看作诗底极境，把诗神亚波罗摆在［永远蔚蓝］的山巅，俯瞰众生扰攘，而眉宇间却常如作甜蜜梦，不露一丝被扰动的神色。"懂得这个道理，我们也可以明白为什么在魏唐底最完美的佛像底恬静光明的微笑前，我们底灵魂如受了天乐底浮载和摇荡，

---

① 收入《诗与真》一集。

② 这故事听起来似乎很神秘。其实这种由良辰美景或超诣的艺术品所引起的"陶醉"或"神往"是敏锐的感觉所常有的必然的反应；这不过是一个极端的例罢了。——原注

飘飘然高举遐升。懂得这个道理，我们也可以明白为什么看了法国夏尔特勒（Chartre）古寺底庄严，朴素，和自然的雕刻之后，米珂朗琪罗底《摩西》和《大卫》——我并不说息思定院底壁画——都显得夸张和矫饰，而达文奇底《孟纳里莎》和《最后晚餐》却丝毫不受影响；或者为什么巴赫（Bach）底雍穆，和谐，稳健，谨严的音乐的构造，无论是《追逸仙》（*Fugue*）或《弥撒曲》（*Messe*），对于深于此道的人，比起悲多汶底纵横排弄，大开大合的交响乐还要勾心夺魄，还要使人神思飞越，一句话说罢，还要使人起崇高底感觉！

一九三四年十二月十八日于叶山

诗·诗人·批评家[1]

"古之学者为己，今之学者为人。"——不独学者有"为己""为人"的分别，诗人亦然。一个受自己强烈的感觉，印象，甚或异象所驱使不得不写，只知努力去表现自己，一个目的却在讨好或求知于人，不惜抹煞自己去迁就一般人底口味和理解力，或者，更彻底地说，压根儿就不知道有"自己"。因此，前者往往发前人所未发，使我们读后耳目一新；后者却永远滞留在平凡，浅薄，庸俗的圈套里。

而最大的讽刺是：努力表现自己的很少自觉满足；亟亟求知于他人的却往往抱着自己的丑陋矜矜自喜：自赞和自赏。

一切艺术底创造和欣赏都建立在两种关系上：物与物底关系，和我与物底关系，——在某一意义上，后者尤为重要。

无疑地，所谓一件艺术品底美就是它本身各部分之间，或推而至于它与环绕着它的各事物之间的匀称，均衡与和谐。但是如果我们底感官，譬如，视觉和听觉，比较现在的更锋锐更发达，我们所要求的物体上的匀称，均衡与和谐也必定更精微更复杂更准确。一颗具有深入的透视力和广博的理解力的心灵断不能容忍一件粗糙简陋的作品或一些浅薄浮泛的思想。

有些人底头脑根本是"加减式"或"算术式"的。他们所能了解的道理，所能想象和欣赏的诗文，自然只限于一加一减，至多也不过是一乘一除而已。你和他们谈代数，谈几何，谈微积分不独等于"对牛弹琴"，并且他们很少不目你为"痴人说梦"的，——这才是人底不幸最可悯的部分。

一首伟大的有生命的诗底创造同时也必定是诗人底自我和人格底创造。

---

[1] 原载1936年5月15日《大公报·诗特刊》。

作者在执笔前和搁笔后判若两人。

现代的读者偏爱一切亲密的文学——日记和书信——的倾向如其是不可鼓励的，至少是可解释的。一封信或一页日记只要随笔写出来便很容易有我底面目，就是说，读者很容易在其中接触着一个"人"。对于一首诗或其他完成的艺术品我们却在"人"之外，还要求"艺术"。

这所谓"艺术"，并非傅在"我"面上的脂粉，而是给它以至高的表现，把它扩大，发展到一个普遍的程度。所以一首好诗必定同时具有"最永久的普遍"和"最内在的亲切"；一首坏诗——或因艺术底火候未纯青，或因误以脂粉当艺术——却连"我"也被掩没或丧失了。

在另一方面呢，要理解和欣赏一件经过更长的火候和更强烈的集中创造出来的艺术品必定需要更久的注意和更大的努力——两者都不是我们现在一般读者所能供给的。

大我和小我——一切有生命的作品所必具的两极端：写大我须有小我底亲切；写小我须有大我底普遍。

我们对于事物的评价常因它底品类而或严或宽。我们常常觉得某些作家底散文或散文诗比他们自己的诗更富于诗意便基于一种"品类上的混乱"。因为我们读散文或散文诗时只把它当散文看，只要它略具诗成分便觉得异常丰富了；读一首"诗"时我们眼光和判断力便无形中增加它底要求：期望内容和形式上一个更高度的强烈与稠密。

批评家和诗人之间的鸿沟也许永无联接的希望。一个真正的诗人永远是"绝对"与"纯粹"底追求者，企图去创造一些现世所未有或已有而未达到完美的东西；批评家却是一个循谨的（往往并且是诚恳的）守成者，只知道援已往的成例来绳新生的现象，或站在岸上指责诗人没入海底的探求。——诗人兼批评家或批评家而具有诗人底禀质的自然是例外。

批评家说："诗和散文并非截然分离的：他们之间自有一种由浅入深，或由深入浅的边界或过渡区域，正如光之与影一样。要创造绝对或纯粹的诗岂非痴妄？"

诗人答道："我并非不知道这个。但已成的事实用不着我；我用武的场所正是那一无所有的空虚，在那里我要创出那只靠我底努力或牺牲而存在的东西来。”

批评的文章不难于发挥得淋漓尽致，而难于说得中肯；不难于说得中肯，而难于应用得准确。

我知道有些批评家阐发原理时娓娓动听；等到他引用一句或一首诗来做例证时，却显出多么可怜的趣味！于是我可以对那批评家说："你这番议论，任你怎样善于掩饰，并非你自己的而是借来的——至少你并不了解你自己所说的话，或不认识你所讨论的东西。"

还有些谈到名家底杰作时头头是道；试把一首无名的诗放在他面前，他便茫然若失了。

瑞典神秘哲学家士威敦波尔氏（Sweden borg）说："一个人理解力底明证并不是能够自圆他所喜欢说的；而能够分辨真的是真，假的是假，才是智慧底记号和表征。"

应用到文艺上，我们可以说，批评底极致——虽然这仿佛只是第一步工夫——是能够认出好的是好，坏的是坏。投合和专反大众底趣味都是缺乏判断力底证据。多少批评家，因为急于站在时代底前头，把"晦涩"认为杰作底记号，"乖僻"认为天才底表征！——虽然这比那些顽固守旧，毫无好奇心的已经高一着了。

同样，在创作上，我们可以说，最理想的艺术是说其所当说，不说其所不当说：理想，因为做得到的实在太少了。一般作者姑勿论，就是以文章名世的，有多少个不词浮于意？我们往往忘记最高的骑术并非纵横驰骋于平原上，而是能够临崖勒马。

你想说服我，得先说服你自己；想感动我，得先感动你自己。

你得受你底题材那么深澈地渗透，那么完全地占有，以致忘记了一切：忘记了读者，忘记了你自己，尤其是你底虚荣心，你底聪明，而只一心一德去听从题材底指引和支配。然后你底声音才变成一股精诚，一团温热，一片纯辉。

否则你在执笔的时候刻刻忘不了对读者说："看我多聪明！看我多精巧！"任你花枪掉得多么高明，终不免是个没有灵魂的卖艺者，至多亦不过博得门外汉底一阵喝采而已。

一九三六年五月一日

第五辑
象征主义诗学

象征主义①

Alles Vergängliche
Ist nMr ein Gleichnis：
Das Unzulängliche，
Hier wird's Ereignis；
Das Unbeschreibliche，
Hier ist's getan；
Das Ewig Weibliche
Zieht uns hinan.

一切消逝的
不过是象征；
那不美满的
在这里完成；
不可言喻的
在这里实行；
永恒的女性
引我们上升。

　　当哥德在他底八十一岁高年，完成他苦心经营了大半世的《浮士德》之后，从一种满意与感激底心情在那上面题下这几句《神秘的和歌》（*Chorus*

---

① 本文大意，曾在北京大学国文学会演讲。当时只随意发挥。事后追写，增减出入处，在所不免。——原注

Mysticus）①。说也奇怪，这几句《和歌》，我们现在读起来，仿佛就是四十年后产生在法国的一个瑰艳，绚烂，虽然短促得像昙花一现的文艺运动——象征主义——底题词。如果我们把这八行小诗依次地诠释，我们也许便可以对于象征主义得到一个颇清楚的概念，这并非因为哥德有预知之明，虽然绝顶的聪明往往可以由对于事理的精微和透澈的体察而达到先知般的直觉；只因为这所谓象征主义，在无论任何国度，任何时代底文艺活动和表现里，都是一个不可缺乏的普遍和重要的原素罢了。这原素是那么重要和普遍，我可以毫不过分地说，一切最上乘的文艺品，无论是一首小诗或高耸入云的殿宇，都是象征到一个极高的程度的。所以在未谈到法国文学史上的象征主义运动以前，我们得要先从一般文艺品提取一个超空间时间的象征底定义或原理。

我们现在先要问：象征是什么？

许多人，譬如我底朋友朱光潜先生在他底《谈美》一书里，以为拟人和托物都属于象征。他说：

> 所谓象征就是以甲为乙底符号。甲可以做乙底符号，大半起于类似联想。象征最大用处，就是把具体的事物来替代抽象的概念……象征底定义可以说："寓理于象。"梅圣俞《续金针诗格》里有一段话很可以发挥这个定义："诗有内外意：内意欲尽其理，外意欲尽其象。内外意含蓄，方入诗格。"

这段话骤看来很明了；其实并不尽然。根本的错误（但这不能怪他，因为"象征"一字底特殊意义，到近代才形成的）就是把文艺上的"象征"和修词学上的"比"混为一谈。何谓比？《文心雕龙》说：

> 比者，附也。附理者切理以比事。

接着又说：

> 盖写物以附意，扬言以切事者也。

换句话说：比，便是基于想像底"异中见同"的功能的拟人和托物，把物变成人或把人变成物，所谓"物本吴越，合则肝胆"。比又有隐显两种，如：

> 皑如山上雪。
> 皎若云间月。[1]

或

> 纤条悲鸣，
> 声似竽籁。[2]

等假借"如""似""方""若""异"等虚字底媒介的是显喻，不假借这些虚字做媒介而直接托物，如：

> 关关雎鸠，
> 在河之洲；
> 窈窕淑女，
> 君子好逑。[3]

一节诗里把"雎鸠"暗比"淑女"和"君子"，或拟人，如：

> 东风，且伴蔷薇住。
> 到蔷薇春已堪怜。

（张玉田《西湖春感》[4]）

---

① 出自宋郭茂倩《乐府诗集》中《相和歌辞·白头吟》。
② 出自战国时期宋玉《高唐赋》。
③ 出自《诗经·周南》和《诗经·关雎》。
④ 应作"（张田玉《西湖有感》）"。

底"东风"和"蔷薇"都是隐喻。可是无论拟人或托物，显喻或隐喻，所谓比只是修辞学底局部事体而已。

至于象征——自然是指狭义的，因为广义的象征连代表声音的字也包括在内——却应用于作品底整体。拟人或托物可以做达到象征境界的方法；一篇拟人或托物，甚或拟人兼托物的作品却未必是象征的作品。最普通的拟人托物的作品，或借草木鸟兽来影射人情世故，或把抽象的观念如善恶，爱憎，美丑等穿上人底衣服，大部分都只是寓言，够不上称象征。因为那只是把抽象的意义附加在形体上面，意自意，象自象，感人的力量往往便肤浅而有限，虽然有时也可以达到真美底境界。屈原，庄子，伊索，拉方登等底寓言，英文里的《仙后》（*Fairy Queen*）①和《天路历程》②都是很好的例。不过那毕竟只是寓言，因为每首诗或每个人物只包含一个意义，并且只问接地诉诸我们底理解力。

象征却不同了。我以为它和《诗经》里的"兴"颇近似。《文心雕龙》说：

> 兴者，起也；起情者依微以拟义。

所谓"微"，便是两物之间微妙的关系，表面看来，两者似乎不相联属，实则是一而二，二而一。象征底微妙，"依微拟义"这几个字颇能道出。当一件外物，譬如，一片自然风景映进我们眼帘的时候，我们猛然感到它和我们当时或喜，或忧，或哀伤，或恬适的心情相仿佛，相逼肖，相会合。我们不摹拟我们底心情而把那片自然风景作传达心情的符号，或者，较准确一点，把

---

① 《仙后》（*Fairy Queen*），为英国诗人斯宾塞（Edmund Spenser，约1552—1599）的叙事长诗。

② 《天路历程》（*The Pilgrim's Progress*），英国作家班扬（John Bunyan，1628—1688）所写的长篇宗教语理小说。

我们底心情印上那片风景去，这就是象征。瑞士底思想家亚美尔（Amiel）[1]说，"一片自然风景是一个心灵底境界。"这话很可以概括这意思。比方《诗经》里的

> 昔我往矣，
> 杨柳依依；
> 今我来思，
> 雨雪霏霏。
> 行道迟迟，
> 载渴载饥。
> 莫知我哀，
> 我心伤悲！[2]

表面看来，前一节和后一节似乎没有什么显著的关系；实则诗人那种颠连困苦，悲伤无告的心情已在前半段底景色活现出来了。又如杜甫底

> 风急天高猿啸哀，
> 渚清沙白鸟飞回。
> 无边落木萧萧下，
> 不尽长江滚滚来。[3]

即使我们不读下去，诗人满腔底穷愁潦倒，艰难苦恨不已经渗入我们底灵府了吗？

有人会说：照这样看来，所谓象征，只是情景底配合，所谓"即景生情，因情生景"而已。不错。不过情景间的配合，又有程度分量底差别。有

---

[1] 亨利·亚美尔（Henri F6d6ric Amiel，1821—1881），通译阿米耶尔，瑞士人，美学及哲学教授，散文家及诗人。

[2] 《小雅·采薇》句。最后两句通本作"我心伤悲，莫知我哀"。

[3] 杜甫《登高》。

"景中有情，情中有景"的，有"景即是情，情即是景"的。前者以我观物，物固着我底色彩，我亦受物底反映。可是物我之间，依然各存本来的面目。后者是物我或相看既久，或猝然相遇，心凝形释，物我两忘：不知何者为我，何者为物。前者做到恰好处，固不失为一首好诗；可是严格说来，只有后者才算象征底最高境。

试把我国两位大诗人底名句比较：

> 池塘生春草，
> 园柳变鸣禽。①
> 采菊东篱下，
> 悠然见南山。②

大家都知道，前两句是谢灵运底，后两句是陶渊明底。像李白和杜甫一样，因为作者是同时代底大诗人，又因为这几句诗不独是他们底名句，并且可以代表两位诗人全部作品底德性和品格，所以我们很容易联想到它们，古人把它们相提并论，品评优劣的亦最多。可是与李杜不同——对于他俩的意见是最纷歧的——关于这几句诗的评价却差不多一致。严沧浪有一段话很可以作代表：

> 汉魏古诗，气象混沌，难以句摘。晋以还方有佳句。如渊明"采菊东篱下，悠然见南山"，谢灵运"池塘生春草，园柳变鸣禽"之类。谢所以不及陶者，康乐之诗精工，渊明之诗质而自然耳。

把陶放在谢上，可以说，是一般读者底意见。不过精工何以逊于质而自然？理由似乎还不能十分确立。我们且先看谢诗底妙处何在：显然地，这两句诗所写的是一个久蛰伏或卧病的诗人，一旦在薰风扇和，草木蔓发的季候登楼，发见

---

① 东晋诗人谢灵运《登池上楼》。
② 东晋陶渊明《饮酒》其五。

原来冰冻着的池塘已萋然绿了，枯寂无声的柳树，因为枝条再荣，也招致了不少的禽鸟飞鸣其间。诗人惊喜之余，误以为遍郊野底春草竟绿到池上去了，绿荫中的嘤嘤和鸣也分辨不出是禽鸟底还是柳树本身底。这看法是再巧不过的。大凡巧很容易流于矫饰。这两句诗却毫不费力地用一个"生"字和一个"变"字把景象底变易和时节底流换同时记下来。巧而出之以自然，此其所以清新可喜了。但这毕竟是诗人眼里的风光；这两句诗，如果我们细细地玩味，也不过是两个极精工的隐喻。作者写这两句诗时，也许深深受了这和丽的光景底感动，但他始终不忘记他是一个旁观者或欣赏者。所以我们读这两句诗时的感应，也止于赏心悦目而已，虽然像这样的赏心悦目，无论在现实里或在文艺上，已经不可多得了。至于陶诗呢，诗人采菊时豁达闲适的襟怀，和晚色里雍穆遐远的南山已在那猝然邂逅的刹那间联成一片，分不出那里是渊明，那里是南山。南山与渊明间微妙的关系，决不是我们底理智捉摸得出来的，所谓"一片化机，天真自具，既无名象，不落言诠"。所以我们读这两句诗时，也不知不觉悠然神往，任你怎样反复吟咏，它底意味仍是无穷而意义仍是常新的。

于是我们便可以得到象征底两个特性了：（一）是融洽或无间；（二）是含蓄或无限。所谓融洽是指一首诗底情与景，意与象底惝恍迷离，融成一片；含蓄是指它暗示给我们的意义和兴味底丰富和隽永。英国十九世纪底批评家卡莱尔（Carlyle）[1]说得好：

> 一个真正的象征永远具有无限底赋形和启示，无论这赋形和启示底清晰和直接的程度如何；这无限是被用去和有限融混在一起，清清楚楚地显现出来，不但遥遥可望，并且要在那儿可即韵。

换句话说：所谓象征是藉有形寓无形，藉有限表无限，藉刹那抓住永恒，使我们只在梦中或出神底瞬间瞥见的遥遥的宇宙变成近在咫尺的现实世界，正如一个蓓蕾蕴蓄着炫熳芳菲的春信，一张落叶预奏那弥天漫地的秋声一样。所以它所赋形的，蕴藏的，不是兴味索然的抽象观念，而是丰富，复杂，深邃，真实

---

[1] 卡莱尔（Thomas Carlyle，1795—1881），英国历史学家、哲学家。

的灵境。哥德回答那问他"在《浮士德》里所赋形的观念是什么"的话很可以启发我们。

他说：

> 我写诗之道，从不曾试去赋形给一些抽象的东西。我从我底内心接收种种的印象——肉感的，活跃的，妩媚的，绚烂的——由一种敏捷的想像力把它们呈现给我。我做诗人底唯一任务，只是在我里面摹拟，塑造这些观察和印象，并且用一种鲜明的图像把它们活现出来……

是的，邓浑（Don Juan）[①]，浮土德（Faust），哈孟雷德（Hamlet）等传说所以为人性伟大的象征，尤其是建筑在这些传说上面的莫里哀[②]，摆轮，哥德，莎士比亚底作品所以为文学史上伟大的象征作品，并不单是因为它们每个象征一种永久的人性——譬如，邓浑象征我们对于理想的异性的无厌的追寻；浮士德，我们追逐光和花和爱的美满之生底热烈的颤栗的冲动；哈孟雷德，耽于深思者应付尖锐迫切的现实之无能——实在因为它们包含作者伟大的灵魂种种内在的印象，因而在我们心灵里激起无数的回声和涟漪，使我们每次开卷的时候，几乎等于走进一个不曾相识的簇新的世界。我们又试拿屈原底《山鬼》和《橘颂》比较。在这两首诗里，我们知道，诗人都是以物自况的：诗人咏橘，和咏山鬼一样，同时就是咏他自己。可是如果依照我上面底解释，我们会同意《橘颂》是寓言，《山鬼》是象征。为什么呢？最大的区别，就是前者是限制我们底想像的，后者却激发我们底想像。前者诗人把自己抽象的品性和德行附加在橘树上面，因而它底含义有限而易尽。后者却不然。诗人和山鬼移动于一种灵幻飘渺的氛围中，扑朔迷离，我们底理解力虽不能清清楚楚地划下它底含义和表象底范围，我们底想像和感觉已经给它底色彩和音乐底美妙浸润和渗透了。"……而深沉的意义，便随这声，色，歌，舞而俱来。这意义是不能离掉

---

① 邓浑（Don Juan），通译唐璜。
② 莫里哀（Moli§re，1622—1673），法国古典戏剧家。

那芳馥的外形的。因为它并不是牵强附在外形底上面，像寓言式的文学一样；它是完全濡浸和溶解在形体里面，如太阳底光和热之不能分离的。它并不是间接叩我们底理解之门，而是直接地，虽然不一定清晰地，诉诸我们底感觉和想像之堂奥……"我在《保罗·梵乐希评传》①里曾经这样说过。

我们既然清楚什么是象征之后，可以进一步跟踪象征意境底创造，或者可以说，象征之道了。像一切普遍而且基本的真理一样，象征之道也可以一以贯之，曰"契合"而已。"契合"这字，是法国波特莱尔一首诗底题目 *Correspondances*②底译文。我们要澈底了解它底意义，且先把原诗读一遍：

La Nature est un temple où de vivants piliers

Laissent pacfois sortir de confuses paroles；

L'homme Y passe à travers des forêts de symboles

Qui l'observent avec des regards familiers.

Comme de longs échos qui de loin se conlbndent

Darts unte ténébreuse et profonde unité，

Vaste comme la nuit et comme la clarté，

Les parfums，les couleltrs et les sons se répondent.

Il est des parfums frais comme des chairs d'enfants，

Doux comme les hautbois，verts comme les prairies，

——Et d'autres，corrompus，riches et triomphants，

Ayant l'expansion des choses infinies，

Comme l'ambre，le musc，le benjoin et l'encens，

Qui chantent les transports de l'esprit et des sells.

---

① 原载《水仙辞》，收入《诗与真》时易题《保罗·梵乐希先生》，文字略有变动。

② 原文载诗集《恶之花》，以《一切的峰顶》为题选译了本诗及其他三首诗。

自然是座大神殿，在那里
活柱有时发出模糊的话；
行人经过象征底森林下，
接受着它们亲密的注视。

有如远方的漫长的回声
混成幽暗和深沉的一片，
渺茫如黑夜，浩荡如白天，
颜色，芳香与声音相呼应。

有些芳香如新鲜的孩肌，
宛转如清笛，青绿如草地，
——更有些呢，朽腐，浓郁，雄壮，

具有无限底旷邈与开敞，
像琥珀，麝香，安息香，馨香，
歌唱心灵与官能底热狂。

　　在这短短的十四行诗里，波特莱尔带来了近代美学底福音。后来的诗人，艺术家与美学家，没有一个不多少受他底洗礼，没有一个能逃出他底窠臼的。因为这首小诗不独在我们灵魂底眼前展开一片浩荡无边的景色——一片非人间的，却比我们所习见的都鲜明的景色；并且启示给我们一个玄学上的深沉的基本真理，由这真理波特莱尔与十七世纪一位大哲学家莱宾尼滋（Leibniz）① 遥遥握手，即是："生存不过是一片大和谐。"宇宙间一切事物和现象，尽管如莱宾尼滋另一句表面上仿佛相反的话，"一株树上没有两张相同的叶子"，其实只是无限之生底链上的每个圈儿，同一的脉搏和血液在里面

————————

　　① 莱宾尼滋（Gotffried Leibniz，1646—1716），通译莱布尼茨，德国哲学家、数学家。

绵延不绝地跳动和流通着——或者，用诗人自己底话，只是一座大神殿里的活柱或象征底森林，里面不时喧奏着浩瀚或幽微的歌吟与回声；里面颜色，芳香，声音和荫影都融作一片不可分离的永远创造的化机；里面没有一张叶，只要微风轻轻地吹，正如一颗小石投落汪洋的海里，它底音波不断①延长，扩大，传播，而引起全座森林底飒飒的呻吟，振荡和响应。因为这大千世界不过是宇宙底大灵底化身：生机到处，它便幻化和表现为万千的气象与华严的色相——表现，我们知道，原是生底一种重要的原动力的。

　　不幸人生来是这样，即一粒微尘飞人眼里，便全世界为之改观。于是，蔽于我们小我底七情与六欲，我们尽日在生活底尘土里辗转挣扎。宇宙底普遍完整的景象支离了，破碎了，甚且完全消失于我们目前了。我们忘记了我们只是无限之生底链上的一个圈儿，忘记了我们只是消逝的万有中的一个象征，只是大自然底交响乐里的一管一弦，甚或一个音波——虽然这音波，我刚才说过，也许可以延长，扩大，传播，而引起无穷的振荡与回响。只有醉里的人们——以酒，以德，以爱或以诗，随你底便——才能够在陶然忘机的顷间瞥见这一切都浸在"幽暗与深沉"的大和谐中的境界。林和靖底玲珑的诗句：

> 疏影横斜水清浅，
> 暗香浮动月黄昏。②

便是诗人陶醉在自然底怀里时，心灵与自然底脉搏息息相通，融会无间地交织出来的仙境：一片迷茫澄澈中，隔绝了尘嚣与凡迹，只闻色，静，香，影底荡漾与潆洄。所谓

> 三杯通大道，
> 一斗合自然，③

---

① 原文漏"断"字。
② 宋代林逋《山园小梅》句。
③ 唐代李白《月下独酌》四首中的二句。

实在具有诗的修词以上的真实的。

可是各位不要误会。陶醉所以宜于领会"契合"或象征底灵境，并不完全像一般心理学家底解释，因为那时候最容易起幻觉或错觉。普通的联想作用说——譬如，一朵钟形的花很容易使我们在迷惘间幻想它底香气是声音，或曾经同时同地意识地或非意识地体验到的声，色，香，味常常因为其中一个底引逗而一齐重现于我们底感官——虽然有很强固的生理和心理底根据，在这里至多不过是一种物质的出发点，正如翱翔于空中的鸟儿藉以展翅的树枝，又如肉体或精神底美是启发两性问的爱慕的媒介，到了心心相印，两小无猜的时候，爱是绝对超过一般美丑底计较与考虑的。

事实是：对于一颗感觉敏锐，想像丰富而且修养有素的灵魂，醉，梦或出神——其实只是各种不同的缘因所引起的同一的精神状态——往往带我们到那形神两忘的无我底境界。四周的事物，固已不再像日常做我们行为或动作底手段或工具时那么匆促和琐碎地挤过我们底意识界，因而不容我们有细认的机会；即当作我们认识底对象，呈现于我们意识界的事事物物都要受我们底分析与解剖时那种主，认识的我，与客，被认识的物，之间的分辨也泯灭了。我们开始放弃了动作，放弃了认识，而渐渐沉入一种恍惚非意识，近于空虚的境界，在那里我们底心灵是这般宁静，连我们自身底存在也不自觉了。可是，看呵，恰如春花落尽瓣瓣的红英才能结成累累的果实，我们正因为这放弃而获得更大的生命，因为忘记了自我底存在而获得更真实的存在。老子底"将欲取之，必先与之"，引用到这上面是再确当不过的。因为，在这难得的真寂顷间，再没有什么阻碍或扰乱我们和世界底密切的，虽然是隐潜的息息沟通了：一种超越了灵与肉，梦与醒，生与死，过去与未来的同情韵律在中间充沛流动着。我们内在的真与外界底真调协了，混合了。我们消失，但是与万化冥合了。我们在宇宙里，宇宙也在我们里：宇宙和我们底自我只合成一体，反映着同一的荫影和反应着同一的回声。关于这层，波特莱尔在他底《人工的乐园》里有一段比较具体的叙述，他说：

　　有时候自我消失了，那泛神派诗人所特有的客观性在你里面发展到那么反常的程度，你对于外物的凝视竟使你忘记了你自己底存在，并且立刻和它们混合起来了。你底眼凝望着一株在风中摇曳的树；转瞬间，那在诗人脑里只是一个极自然的比喻在你脑里竟变成现实了。最初你把你底热情，欲望或忧郁加在树身上，它底呻吟和摇曳变成你底，不久你便是树了。同样，在蓝天深处翱翔着的鸟儿最先只代表那翱翔于人间种种事物之上的永生的愿望；但是立刻你已经是鸟儿自己了。

可是这时候的心灵，我们要认清楚，是更大的清明而不是迷惘。正如颜色，芳香和声音底呼应或契合是由于我们底官能达到极端的敏锐与紧张时合奏着同一的情调，这颜色，芳香和声音底密切的契合将带我们从那近于醉与梦的神游物表底境界而达到一个更大的光明——一个欢乐与智慧做成的光明，在那里我们不独与万化冥合，并且体会或意识到我们与万化冥合。所以一切最上乘的诗都可以，并且应该，在我们里面唤起波特莱尔所谓歌唱心灵与官能底热狂的两重感应，即是：形骸俱释的陶醉和一念常惺的澈悟。哥德底《流浪者之夜歌》：

> 一切的峰顶
> 沉静；
> 一切的树尖
> 全不见
> 丝儿风影。
> 小鸟们在林间无声。
> 等着罢：俄顷
> 你快也安静。

不独把我们浸在一个寥廓的静底宇宙中，并且领我们觉悟到一个更庄严，更永久更深更大的静——死；和日本行脚诗人芭蕉底隽永的俳句：

> 古池呀——青蛙跳进去的水声

把禅院里无边的宁静凝成一滴永住的玻璃似的梵音——都是最好的例。

从那刻起，世界和我们中间的帷幕永远揭开了。如归故乡一样，我们恢复了宇宙底普遍完整的景象，或者可以说，回到宇宙底亲切的跟前或怀里，并且不仅是醉与梦中闪电似的邂逅，而是随时随地意识地体验到的现实了。正如我们不能画一幅完全脱离了远景或背景的肖像，为的是四围底空气和光线也是构成我们底面貌和肢体的重要成份；同样，我们发见我们底情感和情感底初苗与长成，开放与凋谢，隐潜与显露，一句话说罢，我们底最隐秘和最深沉的灵境都是与时节，景色和气候很密切地互相缠结的。一线阳光，一片飞花，空气底最轻微的动荡，和我们眼前无量数的重大或幽微的事物与现象，无不时时刻刻在影响我们底精神生活，及提醒我们和宇宙底关系，使我们确认我们只是大自然底交响乐里的一个音波：离，它要完全失掉它存在的理由；合，它将不独恢复一己底意义，并且兼有那磅礴星辰的妙乐的。

于是，当

> 炎炎红镜东方开，
> 晕如车轮上徘徊，
> 啾啾赤帝骑龙来。

（李长吉底《六月》）

的时候，一轮红日也在我们心灵底天空升起来，一样地洋溢着蜂喧与鸟啼，催我们弹去一夜底混沌与凌乱，去欢迎那生命普赐众生，同时又特别为我们设的一件丰盛的礼物：一天悠长的时光，阴或晴，献给我们底感受，沉思，劳动和歌唱。

当暮色苍茫，颜色，芳香和声音底轮廓渐渐由模糊而消灭，在黄昏底空中舞成一片的时候，你抬头蓦地看见西方孤零零的金星像一滴秋泪似的晶莹欲坠，你底心头也感到——是不是？——刹那间幸福底怅望与爱底悸动，因为一阵无名的寒颤，有一天，透过你底身躯和灵魂，使你恍然于你和某条线纹，柔纤或粗壮，某个形体，妩媚或雄伟，或某种步态，婀娜或灵活，有前定的密契与夙缘；于是，不可解的狂渴在你舌根，冰冷的寂寞在你心头，如焚的乡思底烦躁在灵魂里，你发觉你自己是迷了途的半阕枯涩的歌词，你得要不辞万苦千辛去追寻那和谐的半阕，在那里实现你底美满圆融的音乐。

当最后黑夜倏临，天上的明星却一一燃起来的时候，看呵，群动俱息，万籁俱寂中，你心灵底不测的深渊也涌现出一个光明的宇宙：无限的情与意，爱与憎，悲与欢，笑与泪，回忆与预感，希望与忏悔……一星星地在那里闪烁，熠耀，晃漾；它们底金芒照澈了你灵魂底四隅，照澈了你所不敢洞悉的幽隐……

而且这大宇宙底亲挚的呼声，又不单是在春花底炫熳，流泉底欢笑，彩虹底灵幻，日月星辰底光华，或云雀底喜歌与夜莺底哀曲里可以听见。即一口断井，一只田鼠，一堆腐草，一片碎瓦……一切最渺小，最卑微，最颓废甚至最猥亵的事物，倘若你有清澈的心耳去谛听，玲珑的心机去细认，无不随在合奏着钧天的妙乐，透露给你一个深微的宇宙消息。勃莱克（Blake）[①]底

> To see a world in a grain of sand,
>
> And a heaven in a wild flower,
>
> Hold infinity in the palm of your hand,
>
> And eternity in an hour.

> 一颗沙里看出一个世界，
>
> 一朵野花里一个天堂，
>
> 把无限放在你底手掌上，
>
> 永恒在一刹那里收藏。

和梵乐希底

> Tout l'univers chancelle et tremble sur ma tige,

---

① 勃莱克（William Blake，1757—1827），另译布莱克，英国诗人、画家。下引四行诗见本系列《一切的峰顶》之《天真的预示》。

全宇宙在我底枝头颤动，飘摇，

便是两朵极不同的火焰——一个是幽秘沉郁的直觉，一个是光灿昭朗的理智——燃到同样的高度时照见的同一的玄机。

因为，正如我们官能底任务不单在于教我们趋避利害以维护我们底肉体，而尤其在于与一个声，色，光，香底世界接触以娱悦，梳洗，和滋养我们底灵魂：同样，外界底事物和们相见亦有两副面孔。当我们运用理性或意志去分析或挥使它们的时候，它们只是无数不相联属的无精彩无生气的物品。可是当我们放弃了理性与意志底权威，把我们完全委托给事物底本性，让我们底想像灌入物体，让宇宙大气透过我们心灵，因而构成一个深切的同情交流，物我之间同跳着一个脉搏，同击着一个节奏的时候，站在我们面前的已经不是一粒细沙，一朵野花或一片碎瓦，而是一颗自由活泼的灵魂与我们底灵魂偶然的相遇：两个相同的命运，在那一刹那间，自然与灵府底无尽藏的玄机与奇景，从那盈盈欲溢的感激杯里，找不出更深沉更雄辩的声音去致谢那崇高的大灵：

Du führst die Reihe der Lebendigen

Vor mir vorbei und lehrst mich meine Büder

In stillen Busch，in Luft und Wasser kennen.

你把众生底行列带过我面前，

教我一一地认识我底弟兄们

在空中，水中和幽静的丛林间。[①]

于是日常的物价表——大小，贵贱，美丑，生死——勾消了。毫末与丘山，星辰与露水，沙砾与黄金，庄周与蝴蝶，贵妇与暗娼……在诗人思想底光里合体了，或携手了。因为那里唯一的度量是同情，唯一的权衡是爱：同情底钥匙所到，地狱与天堂齐开它们最隐秘的幽宫；熊熊的爱火里，芦苇与松柏同化作一

---

① 见《一切的峰顶》之《浮士德·幽林和岩洞》。

阵璀璨与清纯的烈焰。

但丁底《神曲》和波特莱尔底《恶之花》都是最显著的例。

我第一次读《地狱曲》的时候，差不多对但丁起怀疑和失望底反感。我觉得这泪乡，这血河，这毒林，这兽岩与蛇窟，这永久的恐怖与咒诅，号啕与挣扎……所给我们对于造物者——上帝或诗人——底印象太残酷了，太狭隘了，或太幼稚了。痛楚底日记，酷刑底纪年，丑恶与怨毒底写真，于我们果何有呢？可是当我挽着诗人影子底手穿过净土底幽谷嘉林底荫影，渡忘河而达天堂底边沿，在那里贝雅特丽琪（Beatrice）像一朵爱花，一朵贞洁的火焰般在缤纷的花雨和天使底歌声中用婉诮，轻谴和嫣笑来相迎——尤其是当我们追随着贝雅特丽琪从碧霄到碧霄，从光华到光华，一层层地攀登，递升，直至宇宙底中心，上帝底宝座前，在一个极乐与光明的灵象里谛听着圣贝尔纳向玛利亚为我们底诗人低诵这圣洁和平的祷词：

Vergine madre，figlia del tuo figlio……
贞洁的母亲呵，你儿子底女儿……

我才恍然大悟了！因为在这震荡着虔诚，悲悯，纯洁与慈爱的祷词里，咒诅远了，怨毒与仇恨远了，但丁毕生底悲哀与失望，困苦与颠顿，和远远传来的地狱里被咒诅者惨怛的号啕，净土里忏悔的灵魂温柔的哭泣，都融成一片颂赞底歌声或缕缕礼拜底炉香了。

从题材上说，再没有比波特莱尔底《恶之花》里大部分的诗那么平凡，那么偶然，那么易朽，有时并且——我怎么说好？——那么丑恶和猥亵的。可是其中几乎没有一首不同时达到一种最内在的亲切与不朽的伟大。无论是伛偻残废的老妪，鲜血淋漓的凶手，两个卖淫少女互相抚爱底亲呢与淫荡，溃烂臭秽的死尸和死尸上面喧哄着的蝇蚋与汹涌着的虫蛆，一透过他底洪亮凄徨的声音，无不立刻辐射出一道强烈，阴森，庄严，凄美或澄净的光芒，在我们灵魂里散布一阵"新的颤栗"——在那一颤栗里，我们几乎等于重走但丁底全部《神曲》底历程，从地狱历净土以达天堂。因为在波特莱尔底每首诗后面，我们所发见的已经不是偶然或刹那的灵境，而是整个破裂的受苦的灵魂带着它底对于永恒的迫切呼唤，并且正凭借着这呼唤底结晶而飞升到那万籁皆天乐，呼吸皆清和的创造底宇宙：在那里，臭腐化为神奇了；卑微变为崇高了；矛盾的，一致了；枯涩的，调协了；不美满的，完成了；不可言喻的，实行了。

廿三年正月廿日于北平

释"象征主义"[①]

——致梁实秋先生

实秋先生：

自从一九三一年我在给志摩论诗的信[②]里向你请教过之后，你便不断地辱赐教言。《论诗的长短大小》[③]，《诗人的生活》[④]，以至最近许多长长短短的文章，我都直接读过或间接听说过。但我始终保守着缄默，虽然私衷觉得非常荣幸。这并非因为我漠视是非：对于少数的知己，和一些我觉得"可与言"的人，再没有比我更为真理斤斤计较，刺刺不休的。但有时我也颇能守"未可与言而言谓之傲"的古训。你过去的文章底立场距离我底那么远，而且，在我看来，立论那么乖僻，以致我——不仅我，就是你许多至友，都以为你要不是意气之争，便是属于那些"也许甚么事都可以做，但无论如何不宜于做诗乃至谈诗"的性格。[⑤]"讨论"，我曾经说过，"在这种情形之下，不独不可能，并且是多余的。"

但我底荣幸却变为欣幸了，当最近一位朋友把你关于拙著《诗与真》的短评[⑥]给我看的时候。因为这篇短评不独证实你过去一切直接间接反对"象征

---

① 见我底散文集《诗与真》，商务印书馆印行，75—103页——作者原注。本文初刊天津南开大学编办的《人生与文学》1936年第3—4期合刊。

② 指刊载于《诗刊》第2期（1931年4月）的《论诗》。全文见本书第一辑《论诗》。

③ 初刊《新月》第3卷第10期（1931年12月）。

④ 以《什么是"诗人的生活"？》为题初刊《新月》第3卷第11期（1931年8月）。

⑤ 梁实秋先生在他底文里批评我说："这样的头脑只适宜于做诗，但仅适宜于做诗"——作者原注。

⑥ 梁实秋：《〈诗与真〉》，初刊北平《自由评论》第25—26期合刊（1936年5月30日）。

主义"，反对"商籁"体等的议论大部分是出于意气，并且使我瞥见和你作精神上的晤谈不是绝对不可能的：你居然能够感到我底"文章写得很美，句法也委婉整齐"，居然能够感到里面的"一股对神秘的爱好与追求"，虽然一方面仍觉得我底"理想根本不大清晰，所以很难令人理解"！这或许只是行文上一种欲抑先扬的惯技；但是，朋友，——你或者不曾留心到罢？——这和你底"诗必须明白清楚"的条件显然有着很大的矛盾了。但你也不必为这难过。"矛盾"或"冲突"，对于善驾驶①的人，实在是一切新生底转机。我今天所以破例地打破几年来对于你的缄默，也正是为了这富于希望的"矛盾"之故。

可是在未正式和你讨论我所要讨论的问题以前，为要使我们底晤谈不蹈空，我得先恳求你答应一件事，就是：努力摆脱你偏见底镣铐，平息你意气底火焰。真②底探讨比射击还要精微，除非你有自由的心灵，平静的胸襟，是不容易瞄准的。

为要证明我底"理论不充实"，你把我关于象征主义的由浅入深的定义通引下来，最后一个便是"象征之道也可以一以贯之，曰，'契合'而已。"这样做是很合理很公平的。但可惜你只止于这点，而把下面阐释和描写这基本原理的几千言通抹煞了。这何异于一个野蛮人看见了雅典或罗马廊庙底前额便以为全座建筑尽在于此？但这并没有什么希奇：我在你一切作品里（这短评自然也不在例外）都感到你缺乏哲学底头脑，训练，和修养实在达到一个惊人的程度，而我底关于"契合"的理论却是植根于深厚的哲学里的。心理学告诉我们：一个人只看见他已经认识的东西。你觉得我这篇文章"根本没有什么理论"便是这原则一个强有力的例证。

不仅这样，这缺乏，这使人为你感到无限的遗憾的缺乏，竟使你把题材底本身和处理题材的方法完全混淆了。因为我所阐释和描写的，是一种"灵幻缥缈"的，"浩荡无边"的，精神上的"陶醉"和"和谐"境界，你便断定我底思维方法是浪漫的，幻想的，直觉的：你那给"常识"充塞了的心灵竟无法

---

①　驾驶：应作"驾驭"。
②　"真"后应是漏排了"理"字。

去跟踪文中精微的理智分析和严密的逻辑线索！这境界（你知道吗？）是一切哲学，一切宗教，一切艺术达到最高点时所"殊途同归"的。可是虽然在一切最上乘的宗教和哲学的典籍①里，在"涅槃"，"神游"，"最高意识"等的名义下，你都找到关于它的提示或叙述，——而给它以系统的逻辑的分析和有声有色的描写，我这篇《象征主义》，我敢说，却是破题儿第一遭。

如果你所谓"逻辑"就是指你那一套"天不变，地不变，人性不变，所以文学也不变"或"人要讲人话，诗人也要讲人话，人话的第一条件便是明白清楚"，我承认我没有，而且我要多谢天我没有。但是请放下这一套刻板的谬误的思维方式罢。真正的逻辑是没有那么简陋粗疏的。"真理"，法国一位大思想家勒能（Renan）说，"只在荫影上"。"荫影"（nuances）——一个多么奇妙的字！没有它，一幅画便暗淡无光；没有它，一支歌便生涩不成调；没有它，一句天经地义的真理可以沦为荒谬绝伦的笑柄。你曾否见过有些姊妹美丑悬殊，当你仔细分析她们底面目时却几乎找不出丝毫局部的差异？那便是这"荫影"——配合上毫厘之差——在作怪。你底文艺见解和议论，我也常常在别的书里碰见过：我几乎可以一一提出它们底来源。但在那里即使我不同意或不觉得出奇，却不至像一到你笔下便成为那么离奇荒诞，令人啼笑皆非。这岂不是因为一切"荫影"到你手里便不翼而飞了吗？学会抓住这"荫影"罢，朋友，你便不致于错认这篇文章骨子里逻辑的线索。

一篇论文应该把它底问题或要旨用清楚的文字透澈地分析，说明，和阐发，——这标准我并没有忽略。《文坛往那里去》和《论崇高》②一类的文章，我相信，很可以作我向这方面努力的证据。但是有些思想是那么精微，有些境界那么高妙，是决非单靠机械的逻辑所能把捉的：除非你甘愿用你底整体去体验，你将毫无所获，或者至多也不过得到一些粗糙的，因而谬误的糟粕。在这种思想和境界面前，作者便不能只安于解释和说明，他还得运用描写和暗示，就是说，借重一种特别属于诗的甚或音乐的手法。

是的，甚至在散文里，我们也可以，有时并且应该，借重于音乐底手

---

① 藉：应作籍。

② 《文坛往那里去》见《诗与真》63—73页；《论崇高》见《诗与真二集》35—56页——作者原注。

法——虽然"音乐"一词引用到"诗"上于你已经是一个梦魇。你所以这么深恶痛绝"音乐"和"诗"或"文学"联缀在一起，我敢断言，不外因为你根本误解这引用底意思，而这误解又基于你和音乐的不可消除的隔膜。你过去许多言论告诉我：你和一般"望文主义"或专用"常识的头脑"来应付一切的人一样，很天真地把音乐看作纯粹"悦耳的艺术"，把"音乐的"看作"悦耳的"底同义语。所以一听见"诗底音乐"和"诗应该注重音乐"时，你便以为人家要将"诗"做到"音乐"一般"悦耳"，要把"诗"当"歌"唱，或进一步要"诗"在纯粹的声音宇宙里和"音乐"抗衡。

这问题本来很复杂，决非三言两语所能尽。如果时间允许，我将来或专写一篇文章来讨论。但我现在至少可以对你保证：不独"诗底音乐"并不在单求好听，就是"音乐"本身也不限于狭义的悦耳。和文学一样，在它那纯声音底配合后面实在蕴藏着一个深刻的，严肃的，或者，随你便，道德的意义。和文学一样，大音乐家要藉它来表现人生，抒写灵境，以创造一个形神无间的和谐宇宙。不过音乐单靠声音来实现它底目的，而文学却凭藉那同时具有音、色、义的文字。

品质上比较音乐驳杂，自然不易造诣音乐底自由与空灵：文字底声音并不因此而失掉它在诗里所负的重要任务——至少和意义相等的重要任务。一切艺术家底努力都是要把手头的工具所能供给的至大与至微的效能应有尽有地利用，以求达到表现底最高强烈和最终和谐；诗人当然不能轻视那组成他底工具的一个主要元素——字音。所谓"诗要注重音乐"，就是要诗人尽量开拓字音底长处，以烘托出那单靠字义所不能把捉的思想底荫影或心声底余韵。所以要表现猥杂重浊的意境，诗人不避生涩难上口的诗句，正如在音乐底巨制里，音乐家往往插入许多在凡耳听来极不调协的旋律。因为艺术底一切都归宿在这点：灵肉一致或形神无间的和谐。在莎士比亚和弥尔敦底作品里，这样完美的例子可不触目皆然吗？你翻译莎士比亚和讲授弥尔敦时怎么没有碰见？

但文学和音乐底相近处，或者不如说，相通处，并不限于局部声音底效能，有时还可以普及全篇底组织。法国初期许多诗格如Rondo①等都被移植到音乐里固不必说了如《追逸曲》（*Fugne*）②之与"商籁"等不谋而合的格式也不少。所以在内容比较繁复精微的诗文里，为要获得一种荡漾回环的节奏，为要凝定那飘忽的情意底弦外音，作者有时便自然而然采用交响乐底错综的结构了。

而且决定这种采用的，又不仅是作品底内容，还有那更基本的作者心灵底固有的需要。每个成熟的，或比较成熟的心灵都有一个可以发展和修饰，但无论如何不能改变的个别的定型：这定型决定它一切渴慕与追求，活动和姿态。试拿作"商籁"来说罢，我不知道别人底动机如何，我自己就决不是由于偶然的幻想或一时的快意，而完全因为这谨严的诗体同时可以满足我心灵对于"建筑"和"音乐"的两重迫切的需要。

话似乎说得太远了，其实正足为解释我底《象征主义》张本。因为如果这篇拙作有被解释的价值，那就是我执笔时一点卑微的匠心。内容呢，我相信已经在我能力内给它以最圆满的表现：我无法把它说得更清楚或更动人。如果你一定要我在这方面给你一个方向，我只能劝你去细读几本影响我思想最深的书：柏拉图底《斐特儿》（*Phedre*），《斐东》（*Phedon*）和《宴会》（*The Banquet*）尤其是莱宾尼滋底《单元论》（*Movadologie*）和《人类悟性新论》（*New Essays on Human Understanding*）。直接或间接影响我底《象征主义》的书自然不止这几部。但我相信，只要你肯细心寻绎它们，回来再读我底拙作，你便要恍然于你这"根本没有什么理论"的评语是多么武断了。

说我执笔时有意去模仿音乐的结构，或者也不全符合事实。唯其如此，更足以证明心灵活动底奇妙，和这两种姊妹艺术——文学和音乐——之间不可抹煞的深切的契合。

这文章的最初动机，你知道，原是演讲。因为不满意于讲演时粗疏的说法，我决意把它写下来，加以发挥和润饰。前半篇大致保存原来的面目，所以完全是客观的解释，写来也很快。但当我开始后半篇的时候，大概由于连日的

---

① Rondeau，指回旋诗，16世纪流行的诗体，以迭句为特点，引入音乐后成为回旋曲（Rondo）。

② 追逸曲（Fugue），另译赋格曲。

深思和当时特殊的心境罢，一种奇异的感觉突然在我里面闪动了：一个完整的宇宙景象在我心灵浮现出来。虽然我所瞥见的只是粗枝大叶，我依稀地意识到我所描写的对象已经不是一派狭隘的诗论，而是一个普遍的庄严的宇宙概念：我意识到这狭隘的诗论，只要掘到深处，将领我深入一个宇宙基本原理底核心，因为"一切道路都通罗马"。憧憬着它底完美的表现，我渐渐沉入我所描写的"恍惚非意识"而其实是"最高度意识"的状态。

那时我底生活正陷入极端的矛盾：我一身兼有人间底地狱与天堂。一方面我攀登着有生以来最崎嶬岩的一段路程，因为人类底恶意和阴险都仿佛在竭力要把我驱向绝望，驱向毁灭。但是感谢一双晴朗灵活的大眼睛，那么关切底临照我底庭院和命运，使我浸在它们慈慧的光里，不独忘掉那些袭击我的狰狞面目，并且享受着几个月——从黄金的晚秋到嫩绿的初春——人世罕有的丝丝都是金和紫的美满幸福……[①]

就是在这时候这宇宙概念闪进我底思域里，完成了这两重自我底隔绝：我物质地度着两个人底生活。一切我不得不应付的最寻常以至最烦恼的实际生活，我都像梦游者般机械地执行。对于我，那唯一的真实，就是一缕要刻划出这灵象的意念，和那双仿佛时时刻刻在护佑督促我的慧眼。我心头感到一篇光明的悦乐——是的，一片任何外在生活都打不断的长期的沉思的悦乐。有时候，其实差不多每天当黄昏带着和平的市声静静地淹没一切的时分，我独自在院里，嵯峨的古木间徜徉，眼望着西方天抄[②]的大星，耳听着悲多汶《第九交响乐》，让心灵一面和远处光明的熠耀打信号，一面随着这崇高的圣乐底壮阔的波澜浮沉。于是沉睡在记忆深渊里的有缘的一切——情意，颜色，芳香，声音，形体……都逐一醒来，互相携手，融在那庄严的概念里：于是那先前只见轮廓的灵象，渐渐地，一段一段地，自己组织，安排，终于整个玲珑澄澈地呈

---

① 《象征主义》成文于1934年。这一年，在北京大学任教的梁宗岱陷入一场官司。他在中学毕业前夕曾由家庭包办与何氏结婚，但坚决反对并拒绝参加婚礼。十多年后，已另婚的何氏突然来到北京，要求复婚。梁氏寄望司法解决，却因胡适、陈受颐等人支持何氏而败诉。也是在这个时期，他与女作家沉樱由互相倾慕发展到热恋。官司结束后，梁氏辞职，偕沉樱往日本，居留约一年后回国，在天津结婚。

② 此处"抄"似应作"秒"（音miǎo，义为末梢），可能因形近而误排。

现出来。这就是为什么这篇在你眼中"理想根本不大清晰"的拙作，对于我却是多么具体和真实！

而最奇妙的就是：当我搁笔后把它重读，发见这半篇文章底进行步态和交响乐底一个"动作"（Mouvement）完全暗合！在这里我不想用音乐底专门术语来惊扰你；我只想提醒你这点：在这半篇文章，像在交响乐或奏鸣乐（Sonate，二者其实是大同小异）底一个动作里一样，有一个原始的基调（Thème initial）——"生存不过是一片大和谐。"这基调笼罩着全体，在反复萦回的发展中忽隐忽现，而每次重现都带来多少变化，都比前一次更鲜明，更丰盈。如果你肯平心静气去跟踪它底历程，你就会发见从"生存不过是一片大和谐"到"使我们确认我们只是大自然交响乐里的一个音波；离，它要完全失掉它存在的理由；合，它将不独恢复一己底意义，并且兼有那磅砖①星辰的妙乐的"之间一种密切的有机的关系……

原只想略略解说几句，不意竟唠叨了这一大遍，②而且还触着我生活最亲密的一部分，这未免有几分近于"不智"（unwise）。但我不是半吞半吐的人，就让这封信作我们第一次精神上的畅谈罢。如果仍旧不能解除我们底隔膜，恕我不再有教士底热忱了。

梁宗岱

---

① 磅砖：应作磅礴，因"砖"的繁体字"磚"与"礴"形似，以致误排。

② 遍：应作篇。

保罗梵乐希先生[①]

当象征主义——瑰艳的、神秘的象征主义在法兰西诗园里仿佛继了浮夸的浪漫派、客观的班拿斯（Parnasse）[②]派而枯萎了三十年后，忽然在保罗梵乐希[③]底身上发了一枝迟暮的奇葩：它底颜色是妩媚的，它底姿态是招展的，它底温馨却是低微而清澈的钟声，带来深沉永久的意义。

文艺界有一种传统的误解：伟大的艺术家，必定是从穷愁中产生的。所以我们意想中伟大的诗人，不是潦倒终身，就是过一种奔放或流浪生活的人。固然，深沉的悲哀，有如麝兰底一缕芳馨，往往引导我们深入人生底花心；到了泪咽无声的绝境，我们便油然生打破沉默的意念。然而有一派诗人，他底生命是极端内倾的，他底活动是隐潜的。他一往凝神默想，像古代先知一样，置身灵魂底深渊作无底的探求。人生悲喜，虽也在他底灵台上奏演；宇宙万象，虽也在他底心镜上轮流映照；可是这只足以助他参悟人生之秘奥，而不足以迷惑他对于真之追寻，他底痛楚，是在烟波浩渺中摸索时的恐惧与彷徨：他底欣悦，是忽然发现佳木葱茏、奇兽繁殖的灵屿时恬静的微笑。

可是倘若他只安于发见而不求表现，或表现而不能以建筑家意匠的手腕、音乐家振荡的情绪，来建造一座能歌能泣的水晶宫殿，他还不过是哲学家而不是诗人。诗，像一切艺术一样，固可以写一刹那的感兴，瞬间的哀乐，但

---

①　初刊《小说月报》1928年第20卷1号，原题《保罗哇莱荔评传》，后收入《水仙辞》（中华书局1930年版），更题《保罗梵乐希评传》，《诗与真》结集时改用今题，文字略有改动。

②　班拿斯派（Parnasse），通译帕那斯派，又译高蹈派，法国19世纪下半叶诗歌流派，推崇形式美。

③　梵乐希（Paul Valéry，1871—1945），通译瓦雷里或瓦莱里，法国诗人及诗论家。

是诗，最高的文学底使命，仅止于此么？夜草底潜生，泉心的霁月，死的飞禽，累累下坠的果，以至婴孩底悲啼，睡女胸间停匀的起伏……一般诗人所不胜眷恋萦回，叹息吟咏者，对于我们底诗人，却只是点缀到真底圣寺沿途底花草，虽然这一花一草都为他展示一个深沉的世界；却只是构成巍峨的圣寺的木石，虽然这一木一石都满载无声的音乐。

神话底时代——无论希伯莱的还是希腊的——过去了，颂赞神界底异象和灵迹的圣曲隐灭了；英雄底遗风永逝了，歌咏英雄底丰功伟业的史诗也销歇了：人类底灵魂却是一个幽邃无垠的太空，一个无尽藏的宝库。让我们不断地创造那讴颂灵魂底异象的圣曲，那歌咏灵魂底探险的史诗罢！

保罗·梵乐希（Paul Valéry）以一八七二年十月三十日生于法国底舍提（Sète），一个滨临地中海很小的却四方杂处的城。他底父亲是城里的统税局员，母亲是意大利人。他底祖先多是海员，到了他底父亲才从法属地中海底哥尔司岛（Corse）①移来，岛中居民，至今犹有保存古希腊底遗风的。如其土地与血统对于文艺天才有相当的影响，我们可以说，梵乐希底先天已决定他是那一种天才了。

他底童年全被囚禁在城内的中小学校里。他唯一的消遣，就是从校舍底窗口仰观那一碧无际的天，俯瞰那比天还要蔚蓝的晴波万里的海，和天上的流云，海角的沙鸥，出没的白帆。可是对于这想像丰富的、虽然据他自己说是庸碌的小学生，这茫茫的天海之交，已足使他默识宇宙底旷邈了。考取了学士学位之后，他便到邻近一个大城蒙伯利（Montpellier）②省立大学肄习法律。但他所孜孜不倦的，不是法律底研究而是读诗与遨游——曾经到过地中海沿岸，到过风光明媚的南方的读者，便知道他底诗怎样地浸润着地中海底波光涛语、丽日金星，和柠檬橄榄底甘芳，月桂与长春底绿影……是的，那在上晶朗而终古凝定的青天，在下永久流动的深不可测的碧海，正是他一切作品底共通德性底征象。

有谁不信重大的收获往往出于偶尔的机缘么？舍提与蒙伯利之间，有座

---

① 哥尔司岛（Corse），通译科西嘉岛，法国地中海的海岛。
② 蒙伯利（Montpellier），通译蒙彼利埃，法国南部城市。

名叫玛格龙尼（Maguelone）的古寺，是二世纪传下来而屡经修葺的。寺在古树丛中，绿阴深处，一半已圮毁不堪了，一半还好好地保存着留给游客看。寺顶有些婆娑的异树，为法国所不常见的，据说是鸟儿从非洲带来，不经意地遗下的种子，现在遂为该寺一种奇丽的点缀。梵乐希所以能在诗界有偌大的贡献，为法国诗坛，不，世界底诗坛放一异彩，也可以说是偶然的。他最先曾一度作海军将校梦。幸而学校笨拙的教授法使他和数学格格不相人，才不得已把这场恶梦割弃了。在蒙伯利习法律时，他对于文学虽表示极端的热忱，但他只以欣赏自足，毫无执笔底冲动。直至一千八百九十年底五月，在蒙伯利大学六百周年①纪念会上，他和一个来自巴黎的青年底邂逅，才决定了他对于文艺界永远的使命。

　　这巴黎的青年便是日后有名的热烈的肉恋底讴歌者，法国近代有数名著《卑列提斯之歌》（Chansons de Bilitis）与《婀扶萝嫡蒂》（Aphrodite）底主人彼得·鲁易斯（Pierre Louÿs）②。这两位青年——一个温文尔雅，双目澄碧如蓝宝石，一个爽直，真挚，衣裳楚楚一会晤才不过十分钟，嚣俄，波特莱尔③，瓦格尼（Wagner），和廉布（Rimbaud）④，魏尔仑（Verlaine）⑤，马拉美（Mallarmé）⑥等名字从他们底会话中流过了，便站起来手挽手大踏步走着。他们底亲呢，使旁观者都不胜惊愕。未几便在人海中散失了。梵乐希从学校回到军营之后两日——那时他正在军役——前事差不多全置诸脑后了，忽然接到一封字迹雄丽的洋洋数十页的长信，里面所载的不消说都是一千八百九十年间一个努力文艺者底信条。翌年梵乐希在蒙伯利大学取了法学硕士底学位，便决计离开他底风和日丽的故乡，来到法兰西底京都，新世界文艺底中心点巴黎。

　　这时候浪漫主义底余威，已消灭殆尽。以文学界底拿破仑自居的嚣俄，

---

① 原文缺"年"字。

② 鲁易斯（Pierre Louÿs，1870—1925），通译路易，法国小说家。

③ 波特莱尔（Charles Baudelaire，1821—1867），通译波德莱尔。法国诗人。

④ 廉布（Arthur Rimbaud，1854—1891），梁另译韩波，通译兰波，法国诗人。

⑤ 魏尔仑（Paul Verlaine，1844—1896），法国象征派诗人。

⑥ 马拉美（Stéphane Nallarmé，1842—1898），法国象征派诗人。

也像不可一世的拿破仑一倒而不能复起了。散文中左拉及其自然主义底党徒，和环绕着勒孔·特李尔（Leconte de Lisle）[①]的一般班拿斯派底诗人，正如荧荧的星座，辉映于文艺底天杪。可是，自然主义也好，班拿斯派也好，黄金中已现败絮，灿烂中已呈衰象，高唱凯旋的歌里，已隐约地露出力竭声嘶底征兆。文艺底空中，大众开始听到一阵新奇的歌声，万千空前的曲调，有如一座神秘的幽林底飒飒微语，它底呻吟，它底回声，甚至它底讥诮，都充满了预言与恐吓，使当时文坛底权威悒悒然预感他们底末运。

表面上看来，那一般青年诗人底言行，至少在当代人底眼光里，不免调侃与嘲讽底嫌疑。其实他们态度之严肃，求真求美的热诚与恳挚，从欧洲文艺复兴以来，没有与之比肩的。这时候，那些青年诗人所宗仰的对象，已由嚣俄，由勒孔特·李尔，而转移到已死的《恶之花》底园丁，和尚存的马拉美与魏尔仑底身上了。

这三个新领袖底名字，在我国文坛，总算有相当熟悉的了，虽然我不得不赶紧加一句：关于他们底介绍——波特莱尔还比较好些——直到现在还是片断而不正确的。但这也难怪，马拉美底伟大，就是在他本国，也是近年才给大众完全公认的。魏尔仑那种浅显、深刻、沉痛、婉妙、蝉翼一般的调子，又给一般无聊的诗人（？）糟蹋得不成样子了。——言归正题罢！马拉美与魏尔仑，虽同是当时青年诗人底老师，他们底生活，他们底艺术，却几乎都处极端相反的地位。前者是循谨和蔼、严肃有仪的中学教员，后者却是放浪无行，布希米人一样的生活。前者底诗是要创造一个比现世更纯粹更不朽的世界，后者底却是感情底自然流泻，不论清与浊。随从他们的青年，自然也划分两派。这区分是极粗陋的。因为马拉美与魏尔仑究竟不是两个敌系底首领，而是非常相得的朋友。追随他们的青年，也以周旋于两者之间的居多。

这真是法国文学史上底美谈：每星期二晚上，巴黎罗马街（Rue de Rome）五号的住宅里，聚集着一班青年——当时及现在尚存的法国及欧洲文坛上许多显赫的名字。一灯荧然，在卷烟缭绕的重重薄雾中，马拉美对他们

---

① 勒孔特·李尔（Charles Leconte de Lisle，1818—1894），通译勒孔特·德·李勒，法国巴那斯派诗人。

柔声低谈艺术上底各种问题。这班青年诗人都把他底话像金津玉液般饮了，灌溉出来的便是日后绚烂的象征之花。梵乐希就在这时候到巴黎，寄居于卢森堡公园附近一间狭小的房里。他那不愿意执笔的恶习是永远不改的。可是因为彼得·鲁易斯底缘故，他开始和当时努力文艺的青年如联尼尔（Henri de Régnier）①和纪德（André Gide）②等混迹了。他们那时正创办一个名叫《角号》（*La Conque*）的诗杂志。他们都婉转地谴责他底懒惰。他被逼不过，才勉强写了一些诗应付他们，这些诗便是现在收集在《旧作诗谱》（*Album de Vers Anciens*）里的。路易斯更把他介绍给马拉美。于是巴黎罗马街五号，每星期二晚上，又增多了一个极有恒极忠心的听众了。是的，梵乐希实在是马拉美最忠心最专一的门徒之一，就是马拉美所以能在法兰西诗史上占第一流底位置，至少一半是梵氏之功。据他对我说，他那时几乎无日不自远看见魏尔仑和一般青年诗人在先贤祠及卢森堡公园之间的一间咖啡店（就是现在的Café du Panthéon）呼啸成群。可是不知为什么，他总觉到一种"神圣的畏惧"，使他不去亲就他。不久，马拉美底预言家般的直觉，也在许多青年中特别看起梵氏了，他底空前创作《骰子底一掷永不能毁除侥幸》（*Un coup de dés jamais n'abolira le hasard*），一首极有趣味，极瑰秘的诗初脱稿时，梵乐希就是第一个得先读的人。

梵乐希第一次在《角号》发表的诗是《水仙辞》（*Narcisse parle*）。诗中所咏的，除了希腊神话中一个名叫水仙的美少年临流自鉴的故事而外，还有以下一段哀艳的逸闻：蒙伯利底植物园中，有一个无名少女底坟墓，相传是十八世纪英国诗人容格（Young）③底女儿。容格晚年，曾与其妙龄爱女寓居蒙伯利。不幸她竟绝命客旅，蒙伯利居民因为他们是新教徒，不允把她葬在他们底墓园里。容格不得已把她私埋在此园中。后人怜之，为立一碑，碑上刻了"以安水仙之幽灵"（Narcissae Placandis Manibus）几个拉丁字样。植物园是梵氏在蒙伯利习法律时常游之地，深感少女之薄命，因采用希腊神话中水仙底故事而成诗。在一首诗中吟咏数事，或一句诗而暗示数意，正是象征派诗底特别色

①　联尼尔（Henri de Régnier，1864—1936），通译雷尼埃，法国作家。
②　纪德（André Gide，1869—1951），法国作家，1947年获诺贝尔文学奖。
③　容格（Edward Young，1683—1765），英国诗人。

彩。《水仙辞》发表于《角号》后，它那惨淡的诗情，凄美的诗句，哀怨而柔曼如阿卡狄底秋郊中一缕孤零的箫声般的诗韵，使大众立刻认识了作者底天才，巴黎《时报》登了一篇恭维备至的批评。以后他更在《角号》及《山驼儿》（*Le Centaure*）等杂志先后发表两篇重要的散文———一篇是近年大众才了解而影响法国今日的作家最深的《与太司特先生之一夕》（*Une Soirée avec M. Test*），一篇是深奥谨严的《达文希底方法导言》[①]（*Introduction à la Méthode de Léonard de Vinci*）——和十余首诗：有的精致如明珠底环佩，有的玲珑如荷花间的纱灯，有的娟雅如景德磁器底雪上一点胭脂，更有的缟素无瑕如马拉美底《天鹅》，都使读者对于这青年诗人抱了无穷的热望。可是这羽衣蹁跹的天鹅，因为太洁白的缘故，只在那春草般的湖面漾起了粼粼的碧漪，便飘然远举了。

人类是善忘的，梵乐希长期的缄默引起了一般读者底遗忘正是当然的事。可是，一九一七年，欧战方殷的时候，一件大事发生了！那就是梵乐希底长诗《年轻的命运女神》（*La Jeune Parque*）底出版。在爱好文艺的社会中，无处不听到《年轻的命运女神》底回声，许多诗人及学者都莫名其妙地把它互相背诵以为乐。巴黎有名的文学杂志*Connaissance*[②]适开了一个"谁是法国今日最大诗人"的公开访问，所得的答案差不多都不谋而合地指梵乐希。某批评家更严重地说："我国近来产生了一桩比欧战更重要的事，那就是保罗·梵乐希底《年轻的命运女神》。"这诗对于智识界震撼之大，影响之深可想而知了。从形式上看来，《年轻的命运女神》底音韵之和谐，色彩之浓郁，比他底少作固丰圆了许多。而且，这一回，那森林中黄毛脚的猎神可不仅以斜睨那啜过的透明的葡萄果底空壳而自足了。现在，每句诗，每个字，都洋溢着无限的深意，像满载甘液的葡萄般盈盈欲裂了。诗底内容，是写一个年轻的命运女神，或者不如说，一个韶华的少妇——在深沉幽邃的星空下，柔波如咽的海滨，梦中给一条蛇咬伤了，她回首往日底贞洁，想与肉底试诱作最后之抗拒，可是终于给荡人的春气所陶醉，在晨曦中礼叩光明与生命——的故事。它所象

---

① 达文希（Léonardo da Vinci，1452—1519），通译达·芬奇，意大利文艺复兴时期大画家。下同。

② *Connaissance*，《认识》杂志。

征的意义是很复杂的。详细的分析是本文所做不到的事。某女批评家对于此诗的赞语说得好：

> 诗句这么优美欲解剖他底意义固觉得不恭，诗意这般稠密若只安于美底欣赏又觉得不敬，诗义这般玄妙想澈底了解他又觉得冒昧。

梵乐希作《年轻的命运女神》的动机，像他底一切作品一样，是极轻微的。空前的大战未启端之前一年，他底朋友纪德和法国新评论书局底主人屡劝他把他少时作的诗收集起来印单行本，梵乐希终于首肯了。但是未付印以前，他很想用最冷静的眼光把它们大修改一番。这么一来，他底久已消沉的诗兴又渐渐死灰复燃了。他忽然想作一首四十行左右的短诗附在旧作底后面，作为与诗神永别的纪念。可是酝酿了二十余年的丰富的沉思生活，一朝找到了决口，如何能遽然截止呢？他在这二十余年当中，为了糊口底缘故，曾相继充了几处政府机关的科员；但是求知与深思的习惯，已成为他的生命之根源了。他一方面致力于从前在学校时格格不相人的数学，一方面更在想像中继续他的真之追求与美之创造，希望要把准绳的科学与美感的直觉融在一起：数学是训练他的膂力的弓儿；柏拉图教他深思；达文希和笛卡儿教他不特深思而且要建造；和瓦格尼教他怎么能使诗情更幽咽更颤动；拉芳登（La Fontaine）[①]，腊莘（Racine）[②]，尤其是马拉美，教他怎用文字来创造音乐的工具。是的，梵乐希这二十余年的默察与潜思，已在无形中、沉默里，长成了茂草修林了；只待一星之火，便足以造成辉煌的火底大观了。那原定四十余行的诗丝，乃一抽而不能复断：虽在欧战的枪林弹雨之中（那时他正在前敌某机关任职），他还是一样地在他的心灵的幽寂处苦思经营了四年，终于织就了一个五百余行的虹色的幻网。

从此，他和诗神更结下不解缘了，不时有一种隐约飘忽的节奏，在他的

[①]　拉芳登（Jean de La Fontaine，1621—1695），通译拉封丹，法国寓言诗人。

[②]　腊莘（Jean Racine，1639—1699），通译拉辛，法国古典戏剧家。

耳边忽高忽低地敲着。像群蜂把远方的音信带给芳馥的午昼一般，思想在他底心灵深处嗡嗡飞鸣，要求永久的不朽的衣裳。这样，在一九一八年至二一年之间，他先后发表了二十首长诗和短诗，然后更把它们集在一起，名曰《幻美》（Charmes），在这二十首诗中，我们可以和当时的批评家齐声说一句，梵乐希的天才找到了它的最高的表现了。一九二四年，他的散文集《杂文》（Variété，所载的是十余篇梵氏关于哲学及诗学的重要论文）和两篇以前曾经在杂志上发表过的会话体的美学论文《建筑家》及《灵魂与舞蹈》（Eupalinos précdé de l'Âme et la Danse）出版，使法国的文学界知道他们今日不独具有法国有诗史以来五六个最大的诗人之一，并且具有法国光荣的散文史上五六个最大的散文家之一。他底散文风格之谨严，声调之和谐，论者以为要数到十七世纪的布输乙（Bossuet）①，才可以找到他底匹配。

一九二四年冬天，法兰西学院院员法朗士，一个广博、却并不渊深的世界知名的多方面的作家逝世。却不过各亲友的苦劝，梵乐希也像其余在法国文坛稍有声誉的作家到学院去报名作后补员。在他的意思，不过想满足他底亲友底要求罢了。谁知，出乎一般批评家意料之外，出乎他自己底意料之外，以保守著名的法兰西学院竟毫不踌躇地张臂接纳他！于是——这真是一个莫大的讽刺！——生平反对象征派诗最力的批评家法朗士先生，竟找着了一个集象征各派之大成的诗人作他在法兰西学院底承继者了。去年六月十六日，是梵乐希正式加入学院的盛典。赴会的人数之多，为福斯将军以外所未有。于是久为智识界所推崇的大诗人，才普遍地知名于法国底民众了。可是，根据一般批评家很有见地的批评，梵氏之加入学院，与其说是他底荣幸，毋宁说是学院之荣幸，因为法国历代天才的大诗人，除了很少数外，都是给学院所摒斥的：如波特莱尔，如马拉美。这回梵乐希之被选，实在是空前的盛举。

伟大的诗人生前底光荣是可宝的，因为是难得的，然而也可咒诅呵！一九一七年至二四年之间，梵乐希底声誉，已由法国底智识界而展拓至全欧了。德英荷意及欧洲各国底学术机关，已不时有他讲演底足迹。自从他被选入

---

① 布输乙（Jacques—Begnine Bossuet，1627—1704），通译博须埃，法国主教，古典主义作家。

学院之后，他真再无宁日了。不独谒见的人士络绎不绝，就是国家有什么重要的学术及政治的集会，他也不能不莅会了。空前大战所不能打断的幽寂，不意竟被光荣破碎无余了！

　　梵乐希为人极温雅纯朴，和善可亲，谈话亦谆谆有度，娓娓动听。我，一个异国底青年，得常常追随左右，瞻其丰采，聆其清音：或低声叙述他少时文艺的回忆，或颤声背诵廉布，马拉美及他自己底杰作，或欣然告我他想作或已作而未发表的诗文，或蔼然鼓励我在法国文坛继续努力，使我对于艺术底前途增了无穷的勇气和力量。可是他老了！虽然今年才五十六岁，深思和忧虑已在他底颊上划下两条深深的皱纹。而他却老当益壮，虽在极忙碌，极喧哗的光荣中，还每天自晨至午孜孜不倦地继续他底写作生涯，让我们诚心祝祷他底康健罢！

　　他已出版的重要著作，诗有《旧作诗谱》、《年轻的命运女神》及《幻美》三本，散文有《建筑家》及《灵魂与舞蹈》、《杂文》、《太司提先生》、《B字练习簿》（*Cahier B*）、《罗盘针上之诸点》（*Rhumbs*）、《续罗盘针上之诸点》（*Autres Rhumbs*），后面三部是关于诗学及哲学的随笔。

　　批评家和读者都异口同声称梵乐希是哲学的诗人。一提到哲学的诗人，我们便自然而然联想到那作无味的教训诗的蒲吕东（Sully Prudhomme）[1]，想到那肤浅的，虽然是很真的诗人韦尼（A1. fred de Vigny）[2]，或者，较伟大的，想起哥德底《浮士德》第二部——他们都告诉我们以冷静的理智混入纯美的艺术之危险，使我们对于哲学诗发生很大的怀疑。梵乐希却不然。他像达文希之于绘画一般，在思想或概念未练成秾丽的色彩或影像之前，是用了极端的忍耐去守候，极敏捷的手腕去捕住那微妙而悠忽之顷的——在这灵幻的刹那顷，浑浊的池水给月光底银指点成溶溶的流晶：无情的哲学化作缱绻的诗魂。

　　　　Patience，patience，
　　　　Patience dans l'azur！

① 蒲吕东（Sulky Prudhomme，1839—1907），通译普品多姆，法国诗人，1901年获诺贝尔文学奖。
② 韦尼（Alfred de Vigny，1797—1863），通译维尼，法国浪漫派诗人。

Chaque atome de silence

Est la chance d'un fruit mûr!

Viendra l'heureuse surprise：

Une colombe，la brise，

L'ébranlement le plus doux，

Une femme qui s'appuie

Feront tomber cette pluie

Où l'on se jetteà genoux!

忍耐着呀，忍耐着呀，在青天里忍耐着呀！每刹那的沉默，便是每个果熟的机会！意外的喜遇终要来的：一只白鸽，一阵微风，一个轻倚的少妇，一切最微弱的摇撼，都可以助这令人欣然跪下的甘霖沛然下降！——这是《幻美》底末章《棕榈》一诗中，天使在异象里把甘实盈枝的棕榈底沉毅，慰藉那任重致远的诗人的天音；也就是诗人在创造竣工时，回首过去的辛酸与困劳，不禁感恩跪下，发出的和谐的默祷。

可是与其说梵乐希以极端的忍耐去期待概念化成影像，毋宁说他底心眼内没有无声无色的思想，正如达文希底心眼内没有无肉体的灵魂一样。譬如食果，干脆的栗子固值得一嚼；而无上的珍品，却是入口化作一阵甘香与清凉的哀梨。所以我们无论读他底诗甚或散文，总不能不感到那云石一般的温柔，花梦一般的香暖，月露一般的清凉的肉感——我并不说欲感，希腊底雕刻，达文希底《曼娜李莎图》（Mona Lisa）①，济慈②底歌曲，都告诉我们世间有比妇人底躯体更肉感的东西——而深沉的意义，便随这声、色、歌、舞而俱来。这意义是不能离掉那芳馥的外形的。因为它并不是牵强附在外形底上面，像寓言式的文学一样；它是完全濡浸和溶解在形体里面，如太阳底光和热之不能分离的。它并不是间接叩我们底理解之门，而是直接地，虽然不一定清晰地，诉诸我们底感觉和想像之堂奥。在这一点上，梵乐希底诗，我们可以说，已达到音

---

① 《曼娜李莎图》（Mona Lisa），通译《蒙娜丽莎》。

② 济慈（John Keats，1795—1821），英国浪漫派诗人。

乐，那最纯粹，也许是最高的艺术底境界了。

把文字来创造音乐，就是说，把诗提到音乐底纯粹的境界，正是一般象征诗人在殊途中共同的倾向。而梵乐希尤不讳言他是马拉美——那最精微，最丰富、最新颖、最复杂的字的音乐底创造者——之嫡裔。他从没有说到马拉美而不说及自己的，也没有说及自己而不说到马拉美的。浅见者流，因而讥诮他在诗里没有新的创造，以为他都是踏马拉美底旧辙的；而他底狂热的崇拜者，则又以为他们两者之间，有天渊之隔，毫无影响底迹象。平心而论，梵乐希底艺术观，到某一程度上，是完全采纳他底先进的。就是他底诗之修词和影像之构造，精锐的读者，尽可以依稀地寻出马拉美底痕迹。况且马氏逝世，他正当感受性最富之年。这老师底高洁惓惓的一生，影响于他底人格，因而影响于他底艺术之深而且永，自不待言。可是马拉美底模糊、恍惚、昼梦一般的迷离，正是梵乐希底分明、玲珑、静夜底钟声一般的清澈。前者底银浪起伏，雪花乱溅，正是后者底安平静谧的清流，没有耀眼的闪烁，只有潋滟的绉纹。前者底是霜月下的雪景，雪景上的天鹅底一片素白空明，后者底空明中细认去却有些生物飞腾，虽然这些生物也素白得和背景几不能分辨……

有一派批评家以为梵乐希底诗底题材，他底一切作品，无论诗、文、笔记、会话底唯一题材，不是智慧，不是观念，而是智慧底戏剧的观念。他底天才和限制，不在于象征了精神底产物，而在于诗化了精神底自身，这内在的权能，内在的工作和高贵。我们只要拿梵乐希的作品略加分析，便知道这一派议论有相当的立足点。譬如他论舞蹈，他所阐发的，并不单是舞蹈底哲学，却是藉舞蹈来象征灵魂底精神作用；他论建筑，并不单是建筑底真义，却是藉建筑来歌颂灵魂底巍峨之创造。《年轻的命运女神》，在许多解释中，我们分明可以寻出它代表智慧底睡与醒，意识的与非意识的两个境界。就是《幻美》底二十首诗，也可以说是诗人或哲士许多不同的灵境底写真。《晨光》描写心灵与朝暾初出混沌时惺忪的睡态；《致青榆》（*Au Platane*）和《司密杭眉氏之歌》（*Air de Sémiramis*）吟咏心灵醒后感觉到肉体的束缚；《圆柱颂》（*Cantique des Colonnes*）是心灵认识了自我底自由，虽然同时给肉体维系着的歌声；《水仙辞》是心灵解放后对于自我的默契与端详……《棕榈篇》（*Palme*）却是心灵于创造完成后恬静的微笑了。

然而心灵底作用，并不是隔绝一切而孤立的；岂特和它自身底产物不能须臾离，就是和身外底一切，世界与宇宙，也有密切的关系。马拉美往往因寻警句而得妙理，这是因为两者同是心灵冥想出神时偶现的异光。梵乐希讴歌吟咏心灵，能够只限于心灵的自身么？在《司密杭眉氏之歌》里，心灵一壁儿感到肉体的羁绊，一壁儿已听到"建筑呵，建筑呵"的呼声了。

然则梵乐希底诗底内容是什么呢？所包含的是什么思想呢？那是永久的哲理，永久的玄学问题：我是谁？世界是什么？我和世界底关系如何？它底价值何在？在世界还是在我，柔脆而易朽的旁观者呢？——但如果我们想向他底诗找寻直接明瞭的答案，我们也许会失望。因为它所宣示给我们的，不是一些积极或消极的哲学观念，而是引导我们达到这些观念的节奏；是充满了甘、芳、歌、舞的图画，不是徒具外表与粗形的照相。我们读他底诗时，我们应该准备我们底想像和情绪，由音响，由回声，由诗韵底浮沉，一句话说罢，由音乐与色彩底波澜吹送我们如一苇白帆在青山绿水中徐徐地前进，引导我们深入宇宙底隐秘，使我们感到我与宇宙间底脉搏之跳动———种严静，深密，停匀的跳动。它不独引导我们去发现哲理，而且令我们重新创造那首诗。只有这样才是达到纯真的哲学思想的适当步骤，也只有这样才是伟大的哲学诗。因为艺术底生命是节奏，正如脉搏是宇宙底生命一样。哲学诗底成功少而抒情诗底造就多者，正因为大多数哲学诗人不能像抒情诗人之捉住情绪底脉搏一般捉住智慧底节奏——这后者是比较隐潜，因而比较难能的。

譬如《幻美》中的《海滨墓园》（*Cimetière Marin*）——他底诗都足杰作，《海滨墓园》，《水仙辞》，尤其是《年轻的命运女神》却是杰作中之杰作——它底深沉和伟大，不在于诗人对于生与死的观念，而在于茫漠的天海间，诗人心凝形释，与宇宙息息相通，那种沉静的深邃的起伏潆洄，又如《水仙辞》，除了那少作的纯是美感底歌咏而外，从包含在《幻美》的三断片里，我们可以听到一种宁静、微妙、隽永的音浪：时而为诗人对其创造之沉吟歌咏，时而为哲士对其自我之低徊冥想。至于《年轻的命运女神》——这无量数世间的抚触，这开始而立刻收回的姿势，这踟蹰不前的步履，这保存而同时消磨我们的内在的汹涌，这血与血轮底潮汐，这包藏着的火焰，却一样像烛光任风所飘摇的火焰，这沉酣的睡眠，这短促的睡眠，这呓语，这蘧然的醒觉，这休憩，这兴奋，这自我底包围，这晨光，这暮霭，这葱茏的岛屿，这流荡而摺叠得像盐水中的绿藻一般的薄纱，这全个惊骇而镇定的小世界——更是我们底思想之全部，以至它底最纤细的荫影，最轻微的颤栗底回声与反映了。

像他底老师一样，梵乐希是遵守那最谨严最束缚的古典诗律的；其实就说他比马拉美守旧，亦无不可。因为他底老师虽采取旧诗底格律，同时却要创造一种新的文字——这尝试是遭了一部分的失败的。他则连文字也是最纯粹最古典的法文。然而一经他底使用，一经他底支配，便另有新的音和义。所以法国底批评家，往往把他和魏尔仑，廉布及许多自由诗的作者并称为"机械主义底破坏者"。就是提创自由诗最力的高罗德尔（Paul Claudel）①，也赞他不特能把旧囊盛新酒，竟直把旧的格律创造新的曲调，连旧囊也刷得簇新了。

他所以采用旧诗底格律，并不是一种无意识的服从，他实在有他底新意义和更深的解释，他说：

　　一百个泥像，无论塑得如何完美，总比不上一个差不多那么美丽的石像在我们心灵里所引起的宏伟的观感。前者比我们还要易朽；后者却比我们耐久一点。我们想像那块云石怎样地和雕刻者抵抗；怎样地不情愿脱离那固结的黑暗。这口，这手臂，都糜费了无数的时日。经过了艺术家几许的匠心，几千度的挥斧，向那未来的形体慢慢地叩问。浓重的影在闪烁中落下来了，随着火花乱喷的粉屑飞散了……然后才得成这坚固而柔媚的精灵，在无定的期间从同样坚贞的思想产生出来的。②

没有雕刻那么缚束，因为不必要和工具奋斗，自然被剥夺了最后的完全的胜利：诗，最高的文学，遂不能不自己铸些镣铐，做它所占有的容易的代价。这些无理的格律，这些自作孽的桎梏，就是赐给那松散的文字一种抵抗性的；对于字匠，它们替代了云石底坚固，强逼他去制胜，强逼他去解脱那过于

---

①　高罗德尔（Paul Claudel，1868—1955），通译克洛岱尔，法国作家、诗人。

②　引自梵乐希《关于阿多尼斯》（*Au sujet d'Adonis*）。下面两段引文出处相同。

散漫的放纵的。

　　接受了这些格律之后，我们便不能什么都干了；我们便不能什么都说了；而且无论想说什么，单是熟筹深思，或单靠那在神秘的顷刻，不觉间露出来一个几乎完成的意象是断不够的了。只有上帝才有思行合一的特权。我们呢，我们是要劳苦的；我们是要很苦闷地感到思想与实现底区分的。我们要追寻不常有的字，和不可思议的偶合；我们要在无力里挣扎，尝试着音与义底配合，要在光天化日中创造一个使做梦的人精力俱疲的梦魇……有时神灵很恩惠地赐一句诗给我们；但是却要我们去制作第二句和第三句和全首诗，务使它们和前一句一样铿锵，使它们配得起它们的天生底哥哥。

这样地全副精神灌注在形式上面，自然与浪漫主义以来盛行的"灵感"说相距甚远。所以他说："兴奋不是作家底境界。"这并非说他漠视内容。我们读他底诗，总感到一种隐秘和神异的声音冥冥中指挥作者。不过他制作的时候，他底努力就专注在表现方面：内容呢，那是沉默底工作。我们不要忘记作者是经过了二十年浓厚的沉思生活的人。

　　一个真正诗人底真正条件是和梦境再歧异不过的。我只看见有意的探寻，思想底探折，灵魂对于美妙的拘束之首肯，和牺牲底不断的胜利。——想描写他底梦境的人。他自己就要格外清醒。如果你想模仿你刚才熟睡时一切奇诡和变幻的状态；想在你底深渊追踪那沉思的灵魂底坠落如一张枯叶穿过记忆底无边境界，别自夸能够不加极端的注意而成功——注意底妙工就在于擒住那单靠它底消耗而存在的事物的。

一九二八、六、二日于法京。

哥德与梵乐希

——跋梵乐希《哥德论》

> ……且人于掌何日不见；及至问他掌中多少文理，却便不知。
>
> ——王阳明
>
> 一个［人底］记忆绝不能记住任何一个生物任何肢体底一切形……
>
> ——达文奇
>
> 就是我们底最侥幸的直觉也不免是些不准确的结果，由于太过，对我们普通的理解而言；由于不及，对那些它们（直觉）自命交给我们的最轻微的事物和实情底无穷复杂性而言。
>
> ——梵乐希

保罗·梵乐希（Paul Valéry）代表法国为哥德百周死忌演讲共有两次：第一次是在巴黎大学文理科大礼堂法国政府举行的纪念会上，第二次是在德国佛郎府国际纪念会上。因为地位与场合不同之故，讲词内容颇有出入。现在所译是第二次的。

一九三一年春天，哥德百周死忌底前一年，我还在德国南方底海岱山（Heideberg）。在那富于文艺复兴色彩，哥德底旧游处，又是德国浪漫主义底发祥地的古雅幽丽的大学城里，我早就许下宏愿，要为哥德百周死忌写一篇纪念文章。但是总觉得自己对于这绝世的大诗人的认识太浅薄太零碎了，始终不敢动笔。回国不久，得读梵乐希这篇讲词，不觉惊喜交集，因为自己心所欲言和不能言的，他都在这里面发挥无遗了。

真的，在现代作家中，再没有比梵乐希更适宜于彻底了解哥德的了。德国文豪汤马士·曼（Thomas Mann）[①]和精通德文的法国大小说家兼批评家纪德（A. Gide）纪念哥德的文章，虽然对于哥德——或从德国底观点，或从个人底观点——都显出极深刻的了解并且对读者具有极高度的教训，但比较梵乐希这篇活现了哥德底整体的演词，便立刻觉得不失之于浮面便失之于片段了。

这是因为和哥德一样，梵乐希也是以诗人而兼思想家科学家，换言之，都是属于全才（Intelligence universelle）一流的，虽然他们底出发点，他们底方法，他们底艺术都极不相同甚且相反。

从原则上说，哥德探讨底对象是外在世界，是世界底形相；他是"形相底伟大辩护者"（Grand Apologiste de l'Apparence），像梵乐希所说的。梵乐希却正相反：他底精神大部分专注于心灵底活动和思想底本体；他底探讨对象是内在世界，是最高度的意识，是"纯我"（le Moi pui）。因此，哥德在科学上的贡献（他底《植物变态论》不是达尔文《物种起原》底前身，并且超过达尔文底狭隘的眼界），和谬误（他底基于光与影之配合的颜色论），都由于他对于他肉眼——多么灵活又多么明慧的一双大眼呵！——的完全信任；而梵乐希却把哥德所忽视的那纯粹建立在心灵法则上的数学，尤其是几何学，看作"实验科学底最有力的工具"，——我们几乎可以说他在科学上的活动完全限于这门[②]。

在艺术上呢，哥德底诗不是这形相世界在他心灵内时时刻刻所唤起的反应底纪录（"我底抒情诗都是即兴诗"，他说），便是他底灵魂在这形相世界的热烈的感受、憧憬、探讨和塑造底升华（《浮士德》）；梵乐希底诗却是透过这形相世界的心灵活动底最深微的颤动底结晶，藉了这世界底形相来反映或凝定心灵活动或思想本体底影像（"在这满缀着冕旒的前额，我只梦想那核心"，关于达文奇，也就是他自己，他这样说）。因此，哥德底诗不独在量上比较梵乐希丰富，就在质上也比较普及：前者底诗可以，或比较上可以，诉诸一般读众；后者底读众却几乎完全限于一般思想家和诗人，或具有这两种倾向

---

① 汤马士·曼（Thomas Mann，1875—1955），通译托马斯·曼，德国小说家、散文家，1929年诺贝尔奖获得者。

② 这并非说他忽略视觉。像达文奇、像哥德，像一切伟大的观察者，梵乐希把"眼"看作"我们底最精神的感官"。——原注

的人。

　　然而"宇宙间一切事物都是深深地互相连系着的"，哥德不曾说过这样一句平凡的真理么？梵乐希在本文里关于哥德底智慧也说，"它底广博只是它底高度的连系"，或者，更明晰点，他在《达文奇方法导言》里说，"那微诀——达文奇底微诀像拿破仑底微诀，像那最高的智慧所一度占有的微诀——就是，而且只能够是，在于他们从那些我们看不出连续性的事物中所找到而且必定找到的关系上。"这两位遥隔着整个世纪的大诗人底接触点，他们对于近代思想界和文艺界底共同贡献，可不就在这"高度的联系"上么？

　　因为最高的智慧底唯一微诀是在于从那些一般人看不出连续性的事物中找出关系，所以一个智慧底真正普遍性（universalité），并不在于事事浅尝，事事涉猎，以求得一个浮光掠影的认识；而在于深究一件事物或一个现象到底，从这特殊的事物或现象找出它所蕴蓄的那把它连系于其他事物或现象的普遍观念或法则。一度达到这"基本态度"之后，正如俗谚所谓"一理通，百理融"，万事万物自然都可以迎刃而解。

　　要到这境界，两条路，虽然表面上似乎相反，一样可以通行：从认识的心灵，或从被认识的物体出发。一个先要对于自身法则有澈底的认识或自觉，然后施诸外界底森罗万象；一个则要从森罗万象找出共通的法则，然后从那里通到自我底最高度意识。梵乐希是选择前一条的，哥德是选择后一条的[①]。

　　正如哥德在他底生物研究里，从对于一个特殊生物的观察，由一串渐渐

　　　① 这两条路骤看来颇似我国宋明两大哲人朱熹和王阳明底"格物"，"致知"二说。既然一切事理都是互相连系或贯通着的，绝对否认其中一二共通点和附会它们完全一致都不免是矫枉过正。最基本的差别，可说是在于前二者是澈头澈尾属于认识论的，后二者却只是作者底伦理学根据。所以朱熹和王阳明，一个找着了"即物而穷其理"，一个找着了"心即理"做他们底立足点之后，便全副精神灌注在诚意，修身，齐家……上面；换言之，他们之所谓"格物"，所谓"致知"，只着重在人事尤其是人伦上的关系，与纯粹的认识论几乎无涉。——认识论和伦理学合为一体，固然是中国哲学底一个特点；但中国科学所以不发达，认识论不能脱离伦理学而独立发展未始不是一个主因。——原注

扩大的准确的比较与严密的归纳①，中间经过了哺乳动物型，脊椎动物型以直达那原始动物型（urtier）底普遍观念，然后再进一步从对于动植物底最初步最简陋的生活方式底观察而得到那可动可植的原始现象（urphaenomen）底结论，从那里他可以，根据那生物底变态律，纵览动植物界底胚胎、滋长、形成和进化；从那里他可以有条不紊地细察那展拓在他眼前的无穷尽的现象之交错、蝉联和转变；——同样，梵乐希在他底内在的探讨里，从任何一个观念，或者特别从创作心理着手，由不断的精微的分析与缜密的推论，要在那幽暗，浮动，变幻多端的心灵深处分辨出思想活动底隐秘系统；抓住那一空倚傍的意识底基本永久性（la permanence fondamentale d'une conscience que rien ne supporte）；追踪那像交响乐里无时不在却随时被略过的"基音"一般永远地，虽然忽隐忽现地，支配着我们生存的单调唯一的纯我：在这几乎纯粹的活动里，记忆和现象那么密切地互相缠结、期望、和呼应；事物与心灵底普遍完整的关系那么清楚地恢复回来，似乎什么都不能开始，什么都不能完成的。

登上了这深沉的认识或清明的意识底眩目的高度之后，他们现在可以说："我不愿意运用机能的时候有一部分机能闲着"（梵乐希）；或者："一个人如果善于单独运用某一机能，可以收获许多效果；由几种机能底联合作用可以得到非常的效果。但是那独一无二的，那出人意表的，只有当他全部精力和谐地团结为一的时候才能够达到"（哥德）。他们说："只有那每天克服生命和自由的人才配享受生命和自由"（哥德）；或者："把'谨严'立作法则之后，那积极的自由便可能了；反之，那表面的自由其实只是能够服从每个偶然的冲动，我们越享有它，越是被束缚在一点底四周，像海上的浮木一样，没有丝毫的维系，却什么都可以牵动它，而且宇宙底一切力量都在那上面相竞相消的"（梵乐希）。他们说："一个真理底标准是它底丰饶性"（哥德）；或者："一个原理底价值全视它底合理的实验的发展"（梵乐希）。一个看见了

---

① 譬如，从对于一匹具体的马的观察出发：把这马和其他的马比较，削除那从这马所得来的概念中一切偶然或例外之点，便可以得到一个理想的马或"马型"底概念；把这"马型"和其他类似的兽如牛羊狮虎等型比较，把它们底共通点归纳起来，便得到哺乳动物型……以至原始动物型底概念。——原注

深渊便想起筑桥（梵乐希），一个要把沿海的沼泽填成平地……这自白，这态度，这信条，这愿望……多么像出自一个源头呵！

为什么呢？岂不因为物与我，内与外之间有一种深切的契合，受一种共通的法则支配着么？岂不因为无论从认识的心灵出发，或从被认识的物体出发，那对于真理的真正认识只能由物与我底密切合作才能够产生么？哥德说得好："一切在'我'里的都在'物'里，并且还多些。一切在'物'里的都在'我'里，并且还多些。我们由两条路失败或得救：如果我们接受'物'之所多而放弃我们底'我'之所多；如果我们靠了'我'之所多把'我'扩大而忽略了'物'之所多。"

如果哥德对于形相世界抱持一种完全的信任而不失诸偏重"物"一方面，那是因为物底存在必定要透过我们心灵底眼才能够显现，所以形相世界底发见便隐含着心灵底运用，换言之，形相世界底认识便是心灵活动底衡度，正如观众底态度是舞台上表现底镜子一样。

如果梵乐希不避艰难甚或"不可能"去没人灵魂黑暗的深渊而不致陷于空虚和幻想，那是因为我们底意识和记忆，记忆和感官，感官和宇宙底繁复的息息的动作是直接连系着的。"一个拟想一棵树的人必定想像一片天空或背景去看它在那里站立"：对于心灵的探讨，如果我们底努力忠实，方法缜密，能够完全隔绝或脱离外界底景况么？

这样，哥德和梵乐希，由两条不同的路径，同样地引我们超过那片面的狭隘的唯心论和唯物论底前头。他们教我们发觉那自我中心主义的唯心论固然距离客观的真理很远，就是那抹煞心灵和忘记了自己的唯物论，究其竟，亦不过是——如果我可以造一个名词的话——客底主观性（la subjectivité de l'objet）而已。真正的，或者，为准确起见，比较客观的真理只能够——虽然这表面似乎是个矛盾的方式——存在于物与我，主与客，心灵与外界底适当的比例和配合。换句话说，真理底探讨是二者底互相发展与推进，相生与相成：我们对于心灵的认识愈透澈，愈能穷物理之变，探造化之微；对于事物与现象的认识愈真切，愈深入，心灵也愈开朗，愈活跃，愈丰富，愈自由。因为，"只要我们注意，"梵乐希说得好，"便可以将我们最内在的波动与外界的事物并列：它们一成为可观察的，便立刻加入一切被观察的事物里。"用这经过了客观洞照的心灵去体验和辨认客观的事物，用那体验事物得来的结果来启发和展拓心灵底眼界：像人游泳，像鸟飞翔，真理与新知就在这两种互相激荡、互相抗拒、互相贯通的动律中前进和上升了。所以我常说："诗人是两重观察者。"哥德和梵乐希便是我们底向导与典型。

民国二十四年二月五日于叶山

韩 波

韩波（Arthur Rimbaud）①是法国诗坛一颗彗星，一个神秘，或者，如果你愿意，一种心灵现象。在世界底诗人中，连莎士比亚也算进去，再没有比他底生平和作品更超越我们底理智，逻辑，和衡度，在他底面前一切理解底意志和尝试都是枉然的。至于那些只知道用"常识"或"报章主义"来处理一切事物和现象的，在这闪烁莫测的深渊前，自然只有晕眩，昏迷，和晕眩与昏迷后的咒诅和谩骂了。

他生于一八五四年，死于一八九一年。他底犷野，反抗，但聪慧的童年在他故乡夏尔勒城（Charleville）底中学度过。就是在这中学，在一八九一年前后，他受了修词学教授依尚巴尔（Georges Isambard）②底诱掖开始作诗。也就是在这时候他三番五次逃到巴黎去，在那里，这十五六岁的童子底试作（其中许多已经是杰作了）底魔力是那么大，它们不独引动嚣俄底惊叹，把作者介绍到各种文艺会社中，并且引诱那比他年长的负盛名的诗人魏尔仑抛弃他那新婚的爱妻和他出亡去。他底最重要的作品便在这时期络绎不绝地产生。到了一八七三年，他和魏尔仑在比京的一再剧烈的冲突和那终于悲剧的分手使他对于诗怀着那么强烈的厌恶，以致他竟毫无惋惜地和它绝缘了。他底后半生完全在冒险与流浪——行商，水手，以及其他职业——中消耗，不再闻问法国底文坛，虽然他那与时俱增的声誉也许会像远方的涛声似地隐隐传到他那里。

但最不可思议的还是他作品底命运。从十五岁到十九岁，在这比世界上

---

① 韩波（Arthur Rimbaud，1854—1891），梁另译廉布，通译兰波，法国诗人。

② 这可尊敬的老人，没有他说不定世界便缺少一个最强劲的诗人的，我在法国时曾经凭了一个韩波女崇拜者底关系得时常亲近他。那时他已经八十五六岁了，还孜孜不倦地研读和写作。看他当时的生命力，现在想还健在罢？那么总该有九十高年了。——原注

任何夭折的大诗人——李贺，济慈，查特顿①，忒尔瓦尔——都年青的短促的四年间，韩波认识了才能和对于才能的蔑视，天才和对于天才的厌恶。像一颗射过无垠天空的流星一样，他光明纯洁地疾驰过一个悠长生命底路程：跨过了一切的阶段，达到了，又超过了那许多比他更浩大的，但没有那么热烈的灵魂往往经过了几十年的努力才能够遥遥瞥见的目的地。他这几年的诗底生命，正如狄罕默尔（Duhamel）②所说的，"似乎是许多文学史底摘要或菁华。"无疑地，和近代一切大诗人一样，韩波在首途的时候曾经接受了各方面的影响：嚣俄，哥蒂尔（Gautier）③，亚伦普甚至彭韦尔（Banville）④，在他底最初的几首诗中都留下了历历的痕迹。而且，正如梵乐希所指出的，他和马拉美，魏尔仑都不过各自承继，发展和提到最高度波特莱尔所隐含的三种可能性或倾向：魏尔仑继续那亲密的感觉以及那神秘的情绪和肉感的热忱底模糊的混合；马拉美追寻诗底形式和技巧上的绝对的纯粹与完美；而韩波却陶醉着那出发底狂热，那给宇宙所激起的烦躁的运动，和那对于各种感觉和感觉之间的和谐的呼应。但是试看这不满十六岁的小童多么快便摆脱了一切技巧上的外来的影响！如果在他现存的诗集中，最早两三首还在各家底足印上踌躇，从第五六首起，他底自主便已很清楚地显露和确立了。如果这承自波特莱尔的"出发底狂热"，这对于无限的追求永远是他作品底核心，试看他怎样从一首诗到一首诗，从《醉舟》（Le Bateau lvre）到《彩画集》（Les Illumina—tions），从《彩画集》到《地狱中的一季》（Une Saison err Enfer），把"无限"层出不穷地展拓在我们面前，引我们到一个这么晕眩的高度，以致我们几乎以为，只要我们具有相当灵魂底力量去追随诗人底步履和目光——和那浩荡渺茫的"未知"（Inconnu）面对面立着。

是的，韩波底最大光荣，便是他以"先见者"（Voyant）底资格启示给我

---

① 查特顿（Thomas Chatterton，1752—1770），英国诗人，12岁开始写诗，18岁自杀身亡。

② 狄罕默尔（Georges Duhamel，1884—1966），通译杜阿梅尔或杜亚美，法国小说家。

③ 哥蒂尔（Théophile Gautier，1811—1872），通译戈蒂耶，法国诗人，作家，批评家。

④ 彭韦尔（Théodore Banville，1823—1891），通译邦维尔，法国帕纳斯派诗人。

们这浩荡渺茫的"未知"多于任何过去的诗人，甚至英国的勃莱克。和那专以理智底集中来探索我们灵魂或思想底空间的梵乐希相反，他所描写的对象是那在这光明的方寸四周浮荡着的影和半影，用他那直觉的顿悟来烛照它们。"我们得要做先见者，变成先见者"，他写信给一个朋友说。"诗人可以达到'未知'；如果他终于因为疯狂而失掉他底异象底认识，他已经看见它们了。"为要表达这异象，诗人得要用一种"对于灵魂是灵魂的文字，概括了一切，芳香，声音，颜色……"在他底《字底炼金术》（*Alchimie duVerbe*）里他说："我调理每个副音底形体和姿态，并且，用些本能的节奏，我自夸发明了一种诗的字终有一天可以通于一切的官能。"

《醉舟》，这一百二十行自首至尾都蕴蓄着一种快要爆发的"璀璨的力"的格律紧严的杰作，便表现那过去底完成和逃向"未知"的预示。在这可以说唯一无二的杰作里，不独有丰盈活跃的描写，流动的世界底启示，和那像大海一般浩瀚繁复的音乐，我们并且看见他所想做的"先见者"底胜利或懊丧，绝望与捐弃的种种态度。可是即使我们撇开它底含义，它所象征的灵境，光是欣赏它底形相美，在我所认识的一切歌咏大海的诗中，除了梵乐希底《海滨墓园》和《年轻的命运女神》，除了散见于嚣俄全部浩荡的作品中的许多断片，我找不出可以和它一样能够把海底一切动律度给我们的。而韩波写这诗时并未见过大海！这可不证明他的确赋有"先见者"底机能，并且逼我们承认，在某种例外的特殊的场合，卜筮，在它底玄学的意义上，超于见闻么！

这时候，他已经远超出他底读众之上了。渐渐地，他摆脱了一切外在的诱惑与希冀；他唯一的企图就是满足他自己这唯一的心灵。他努力要逃避那一般的宿命。像他在《七岁的诗人》里所说的：

在他那严闭的眼里看见无数的点，

他孤零零地没入灵魂底深渊，把自己的回忆和梦想，希望和感觉，以及里面无边的寂静和黑夜，悸动与晕眩……织就了一些闪烁的异象。所以他底诗集

Les Illuminations，根据他自己的谦逊的解释：Colored Plates[1]，我们固应该译作《彩画集》，而《异象录》一类富于暗示力的译名说不定更能传达作者底深沉的意向。这也就是为什么他最后两部作品，《彩画集》或《异象录》和《在地狱中的一季》显现给我们像一个我们并不被邀请的孤独宴会底辉煌或阑珊的灯火：我们倾听着一个并非为我们发的声音。当我们打开这些几乎等于《浮士德》里诺时脱拉大牟士[2]底术书的奇诡散文诗时，似乎我们轻妄的目光在窥探一颗不愿意委托给我们的良心，里面反映着无数斑烂陆离的云彩。

这样的作品，尤其是这样的诗人，总该是不会，或者也不宜于被人推崇和学步的罢。然而说也奇怪！正因为这是一个并非为我们发，因而我们从未听见过的声音，我们能够百听不厌，而且愈听也愈觉得它义蕴深湛，意味悠远。这些诗，许久只被人看作象征派底最初典型的，现在当别的象征诗人（除了那完美，但同样难解的马拉美）都销声匿影了，这些诗底影响反而一天天延长，扩大起来。他底伟大的承继者高罗德尔（Paul Claudel）不用说了，就是那完成马拉美底系统的梵乐希，也曾经对我承认韩波底极端的强烈（intensité）之摇撼他底年青的心正不亚于马拉美底绝对的纯粹（pureté）。而后起的诗派如"都会主义"，"达达主义"，"超现实主义"……无一不用他和马拉美底名义为号召的。谁知道他流光底止境呢？

二十五年三月十二日，夜。

---

[1] 兰波好友魏尔仑在1886年一篇文章中提及，兰波曾以Colored Plates作为这本诗集的副标题。

[2] 诺时脱拉大牟士（Michel Nostradamus，1503—1566），法国占星预言家。

特别声明